外国文学研究
丛 书

现代主义语境下的契诃夫研究

马卫红 著

中国社会科学出版社

图书在版编目(CIP)数据

现代主义语境下的契诃夫研究/马卫红著. —北京:
中国社会科学出版社,2009.10
　　ISBN 978-7-5004-8179-9

　Ⅰ.现… 　Ⅱ.马… 　Ⅲ.契诃夫,A.P.(1860—
1904)—小说—文学研究 　Ⅳ.I512.074

中国版本图书馆 CIP 数据核字(2009)第 167580 号

策划编辑　郭沂纹
特约编辑　沂　涟
责任校对　王玉兰
封面设计　毛国宣
技术编辑　张汉林

出版发行　**中国社会科学出版社**
社　　址　北京鼓楼西大街甲 158 号　　邮　编　100720
电　　话　010—84029450(邮购)
网　　址　http://www.csspw.cn
经　　销　新华书店
印　　刷　北京新魏印刷厂　　　　　装　订　广增装订厂
版　　次　2009 年 10 月第 1 版　　印　次　2009 年 10 月第 1 次印刷
开　　本　880×1230　1/32
印　　张　10.25　　　　　　　　　插　页　2
字　　数　256 千字
定　　价　28.00 元

序

　　经典作家的魅力在于常读常新。学术研究的价值在于不断有所发现。对于经典作家研究来说，正因为有了常读常新的潜质，才为研究者不断有所发现提供了持续的可能性。这个道理应该算是常识。然而知易行难。对经典作家的认知，其过程往往充满曲折和艰辛。契诃夫就是一例。

　　关于契诃夫在俄国文学史乃至世界文学史上的崇高地位，即便学术界的认识仅停留在 50 年前甚至 100 年前，也已是不刊之论，不可动摇的。但就是这样一位作家，生前也是饱受非议，死后虽然很快盖棺论定，但苏联正统文艺学还是仅仅将他严格框定在现实主义范畴内，他与同时代的非现实主义，也就是现代主义的关系仿佛是"鸡犬之声相闻，老死不相往来"，甚至是形同陌路、泾渭分明、势不两立。不难理解，在正统苏联文艺学统治学界时期，现实主义享有至高无上的地位，同时也与积极、进步、革命等联系在一起，有了现实主义这顶桂冠，不光是在文学史上得到一个高级标签，从某种程度上说也是得到一把保护伞。因为按照苏联正统文艺学的观念，除了现实主义，其他的任何"主义"都是有局限性的，甚或是消极、没落、腐朽的，如现代主义（其实按苏联正统文艺学的说法，就连现实主义，或者说是

19世纪的批判现实主义，也是有局限性的，现实主义的最高境界应是社会主义现实主义）。现实主义成为评价作家高下优劣的主要标准。

毫无疑问，这种观念束缚了研究者的思想，在很长的一段时间里，契诃夫研究虽然不断有新成果问世，但在对诸如契诃夫与现代主义关系这类重大问题的理解和认识上，学术界长期裹足不前。这恰好应了曼斯菲尔德的抱怨："总之，人们还非常不了解契诃夫。人们总是在某个狭窄的视角下研究他，而他却属于那种不能只从一个方面进行研究的人。需要全方位地理解他——完整地认识他和感受他……"就拿曼斯菲尔德将之与荷马史诗相提并论的《草原》来说，显然不是从一个角度、一个方面就能穷尽的。

直到20世纪末，随着社会变革带来的文学观念变化，契诃夫及其相关研究才终于取得了一些突破。

纵观近20年俄罗斯和我国学术界取得的一些相关研究成果，可以清楚地看出这样几个思路和特点：一是破除现实主义中心论，将现代主义放在与现实主义同等地位予以考察；二是重新评估现实主义与现代主义的关系；三是对19世纪与20世纪之交的现实主义作家如契诃夫、蒲宁的创作中所含现代主义因素进行的挖掘和梳理。这些也是俄罗斯文学研究界的引人注目的前沿和热点问题。

近年来国内外的契诃夫研究取得了一些突破，但就契诃夫与现代主义关系而言，即作家创作中存在的现代主义成分这一问题而言，取得的成果还只能说是初步的，零散的，尚不够全面、系统和深入，从这个背景上来看，马卫红的专著《现代主义语境下的契诃夫研究》应该标志着我国契诃夫研究的一个新进展。

马卫红是我国较早开始契诃夫与现代主义关系研究的青年学

者之一，她的硕士论文即与此课题相关，考取博士研究生后，继续围绕此课题开展深入研究，并出色地通过了博士论文答辩，论文得到答辩委员会各位专家的一致好评。此次交付出版的书稿，就是以博士论文为基础。看得出，作者又做了不少修改、充实、加工，书稿的整体水平也较前有了进一步的提高。作者运用社会历史批评、叙述学、接受美学、文艺心理学等方法，从契诃夫小说的荒诞意识、客观化叙事、情节淡化、印象主义色彩、象征以及意识流的萌芽等各个层面，对契诃夫小说中蕴涵的现代主义因素，做了全面、系统和深入的分析和概括。这一成果揭示了契诃夫创作中长期为人忽视或视而不见的一面，并与我们已知的成果一道，为我们勾画出（或者说是还原了）一个更真实、更全面、更丰富的契诃夫，一个革新了现实主义创作方法的契诃夫，一个并不拒绝现代主义经验的契诃夫。马卫红的研究成果同时也以个案的形式，为重新评估现实主义与现代主义关系这一重大理论问题提供了生动有力的佐证：现实主义与现代主义既是相互斗争，相互排斥的，又是相互影响，相互丰富的。

现实主义与现代主义关系研究，实际上就是影响研究，而影响研究又时常会遇到意想不到的困难，分寸把握不当，难免有先入之见、捕风捉影之嫌。可喜的是，马卫红能深知其中的利害，不断提醒自己"大胆假设，小心求证"，力避给人以按图索骥或盲人摸象之感。正如她自己所说：证明契诃夫创作中含有现代主义因素，不是要推翻契诃夫是一位现实主义作家的定论，而是要强调他是一个具有现代意识和创新意识、融合了现代主义创作品质的现实主义作家。她对契诃夫作品的阐发，新鲜的见解和感受颇多，但又不觉得牵强附会。做到这一点委实不易，而她之所以做到了，我想，主要应归功于她时时处处坚持从文本出发的原则。立足于文本，故能避免先入之见，空泛之论；立足于文本，故能言之有物，持论有据。通览全书，不难看出作者在文本细读方面下过一番苦功，而这一点又是当今的文学研究难能可贵的，应该大力提倡的。

得知马卫红的这部专著即将出版，作为她攻读博士学位的指导教师，我由衷地为她感到高兴，草草写上几句话，既是对她的祝贺，也是对她更上层楼的期待。

郑体武

2009 年 5 月 14 日于上海外国语大学

目 录

理解契诃夫

安·巴·契诃夫（1860—1904）是 19 世纪俄国杰出作家，也是具有创新意识的作家。在小说创作中，他不仅继承了现实主义的优良传统，而且还吸纳了许多非现实主义的品质。两种截然不同的甚至是彼此对立的因素在他的小说中巧妙、有机地融合在一起，形成独特的艺术风格。正因如此，他成为 19 世纪俄国作家中最有争议的人物。自 1880 年踏上文坛之日起，他便既被欣赏又被嘲讽，既被赞扬又被批评。在辞世百年后的今天，他依然是评论界研究和争论的热点。研究和争论的焦点最终归结于这样一个问题上：应该怎样理解契诃夫？换言之，契诃夫是一个什么样的作家？具体表现为两个方面：第一，契诃夫的政治倾向及其作品的思想性；第二，契诃夫创作的艺术特色。

一

20 世纪 70、80 年代以前俄罗斯本土的契诃夫学，主要是从社会历史批评的角度研究和评价契诃夫及其作品，注重对契诃夫政治倾向及其作品思想内容的研究。在这一方面，民粹派文学评论家尼·康·米哈伊洛夫斯基对契诃夫的评价具有代表性。他认为，契诃夫的作品缺少中心思想，只是在毫无意义地堆砌一些偶然现象。他在读了《草原》后，写信给契诃夫说，《草原》使人产生讨厌和烦躁的感觉，作者是"在路上游荡，没有方向，也没有目标"。[①] 在他看来，契诃夫的作品没有反映出作家对现实的积极态度，缺乏中心思想和明确的世界观，这使得契诃夫总是以一种冷漠的态度描写那些偶然引起他注意的事实和事件。因此，米哈伊洛夫斯基认为契诃夫的作品没有任何的重要意义。很显然，米哈伊洛夫斯基强调文学的社会作用，他的文学批评明显地反映出他的主观社会学观点，他对契诃夫以及其他一些俄国作家的褒贬，是以是否符合民粹派的观点为标准的。问题并不在于契诃夫有没有一定的世界观，而在于契诃夫不接受某些思想，其中包括民粹派的思想，这一点被米哈伊洛夫斯基视为冷漠和缺乏中心思想的表现。但是，在旧的艺术体系看来是偶然的和随意的东西，在契诃夫的作品中却形成了另一种体系，在这个新的体系中，"偶然的"的情节和细节在新的诗学逻辑的基础上按照新的意义联系在一起，这是契诃夫"文学革命"的一个特点。

米哈伊洛夫斯基在批评界的权威性使年轻的契诃夫的声望受到极大影响。直到19世纪末20世纪初，契诃夫仍被说成是"阴暗年代的编年史家"、"颓废情绪的歌手"、"病态的才子"，是一个悲观主义的艺术家，是以绝望和冷漠看待一切的人。[②] 自由派杂志《俄罗斯思想》甚至把他归入"无原则的文人"之列。

与上述观点截然不同的是，柯罗连科、库普林、布宁和高尔

---

① 帕别尔内：《契诃夫怎样创作》，上海译文出版社1991年版，第112页。

② Шестов Л. *Творчество из ничего: А П Чехов* ，Киев，1906，С. 46—47.；См. также：Степанов А. *Лев Шестов о Чехове //* Ред. Горячева М. О. и др. *Чеховиана: Чехов и "Серебряный век"* ，М.：Наука.，1996，С. 75—79.

基等著名作家始终旗帜鲜明地捍卫契诃夫。高尔基对一些人歪曲契诃夫极为愤慨:"人们责备他缺乏世界观。这种谴责是荒谬之极!"契诃夫"有着比世界观更多一点什么的东西——他拥有他自己特有的对生活的看法,因此就站得比生活高。他从高度的观点上阐明它的沉闷,它的荒谬,它的挣扎,它整个的混乱……这种观点总可以让人在他的短篇小说里感觉到,总是非常鲜明地从字里行间透露出来"。① 众所周知,高尔基对契诃夫的继承是明显的、直接的。他继承了契诃夫所有的批判精神,发扬了契诃夫的人道主义思想。高尔基理解契诃夫,因而他能敏锐而准确地察觉到契诃夫作品中深刻的人道主义思想精髓。高尔基意在说明,契诃夫不是没有世界观,只是他不盲目崇拜和追随什么"主义",他客观、冷静地审视和思考生活,有着对世界的独特的理解和看法。因而,他就站得比生活高,能够以冷峻犀利的目力透视掩盖在生活表象之下的真实。

苏联文学界早期对契诃夫的评论依然处于这样一种"二元对立"的争论状态之中。十月革命后,契诃夫的作品曾一度被视为俄国文学中具有破坏性及否定性倾向的作品。他的作品不符合时代精神,因为他常常描写生活中阴暗和颓废的一面,而不是创造一种朝气蓬勃、乐观向上的精神。在 20 世纪 20、30 年代,一些人追随民粹派评论家的观点,继续指责契诃夫是不问政治的"旁观主义者";还有一些人以庸俗社会学的眼光看待契诃夫及其作品,认为他是"小市民知识阶层的思想和情绪"的代言人。② 沃罗夫斯基在契诃夫诞辰五十周年的纪念会上的言论颇能

---

① 高尔基:《论文学》(续集),人民文学出版社 1983 年版,第 46 页。
② 李辰民:《契诃夫研究的深化与方法的更新》,《苏州大学学报》1987 年第 4 期。

说明问题。沃罗夫斯基认为，契诃夫的思想模糊不清，"总是像松鼠蹬轮子似地"在一个地方打转，因而"契诃夫始终远离为未来而进行实际斗争，始终跟那些进行这种斗争的人格格不入，始终是一个不问政治的人。这就使他不能不消极地看待俄国生活中的许多正面现象，而这些现象，亦因囿于这样的先入之见，也被他归到阴沉灰暗的当代生活里去了"。①

20 世纪 50 年代，契诃夫的命运稍有转机，许多研究者开始重新考虑以往对契诃夫的评价和定位。叶尔米洛夫在《契诃夫传》一书中否定了民粹派、自由派等对契诃夫的歪曲。他认为，契诃夫不是一个没有世界观的人，不是一个悲观厌世者。契诃夫具有强烈的爱国主义热忱，他了解自己人民的创造力量，相信美好的未来，崇尚真理、科学和劳动。应该说，叶尔米洛夫的这些评价客观公允，符合事实，对当时及后来研究契诃夫起到了积极的影响。但叶尔米洛夫又认为，契诃夫在 19 世纪 80 年代所持的"清高不党"的立场，其的积极一面在于，它避免使契诃夫成为自由派或民粹派一类的作家，但同时，契诃夫没有认清工人阶级革命运动的成长，没有接受马克思主义理论，他对工人阶级和农民只可能做片面的描绘。为此，叶尔米洛夫感叹道，不管《第六病室》和契诃夫的那一套农民小说有多么伟大的积极意义，都因不能描绘出一个高大完美的历史英雄和不能为人们找出一条革命的道路而令人遗憾，这也是契诃夫的不幸。② 叶尔米洛夫的论著在一定程度上起到了拨乱反正的作用，但他在批判米哈伊洛夫斯基错误观点的同时，自己也在不知不觉地陷入同样的错误。

---

① 沃罗夫斯基：《论文学》，人民文学出版社 1981 年版，第 265 页。
② 叶尔米洛夫：《契诃夫传》，张守慎译，人民文学出版社 1960 年版，第 280 页。

这部论著的中译本出版后，在相当长的一个时期内，对我国的契诃夫研究产生了极其深刻的影响。

20 世纪 60 年代，契诃夫研究资料进一步丰富，出版了《文学遗产》第六十八卷集（书名为《契诃夫》）和《契诃夫作品和书信三十卷集》等书。研究方法有了一些新的突破，比如注意到作家创作与时代的关系，注重研究俄国文学传统对契诃夫创作的影响等。对契诃夫创作的定位则基本沿袭了叶尔米洛夫的研究基调，一致称赞契诃夫是一个伟大的、思想深刻的艺术家，他的作品是对时代的忠实反映等等，这些评价无疑是正确的，但在过度的赞誉之中不免有拔高契诃夫之嫌。例如，有些研究者认为，契诃夫在其思想探索中虽然没有上升到"社会主义现实主义的高度"，但已经达到了"社会的现实主义的高度"，甚至把契诃夫的《海鸥》与高尔基的《海燕》相提并论。①

到了 20 世纪 70、80 年代，研究方法又有所更新，研究层面不断扩展：不仅涉及作家生平、思想及创作的演变、创作背景和历史，而且开始注重契诃夫创作的艺术方法和风格等。丘达科夫在《契诃夫诗学》一书中，采用由形而下到形另一本专著上，由简单到复杂的方式阐释契诃夫的小说艺术，主要从叙事的角度和文本的空间结构进行分析论证。② 在《契诃夫的世界》一书中，他特别论述了契诃夫小说中的"偶然性"的艺术价值和意义。认为，"偶然性"是契诃夫艺术中的核心问题，是作家艺术

---

① Бердников Г. П. *А П Чехов: Идейные и твордческие искания*，М.：Гослитиэдат，1984，C. 398.

② Чудаков А. П. *Поэтика Чехова*，М.：Наука，1971.

地、哲理地思考世界的一种新的表现形式。①

　　需要指出的是，契诃夫作为两个世纪交合点上的经典作家，其作品中某些现代主义的创作理念与创作方法已见端倪，但在这一时期的研究中对此却没有提及，这当然不能归因于学者们的研究能力和水平，或许是他们顾及到当时的政治、文化环境，认为把契诃夫与现代主义连在一起会有损作家声誉，并因此引起公愤，遭到声讨。

　　到了 20 世纪 90 年代，现代主义已不是研究禁区，契诃夫研究也迎来一个新的转折时期。系列研究丛书《契诃夫学》和《雅尔塔契诃夫讲座》相继问世，具有划时代意义，把契诃夫从传统的封闭的研究模式中解放出来。这两套系列丛书汇集了 20 世纪 90 年代以来俄罗斯契诃夫研究的最新成果，也包括一些西方研究者的评论，全面反映了这一研究的动态和趋势。丛书具有两个显著特点：不仅重视具体的历史环境和生活经历对契诃夫创作的影响，而且把他放到 20 世纪俄罗斯及世界的文化语境中，追溯作家及其作品与 20 世纪西方文化、艺术、哲学的渊源关系；在深入研究契诃夫创作中的现实主义基质的同时，更多地关注作品中的非现实主义品质。例如，论证契诃夫的创作对俄国"白银时代"的诗人梅列日科夫斯基、别雷、阿赫玛托娃的影响；② 探讨契诃夫创作对以托尔斯泰卡娅、彼得鲁舍夫斯卡娅等为代表的俄国当代"另一种小说"的潜在关系；③ 分析契诃夫的作品与

① Чудаков А. П. *Мир Чехова: Возникновение и утверждение*, М.: Сов. писатель, 1986, С. 365.

② Шейкина М. *А Чехов, К Гамсун и А Ахматова*; Лосиевский И. Я. *Чеховский миф Андрея Белого*; Чудаков А. П. *Чехов и Мережковский: два типа художественно-философского сознания* // Ред. Горячева М. О. и др. *Чеховиана: Чехов и "Серебряный век"*, М.: Наука, 1996.

③ Петухова Е. Н. *Чехов и "Другая проза"* // Гл. ред. Богданов В. А. *Чеховские чтения в Ялте: Чехов и XX век*, М.: Наследие, 1997.

西方现代主义作家卡夫卡、普鲁斯特及"荒诞派戏剧"之间的内在联系；① 研究契诃夫的艺术思想与叔本华和尼采哲学思想的共性和区别；② 从弗洛伊德、荣格的哲学和心理学角度阐释契诃夫小说的人物心理。③ 这些研究表明，俄罗斯本土的契诃夫研究开始注重介绍和汲取西方的一些相关研究成果，开始与西方的契诃夫学研究接轨，突破了原来封闭保守的研究模式和理念，对后来契诃夫研究具有"启蒙"意义，成为契诃夫研究史上一次至关重要的飞跃。

在这种潮流的引领下，21 世纪的俄罗斯契诃夫研究呈现出更加开放、多元化的研究景观。近几年来，契诃夫研究的代表性专著有：波罗茨卡雅的《论契诃夫诗学》——首次提出契诃夫创作中"内在讽刺"这一概念，并论证了契诃夫诗学与陀思妥耶夫斯基的心理分析之间的关系；④ 米尔斯基的《医生契诃夫》——着重阐述了契诃夫的医学工作和活动，研究了医学、特别是心理学和精神病学对于作家文学创作的裨益，论证了作为

---

① Стив Татеосиан Чехов и Кафка: символика смерти //Под ред. Катаева В. Б., Клуге Р. Д. Чехов и Германия, М.: МГУ, Тюбинг, 1996.; Роберт Л. Джексон Чехов и Пруст: Постановка проблемы; Су Не Лиеде Чеховский водевиль и Театра абсурда //Гл. ред. Богданов В. А. Чеховские чтения в Ялте: Чехов и XX век, М.: Наследие, 1997.

② Копылович Т. Мировоззрение Антона Павловича Чехова и философия Артура Шопенгауэра; Дёрте Хехт Чехов и Фридрих Ницше Двух времени или влияние? //Под ред. Катаева В. Б., Клуге Р. Д. Чехов и германия, М.: МГУ, Тюбинг, 1996.

③ Сибилле Гоффман Чехов и Фрейд Психоаналитическая интерпретация мотива супружеской измены в рассказы Чехова; Руслан Ахметшин Аналитическая психология К Т Юнга и рассказы А П Чехова //Под ред. Катаева В. Б., Клуге Р. Д. Чехов и Германия, М.: МГУ, Тюбинг, 1996.

④ Полоцкая Э. А. О поэтике Чехова, М.: Наследие, 2001.

医生的契诃夫的世界观;① 著名契诃夫研究专家卡塔耶夫的《契
诃夫与……: 前辈、同时代人、后继者》,是作者近几年来研究
成果的汇总——追溯了契诃夫与他前辈、同时代人的渊源,解读
"契诃夫背景"下的文学史,透过文学联系的棱镜折射出一个真
实的契诃夫,进而论述俄罗斯当代后现代主义文学(佩列文、
索罗金的小说)与契诃夫小说的互文性和戏仿,探讨契诃夫与
20 世纪"元戏剧"的关系。② 但是也必须注意到,对契诃夫及
其作品有阐释过度之嫌。如有人从"自我"与"本我","意
识"与"无意识"的角度分析《渴睡》主人公的犯罪动因,认
为这篇小说是"弗洛伊德主义在文学中的出色范例"。③

二

　　我国对契诃夫的专门性研究是从 20 世纪 50 年代后期开始
的。对契诃夫议论最多的要数茅盾和巴金,他们的观点也很有代
表性。茅盾始终都喜欢契诃夫的作品,"而且随着时代的不同,
我在它们中间常常发觉新的意义"。④ 巴金是经历了一个曲折的
过程才走近契诃夫的,他在 20 岁时读不懂契诃夫的作品,直到
20 世纪 40 年代才成为"一个契诃夫的热爱者"。⑤ 从巴金对契
诃夫的认识过程中,不难看出当年中国知识分子对契诃夫作品的
审美心态的变化。当时我国对契诃夫的评价和研究主要集中在这
样几个问题上:第一,契诃夫的政治态度。第二,契诃夫笔下的

①　Мчрскчй М. Б. *Доктор Чехов* , М.: Наука, 2003.

②　Катаев В. Б. *Чехов плюс... : Предшественники, современники, преемники* , М.: Языки славянс. культуры, 2004.

③　Розовский М. Г. *К Чехову...* , М.: РГГУ, 2003, С. 420.

④　转引自叶水夫《谈契诃夫和他在中国的影响》,《世界文学》1986 年第 1 期。

⑤　同上。

小人物形象及作者对其的感情。第三，契诃夫的简洁与他的讽刺艺术。

在 20 世纪 60、70 年代，由于众所周知的历史原因，我国的契诃夫研究进展缓慢，甚至出现停滞状态，对前苏联学术界相关研究态势的了解也几近于无。

直到 20 世纪 80 年代后期，随着俄苏文学热的出现，我国的契诃夫研究也有了长足的进步。从大量涌现的评论文章中可以看出，研究的重心开始转移，契诃夫的创作手法和艺术创新开始受到研究者的普遍关注，如金风的《契诃夫小说的诗意构成》[①]、陈震的《抖动"线团"的魔杖：谈契诃夫小说的结构细节》[②]等。值得注意的是，有的研究者已经意识到契诃夫与现代主义文学的关系。[③] 华东师范大学出版社于 1984 年和 1994 年出版的朱逸森的《短篇小说家契诃夫》和《契诃夫——人品·创作·艺术》，成为新时期契诃夫研究的一项重要成果。《短篇小说家契诃夫》是我国较早的契诃夫研究专著，作者在掌握大量第一手资料的基础上，对作家的生平、创作和艺术特色作了较为详细的介绍和论证。1987 年河南大学出版社推出我国第一本研究契诃夫的论文集《契诃夫研究》，书中汇集了契诃夫小说、戏剧、美学思想等方面 25 篇研究文章，基本上反映了我国 20 世纪 80 年代契诃夫研究水平。与此同时，这一时期还译介了一些前苏联学者的研究成果，其中《安·巴·契诃夫和他的时代》《契诃夫文学书简》《契诃夫怎样创作》《淡淡的幽默：回忆契诃夫》等，

---

① 金风：《契诃夫小说的诗意构成》，《外国文学研究》1984 年第 2 期。

② 陈震：《抖动"线团"的魔杖：谈契诃夫小说的结构细节》，《文学知识》1987 年第 4 期。

③ 杨江柱：《站在现代派门槛上的契诃夫》，《长江文艺》1981 年第 8 期；杨春南：《〈草原〉象征手法初探》，《俄苏文学》1984 年第 4 期。

对推动我国研究契诃夫起到了重要作用。

从 20 世纪 80 年代以后我国研究契诃夫的情况来看，对契诃夫的综合研究有所加强，方法也有所更新，研究者从社会学、文艺学、美学、比较文学、表演艺术、心理学等多种角度出发，进行了比较深入的研究，研究的视野开阔了许多。研究者们提出了一些不同于以前的观点和看法，在一定程度上弥补了我国契诃夫研究的不足。但是，我们也应该看到，大部分文章和著作的观点仍很陈旧。有些研究者在评价契诃夫的作品时仍然将作品的思想性和政治性的评判放到至高无上的位置，忽视了契诃夫作为一位艺术家的个性和特质，因而描绘出的是一个在一定程度上被误读了的，甚至是被歪曲了的契诃夫形象。

1999 年上海译文出版社出版了迄今收录作品最全的十六卷本《契诃夫文集》，为中国读者全面了解和研究契诃夫提供了保障。从 20 世纪 90 年代至今，我国契诃夫研究的整体水平有了明显提高，这表现为研究视野更加开阔，研究内容更加深广。就契诃夫小说的艺术技巧研究而言，除了继续传统的论题，如简洁、幽默、讽刺、细节等研究之外，契诃夫小说的叙事艺术成为一个新的研究热点。一些研究者用热奈特的叙事学理论和巴赫金的对话理论来诠释契诃夫的文本，如王彬的《试析契诃夫小说的叙事艺术》[①]、李志强的《灵魂的堕落　人性的悲哀——从对话理论看〈姚尼奇〉的创作》[②] 等。有些研究者已经开始发掘契诃夫小说与 20 世纪西方文学的某些联系，遗憾的是，目前笔者收集到的这类文章只有屈指可数的几篇而已。在这一方面，李辰民的

---

　　① 王彬：《试析契诃夫小说的叙事艺术》，《四川师范学院学报》（哲社版）2001 年第 3 期。

　　② 李志强：《灵魂的堕落　人性的悲哀——从对话理论看〈姚尼奇〉的创作》，《西南民族学院学报》2002 年第 5 期。

《契诃夫小说的现代意识》可谓开先河之作。① 作者从 19 世纪末知识分子的精神状态、主题、情节、人物的淡化等方面，论述了契诃夫的超前意识与 20 世纪西方小说的相似之处，并分析了这种超前意识的文化背景和历史原因。这项研究为 20 世纪 90 年代契诃夫研究开辟了一个新领域，提供了一个新视角。数年之后，李辰民又推出专著《走进契诃夫的文学世界》。该书从小说、戏剧、比较研究三方面研究了契诃夫的艺术创作。其中的小说篇采用叙述学、心理学、结构美学等理论，对契诃夫小说的现代意识、文体与叙述结构、幽默讽刺等进行了阐述。② 此后，杨春在分析契诃夫小说中的异化现象时指出，旧俄时代不合理的制度"是一部异化人性的机器"，"把自然人变成非人"。③ 刘素玲在《论契诃夫作品中的荒诞感》一文中提出，契诃夫是俄国文学史上最早把孤独、绝望引入文学的作家之一，并从厌倦、孤独、徒劳三方面探讨了作品的荒诞感问题。④

随着历史的前进，时代的发展，社会政治生活的不断变化，对文学作品的评判标准和审美意识也在发展和变化。对契诃夫及其作品的重新认识和评价已成必然。人们不再抽象地、公式化地理解契诃夫的艺术创作，研究的视野越来越开阔，研究方法也越来越多样化。从现有的俄中契诃夫研究中可以看出，契诃夫作品中的非现实主义品质受到空前关注，研究者从不同的角度和层面发掘契诃夫与现代主义（甚至是后现代主义）的关系。然而，就目前研究来看，对契诃夫小说的现代主义因素分析得还不够全

---

① 李辰民：《契诃夫小说的现代意识》，《外国文学评论》1995 年第 1 期。

② 李辰民：《走进契诃夫的艺术世界》，香港天马图书有限公司 2003 年版。

③ 杨春：《契诃夫小说的现代性》，《安徽工业大学学报》（社会科学版）2005 年第 1 期。

④ 刘素玲：《论契诃夫作品中的荒诞感》，《内蒙古电大学刊》2004 年第 5 期。

面，挖掘得还不够深入，对于契诃夫小说中的印象主义、象征主义、尤其是作为意识流萌芽的心理描写的研究还很缺乏，更少有人以现代主义小说的思想艺术特征为参照进行分析的。因此，笔者认为有必要重新研究契诃夫小说中现代主义因素这一问题。

　　本书主要以契诃夫的小说为研究对象，以西方现代主义小说的思想艺术特征为参照，从主题思想、审美视角和创作方法等方面，对契诃夫小说的现代主义特征作一个较为全面、深入的分析和论述，阐释契诃夫小说与西方现代主义文学在精神气质及艺术手法上的相近和相通，论证两者之间的联系与区别以及互相之间的影响，旨在说明契诃夫创作中的现代主义因素，但并无意推翻契诃夫是一个现实主义作家这一结论，以期证明契诃夫是一个具有现代意识和创新意识的、融合了现代主义创作品质的现实主义作家。如果该书的完成能够有助于进一步加深对契诃夫的理解，能在一定程度上充实我国的契诃夫研究，那么它的价值和意义亦将存在。

第 一 章

契诃夫与现代主义

第一节 现代主义小说的思想艺术特征

在论述契诃夫小说中的现代主义因素之前，有必要先简要介绍一下西方现代主义小说的思想艺术特征。

现代主义文学是 20 世纪最重要的文学思潮和流派之一，是西方社会高度发展的城市化、工业化、商业化的产物，是 20 世纪西方社会的时代精神和思想情绪的艺术表现。它的产生、形成和发展有其深刻的社会历史根源和思想哲学基础。

19 世纪末 20 世纪初的西方社会危机四伏，动荡不安。垄断资本的无限膨胀促使各种社会矛盾进一步激化，战争浩劫、经济危机、劳资冲突不仅让人们的精神世界遭受一次次重创和洗劫，而且摧毁了人们生存的稳定感。科学技术和物质文明的高度发展，并没有给人们带来应有的快乐，反而使人的内心和谐遭到不同程度的破坏。社会成为一个抽象的异己的力量，抛开人而独立运转，本来不正常的人与社会、人与人、人与自然和人与自我的关系受到强烈的扭曲，人的自身价值和本性也随之丧失殆尽，人在物的压迫下，不断地"变形"和"异化"。

面对如此巨大的生存困惑和危机，西方民众，尤其是中小资产阶级和知识分子，深感焦虑和恐慌。他们对现实心怀不满，但又看不到未来的希望。在残酷的现实面前，原有的价值体系分崩离析，一切美好的传统观念都成为无稽之谈，理性主义已步入穷途末路。在这种境况下，非理性主义的粉墨登场即成必然。尼采的一声"上帝死了"，宣告了理性主义的彻底覆亡。如果说世纪之交的西方社会历史环境是孕育现代主义文学的土壤，那么，各种非理性主义的哲学和思潮的出现，对现代主义文学的诞生起到了催化作用。叔本华的唯意志论、尼采的权力意志论、柏格森的生命哲学、弗洛伊德的精神分析学说，以不可阻挡之势席卷了整个西方意识形态，为现代主义文学各种流派的产生提供了必要的思想基础和理论支撑。

基于上述原因，英国批评家布雷德伯里和麦克法兰认为，现代主义艺术是"资本主义和工业不断迅速发展的艺术，使人们感到自己的存在无意义或不合理的艺术……是由于破坏完整个性的传统观念，由于语言的普遍观念受到怀疑、一切现实变为虚构是引起语言混乱而产生的艺术"。① 现代主义文学的出现，标志着西方传统的文学秩序的崩溃和文学价值观的转变。这是一场文化大地震，是"文化上灾变性的大动乱，亦即人类创造精神的基本震动，这些震动似乎颠覆了我们最坚实、最重要的信念和设想，把过去时代的广大领域化为一片废墟，使整个文明或文化受到怀疑，同时也激励人们进行疯狂的重建工作"。②

---

① 马·布雷德伯理、詹·麦克法兰：《现代主义》，胡家峦等译，上海外语教育出版社 1992 年版，第 12 页。

② 同上书，第 3 页。

现代主义文学以反传统、反理性为其主要特征。从 19 世纪末开始，迄今为止，"凡是与传统的文学思潮和创作手法迥然不同的思想倾向、创作手法、审美意识、艺术特点等都可以归入现代主义文学的范畴"。① 通常认为，现代主义的主要流派包括象征主义、表现主义、未来主义、超现实主义、意识流小说、存在主义、荒诞派戏剧等。现代主义是一种极其复杂的文学现象，不仅流派繁多，而且非常复杂，充满矛盾，但又彼此交融，而且各流派的艺术纲领和创作宗旨也各不相同。尽管如此，各流派的创作却体现了一个共同的精神内核，即以非理性主义为其理论支撑，从不同的角度、以不同的形式表现了特殊历史时期人们苦闷、悲观的心理和思想情绪，深刻暴露了 20 世纪西方世界的社会危机、精神危机和文化危机。

从总体上看，现代主义小说的思想、艺术特征可以概括为下面几个方面：

一、在思想主题上突出表现了人的异化。高度发展的物质文明使人与社会、人与自然、人与人、人与自我的关系产生了尖锐对立和极度疏离。这四种基本关系的畸形脱节，让人产生荒诞感、焦虑感、虚无感和异化感。在现代主义作品中，我们常会看到人与人之间处在极端的陌生与隔绝的状态，人在异己而强大的社会和自然面前孤立无援，无能为力，他因"失去自我"而悲哀，因"寻找自我"而痛苦。个性的异化和自我的消失，彻底消解了传统文学中的英雄模式，非英雄人物形象开始登上文学舞台。人丧失了理想、信念、责任，变得粗俗猥琐，低贱不堪，成为游离于社会边缘的被扭曲的人。

二、在创作观念上强调表现内心生活和心理真实，具有内倾

---

① 　林骧华：《西方现代主义文学评述》，上海人民出版社 1987 年版，第 4 页。

性和客观化的特点。现代主义作家认为，传统现实主义的反映说和模仿说已经无法完成再现客观现实的任务，因为现实世界是虚假的，不真实的，人的理性已经无法把握瞬息万变的世界。世界的真实更多地存在于人的主观感受之中，唯一真实的只有人的心理和意识。因此，现代主义作家关注的焦点不再是外部的客观世界，而是主观的内在心灵。由于其表现对象的内倾化，现代主义小说的叙述方式呈现出客观化的特点。他们摒弃了传统小说中全知全能的叙事方式，代之以多层次、多角度、多人物的叙事方法。从大多数现代主义小说家的创作来看，作家要么不带任何感情色彩地列举事物和行为的名称、客观地报道人物的话语，要么沉入某个人物的内心，以人物的有限视角来观察世界，展示人物非理性的意识活动。

三、在情节结构上违反传统小说的故事设计和安排。传统小说都有十分明显的情节结构，有开头、结尾，有发展、高潮，有必要的起承转合，故事完整有趣，情节生动复杂，内容衔接紧密。而在现代主义小说中，情节和人物都被淡化了，内容也是支离破碎。读者看到的往往是一些无头无尾的"生活片断"，开头突如其来，结尾戛然而止。此外，小说的事件往往发生在一个模糊不清、难以确定的世界中，人物也缺乏鲜明的形象和具体的个性特征，成为某种思想和概念的代名词或象征。

四、在审美风格上倾向描写"丑"和"恶"。现代主义文学摒弃了传统的美学观念，大力张扬"以丑为美"的美学思想，极力发掘恶中之美。在现代主义文学中，象征主义以病态的花朵为美，表现主义以怪诞、诡异为美，意识流以模糊混乱的潜意识为美，荒诞派以有悖常理的怪诞为美。不难看出，现代主义作家以"丑"、"恶"为抒写主体，对城市之丑、人性之恶、存在之荒诞情有独钟。人性在失去了上帝的启示和理性的控制之后，堕落、变态、纵欲、绝望便会堂而皇之地出场；城市在各种欲望的鼓胀和发酵之中便会孳生出瘟疫、蛆虫、娼妓、犯罪。现代主义作家如此着力于丑恶和病态，就是借此来揭示现实与理想的距离，凸显人类生存的真实境遇，激发人们对美的追求。

刻意求新，实验开拓是现代主义小说家的共同追求，基于这个目的，每一流派的创作宗旨和艺术手法都各具特色，各不相同。然而，每一流派的小说家都倾心于运用象征、荒诞和意识流来表现作者的个人情绪和主观感受，不少作品还带有印象主义色彩。

综上所述，现代主义小说不论是在思想主题和创作观念上，还是在叙事方式和审美风格上，都是与传统小说背道而驰的。现代主义文学因包容了繁杂的艺术原则和多重审美取向，而呈现出多姿多彩的创作景象和勃勃生机。毫无疑问，现代主义丰富和拓展了艺术表现手段，促进了艺术风格的多元化，改变了长期以来文学界唯"现实主义"独尊的权威化格局，动摇了传统的审美观念和思维模式，对促进文学的繁荣和发展产生了难以估量的影响。

文学的发展是具有一定的延续性的，尽管现代主义是在反传统的旗帜下揭竿而起，但它仍然无法彻底割弃某些传统的文学基质，仍然要与传统文学、与社会和现实保持密切关系。作为20世纪西方文学中最重要的两股力量，现代主义与现实主义并不是单纯地互相排斥，而是在彼此的碰撞和斗争中互相影响，互相渗透，从而得到充实和丰富，共同前进，共同发展。

还需要说明的是，虽然现代主义小说着力表现在西方现代资本主义文明危机下，人丧失理想和信念之后的虚无和荒诞，强调漂泊的灵魂无法找到精神归宿的苦闷和彷徨，但我们不能因此而把"现代主义"与"颓废主义"绝对等同，视为一体。现代主义者与颓废主义者的一个根本区别就在于，现代主义者是关心国家、民族和世界以及人类命运的。① 现代主义小说同样具有强烈的批判精神，同样承担了批判现实的任务，它以扭曲、变形的方式揭露了西方世界普遍存在的社会矛盾，反映了人们所经受的精神危机，并且很少加以粉饰或歌颂，具有极大的真实性和深刻性。从这个意义上来说，现代主义不仅不是颓废的，而且还是进步的。现代主义作家抛弃了对未来盲目乐观的憧憬，不愿以历史预言家和社会代言人的姿态出现，自动从一个高瞻远瞩的位置上退下来，这其中虽然少了一份慷慨与激昂，却多了一份深刻与真实。

第二节　契诃夫小说的现代主义因素

纵观世界文学史发展的进程，契诃夫处于两个伟大时代的过渡之中，一面是俄国文学大师陀思妥耶夫斯基和托尔斯泰的现实主义风范，另一面则是 20 世纪崭新的文学开端。在 19 世纪末期，俄国古典小说的黄金时代业已结束，那些闪耀在俄国文坛上的巨星——果戈理、屠格涅夫、陀思妥耶夫斯基、托尔斯泰等都相继陨落或即将搁笔。与此同时，欧洲文坛上骚动着现代主义艺术的生命雏形，印象主义、象征主义等文学艺术流派相继产生。契诃夫与早期的现代主义文学大师们均处于这两个世纪之交的历史大转折中，呈现在他们面前的是一个极度狂乱、极度不和谐的世界。上帝已死，神圣的价值体系也随之崩溃。他们对现实的不满与憎恶，对生活和生命的感受与认识，都深刻地反映在创作上反传统的大胆革新中。

契诃夫的创作是 19 世纪俄国文学史上一个独特的现象。处在世纪之交这个特殊的历史时期，契诃夫在继承 19 世纪现实主

---

① 袁可嘉：《欧美现代派文学概论》，上海文艺出版社 1993 年版，第 30 页。

义文学的优良传统的同时，在很多方面又冲破了传统现实主义的樊篱，表现出许多新的创作理念和艺术品质。契诃夫认为文学作品只有符合下列条件才能成为艺术品：（一）不要那种具有政治、社会、经济性质的、冗长的高谈阔论；（二）彻底的客观态度；（三）人物和事物的描写的真实；（四）加倍的简练；（五）大胆和独创精神，避免陈腔滥调；（六）诚恳。①

与同时代许多现实主义作家相比，契诃夫更为深刻地理解文学与"人"的关系。文学之所以被称为"人学"，就是因为文学是以人为本，以探究人的自我生命价值和意义为己任，而不单纯是政治、宗教的传声筒和宣传工具。契诃夫深知这一点，因此，当其他作家沉迷于用文学来诠释某种政治和宗教意义而难以自拔时，契诃夫却以一种超越生活表层现象的清醒和智慧关注人的生存状态和人的个性本质。他不仅展现了人与社会、人与环境、人与人的荒诞关系，人的孤独和异化，而且还揭示出人性中的种种阴暗面，以及某些现代社会中所欠缺的宝贵品质，如同情、理解、互助、关爱等。

契诃夫小说中所关注的人类的生存问题让20世纪不同文学流派和不同艺术风格的作家感到异常亲切。在摇晃的世界中，人们的孤独与隔绝、迷惘与彷徨、原有信仰的破灭、旧生活的终结、对新的社会转折的期待，所有这一切都符合20世纪的文学精神。在20世纪文学中，这些问题被各流派作家从不同的角度切入、演绎、放大，以不同形式的变体从各个方面反映出来。但就其实质而言，继契诃夫之后的20世纪文学，在表现人的孤独、人在认识世界上的无力与无奈、人的孤僻与疏离等问题上，并没

---

① 《契诃夫文集》（第十四卷）汝龙译，上海译文出版社1999年版，第147页。

有说出更新鲜的东西来。契诃夫的艺术发现让 20 世纪一些评论家得出这样的结论：契诃夫是"新小说"和荒诞派戏剧的奠基者。[①]

契诃夫对现实作悲剧性理解，然而，他在表现现实中的悲剧时，却是客观冷静，不动声色。契诃夫的这种客观性原则，是对传统作家在作品中充当无所不知、无所不能的"上帝"的角色的反驳。可以说，在处理作者和读者的关系上，契诃夫比传统作家更人道。他从不向读者强行灌输自己的观点，表现出对读者审美意识的尊重，打破了读者只能被动地接受一切的传统模式，最大限度地调动了读者再创造的主动性和积极性，使读者成为作品艺术价值和思想意义的实现者。

契诃夫的艺术体系由众多的，在美学方面常常是互相矛盾的，与以往艺术体系相对立的特征构成。因此，契诃夫的诗学体系呈现出一种独特性、复杂性、开放性和多元性，是现实主义、印象主义、象征主义、心理分析等多种艺术手法的多元共存。斯坦尼斯拉夫斯基曾这样评价契诃夫的风格："契诃夫是擅长采用多种多样的、往往能在不知不觉中起影响作用的写法的，在有些地方他是印象主义者，在另外一些地方他是象征主义者，需要时，他又是现实主义者，有时甚至差不多成为自然主义者。"[②]在叙事模式上，以琐碎平凡的叙事取代了传统文学中的宏阔庄严的叙事；在题材选择上，注重描写平凡的生活和平凡的人物，摒弃了浪漫主义色彩；在表现方式上，开始从外部的物质世界的描写转向挖掘人物的内心世界；在审美风格上，把喜剧和悲剧这两

---

① 　Катаев В. Б. *Проза Чехова: проблемы интерпретаци*, М.: Изд-во Моск. ун-та, 1979, С. 216.

② 　斯坦尼斯拉夫斯基：《斯坦尼斯拉夫斯基全集》（第一卷），史敏徒译，中国电影出版社 1985 年版，第 261 页。

种互不相容的体裁有机地融合在一起，形成独特的"契诃夫式"的悲喜剧。

契诃夫对传统美学规范的突破，有其现代审美价值。它不仅使契诃夫的小说有别于传统小说，而且也使契诃夫的小说与20世纪西方现代主义文学产生了千丝万缕的联系。契诃夫的艺术体系像一个闪闪发光的棱镜，使不同流派的作家可以从不同的"侧面"来审视契诃夫的创作，从中发现引发自己文学流派的潜在因素。在契诃夫的创作中，从抒情到讽刺，从客观的叙述到修辞性问语，从生活细节到象征——所有这一切，都吸引着那些在文学中苦苦探寻新道路的文学艺术家们。

契诃夫的小说在思想内涵、艺术形式和审美风格上均表现出与传统现实主义的差异。作家的艺术创新自然与他超凡的艺术禀赋、前瞻性意识和创新精神有直接关系，但同时也不可忽视世纪之交俄国文学发展这一客观因素的作用和影响。

在俄罗斯文学史上，19世纪80、90年代是一个极其复杂并充满矛盾的时期。从一方面来说，当时的许多文学家和批评家都认为，这一时期的俄国文学正处在一个对现实主义生命力及其成果产生质疑的灾难性阶段。单一的思维模式和陈旧的创作方法已无力承担表现日益复杂和激化的社会矛盾的重任，曾经指引现实主义文学大师的艺术原则难免受到质疑。这一时期的现实主义文学举步维艰，陷入重重危机之中。从另一方面来说，这一时期也是旧艺术死亡和新艺术萌生的时期。"现实主义作为艺术地再现现实的手段，在19世纪末期的俄国文学史中不仅在不断发展，而且还在不断分化。"[1] 因此，在现实主义

---

① Виноградов В. В. *О языке художественной литературы*，М.：Гослитиздат，1959，С. 507.

文学面临危机之时，也是新的文学力量、新的文学财富形成与积蓄之时。从这个意义上说，19世纪末的现实主义文学虽然不似以往那样繁荣兴盛，但正常健康的文学发展并没有中断，仍在延续，而且现实主义依然是当时主要的文学流派，不论其内部出现了怎样的争论和分化。

　　作为这一时期崭新开端的"白银时代"丰富了世纪之交的文学生活。19世纪90年代以象征主义为首的俄国现代主义诗歌异军突起，象征主义诗歌的崛起对当时的俄国文学产生了极大的影响。象征主义理论家和诗人梅列日科夫斯基在《论当代俄国文学衰落的原因及其新流派》（1893）中认为，让文学服务于社会这种创作观是造成现实主义文学陷入深刻危机的原因，并导致了"艺术趣味的普遍衰退"。他提出，"神秘内容、象征、扩大艺术感染力"是未来俄国新文学应该具备的三个要素。①

　　在整个"白银时代"，两个主要的文学流派进行了积极的，但常常是彼此互不屈服的对话。在19世纪90年代和20世纪的最初几年，现实主义和正在兴起的、在文学进程中阵脚越来越稳固的象征主义之间的对立表现得尤为突出。例如，哲学家别尔嘉耶夫在1901年代表新艺术及其"美学理论"发表了轰动一时的《为唯心主义而斗争》。在这篇文章中别尔嘉耶夫认为，"在任何情况下都不能认为艺术是现实的反映"，他拒不接受现实主义及其"极端的表现形式——自然主义"。② 象征主义诗人别雷则认为，"现实主义者倾向于象征主义，是因为他们渴望神秘和美"；

---

　　① 郑体武：《俄国现代主义诗歌》，上海外语教育出版社1999年版，第15—16页。

　　② Под ред. Келдыша В. А. *История русской литературы X IX конца － X X начала века*，М.：Изд. цен."Акаднмия"，2007，С. 8.

"象征主义者正在走向现实主义，是因为他们厌恶了'单身宿舍'里的浑浊空气"。① 在 1900—1910 年间的文学批评中，"新现实主义"这个术语使用得相当广泛，但对它的理解却不尽相同：一部分人认为这是现实主义发展中的一个新阶段，另一部分人则把它视为象征主义运动的复兴。尽管双方对新现实主义的理解不同，但在一点上却达成了共识：双方都肯定了新的艺术品质的形成是不同的艺术体系互相影响、互相作用的结果。

俄国现代主义诗歌呈现出越来越强劲的阵容和力量，与现实主义文学形成对峙之势。在这种情况下，现实主义文学进行改革和创新势在必行，探寻新的创作理念和艺术表现方式刻不容缓。这不仅是社会、历史发展的迫切需要，也是文学自身发展规律的必然结果。一些具有社会责任感和艺术创新精神的作家们在思考社会、道德问题的同时，也在进行紧张的美学探索。他们试图跳出原有的创作天地，寻求用新的艺术形式，表现新的社会内容，力图多层次、多角度地关照生活，反映现实，探究人的潜在心理。

从某种程度上说，19 世纪 80、90 年代的文学的发展是以创作体裁的改革为前提条件的。这一时期的主要创作体裁是中、短篇小说和特写。小型叙述体裁的兴起一方面与各种社会矛盾复杂化和紧张化、资本主义关系的形成以及作为主要描写对象的中产阶级的快速成长密切相关，另一方面是由于其形式"轻便而又大众化、易于驾驭而又有较大审美容量"。② 可以说，小型体裁更适合于表现社会心理和社会情绪的频繁变化和迅速更迭，更易

---

① 　Под ред. Келдыша В. А. *История русской литературы XIX конца - XX начала века* , М. : Изд. цен. "Акаднмия", 2007, C. 9.

② 　陈平原：《中国小说叙事模式的转变》，北京大学出版社 2003 年版，第 175 页。

于阅读和接受。与此同时，长篇小说已不再成为优势体裁，其原因之一是"停滞的时代"没有为它提供宏大的事件和可歌可泣的英雄，长篇小说的叙事功能也就失去了用武之地。

随着创作体裁的变化，描写对象、作品内容以及表现手法也发生了相应的变化。此时的现实主义作家纷纷把视线转向中产阶级和市井中的小人物，力求真实地展现各种普通人物的形象及其平凡琐碎的日常生活。因而，表现普通的"中间人物"及其日常生活成为这一时期现实主义文学的一个突出特点。在表现手法上，现实主义因合理地吸纳各种流派的艺术手法而变得更加复杂和丰富。

在19世纪90年代和20世纪的最初几年，在托尔斯泰、格·乌斯宾斯基、迦尔洵、契诃夫、柯罗连科以及19世纪90年代新一代作家的创作中，出现了对现实的新的理解。他们在捍卫现实主义艺术传统和原则的同时，积极地革新现实主义，创作手法发生明显变化。寻找新的体裁、新的主人公、新的情节、新的表现手法以及与读者话语交流的新的方式，在他们的创作中已经明显地反映出来。

19世纪80年代中期的托尔斯泰正值创作精力旺盛时期。力求从"劳动人民和创造生活"的角度看待现实，成为这一时期托尔斯泰创作的基本特点。1891年托尔斯泰的中篇小说《克莱采奏鸣曲》的问世，引起了"阅读界一次真正的地震"。《克莱采奏鸣曲》不仅是第一篇博得世界声誉的俄国小说，也对19世纪90年代俄国小说的发展道路产生了深远的影响。托尔斯泰用表现人物性格和心理的新方法，即被评论界称之为"心灵辩证法"，丰富了现实主义艺术。用内心独白取代作家、叙述者或第三人称的合情合理的描写，直接显现人物心理复杂多变的自然流程。正是托尔斯泰最早发现和深刻揭示了人类心理活动的"流

动性"、内心精神生活的矛盾性，以及人的精神世界与生活方式
的冲突。托尔斯泰在分析一个人的社会行为逻辑的同时，以一种
非凡的力量解释人的社会生活与精神生活之间的深刻联系，描绘
出导致人与环境分离的精神生活的危机状态，这一点在《复活》
中表现得尤为突出。象征主义诗人勃洛克以感激之情接受这部小
说，并将其视为"即将过去的一百年留给新世纪的遗嘱"。①

　　格·乌斯宾斯基的创作探索给予 19 世纪下半叶俄国文学的
影响是不可忽视的。乌斯宾斯基善于抓住艺术细节，并赋予象征
的内涵，把对俄国日常生活的冷峻分析与抒情思考有机地融为一
体。乌斯宾斯基的创作风格深刻地影响到绥拉菲莫维奇，在某种
程度上也影响了蒲宁和后来的农民作家。

　　柯罗连科 19 世纪 80 年代创作的作品中出现了新的变化。柯
罗连科认为，作家的任务在于抵制消极性，鼓舞人们对未来的信
念。他在继承 19 世纪 60 年代民主主义作家的文学传统的同时，
勇敢地反对当时艺术中具有消极性的道德、美学理论。这一时期
的作品融合了浪漫主义和现实主义，追求新奇的情境和非同寻常
的人物性格，把那些探寻新的道德和美学理想的人物的精神品质
诗意化。柯罗连科在艺术中确立英雄元素的同时，为俄国文学引
入了一个非凡的、鲜明的人的形象。他不仅想展示群体中的人，
而且还想"在群体意义的土壤上展现个人意义"，试图构建一种
经过艺术筛选后的现实生活，这种生活的基础则是对未来的幻
想。然而，柯罗连科不是在与生活的客观联系中，而是在人的意
识和道德情感的内在发展中寻找浪漫主义与现实主义结合的根
源。在柯罗连科的创作中明显地表现出"转折时期"俄国现实
主义的普遍倾向，即致力于情感表现和作者对所表现的现实生活

---

　　①　Блок А. А. *Записные книжки*，М.：Худ. лит.，1965，C. 114.

的评价（如把浪漫化的主人公和特殊的情境用于现实主义文学之中，经常采用传说、神话元素等）。

迦尔洵的作品以描写人物的心理见长，对复杂而丰富的心理活动描写得细腻入微，采用第一人称的自述、日记、回忆等形式表现主人公内心隐蔽的感受，乃至病态的意念和幻觉，常常用象征、寓意的手法深化人物形象和思想主题。有些研究者认为，在他的创作中可以找到某些象征主义和意识流的因素。迦尔洵的创作传统和艺术探索直接影响到契诃夫、柯罗连科和安德烈耶夫。迦尔洵小说中的疏离主题对契诃夫晚期创作影响很大。

此外，库普林喜欢使用近乎自然主义的描写和浓墨重彩的渲染反映重大的社会问题；蒲宁的小说情感细腻，乡土气息醇厚，不仅印象主义风格浓郁，且有诗歌的韵律和节奏感；安德烈耶夫偏重通过主观印象折射现实，注意刻画人物心理状态的细微过程，将现实主义描写与象征、荒诞相融合，具有深刻的哲理性和寓意性。应该说，在19世纪末20世纪初，不仅是托尔斯泰等个别作家，而且整个俄国现实主义都已开始向新的创作道路过渡。

正是这种文学氛围孕育并催生了契诃夫创作中新的艺术品质，契诃夫的文学创新也是以他的前辈和同时代的文学创作为基础的。当契诃夫开始创作短篇小说的时候，俄国文学有了丰富的短篇小说传统。俄国的短篇小说家从普希金、果戈理到屠格涅夫、托尔斯泰、列斯科夫和迦尔洵为俄国短篇小说传统作出了实质性的贡献，叙述形式从常用的第三人称到第一人称，出现了书信体和日记体小说。叙述者脱离作者而独立存在，在小说中出现多重叙述。年轻的契诃夫在自己的创作中运用了所有这些艺术手法，同时他又扩展和丰富了小说的体裁。契诃夫为小说的体裁注入了新的力量，改革了旧的小说传统，成为许多俄国及外国短篇小说家仿效的典范。

契诃夫的创作可以概括为两种基本类型：在早期的独幕轻松喜剧、舞台剧和短篇故事中，可以看出与萨尔蒂科夫·谢德林、格·乌斯宾斯基、阿·奥斯特洛夫斯基等文学传统的联系，这些联系即使在他晚期作品中也能明显感受到。另一种是与俄国心理现实主义传统的联系。在契诃夫的一些小说中（如《没有意思的故事》《决斗》《带小狗的女人》《新娘》等），主人公的精神探索、从原有的理想到新的理想的认识过程，构成了小说的情节发展，整个作品的结构服从于这一任务，并且以新的方式建立。

契诃夫笔下的人物形象在保持具体的日常生活可信度的同时，充满了深刻的社会、哲理内涵。在契诃夫的小说中突出了一种新型的主人公形象——中间阶层人物。契诃夫描写的中间人可在两个含义上理解：（一）这些人物多属于中产阶级、小资产阶级和平民大众；（二）他们在生活行为和道德尊严方面属于"中庸"类型。契诃夫选择这些人物作为自己的研究对象并非偶然。一方面，这是传统的俄国社会阶层和社会等级结构发生重大变化的间接反映；另一方面，这是在新的历史条件下上升到全人类高度上的俄国文学传统（尤其是在陀思妥耶夫斯基和托尔斯泰作品中）的发展。

在俄国文学中，谢德林是第一个关注俄国生活中的"中间人"的作家。契诃夫和谢德林的"中间人"是某一个历史时期的代表，但在两个作家笔下"中间人"却是不同的。谢德林笔下的"中间人"是作为历史的保守力量出现的，作者着力揭示的是他们"自我保全的本能"。而契诃夫在描写"中间人"的时候，是把他们作为当时俄国生活中最普遍、最具代表性的一类人群，他们的生活态度和方式、内心的迷茫和痛苦都具有社会意义。这些人总是试图明确生活方向，试图要在这个世界上弄明白点什么，但几乎总是事与愿违，适得其反："俄罗斯生活把俄罗斯人砸得粉身碎骨，如同一块一千普特重的石头砸下来一样。"①结果他们得出的结论只能是"这个世界上的事谁也弄不明白"！

契诃夫喜欢并善于描写"中间人"的日常生活，但"日常生活"在契诃夫的艺术世界里是具有特殊含义的，它是"生活琐事"的代名词，具有悲剧意味。准确地说，把"日常生活的悲剧性"这一主题引进俄国文学的并不是契诃夫。在他之前，果戈理和谢德林已经涉猎这一主题。对于果戈理而言，"生活琐事"意味着"庸俗人的庸俗性"，指的是卑微小人物的周围环境以及这一环境的产物。对于谢德林来说，"生活琐事"是社会恶的日常表现，它以令人发指的形式表现出来，它迫使作者大声疾呼。但在契诃夫的笔下，"生活琐事"是某种不取决于人的意志、具有强制性的东西。这不是局部的，而是普遍存在的环境。不论是小人物还是大人物，不论是聪明的人还是愚蠢的人，不论是善良的人还是邪恶的人，不论他有着什么样的社会地位、知识水平和道德水准，都身不由己地被这种环境所裹挟。契诃夫笔下的"日常生活"是所有人都不得不生活于其中的一种普遍环境。它具有一种荒谬性，而在这个荒谬的世界中，丧失理想的人也只能走向荒谬和无聊。不论契诃夫的主人公所面临的世界是怎样的庸俗、荒诞，他都没有能力抗拒这个世界。抗争是没有意义的，是没有益处的，也是没有结果的。他不可能脱离这种庸俗和混乱的生活而寻求到另一种有意义的生活，不可能跨越这条界线，因为世界本身就是庸俗的、混乱的、荒诞的。在没有界限的地方，就不存在跨越界限的可能。契诃夫通过日常生活的万花筒，为读

---

① 《契诃夫文集》（第十四卷），汝龙译，上海译文出版社1999年版，第298页。

者展现了人类生活方式和样态的共性。

契诃夫是这个世界上最敏感的作家之一，他清楚地看到日常生活是怎样将人的个性一点一点地啃噬，乃至将人整个吞没。日常生活无处不在，它是"恼人的牢笼"①，是一只生了翅膀的"笼子"，追逐着无路可逃的人，就像日后卡夫卡在其作品中所表述的那样："一只笼子在寻找一只鸟。"在契诃夫的作品中，对日常生活的分析有着决定性意义。正是由于这样的分析，契诃夫不仅能发现以明显形式表现出来的不正常，还能发现潜藏在琐细的现象中和隐蔽的角落里的不正常。因此，每个单一的生活事件在他的笔下都变成了研究世界与人所必需的资料。

契诃夫的叙事逻辑有自己的认识特点：真实的世界是与人自己的想象不相符的，换言之，人生活的世界与人理想中的世界完全不相符。契诃夫的小说，不论是在最初创作的，还是在成熟期创作的，其情节上的一个重要内容就是不断的误会和失望，而由于这一"发现"所产生主人公的未来，就是屈从他自己的命运。

契诃夫以新的艺术发现丰富了俄罗斯文学。人的思想和情绪的细微变化、他对周围世界和他自己的评价的内在变化成为契诃夫表现的对象。契诃夫的创新还表现在他对平民知识分子的民主主义文学传统和心理现实主义的综合。契诃夫似乎对19世纪的俄国文学做了总结，并揭开了文学发展的新的一页。

每一个作家与现在、过去和将来都有一定的联系。他的声望越大，在其作品中所感觉到的传统的和创新的、本民族的和全人类的东西就越清晰、越明显。契诃夫意识到改革现实主义的必要性，这顺应了时代的要求。契诃夫从人的立场评价生活的表现方

---

① 《契诃夫文集》（第八卷），汝龙译，上海译文出版社2000年版，第306页。

式，成为俄国现实主义发展的一个新阶段。契诃夫的创作高峰期一直持续到 20 世纪初期，他的创作在表现其鲜活的艺术发展继承性的同时，不仅把俄国文学史的两个时代连接起来，更重要的是，不论是在 19 世纪 90 年代，还是在 20 世纪初期，契诃夫都以自己的晚期创作积极形成现实主义的新面貌。作为俄国现实主义文学的最后一位杰出代表，契诃夫的创作不仅具有承前启后的特殊作用，而且也最能说明世纪之交俄国现实主义文学的新品质。多尔戈波罗夫指出："当时生活中的各种关系和社会气氛已经达到非常紧张的程度，这就要求寻找比批判现实主义作家所使用的容量更大的艺术形式和手段。在寻找这些形式和手段的道路上，整个俄国文学正是跟在契诃夫身后。"① 高尔基在 1900 年 1 月 5 日写给契诃夫的信中称：契诃夫用现实主义的极端倾向来"扼杀"现实主义，现在我们已"无路可走"。而现实主义的异己者们则把它看成是发现了艺术想象的新领域。

契诃夫不同于传统的独特艺术手法，的确与现代主义的创作方式有着某种程度上的相近或相通，从这个角度上看，现代主义某些流派把契诃夫视为自己的先驱是有一定道理的。一些研究者试图从不同角度界定契诃夫的创作性质，以此说明契诃夫创作中的现代主义品质，例如：有人为了突出契诃夫小说中的象征主义特征，把他界定为"现实主义的象征主义作家"，② 也有人认为契诃夫的现实主义是一个复杂的有机体，融会了象征主义、印象主义、意识流、心理分析等多种创作手法，是"包罗万象的、混合

---

① Долгополов Л. *Личность писателя, герой литературы и литературной процесс* //Вопр. лит. , 1974, № 2.

② Эммануэль Вагеманс *Русская литературда от Петра Великого до нашей дней* , М. : РГГУ, 2002, С. 223.

的现实主义"。① 英国学者贝弗利·汉认为，契诃夫的现实主义根植于果戈理、屠格涅夫、陀思妥耶夫斯基、托尔斯泰的现实主义，但契诃夫的现实主义更具有"现代性和实验性"，因为契诃夫的现实主义"没有宗教"。② 尽管人们对契诃夫的艺术创作性质持有争议，但都从不同角度肯定了契诃夫创作中的现代主义品质。

---

① Кулешов И. *История русской литератудры X IX века*，М.：Изд-во Московс. ун-та，1997，С. 617.

② Под ред. Трущеннко Е. Ф. и др. *Новые（зарубежные）исследования творчества А П Чехова*，М.：ИНИОН АН СССР，1985，С. 111—112.

第 二 章

契诃夫小说的荒诞意识

第一节　荒诞意识产生的历史背景

一

　　托尔斯泰和陀思妥耶夫斯基的创作所表现的世界的完整性和广阔性达到了最大限度。两位文学大师以雄浑的笔力反映和揭示了关于世界和人的各种复杂的思想，既回答了生存问题，又回答了社会问题。他们的主人公在理解尘世生存的最大快乐的同时，不懈地寻找与宇宙的和谐关系，与永恒世界的牢固联系。《战争与和平》和《卡拉马佐夫兄弟》的作者们都乐于解决个人与社会、人与历史等重大问题。在他们的艺术世界中，个人、家庭、社会、人民、国家、人类都有着自己固定的位置，终将纳入一个和谐的整体。

　　读惯了托尔斯泰和陀思妥耶夫斯基的作品之后，读者一下感觉到很不适应契诃夫的风格：他的作品把读者带入了截然不同的另一个世界：破碎的、零散的、甚至是混乱的世界取代了完整和

谐的世界；彷徨和怀疑取代了坚定的信仰；主人公僵死的教条和
幻想取代了积极的信念；与世隔绝和孤独取代了彼此的关爱和
团结。

读者不禁会问，几乎是生活在同一时代的作家们笔下所表现
的世界和对世界的评价为什么会出现如此悬殊的差异？

牛津大学教授罗纳尔多·亨利从契诃夫的生活经历和个性方
面，寻找作家世界观和创作观的成因。亨利在详细研究契诃夫的
书信、回忆录、作品以及其家人、朋友的信件之后指出，契诃夫
几乎从童年时代起，就对乐观主义的世界观产生了不信任感，就
有了把生活视为永无止境的、不可逃避的、失望的生活感受。契
诃夫在其创作中详细地分析了人在庸俗生活的重压之下，幻想和
希望不可避免地破灭的过程，他"最有力的创作发现"，就是揭
示了"生活中同时存在庸俗的和悲剧的因素"。同时，这样的生
活感受使得契诃夫与他周围那些保持着"19 世纪的浪漫和乐观
幻想的"人群之间产生了"内在的、隐蔽的、模糊的分歧"。①

契诃夫在深刻地感受到这种"分歧"以及与周围人们"格
格不入"的同时，把自己"封锁"起来，不让任何人进入他
"隐秘的精神世界"。他只作为生活的"观察者"，但却从不参与
周围的生活，因而客观地表现了与他"格格不入"的世界的画
面。契诃夫不可能把自己的内心体验同别人的心理感受混为一
谈，这导致他在生活中的孤独；导致他在创作中深入人物内心世
界的同时，始终保持作者与人物之间一定的距离。亨利在这一方
面找到了理解契诃夫作为一个人和作为一个艺术家的关键，并认
为这是"契诃夫与对周围世界保持相似态度的西方现代文学在

---

① Под ред. Трущенко Е. Ф. и др. *Новые зарубежные исследования творчества А П Чехова*，М.：ИНИОН АН СССР，1985，C. 105.

精神气质上接近的基础"。① 伦敦大学教授莱菲尔德的观点与亨利相似。他认为在契诃夫的真诚、友善、亲和、诚实的后面，隐藏的是一种不可动摇的、防卫性的克制与忍耐，造成这种结果的原因之一在于契诃夫的童年，确切地说，在于契诃夫"没有"童年。② 另外他还认为，经常的"死亡感受"是契诃夫理解世界的基础，它刺激他的"生活积极性"，并成为他"创作忧郁"和"个性克制"的根源。③

童年的确给予契诃夫许多痛苦。契诃夫在 1892 年 3 月 9 日给列昂捷夫（谢格洛夫）的信中明确地说："童年就是苦难。"④正是这种苦难造就了契诃夫特有的隐忍与克制的性格气质，让契诃夫自始至终都怀有一种孤独情结。契诃夫在一篇日记中写道："如同将来我会孤身一人躺在坟墓里一样，目前实际上我也是孤身一人活着。"⑤

童年经验是作家审美心理建构的"墙基"，生成并建构了作家一生审美心理的意向结构。而作家童年时期的心理创伤，对他的个性气质和作品的美学风格的影响尤为巨大。⑥ 作家的生活经历和个性气质对他的世界观和创作观的形成将产生重要影响，这是不争的事实。由于世界观和创作观的不同，作家所提出的创作

---

① Под ред. Трущенко Е. Ф. и др. *Новые зарубежные исследования творчества А П Чехова* , М. : ИНИОН АН СССР, 1985, С. 106.

② Красавченко Т. *Чехов в зарубежном литератураветении* //Воп. литер. , 1985, № 2. С. 219.

③ Под ред. Трущенко Е. Ф. и др. *Новые зарубежные исследования творчества А П Чехова* , М. : ИНИОН АН СССР, 1985, С. 107.

④ 《契诃夫文集》（第十五卷），汝龙译，上海译文出版社 1999 年版，第 231—230 页。

⑤ 《契诃夫文集》（第十三卷），汝龙译，上海译文出版社 1999 年版，第 545 页。

⑥ 张佐邦：《文艺心理学》，中国社会科学出版社 2006 年版，第 73—77 页。

任务和对所表现对象的理解也将不同。契诃夫感兴趣的不是处于战争或者政治剧变中的世界，而是孕育着另一种秩序、隐伏着灾难的、不和谐的世界；他关注的不是各种思想和学说，而是人类的生存问题。在契诃夫的笔下，全人类的主题和一般哲学主题是与表现人类生活中的混乱与无序联系在一起的，换言之，是与表现世界与个体存在之间的荒诞性联系在一起的。

二

荒诞一词是由拉丁文演变而来，原意为耳聋，后转意为音乐中的不和谐音，由此又引申为不合道理、不合常规、不可理喻、不合逻辑、荒谬可笑。1941 年法国作家阿尔贝·加缪在《西西弗斯神话》中，首次把荒谬定义为一种人与世界的紧张的对立关系。

在 20 世纪西方现代主义文学思潮中，荒诞是现代主义文学最鲜明的特征，是西方美学的一个重要审美范畴。现代意义上的荒诞，是一种本体论上的荒诞，是从形而上的意义上反映世界存在的荒诞及人类存在的荒诞。它的基本含义是指人与世界关系的不调和，人与人之间的陌生感和孤独感，人的自我迷失与异化。荒诞揭示了西方社会现实中人类生存的一种困境。

荒诞在契诃夫的创作中不仅仅是一种艺术表现手法，还是作家观察世界、感受世界的独特方式，它的产生与当时的历史背景、政治环境及人们的精神生活密切相关。

19 世纪与 20 世纪之交是欧洲文化普遍存在危机的时代。1861 年的改革在为俄国社会的精神、政治、经济生活带来一些新气象的同时，也使社会生活的各个方面充满深刻的矛盾，俄国社会危机四伏。改革后的俄国用了几十年的时间完成了西欧经历数百年的社会经济转型，但与此同时，也就把西欧数百年间产生

的社会问题一下集中到俄国几十年的时间内。① 1881 年 3 月亚历
山大二世遇刺身亡后，沙皇政府加强了专制统治，社会矛盾日益
激化。在俄国历史上，19 世纪 80 年代不仅是一个反动的时代，
还是一个"停滞的时代"，是一个精神危机的时代。60 年代的农
民革命思想已不占主导地位，民粹派思想受到普遍质疑，人们失
去了生活中的"共同理想"，整个社会被怀疑、悲观和失望的情
绪所笼罩。与此同时，整个欧洲都陷入严重的社会危机和精神危
机的重围。尼采高喊一声"上帝死了"，使得上千年来苦心经营
的传统价值体系大厦轰然倒塌。而此时，叔本华的唯意志论、尼
采的权力意志论、柏格森的生命哲学等现代哲学理论异军突起，
让西方的精神世界又遭到非理性主义和悲观主义的强烈冲击。人
的信仰出现断裂，一切传统的价值观念都在精神危机中化为乌
有，就连人类的理性、未来和人道主义理想也受到深刻的质疑。
这种断裂让人们感到惶恐、失落、焦虑、不安，"世纪末情绪"
吞噬着人们的心灵，人头脑中所有的精神给养被抽空，成为一个
丧失生命活力的"空心人"。

　　尼采和叔本华的哲学思想在 19 世纪 80 年代的俄国已经有了
相当广泛的影响。托尔斯泰在 1869 年 8 月 30 日给费特的信中高
度评价叔本华的思想："面对叔本华有一种无法抑制的兴奋和精
神享受……现在我相信，叔本华是最有天才的人。"而费特则是
最早把叔本华的文章译成俄语的翻译者之一。当时，屠格涅夫、
符拉季米尔·索洛维约夫以及俄国其他许多思想家、作家、社会
活动家都是叔本华哲学的追随者。到了 19 世纪末 20 世纪初，俄
国的社会政治活动渐渐活跃起来，各政治派别及政党分别产生，
政治力量不断聚合和分化，意识形态的斗争异常尖锐。在这种历

---

① 曹维安：《俄国史新论》，中国社会科学出版社 2002 年版，第 107—111 页。

史背景下，俄国的宗教—神学思想开始复苏，各种哲学思潮也日渐兴盛。在俄国民众中，尤其是知识分子中，产生了对神秘主义、通灵术和宗教哲学的兴趣。然而，意识形态的繁荣并没有给人带来新的希望和精神慰藉，各种理论、学说的兴起都难以对世界的无序性做出合理的、令人满意的解释。世界因不同的解释呈现不同的面貌，人们被眼花缭乱的思想和理论裹挟着，不知所措，无所适从，心中充满疑虑、恐惧和孤独。不仅如此，人们之间的直接联系被削弱了，而以技术手段装备的信息却大大加强。因此，人感觉自己在可怕的、变化不定的世界中迷失了方向。世界的形象在改变，人的形象也在改变。他变得越来越不坚定，越来越变化无常。伴随社会的"分裂"一起到来的，是人的精神和心理的"分裂"。人无法也无力明白自己在世界中的位置，他所具有的各种社会的、文化的，有时甚至是彼此矛盾的"角色"让他精疲力竭。整个西方世界就处于这种信仰沦落、人心失衡的混乱状态。

　　社会的混乱状态以及历史发展道路的无法预测性，要求艺术家具有洞察幽微的才能。在这种情况下，那些对人类命运具有前瞻性洞察和冷静思考的作家，自然转向生存的根本问题。较之19世纪俄国的其他作家，契诃夫最早用敏锐的心灵感悟并发现了人类生存的真实境遇。

　　1892年契诃夫在给苏沃林的信中写道："现在科学和技术正经历着一个伟大的时代，但对我们来说，这个时代是疲惫的、抑郁和枯燥的。我们自己也是抑郁和枯燥的……我们没有最近的目标，也没有遥远的目标，我们的心中一无所有。我们没有政治活动，我们不相信革命，我们没有上帝，我们不怕幽灵，而我个人呢，我连死亡和双目失明也不怕。……这是不是一种病？……我不向自己隐瞒我的病，不向自己撒谎，不用诸如60年代思想这类别人的破烂来掩盖自己的空虚……我也不用对美好未来的希望迷惑自己。我患这种病不是我的过错，也不是我能治好自己的毛病……"①契诃夫直言不讳地道出时代的病症，他的这段话不仅真实地反映了当时俄国社会中人们（尤其是知识分子）普遍的精神状态，而且远远超越了19世纪80年代俄国的社会范畴，准确地揭示了当时人类社会所共有的生存困境。上帝死了，昔日的信仰和传统价值体系彻底崩溃，随之而来的是虚无、毁坏、没落、颓废，世界突然变得陌生，模糊混乱，不可认识。人们生活在这样的一个空间里，理想幻灭，信仰缺失，精神萎靡，无所依托，失去了立足点和安全感。人突然被抛入一个陌生的世界，成为一个孤立的个体，成为一个"局外人"。人与世界、人与社会、人与人、人与自我之间丧失了原有的和谐关系，这种和谐关系的丧失投射在主体身上，自然就产生一种荒诞心理。契诃夫早期作品集《碎片》就是这一时期社会情绪和人们精神状态的最好象征。

契诃夫坚信，人与世界、人与社会、人与人的和谐关系，是现代人类所需要的那个"共同理想"不可缺少的基础。但是，由此产生了关于人作为社会的人、关于应该建立在和谐和互相好感基础上的人的社会生活以及关于人们之间紧密、理性、热忱的联系等一系列问题。应该怎样建立这些关系？契诃夫不知道答案，但这并非是契诃夫无知，而是那一代人的迷茫和困惑。因此，契诃夫说："讲到晚近这一代的作家和艺术家在创作中缺乏目标，这是一个充分合法的、顺理成章的奇异现象。"②

---

① 《契诃夫文学书简》，朱逸森译，安徽文艺出版社1988年版，第222—223页。
② 《契诃夫文集》（第十五卷），汝龙译，上海译文出版社1999年版，第302页。

在契诃夫看来，造成这种结果的原因错综复杂，但主要原因不是社会的，而是人的精神和世界观方面的。人们心中不再存有美好的理想和崇高的信念，因此对生活自然冷漠。与此同时，作为一个职业医生、唯物主义者的契诃夫，把 19 世纪末这种精神的病症和人的心理上的病症结合起来。契诃夫认为，这种病不是偶然的，而是有其深刻的历史成因，在这个意义上，他认为"这种病自有一种潜藏着的不为我们知道的好目标"。① 契诃夫从这种"世纪病"中觉悟到自己特殊的文学使命，以一种崭新的视角看待作家对于社会的责任。"我的目标是一箭双雕：一方面真实地描绘生活，一方面顺便表明这种生活多么不正常。"② 这种"一箭双雕"的创作宗旨始终贯穿在契诃夫创作的始终。时间证明，在追求真实地表现生活的同时，表明现实生活的不正常，对于契诃夫艺术体系的发展是极其有利的。作为一个作家，他对现实生活的理解越是深刻，所描绘的画面就越是无情的真实；人与世界、人与社会之间关系的反常性暴露得越是尖锐，所表现出人们对另一种"应该有的"生活的渴望就越是强烈。这种既矛盾又统一的创作方法，充分表现出契诃夫艺术体系的独特性。

作为一个艺术家，契诃夫充分意识到处于萧条与停滞时代的自己同时代人的处境，他要表达出他们的痛苦、不安、忧虑和希望。他意识到的和要表现的一系列问题，已成为 20 世纪世界文学中特别具有现实意义的问题。契诃夫抒写孤独、亲近人们之间的互相不理解、人与人关系中永远难以消除的误会、人

---

① 《契诃夫文学书简》，朱逸森译，安徽文艺出版社 1988 年版，第 223 页。
② 《契诃夫文集》（第十五卷），汝龙译，上海译文出版社 1999 年版，第 527 页。

面对岁月飞逝的无助以及不明白自己生存的意义等等。他比任何人都敢于讲述生活的无聊与空虚，并把它视为人存在的悲剧的真相。契诃夫的唯物主义观和自然科学观令他摒弃了任何乌托邦的幻想，为他准确地、客观地为整个社会把脉，诊断介于正常和病态之间的人的脆弱，严肃地对待这场空前的"世纪病症"提供了可能。契诃夫学专家斯卡夫迪莫夫最先认识到，作者"发现了现实中某些新的方面"。① 契诃夫发现了新的现实！正像对于任何一个创作者一样，这一新发现对于契诃夫来说具有重大意义。新的现实特性，而不是以前文学的假定性，决定了作者所要采用的新的创作方式。斯卡夫迪莫夫把契诃夫的这一发现称为"人们每天都以此生存的普遍的生活感觉，内在的普遍的紧张情绪"。② 这种普遍的生活感觉和紧张情绪便是现代人的荒诞心理的反映，也是 20 世纪文学表现的一个重要主题。现代人失去了所有崇高的方向，孤独地生存着。这种生存状态一经显现，就被契诃夫敏锐地察觉，并且能够及时地捕捉到，创造出新的艺术形式。契诃夫学的著名专家林可夫认为："契诃夫的所有创新，他对世界文化的所有意义只是由于他理解了这种病的本质。"③ 而契诃夫受到西方读者推崇的原因之一，在于他在自己的创作中关注人的存在的最本质问题，在于他深刻地理解人的内心活动与变化。④

---

① Скафтымов А. П. *Нравственные искания русских писателей*，М.：Худож. лит.，1972，С. 407.

② 同上书，第 415 页。

③ Ликов В. Я. *История русской литературы X IX века в идеях*，М.：Изд-во Московск. ун-та，2002，С. 136.

④ Красавченко Т. *Чехов в зарубежном литератураветении* //Воп. литер.，1985，№ 2，С. 210.

第二节 荒诞意识的主要表征

一

荒诞意识在契诃夫的艺术世界主要表现为世界的不可知性，以及由此而产生的人的孤独、隔阂、冷漠、互相不理解、丧失理想、恐惧等一连串的心理反应。

世界的不可知性在契诃夫的创作中是一个非常重要的主题。这一主题早在《草原》（1888）中就已初见端倪。《草原》描写的是九岁的男孩叶果鲁什卡跟随舅舅去外地求学时一路上的所见所闻。外面的世界并未引起孩子童心中哪怕是暂时的好奇与欢乐，相反，无精打采的草原、半死不活的青草、同路的乘客、悲凉古怪的歌声都让他感到郁闷、扫兴和乏味。"他觉得自己是个最不幸的人，恨不得哭一场才好。"① 在漫长的行程中，叶果鲁希卡常常仰面朝天地躺在货车上，看着天空渐渐变暗，星星接连亮起来。

> 每逢不移开自己的眼睛，久久地凝望着深邃的天空，那么不知什么缘故，思想和感情就会汇合成为一种孤独的感觉。人们开始感到一种无可补救的孤独，凡是平素感到接近和亲切的东西都变得无限疏远，没有价值了。那些千万年来一直在天空俯视大地的星星，那本身使人无法理解、同时又对人的短促生涯漠不关心的天空和暗影，当人跟它们面对

① 《契诃夫小说全集》（第七卷），汝龙译，上海译文出版社2000年版，第104页。

面、极力想了解它们的意义的时候，却用它们的沉默压迫人的灵魂。那种在坟墓里等着我们每个人的孤独，就来到人的心头，生活的实质就显得使人绝望，显得可怕了。……①

帕斯捷尔纳克有一首与契诃夫的《草原》同名的诗。在两个作者的笔下，草原形象的一个重要特征就是，草原是向宇宙敞开的空间。这不单是天空下的土地，其本身就是一个世界。它诱惑着人们，但"它那缠绵的神情使人头脑昏眩"。② 当人力图认识它、了解它的时候，它却用"沉默"来压迫人的欲望和灵魂。未来的生活会是什么样子呢？小男孩只能用"悲伤的泪珠迎接这种对他来说现在才刚刚开始的、不熟悉的新生活"③。

在《草原》中作者是通过孩子的眼睛来看待世界的，表现出对未知世界和生活的怀疑和恐慌。如果说这其中更多的是基于主体模糊的、感性的认识的话，那么在《灯光》（1888）中，作者则是借助一个大学生对世界的理性思考，明确地表达出："这个世界上的事谁也弄不明白！"。④ 小说展现的是一幅荒谬、怪诞的景象：模糊的灯光在黑夜中闪烁，黑暗给大地加上某种稀奇古怪的外貌，夜晚显得更加荒凉、阴森和黑暗，使人联想到开天辟地以前的洪荒时代。人的思想、人的理性，就像模糊的灯光一样，"在黑暗中顺着一条直线往一个什么目标伸展过去"⑤，既不能照亮生活中的黑暗，也不能驱散生活中的黑暗。不仅是个别的

---

① 《契诃夫小说全集》（第七卷），汝龙译，上海译文出版社 2000 年版，第 150 页。

② 同上书，第 132 页。

③ 同上书，第 184 页。

④ 同上书，第 231 页。

⑤ 同上书，第 229 页。

人生活在"黑暗"之中,整个人类都在经过混乱和黑暗为人们铺设的一条通向未知目的的道路。几年之后,在《决斗》(1891)中也出现了相似的结论:"谁也不知道真正的真理!"①人力求理性地认识世界,而理性的呼唤却得不到回答,展现在人面前的世界是模糊混乱,不可认识的。契诃夫作品中的这种观点在卡夫卡的艺术世界中进一步深化。卡夫卡认为,人存在的悲剧性讽刺在于,人不可能看清世界上正在发生的一切事情的意义,他只是世界的过客和旁观者。因此,对于生活在卡夫卡世界的人们来说,试图探究事物及一切规则的内核成为荒诞之举。

人与世界、人与环境的关系始终处于这种对峙状态,如此一来,人的存在就势必成为一种痛苦。

精神的痛苦是以知识为条件的,知识越丰富,精神的痛苦就越深切,这也是契诃夫笔下知识分子的一个显著特征。

《没有意思的故事》(1889)主人公是一位德高望重的老教授,他声名显赫,学识渊博。老教授拥有了他所想要的一切,所得到的甚至比他想象的还要多。不论是个人生活,还是科学研究和教学工作,他都取得了非凡的成就。可是,老教授却发觉自己越来越疏离自己的亲人,他试图找到其中的原因。他把自己的内心感受同外部世界的环境联系起来,既在自己身上,又在自己与社会的相互关系中寻找原因。老教授只是关注自己孤独中的某些方面,而忽视和极力躲避其他方面,然而,这并不影响他认识自己与周围人们关系的虚伪和单调。重病加深了老教授的孤独感,老迈和死亡的临近把他与周围的人隔离开来,让他失去了行动的机会。原有的生活秩序和生活模式顷刻间崩溃,人与人之间的正

---

① 《契诃夫小说全集》(第八卷),汝龙译,上海译文出版社 2000 年版,第 190 页。

常联系猝然断裂。他原来喜爱的科学工作变成了一种异己力量，教授与同事之间的关系失去了真正的人的内容，这种关系令他苦闷，但不论是老教授，还是他的同事们，都无力改变这种境况。

老教授痛苦的原因不仅在于外部世界，还在于老教授的内心。以前他总是相信只有在科学的帮助下人才能战胜自然和自己；他认为世界上的一切都可以研究，可以解释，可以接受。可是作为父亲他不能帮助自己的女儿，作为监护人他不能帮助对生活充满迷惑的卡嘉，只能看着她们在生活的十字路口彷徨和徘徊，他的内心因此而受到了强烈的震动。老教授认为，联系他们的只能是"中心思想"，然而，这一发现却让他感到更加孤独和失落，因为在他的生活中缺少的恰恰是"一种主要的、非常重大的东西"，一种叫做"中心思想或者活人的神的那种东西"，"可是缺乏这个，那就等于什么都没有"。① 对他来说，家庭、妻女变得陌生，周围的一切都变得陌生。他无助于自己，更无助于他人，他只能用"不知道"来回答晚辈的求问。纳博科夫精辟地指出契诃夫的主人公的典型特征："典型的契诃夫的主人公，就是到处碰壁的人类真理的护卫者，对于肩上的重任，他既担不起，又放不下。契诃夫的全部小说就是连续不断的碰壁，而碰壁中的人只能两眼瞪着星星。他永远是不幸的，也永远使他人不幸。"②

契诃夫笔下塑造了形形色色的人物性格，尽管他们资质不同，性格各异，但都有一个共同之处：他们每个人都得不到某个最重要的东西。他们试图开始过一种真正的生活，但通常缺少内

---

① 《契诃夫小说全集》（第八卷），汝龙译，上海译文出版社 2000 年版，第 50 页。

② Набоков В. *Лекции по русской литератудре*, М.: Независимая газета, 1996, С. 329.

心的和谐。不论是爱情，还是献身科学，不论是社会理想的激情，还是对上帝的信仰，没有一种方式能够让他们感受到精神的充实。老教授感到苦闷、焦虑和迷茫，不断地反思，力求重新认识自己，他时常拷问自己的内心："我要什么呢?"在契诃夫的艺术世界中，人物的这种心态和情绪是十分典型的，当"生活的本质显得使人绝望，显得可怕"，而世界是陌生的，不可理解的，让人感觉到一种"无可补救的孤独"的时候，人就会吃惊地问自己：我在哪儿?……为什么?……我往何处去?……这类问题虽然产生于具体的情境之中，却触及人的存在的问题。世界的荒诞导致人的自我迷失，人类的灵魂无家可归，这是为什么?到了20世纪，加缪为这种精神上的焦虑做出了准确定位。他认为，人一旦在平淡无奇、习以为常的生活中提出"为什么"的问题，也就意识到荒诞，荒诞产生于人性的呼唤与世界不合理的沉默之间的对抗。①

当一个完整的生活在人的意识中分裂为几部分时，当一个人第一次把自己与周围世界对立起来时，他就产生了确定世界的需要，以及从各个方面审视事物、现象、事件的可能。"我"和"非我"的划分是导致所有其他界限形成的第一个界限。这时，人所见到的世界就是分裂成无数碎片的、荒谬的世界。意识到荒谬就意味着人的清醒，精神的痛苦正是在这种荒诞境遇中的艰难挣扎。

老教授精神上的病症，在他周围的人身上早已存在，因此他们接受这种病态，并视之为正常现象。卡嘉、丽扎、老教授的妻子，这些人都处于这种精神的病态中。精神上的病痛折磨着不久于人世的老教授，也折磨着年轻健康的卡嘉和丽扎，他们都需要别人的帮助，但是他们却谁也帮不了谁，每个人都在孤独中痛

① 加缪：《西西弗的神话》，杜小真译，西苑出版社1987年版，第33页。

苦。卡嘉和老教授的关系具有深刻的讽刺和象征意味：学生得不到老师的教诲和指导，而老师从此也失去了自己的学生。契诃夫在此指出，人们既不理解周围世界，也不理解自己。老教授并没有病，他只是悟出了这一生存真相，由此产生对生存意义的质疑。有研究者认为，"在《没有意思的故事》中契诃夫表现了新的、存在主义的主题。"①

契诃夫小说艺术性的一个最重要的表现，就是以艺术形式反映对人的新发现。在这种形式中，人思考着世界和人本身。作为一个真正的艺术家，契诃夫把人置于人存在的各种主观因素和客观因素的统一体中。契诃夫的主人公要靠"中心思想"生存，失去了"中心思想"，人就失去了生活之根，只能在精神的荒原上游荡。只有明白了这一点，我们才有可能理解为什么个人的生存状态本身，在契诃夫笔下具有客观讽刺意义。人本身具有调整使他变成"非人"面目的现实愿望，试图在巨大无形的人生困境中找到认知自我和确认自我的途径。然而，这一愿望在他的意识中恰恰是与客观现实，即生活环境相脱节的，因为后者并没有给予认知主体这种可能性。

二

孤独是20世纪现代西方人的基本感受，它源自个体与整体，即人与世界、人与社会关系的对峙，源自人与人之间的无法交流和难于沟通。孤独是契诃夫小说中一个不可回避的重要主题。人与世界的疏离，人与人之间的疏离，导致主体内心深刻的孤独感和陌生感。因而，在"不可理解的存在"面前，所有的人都毫

---

① Дональд Рейфилд Жизни Антона Чехова, М.: Независимая газета, 2005, C. 288.

不例外地感到孤独无助。契诃夫把这些孤独的人称为"沉闷乏味的人"。这是一群封闭于个人世界，在生活中经历诸多失意的人。他们中有些人多愁善感，多少有些神经质，常常因自己和别人而痛苦；有些人心灰意冷，对一切都漠然处之；有些人悲观失望，失去了生活的乐趣和目标。这些人没有快乐，精神萎靡，世界在他们的眼中是灰色的，失去了任何色彩。

在契诃夫早期的幽默故事中，主要是采取喜剧的方式来化解人的孤独。成熟期的契诃夫则更多地思考生活中的社会问题和哲学问题，思考人的生存问题，因而孤独的主题具有更深的内涵，故事情节具有正剧的甚至是悲剧的意味。

《苦恼》（1886）的主人公姚纳是个乡下来的马车夫，他的儿子死了，他现在一个人，孤苦伶仃，内心极其痛苦和悲哀。他很想找人倾吐自己的苦恼，讲一讲儿子怎样得的病，怎样离开人世的，而听讲的人应该表示同情，为此哀伤、叹息、惋惜。每次拉载乘客时，姚纳都试图寻找机会和乘客说说自己的苦恼，可是，他不但未能如愿，反而还招致他们的冷淡、嘲笑，甚至是咒骂。"姚纳的眼睛不安而痛苦地打量街道两旁川流不息的人群：在这成千上万的人当中有没有一个人愿意听他倾诉衷曲呢？人群匆匆地来去，然而人群奔走不停，谁都没有注意到他，更没有注意到他的苦恼。"[1] 可怜的姚纳，竟然在收工以后，向自己那匹瘦弱的小母马诉说自己的悲痛和苦恼。小母马一边嚼着干草，一边听着，它像能听懂主人的话似的，不时地闻闻主人的手。于是，"姚纳讲得入了迷，就把他心里的话统统对它讲了……"。[2]

---

① 《契诃夫小说全集》（第四卷），汝龙译，上海译文出版社2000年版，第214页。

② 同上书，第216页。

在小说中，黑暗、飞雪、怪异的灯光、游手好闲的乘客，构成了一幅光怪陆离的荒诞的城市画面。一个人迷失在这样一个混乱的、充满敌意的城市里，他不可能不孤独。契诃夫借主人公之口表达了人生的痛苦与无奈："我的痛苦向谁去述说?" 孤独被契诃夫演绎得如此触目惊心：人的境遇是何等的悲哀，他在自己的同类中竟然失去了进行沟通和交流的可能。

在契诃夫的艺术世界中，喜剧效果常常产生于一个对象同另一个（或一些）对象的简单对比和冲突之中，产生于属于不同队列的、完全不相容的人、事和现象的并置。当各种不同的、不相容的对象相互碰撞的时候，就会击打出可笑元素的火花。从表面上看，《苦恼》的结局有些荒诞不经：一个人竟然会对牲畜讲述自己的苦恼！然而，这在契诃夫的笔下却成为认识人类生活不正常的一种依据，因为这种生活已经使人丧失了对他人命运同情和关心的自然感情。几乎在契诃夫所有的作品中，愿望与结果、理想与现实都是颠倒和错位的。现实中所发生的一切都是与人的计划和愿望相悖的：长久期望的事情最终不会实现，竭力想躲避的事情却偏偏要发生！契诃夫就是这样，他善于在悲剧感和喜剧感之间营造一种特殊的情绪，令人欲哭无泪，欲笑无声，这便是纯粹的契诃夫式的幽默。对于这一点，纳博科夫的见解深中肯綮："世界对他而言是可笑的，同时又是可悲的，但是，如果你不能发现它的可笑之处，你就不能理解它的可悲之处，因为这两者是不可分割的。"[①] 以讽刺、幽默等喜剧形式表现悲剧性的内容，内容与形式的悖逆造成艺术表现形式的荒诞，而形式的荒诞恰好与内容的荒诞相吻合。用喜剧的审美特征呈现悲剧的审美效

---

① Набоков В. В. *Лекции по русской литератудре* , М. : Независимая газета, 1996 , C. 327.

果，审美构成上的悲喜结合体现出作者在审美原则上的严肃与含蓄，以及对人性的深层透视。

对于契诃夫的主人公而言，孤独是一种普遍存在的生存状态。"孤独的存在并非是由于单纯的缺乏交往，而是人深刻地感受到与世界的不可调和的关系。"① 这种孤独的状态无处不在，它存在于不同阶层、不同年龄、不同性别的人们之中。

医师柯罗辽夫（《出诊》，1898）到一个工厂去给厂主的女儿看病，他以前从没到工厂去过。一进工厂，工人们就战战兢兢、恭恭敬敬地给他乘坐的四轮马车让路。他在他们的外表和步态上看出他们"浑身肮脏，带着醉意，精神不安，心慌意乱"②。他深深感受到这些受厂主剥削的工人们的不幸。但让他感到意外的是，作为独生女和继承人的工厂主的女儿丽扎，虽然过着锦衣玉食的生活，但仍然感到自己很孤独："我孤孤单单。我有母亲，我爱她，不过我仍旧孤孤单单。生活就是这个样子"③。富足奢华的生活竟然没有让她体验到丝毫的幸福！而她的母亲也弄不明白，女儿为什么流泪，为什么这般愁苦。这种情况大大出乎医师的意料。他在心中暗自揣摩着，生活的法则就是这样："强者也好，弱者也好，同样为了他们的相互关系而受苦，双方都不由自主地屈从着某种来历不明的、出于生活以外的、人类所不理解的支配力量。"④ 这样的认识让他渐渐生出一种感觉：在黎明的背景上，厂房的两扇窗户像魔鬼的眼睛，在瞧着他，而这所有的荒谬，都是这个魔鬼一手造成的。契诃夫以艺术家特有的敏

---

① Куралех А. *Время Чехова* //Вопросы литературы，1994，№ 6，C. 163.
② 《契诃夫小说全集》（第十卷），汝龙译，上海译文出版社 2000 年版，第 203 页。
③ 同上书，第 210 页。
④ 同上书，第 208 页。

锐，在 19 世纪末期就已经意识到，社会、经济、工业技术的飞速发展及因此而形成的畸形现代生活秩序，对人性和人的价值造成的挤压和扭曲。

　　财富和地位并不能使人摆脱孤独，从某种程度上说，它们反而让人陷入更加孤独的境地。主教（《主教》，1902）是一个性情温和谦虚的人，但在他面前人人都胆怯，甚至惊恐，心存敬畏，自觉有罪，没有一个人诚恳地、爽直地、亲切地跟他讲过话。主教临死之前得知他的母亲从乡下来看望他，他非常高兴。可是让他意想不到的是，他的母亲在他面前竟然也感到拘束不安，她的面容和声调显得恭敬而胆怯，别人只有"凭她那对异常善良的眼睛、她走出房间的时候匆匆看他一眼的那种胆怯而忧虑的目光，才能猜出她是他的母亲。"① 主教不知道为什么会这样。显赫的社会地位让他失去了常人应该享有的亲情和温暖，他心中异常孤独和忧闷。在主教病危临终之际，他一句话也说不出来了，只觉得自己该自由了，可以"像鸟一样爱到哪儿去就可以到哪儿去了！"② 人的存在是何等的无奈，死亡竟然成为他获得自由摆脱孤独最好的、也是唯一的方式。

　　社会的等级关系导致了"下等人"、"小人物"对"上等人"、"大人物"的恐惧感，这是造成人与人之间隔阂的一个重要原因。这种恐惧感并非个别现象，而是一种普遍的社会心理，是一种根深蒂固的人性表现。在它面前，昔日所有的灵丹妙药和人类的希望——对上帝的信仰，甚至是无私的母爱，都显得软弱无力。它像一道牢不可破的墙，把人们隔离开来，导致人性

---

　　① 《契诃夫小说全集》（第十卷），汝龙译，上海译文出版社 2000 年版，第 323 页。

　　② 同上书，第 326 页。

异化。

孤独源于人对世界、对生活的不理解，源于人与人之间的不理解。人无法抗拒的孤独、人与人之间相互理解的不可能性，几乎贯穿在契诃夫所有的小说与戏剧之中。《神经错乱》中的大学生瓦西里耶夫由于不理解周围的世界并与之敌对而感到孤独，最后竟然神经错乱；《恐惧》中的主人公的孤独源于自己对生活的种种不理解；《伊万诺夫》的整个剧情建立在两种意识的对立与冲突之上：一种意识来自主人公伊万诺夫："我不理解，我自己怎么了"，另一种意识来自除了伊万诺夫之外的其他人："我非常理解他"，这两种意识的冲突最终导致伊万诺夫自杀。不理解（不能或不愿理解）、误解是造成契诃夫的主人公们不幸福的主要原因。[①] 从 80 年代中期开始，"理解"这个问题在契诃夫的作品中就占据着重要地位。谁也不能理解马车夫姚纳，更不能理解他苦恼的真正原因。即使姚纳自己，也没有真正明白自己苦恼的原因，"'连买燕麦的钱都还没有挣到呢，'他想，'这就是我会这么苦恼的缘故了。一个人要是会料理自己的事……让自己吃得饱饱的，自己的马吃得饱饱的，那他就会永远心平气和……'"。[②]姚纳当然不会知道，"吃得饱饱的"人同样也有苦恼，也会感到孤独。契诃夫研究专家卡塔耶夫认为：热衷于自己的"问题"、自己的"道理"或者自己"错误的认识"，导致人们没有能力也不可能理解他人。人与人之间的不理解既是不自觉

---

① Катаев　В. Б. Чехов　плюс．．：Предшественники，современники，преемники，М．：Языки славянс. Культуры，2004，С. 283.

② 《契诃夫小说全集》（第四卷），汝龙译，上海译文出版社 2000 年版，第 215页。

的，同时也是有意识的。①

  如果说在普希金的笔下，失去生活意义的是那些安于享乐的上流社会的青年，那么，在契诃夫那里，承认自己生活没有意义的则是声名显赫的医学科学家。这是多么巨大的差别！如果说在普希金笔下脱离公众原则和生活方式的是极个别的特立独行的人物，在托尔斯泰的《伊万·伊里奇之死》中所强调的也是一个普通的平凡之人，那么，在契诃夫那里，疏远和孤独则是所有人不可逃脱的命运：不论是声名显赫的教授，还是默默无闻的棺材匠，不论是工厂主、军官，还是过去的革命党人。对契诃夫的主人公而言，幸福和快乐是短暂的，而且常常难以实现。灰暗的情绪、被生活束缚的苦闷、无休止的痛苦——这些几乎就是生活的本质。灰色、庸俗、粗鲁、敌意、愚蠢——这是不变的生活标志，是自古就有的生活特性。它们既不是不良社会体制的结果，也不是人们罪恶意念或者恶行的使然，它们不取决这种或那种情况而存在。生活本身就是这样。活着就是痛苦，每个人都有自己的痛苦。人内心的孤独导致了人与人之间的陌生与隔阂，夫妻之间、母子之间已经丧失了人类应有的亲情关系，取而代之的是一种令人啼笑皆非的荒诞关系。人与人之间的这种荒诞关系在20世纪50年代荒诞派戏剧大师尤奈斯库的《秃头歌女》中发展到了极致：整日相见的夫妻竟然互不相识！夫妻间的关系尚且荒诞不经到如此地步，人与人之间的隔膜便可想而知了。美国女作家乔伊斯·卡罗尔·奥茨认为，契诃夫是西方荒诞派戏剧的预言者。"契诃夫的表现手法只能部分地称为是现实主义的，原则上这种手法具有象征主义性质。"奥茨指出：契诃夫的故事、叙事

  ① Катаев В. Б. *Проза Чехова：проблемы интерпретаци* ，М.：Изд-во Моск. ун-та，1979，С. 186.

方式、表现手法、作品的语言结构，所有这一切都表现了存在的荒诞。契诃夫的主人公丧失了自我表现的能力，同时也丧失了生活的能力和正确理解周围世界的能力。①

在 19 世纪的俄国文学中，描写人的孤独并不是契诃夫首创。莱蒙托夫的浪漫主义主人公的孤独是和与之对立的世界、社会和人群紧密联系在一起的。毕巧林之所以孤傲不群，是因为他清楚地意识到自己与周围人们的与众不同；"我"与周围人群的对立同样是陀思妥耶夫斯基和托尔斯泰作品中的一个主要问题。不论是广场上跪在人们面前悔过的拉斯柯尔尼科夫，还是被俘后感到自己与世界融合在一起的彼埃尔·别祖霍夫，这两个人物形象成为理解《罪与罚》和《战争与和平》的主题思想的核心和关键。与世界和社会的重新结合，对于从沉重的精神危机中突围的主人公们来说，几乎是唯一的、决定性的和最终的出路。然而，在契诃夫的作品中却不是这样。对于契诃夫的主人公来说，孤独是一种生存状态，而不是区别一个人与另一个人的生活背景。与孤独相联系的不只是人与人之间缺乏交往，更多的是人深刻感受到世界的不稳定性。

三

"……这个世界若是毁灭，决不是因为有强盗，也不是因为闹火灾，而是由于仇恨和敌视，由于所有这些琐碎的争吵……"（《凡尼亚舅舅》），② 在契诃夫的创作中，隔膜与冷漠成为一个沉甸甸的现实存在。传统文学中人与人之间的怜悯、同情、关

---

① Под ред. Трущенкко Е. Ф. и др. *Новые зарубежные исследования творчества А П Чехова* , М. ： ИНИОН АН СССР, 1985, С. 135.

② 《契诃夫文集》（第十二卷），汝龙译，上海译文出版社 1999 年版，第 217 页。

爱、济助，在契诃夫的主人公的身上都不复存在，有的只是彼此的陌生、冷漠，甚至是仇视。《仇敌》（1887）就为读者提供了这样一个鲜明的例证。

地方自治局医师基利洛夫的独生儿子刚刚害白喉死去，这时贵族老爷阿包金来到医生家：他的妻子病得很重，情况危急，他来请医生去家里为妻子看病。心情悲痛的医师起初拒绝了阿包金，但在阿包金的一再央求下，还是同意跟他一起去看病人。当他们来到阿包金的家里时，看到的情况却完全出乎他们的意料。原来这是阿包金的妻子设下的一个骗局：她伴装病重，趁着丈夫去请医生的当儿，却跟那个"呆头呆脑的丑角"巴普钦斯基私奔了。突然的变故和愤怒让阿包金失去了理智，他又哭又笑，叫嚷着，咒骂着，继而又滔滔不绝地把自己家里的隐私向医师和盘托出。愤怒也同样让基利洛夫失去了理智，他突然暴跳起来，用拳头砸着桌子："为什么您给我讲这些？我不想听！不想听！""我不要听您那些庸俗的秘密，叫它们见鬼去吧！"[1]基利洛夫认为阿包金是在嘲弄他的悲伤，而阿包金却抱怨基利洛夫不体谅他的痛苦，两个不幸的人开始互相对骂，互相羞辱。最后，基利洛夫把阿包金给他的出诊费从桌子上拂落到地上，愤愤离去。

叶尔米洛夫在《安东·巴甫洛维奇·契诃夫》一文中认为：契诃夫深刻透彻地揭示出，像基利洛夫这样被贫穷和工作弄得疲惫不堪的人们所表现出来的冷酷和无情，只是表面上的冷酷和粗鲁，实际上他们内心却隐藏着深刻的人性美；与此同时，像阿包金这种人的优雅和高贵，却只是外表上的光鲜。[2]

---

① 《契诃夫小说全集》（第六卷），汝龙译，上海译文出版社 2000 年版，第 34 页。

② Ермиров В. В. Антон Павлович Чехов 1860—1904，М.：Гослитизд，1953，С. 84.

乍一看，叶尔米洛夫的观点似乎没错。契诃夫在塑造阿包金这个人物形象时，采用的是讽刺和挪揄的口吻，这一点在阿包金央求基利洛夫出诊时充分表现出来：

> 从来人的声调和动作可以看出他心情十分激动。他仿佛让火灾或者疯狗吓坏了，几乎压不住急促的呼吸，讲话很快，语音发颤，所讲的话带着毫不做作的诚恳和孩子气的畏怯口吻。他如同一切惊恐和吓坏的人一样，讲着简短而不连贯的句子，说了许多完全不贴题的和多余的话。①

然而，尽管阿包金表现得很做作，不得体，但读者依然可以看出阿包金的真诚。他死乞白赖地央求医师去他家为妻子看病，无非是因为他爱自己的妻子，为她的病情担忧。我们没有理由怀疑他的感情，更没有理由指责他。随着情节的发展，人物形象的转变完全出乎读者的预料。回到家里的阿包金在明亮灯光的照射下完全是另外一个样子：

> 他是个丰满、结实的金发男子，脑袋很大，脸庞又大又温和，装束优雅，穿着最时新的衣服。他的风度、扣紧纽扣的上衣、长头发、面容都使人感到一种高贵的、狮子般的气概。他走路昂起头，挺起胸脯，说话用的是好听的男中音。……就连他一面脱衣服、一面朝楼上张望的时候那种苍白的脸色和孩子气的恐惧，也没有破坏他的风度，冲淡他周

---

① 《契诃夫小说全集》（第六卷），汝龙译，上海译文出版社2000年版，第26页。

身洋溢的饱足、健康、自信的神态。①

不难发现，在人物的肖像描写中，反面的、揭露性的东西暂时消失，站在读者面前的的确是一个正在经受痛苦的人，他的感情的确表现出他的真诚。

而正当读者逐渐对基利洛夫产生好感的时候，作者却为这种好感泼上一盆冷水：

> 医师高身量，背有点佝偻，衣服不整齐，面貌不好看。他那像黑人般的厚嘴唇、钩鼻子、冷淡无光的眼睛，现出一种不招人喜欢的生硬、阴沉、严峻的神情。他那没有梳理的头发，瘪下去的鬓角，稀疏得露出下巴的长胡子那种未老先衰的花白颜色，灰白的皮肤，漫不经心、笨头笨脑的举止，所有这些都显得那么冷漠，使人想到他历年的贫穷和厄运，对生活和对人的厌倦。②

到了阿包金家里之后，基利洛夫已经知道这里发生了什么事情，他冷眼旁观阿包金的痛苦，明知故问："对不起，病人在哪里？"③ 从道德层面上看，基利洛夫提出的是一个非常恶毒的问题，这实际上是在嘲笑和讥讽阿包金所遭遇的不幸。

换一个角度来看，如果同意叶尔米洛夫的观点，那么，就无法解释小说结尾的这段话：

---

① 《契诃夫小说全集》（第六卷），汝龙译，上海译文出版社 2000 年版，第 32 页。

② 同上书，第 31—32 页。

③ 同上书，第 33 页。

　　一路上，医师没想他的妻子，也没想他的安德烈（他
那刚刚病故的儿子——笔者注），却在想阿包金和在他刚离
开的那所房子里生活的人。他的思想不公平，残忍得不近人
情。他暗自痛骂阿包金，痛骂他的妻子，痛骂巴普钦斯基，
痛骂一切生活在半明半暗的粉红色亮光里而且发散着香水气
味的人。一路上他痛恨他们，蔑视他们，弄得他心都痛了。
在他的心里，关于这些人就此形成了一种固定的看法。①

　　必须承认，基利洛夫的内心痛苦是一般人难以承受的，但这
并不意味着他因此而有权蔑视和指责别人的痛苦，而且不仅仅是
蔑视和指责，还有一种无法控制的仇恨。仇恨让他忘记了自己刚
刚死去的儿子，忘记了家里痛不欲生的妻子，忘记了人类应有的
同情和理解，这种仇恨竟然如此强烈，"弄得他心都痛了"。
　　值得注意的是，契诃夫并没有遵循传统文学中的常规写法，
把基利洛夫和阿包金之间的矛盾社会化，即把他们之间的矛盾上
升为贵族阶层和平民阶层的对立与冲突，而是从道德层面把主人
公们的精神世界刻画得入木三分。在一个丧失信念、同情与关爱
的世界中，人的道德也处于瘫痪状态。基利洛夫和阿包金在冲突
的紧张时刻表现得有失体面，他们谁都没有通过人性的考试。这
是一个荒谬的现象，但却是一个令人痛心的现实。

　　不幸的人是自私、凶恶、不公平、狠毒的，他们比傻子
还要不容易互相了解。不幸并不能把人们联合起来，反而把
他们拆开了。甚至有这样的情形：人们怀着同样的痛苦，本

---

　　① 《契诃夫小说全集》（第六卷），汝龙译，上海译文出版社 2000 年版，第 36
页。

来似乎应该联合起来，不料他们彼此干出的不公平和残忍的事，反而比那些较为满足的人之间所干的厉害得多。①

尽管如此，契诃夫仍然站在人道主义立场上，对因痛苦而互相仇恨的人们表示深深的无奈和同情。小说的字里行间无不隐含着作者的人道主义情怀：

> 这儿普遍的麻木、母亲的姿势、医师脸上的冷漠神情，都含着一种吸引人和打动人心的东西，也就是包藏在人类哀愁中那种细致而不易捉摸的美。人们还不会很快就领会或者描写这种美，恐怕只有音乐才能把它表达出来。②

这段文字淹没在主人公的痛苦、仇视和争吵之中，很容易被人忽视，但它却隐含着小说的一个重要思想——痛苦的诗意，沉默的美，这是任何喧嚣的、恶毒的、不公正的言辞都不能辱没的。"那种细致而不易捉摸的美"包含着温婉的诗意和柔软的人性，是能够打通人与人心灵的东西。契诃夫从美学角度去审视和评价悲剧性的感情，在痛苦的美中看到真正人性的生动体现。

《仇敌》一经发表，便引起评论界的极大兴趣。直到今天，这场冲突的社会内容和道德内容，作者对待主人公的立场，为什么一次偶然的误会就把人们变成仇敌，为什么同样痛苦和不幸的人们不能因同情和怜悯而互相理解等问题，仍然是文学研究争论的焦点。

---

① 《契诃夫小说全集》（第六卷），汝龙译，上海译文出版社 2000 年版，第 36 页。

② 同上书，第 28 页。

实际上，冷漠这一主题在契诃夫早期创作中已经凸显出来。《猎人》（1885）和《磨坊外》（1886）从不同的侧面表现了人与人之间这种不正常的关系：丈夫对妻子的痛苦视而不见，儿子对贫困的母亲冷漠无情。冷漠无处不在，它同样存在于维系世界的血缘关系之中。

身为仆役的尼古拉（《农民》，1897 年）害病后由于无钱医治，没法生活，便带着妻女从莫斯科来到了故乡茹科沃村。然而，家里的情景却让他惊呆了：他父母家的木房又黑又窄又脏；他走进木房，"看见全家的人，看见高板床上、摇篮里、各处墙角那些动弹着的大大小小的身体，看见老头儿和那些女人怎样把黑面包泡在水里，狼吞虎咽地吃下去"；"蟑螂在面包和碗盏上爬来爬去"。① 家里的人并不欢迎这些从莫斯科来的吃闲饭的人，大家都悄悄地在心里盼着失去了劳动能力、久病不愈的尼古拉早些死去。贫困压迫得人们已经丧失了骨肉之情。穷困潦倒的农民只剩下生存的欲望，这种欲望如同一把刀，把亲情与爱心齐根斩断。为了发泄自己所遭受的屈辱和愤恨，茹科沃村的男人们常常把自己的妻子、儿女也置于同样的受奴役的状态中，而自己则成为暴力的实施者。尼古拉的哥哥基里亚克每次喝醉酒后都像野兽似的吼叫着，把老婆玛丽雅打得昏死，不往她身上泼凉水她就醒不过来。玛丽雅如同一只惊弓之鸟，每逢听到丈夫喊她，就吓得浑身发抖。家里人对玛丽雅挨打熟视无睹，对她的哀嚎和央求也早已习惯，充耳不闻，不作任何反应，他们早已麻木了。

帕佩尔内认为："冷漠这个主题在契诃夫的创作中是沿着两

① 《契诃夫小说全集》（第十卷），汝龙译，上海译文出版社 2000 年版，第 82—83 页。

条轨迹发展的：展现在我们眼前的或是精神上自我安慰的有知识的人，或是出身于平民百姓，受压制和折磨到了麻木不仁地步的人。"① 茹科沃的村民们就属于后者。受着残酷压迫的农民的心理状态是得过且过，有机会就酗酒消愁。把自己灌醉是他们唯一的乐趣，狂饮成为他们麻痹自己、寻求解脱的最好方式。在一个节日里，茹科沃的村民们一连喝了三天酒，喝光了村庄的五十卢布，而后还要挨家挨户收钱买酒喝。基里亚克把自己所有的东西，包括帽子和靴子，统统拿去换酒喝了。

在这篇小说中，契诃夫对农民的生活作了异常鲜明而深刻的现实主义的描绘，没有丝毫美化之处；对农民身上为贫困黑暗的生活所扭曲的人性进行了尖锐透彻的剖析。契诃夫真实地再现了农民身上的愚昧、落后、冷漠和野蛮的性情。应该看到，身体里流淌着农民血液的契诃夫，对农民生活的苦难和所表现的人性的丑恶，是抱以深切的同情和理解的。他在小说中虽然指出"跟他们在一块儿生活真可怕"，但同时他又认为"他们也是人，他们跟普通人一样受苦和哭泣，而且在他们的生活里没有一件无法使人谅解的事"②。

在契诃夫的创作中，衡量一个人价值的首要的、基本的尺度，就是能够理解他人和认识他人的价值，而这种互相理解恰恰又是契诃夫的主人公们身上所欠缺的。人的麻木与冷漠正是源于互相之间的不理解。

《决斗》（1891）的两个主人公的确存在明显的，甚至是对立的差异，这表现在他们的世界观、精神气质、内心情感、行为

---

① 帕别尔内：《契诃夫怎样创作》，朱逸森译，上海译文出版社1991年版，第232页。

② 《契诃夫小说全集》（第十卷），汝龙译，上海译文出版社2000年版，第109页。

举止上，总而言之，表现在他们的生活方式和生活态度上。冯·柯连所奉行的是坚强的意志，热爱科学和工作，既不姑息自己的错误，也不迁就别人的缺点。对他而言，衡量人的标准显然只有一条——他的生活的合理性。而拉耶夫斯基的生活样态恰恰与这一标准背道而驰。他没有明确的生活目的，换言之，他的生活目的就是"生活"本身，就是个人的自由和独立，不愿用任何形式，诸如工作、婚姻、家庭等义务束缚自己。

在小说中，读者主要是通过主人公的相互评价间接地了解他们的生活观点和生活哲学。在大多数情况下，冯·柯连和拉耶夫斯基不是面对面地谈话，而是不约而同地面对第三者——军医官萨莫依连科谈论对方。在这些掺杂个人好恶的评论中，常常不乏正确的见地。拉耶夫斯基准确地抓住了冯·柯连专横、自负的特点，几乎预测到他要决斗的意图。而冯·柯连也不无根据地揭穿拉耶夫斯基装腔作势、游手好闲、轻慢别人的本性。从主人公们的谈论中可以看出他们缺少对他人命运的同情和理解，他们之间缺少一种真正的人与人的关系。契诃夫的主人公们总是在喋喋不休地进行哲学辩论，而在辩论的同时，他们之间的感情也越来越疏远。

《决斗》中的各色人等是一群在时间上和空间上偶然碰到一起的人们，他们之间不存在一种能够确定主人公们共同事业或者共同价值的东西，也就是说，在他们之间不存在任何牢固地联系——或是事务上的，或是精神上的，或是经济上的。因此，在他们之间也就不存在基于共同土壤引发的矛盾和冲突。主人公们互相敌对，互相仇视，并不是因为他们站在不同的、不可调和的生活立场上，而是因为他们身上都存在某些人类共同的缺点。所以说，在决斗中根本不存在胜利者和失败者，正义的与非正义的。就这一点而言，我们完全有理由认为，具有生活合理性和原则性的冯·柯连丝毫也不比没有生活目标和原则性的拉耶夫斯基高尚。这种人物类型在契诃夫晚期的创作中具有艺术独创性：作者在对比主人公的同时，最后又把他们推至同一道德水准上。契诃夫之所以这样处理的原因，并不是说他没有自己的是非标准，或者是一个相对主义者，而是旨在把矛盾引向更深的认识层面，在人物的身上发现某种共性或相似性——对他人固有的成见是阻碍人们互相理解的障碍。人们之间是互不理解的，"对立是最为常见的形式"。① 在契诃夫的艺术世界中，最重要的不是要弄清楚一个人优越于另一个人，而是每个人的谬误，是个人对自我意识和责任感把握的准确尺度。

还需指出的是，契诃夫在《决斗》中对俄罗斯文学中的决斗传统的演变作了总结。在 19 世纪这一百年间，历史文化语境的根本变化决定了决斗的危机，社会对于决斗的批评越来越强烈。赫尔岑认为决斗是"封建残余"；在莱蒙托夫的《梅丽公爵小姐》中决斗是沾染黑色色调的噱头，是悲喜剧；对于屠格涅夫和陀思妥耶夫斯基而言，决斗是脱离生活的老古董；在契诃夫的人道主义思想中，决斗被看做是文明发展进程中一种必然的退化现象。决斗在契诃夫的这篇小说里表现得非常新颖、奇特，它不像我们所熟知的经典作家（如普希金、屠格涅夫、库普林等）的作品中所表现的那样。这种不同首先表现在：决斗在契诃夫的作品中并不是一件十分严肃的事情，它含有某种滑稽性和荒谬性。拉耶夫斯基暗想，"一般说来，决斗是愚蠢而毫无道理的，因为它不能解决问题，反而把问题弄得更复杂，不过呢，有的时候缺了它倒也不行。例如在眼前这个事例中就是这样。你总不能

---

① Катаев В. Б. *Проза Чехова Проблемы интерпретации*，М.：Изд-во Москов. ун-та，1979，С. 186.

拉着冯·柯连到调节法官那儿去告状啊！"① 冯·柯连同样认为这场决斗"愚蠢"和"荒谬"，"它和下等酒店里的醉后斗殴实际上没有什么分别"，并且预见到"这场决斗会无结果而散的"②。冯·柯连认为他和拉耶夫斯基的决斗是"消遣"，是他们"发脾气"所致，拉耶夫斯基也表示愿意向对方"道歉"。对于作为旁观者的助祭来说，如同"邪魔外道"，"这次决斗没什么了不起的，不致流血，滑稽可笑"，他"去观看"决斗，就像是去看"一场戏"一样："要是能把这次决斗描写得滑稽逗笑就好了"③，他边走边想。医师认为决斗是"中世纪野蛮风气的残余"④，而现在他想把决斗当做两个人的"和解的手段"。正是主人公们的这种心理导致了决斗时的反常场面，而决斗最终也因旁人的化解不了了之。再有一点，决斗在 19 世纪末期已成为一种陈腐风习。因此，从小说的上下文来看，"决斗"实际上就意味着"滑稽"和"荒诞"。

除此之外，如果说在普希金和屠格涅夫的艺术世界中，决斗的起因常常是关乎爱情、荣誉和个人尊严，那么在契诃夫的笔下，上述因素已不再是引起决斗的起因，因为主人公们的个人行为准则、思想、理念上的差异并不足以构成他们冲突的直接原因，冲突的起因来自人物内心的、本能的一种感情。这一点从小说的故事结构中可以看出。两个主人公的生活是平行发展的：他们有各自的生活，互不干扰，实在找不到一些合适的理由让他们的生活交叉或相遇。作者甚至完全没有打算利用一场严肃的谈话

---

① 《契诃夫小说全集》（第八卷），汝龙译，上海译文出版社 2000 年版，第 164 页。

② 同上书，第 171 页。

③ 同上书，第 176—177 页。

④ 同上书，第 170 页。

让他的主人公们面对面地坐在一起。即使在决斗的前一刻，他们彼此都还不屑一顾，还忘不了互相挖苦和讽刺。由此可以清楚地看出，是彼此的成见和敌视让他们丧失了理智，妨碍了他们互相理解和互相尊重。

四

现实，这或者是单调的、封闭的生活和庸俗，或者是被严格限定了的"套子"生活的价值体系，而理想总是位于物质坐标之外。在荒诞的世界中，荒谬的现实成为人们实现理想的根本障碍。每个人最初来到这个世界上的时候，都是怀有热切的希望和美好的理想。他幻想着现实能与人的内心渴望达成一种默契与和谐，能为每一个善良的灵魂提供一块美好的栖息之地。然而，世界并不是按照人类理想所设计的形态存在着的。当他按照自己预设的理想轨道一路兴奋奔来的时候，他却发现理想与现实之间存在巨大差异。在现实中的不断碰壁让他认识到理性的局限，体验到的是疑惑和尴尬，继而是理想的破灭、信仰的沦丧。由此以来，原本一个鲜活的生命逐渐变成一个机械的木偶。在契诃夫的许多小说中，如《新娘》《在故乡》《文学教师》《命名日》《带阁楼的房子》《我的一生》《三年》等，读者会看到一个相同的情节模式：一个满怀希望和憧憬、渴望爱情和幸福的年轻人踏入了社会，但是他却感到迷茫和困惑。他在周围的人们中间寻找精英和精神偶像，并试图融入其中，成为他们中的一分子，但是这种企图常常以失败而告终。即便是进入了这个圈子，他也会与陈腐的文化模式发生冲突：他会发现人们之间缺少一种真实的联系，人们所有的行为都受制于一整套的"应该"和"不应该"。理想的破灭迫使主人公做出非此即彼的选择：肉体上的死亡或者精神上的死亡。

　　刚到 C 城的德米特里·姚尼奇·斯达尔采夫（《姚尼奇》，1898）是个精力充沛、充满活力的年轻人。他勤于工作，渴望和有教养有才能的人交往。但是，这样一个朝气蓬勃的年轻人却掉进了一群木偶人中。一开始斯达尔采夫并没有认识到这一点。当他第一次听到屠尔金的俏皮话、屠尔金的妻子薇拉朗诵自己写的小说、女儿考契克弹奏的钢琴曲时，他感觉很新奇，尽管他的观察力提醒他：那些俏皮话是"长期练习说俏皮话形成的"①，小说中写的"都是现实生活里决不会有的故事"②，钢琴的曲子又长又单调，但这些对于他的生活就如同正餐中的甜点一样必不可少。

　　考契克让斯达尔采夫着了迷，她的琴声、她的模样让他兴奋。当他向考契克表达自己的爱情时，却遭到了考契克的嘲弄。考契克之所以拒绝斯达尔采夫，是因为她感觉 C 城的生活空洞无益，她不想成为一个平庸的女人，她要朝着一个崇高光辉的目标奋斗。的确，当生活还没有向她显示她的这一计划的虚幻性的时候，任何感情和言语都会显得苍白无力。这是契诃夫世界中最具代表性的一种情景：人们孤独地生活着，每个人都按着自己的兴趣、愿望、感情和方式生活着。当一个人需要另一个人的理解和关爱时，那个人此时却沉浸于自己的兴趣和计划之中。人们之间好像隔着一道看不见的、无法穿透的墙，彼此之间的联系和理解变得异常艰难或不可能。四年过去之后，当考契克尝到了生活的苦酒，她似乎明白她并没有按自己的计划生活："现在凡是年轻的小姐都弹钢琴，我也跟别人一样地弹，我并没有什么与众不

────────────

　　①　《契诃夫小说全集》（第十卷），汝龙译，上海译文出版社 2000 年版，第 188—189 页。

　　②　同上书，第 187 页。

同的地方，我那种弹钢琴的本事就跟我母亲写小说的本事一样。"① 在考契克看来，她最大的错误就是当时没有理解斯达尔采夫，但是四年之后她对他的理解又有多少是正确的？

> 做一个地方自治局医师，帮助受苦的人，为民众服务，那是多么幸福。多么幸福啊！……我在莫斯科想到您的时候，您在我心目中显得那么完美，那么崇高。……②

考契克向斯达尔采夫表白的这些话，简直就像在背诵她母亲杜撰的小说台词。他在她的心目中不是一个真实的人，而是小说中假想的主人公。四年前，当斯达尔采夫向她表白自己的爱情时，她断然拒绝；四年后，当她向斯达尔采夫表白自己的爱情时，斯达尔采夫却已经不是原来的斯达尔采夫了（已经变成了姚尼奇）。

当斯达尔采夫告别考契克从她家里出来后，他瞧着以前为他所珍爱的屠尔金家的黑暗的房子和花园，回想起屠尔金的俏皮话、薇拉的小说、考契克热闹的琴声，心中暗想："全城顶有才能的人尚且如此浅薄无聊，那么，这座城还会怎样呢？"③ 斯达尔采夫分析得没有错，那么，他自己是否变得超凡脱俗，比屠尔金一家人更高尚了呢？没有。考契克试图和斯达尔采夫谈谈爱情："您过得怎么样？……这些日子我一直想到您……"④斯达尔

---

① 《契诃夫小说全集》（第十卷），汝龙译，上海译文出版社 2000 年版，第199页。

② 同上。

③ 《契诃夫小说全集》（第四卷），汝龙译，上海译文出版社 2000 年版，第214页。

④ 同上书，第198页。

采夫却顾左右而言他："我们在这儿过的是什么生活哟？哼，简直不算生活。我们老了，发胖了，泄气了。"① 非但如此，当他想起四年前"使得他激动的那种热爱、梦想、希望"，他竟觉得"不自在了"②。面对回心转意的考契克的爱情表白，他心里也曾燃起火星，但是一想到"每天晚上从衣袋里拿出钞票来，津津有味地清点，他心里那点火星就熄灭了"③。曾是他心中的唯一的欢乐——爱情，已经被金钱和财产所取代，他现在迷恋的是那些散发着香水味、香醋味、神香味、鱼油味的花花绿绿的钞票。他变得贪得无厌，"凡是可以赚钱的机会都抓住不放"。"他现在已经有一个田庄、两所城里的房子，而且正在物色第三所更加合算的房子。"随着钱财的积蓄，他的身体也越来越肥胖，"满身脂肪，呼吸困难"，"喉咙那儿长着几层肥肉"，说话的声音"又尖又细"，他坐在车上让人觉得他不是人，却是一个"异教的神"④。这时人们已经简单地称他为"姚尼奇"了。不仅如此，契诃夫还作了更加精彩的揭示。又过了几年，姚尼奇傍晚总是到俱乐部去玩"文特"，然后独自一人坐在一张大桌子旁吃晚饭。当有人说到屠尔金家时，他问："你们说的是哪个屠尔金家？你们是说有个女儿会弹钢琴的那一家吗？"⑤ 多么可怜，他的记忆仿佛也像他的喉咙一样，长满了厚厚的脂肪，以至于连那最让人难以忘怀的"美妙瞬间"都变得模糊黯淡了。他真的变成了一个不折不扣的"异教神"！姚尼奇在内心中已经归属与他当初评

①　《契诃夫小说全集》（第十卷），汝龙译，上海译文出版社 2000 年版，第 199 页。

②　同上书，第 197 页。

③　同上书，第 199 页。

④　同上书，第 200 页。

⑤　同上书，第 201 页。

价得如此坚决的那个世界，他的内心世界和他的外貌与让他反感的那个庸俗的环境越来越接近，直至他本人成为其中的一分子。

斯达尔采夫蜕变成姚尼奇，谁之过？人们自然会说，是庸俗的社会环境导致了斯达尔采夫的蜕变。不可否认，环境对一个人的生活样式和价值观念的形成有着很重要的影响，但这个结论并不充分。从小说的情节可以看出，在"聪明的人"与"庸俗的世界"之间并没有发生传统小说中常见的冲突。卡塔耶夫认为，促使姚尼奇堕落和蜕变的还有另外一种不容忽视的力量，那就是人们之间的隔绝和孤独、热衷于自我、互相不理解。这种力量是命中注定的，是不可战胜的。① 的确，当一个人将物质视为生活的唯一目的，当一个人完全沦为金钱和财物的奴隶的时候，他原有的那些美好的自然感情便退居其次。而当一个人的理想和信念全都破灭的时候，他也只能沉迷于生活琐事之中，久而久之，就会变得麻木不仁，继而产生厌倦生活的情绪。在《姚尼奇》中，契诃夫展示的几乎是主人公不可避免的精神死亡：这种把他从一个无忧无虑的青年变成冷酷无情的敛财者的力量，大大胜过个人的抵抗潜力。契诃夫表明，在与之敌对的世界里，一个想成为人的人不应该抱有任何幻想：不论是健康、工作，还是对庸俗的蔑视，都不足以成为让斯达尔采夫免于堕落为一个庸人的抗毒剂。然而，契诃夫引导读者做出这样的结论，不是绝望，也不是消极，而是清醒。

在契诃夫的艺术世界中，可怕的不是生活中的悲剧，而是生活中的安宁闲适；可怕的不是人的命运中的突然剧变和转折，而是不变的生活和麻木的人们。我们平日熟视无睹的生活现象竟然

---

① Катаев В. Б. *Сложность простоты Рассказы и пьесы Чехова*, М.：Изд-во Московс. ун-та，1998，С. 20.

如此地荒诞庸俗，令人触目惊心！在这里，对契诃夫所描绘的"庸俗"可以广义地理解，它不仅仅是指贪图物质享受和缺乏审美趣味，也指一切危害人的健康肌体和健康精神的生活方式、思维习惯、社会习俗等等；除此之外，它还包括丧失做人的独立性和尊严。契诃夫运用自己的艺术原则，颠覆了我们关于可怕的和不可怕的、正常的和非正常的、悲剧的和安逸的惯常认识。实际上，他所表现在我们面前的生活越是反常，小说中的"潜流"（潜台词）通过内容就表现得越是清晰。正是在这个意义上，高尔基指出："谁也没有像安东·契诃夫那样真切、那样透彻地理解生活琐事的悲剧因素。在他之前，谁也没有能够如此毫不宽恕地、真实地在小市民日常琐事的晦暗混乱中给人们描绘出他们那可耻可厌的生活图画。"[1] 契诃夫对生活中悲剧因素的深刻性理解在于，他不是把这种悲剧性因素视为个别的、特殊的存在，而是作为一种日常现象去看待的。因而，它就显得更危险、更可怕，以至于契诃夫的主人公们浑然不觉，麻痹松懈，并习以为常，以至于他们不会期望另一种超脱庸俗的生活存在。

契诃夫向人们展示，生活和时间的进程是怎样让人和那些单纯、美好的概念（如爱情、情趣、理想等）丧失价值和意义的。这些单纯、美好的概念可以出现在薇拉·姚西佛芙娜臆想的、"现实生活里决不会有的故事"中，但斯达尔采夫任何时候都不可能成为她小说中的主人公，因为在他身上发生的一切都是现实生活中存在的。毋庸置疑，德米特里·斯达尔采夫不可避免地要蜕变成姚尼奇。契诃夫在他命运中表现的一切，都可能发生在现实生活中的每一个人的身上。

---

① 高尔基：《安·巴·契诃夫》，周启超主编《白银时代名人剪影》，中国文联出版公司 1998 年版，第 18 页。

契诃夫清醒地、甚至是残酷地表现人类生存的悲剧，致使一些评论者认为，契诃夫用自己的创作形象地诠释了叔本华的生活哲学，即生存的痛苦，这一点特别明显地表现在他成熟期的所有小说和戏剧中。因此，"完全可以把契诃夫称为人类痛苦的'收藏家'"。① 不可否认，契诃夫近乎残酷的客观和冷静着实打击了我们的阅读愿望，窒息了我们的阅读快意，让我们的内心生发出沉重的抑郁感。但同时我们又不得不承认，契诃夫是依照生活的本来面目反映生活的，没有听任主观愿望和想象加以虚构和粉饰，正因为此，作品才获得了令人信服的艺术力量，达到了从理智上震慑人心的审美效应。

五

人们不了解也不理解自己和周围的世界，不知道生活的"真正的真理"，恐惧成为人对现实生活自然的、必然的反应。在不可战胜的强大的世界和社会面前，人是渺小的，孤独的，可悲的，生活让人感到恐惧。存在主义哲学流派的先驱克尔凯郭尔认为，存在的最真实的表现是孤独的个体的存在状态，而孤独个体的最基本存在状态则是恐怖。当一个人处在这种没有确定的对象、且来自四面八方的恐怖状态时，温暖友好的外界便消失，代之而起的是一层怪异的帷幕隔在人和世界之间，人无可依靠，他孤独苦闷，感到被异己的力量所包围和挤压，这种"恐怖"的状态，实际上也就是一种荒谬感。②

---

① Копылович Т. *Мировоззрение Антона Павловича Чехова и философия Артура Шопенгауэра* //Под ред. Катаева В. Б. ，Клуге Р. Д. *Чехов и Германия* ，М.：МГУ，Тюбинг，1996，С. 118—119.

② 袁澍涓、徐崇温：《卡缪的荒谬哲学》，辽宁人民出版社 1989 年版，第 59 页。

多任科夫认为，在契诃夫的艺术世界中，"人对于生活的恐惧是他的行为和辨识世界的最重要的主导力量之一"。① 《恐惧》（1892）讲述的是一段荒谬的爱情、荒谬的友谊、对生活和亲人的恐惧。小说以第一人称的形式叙述。从叙述者"我"的讲述中我们得知，主人公德米特利·彼得罗维奇·西林患的是一种"害怕生活的病"。西林害怕的并不是什么可怕的、危险的、灾难性的事件，而是日常生活中的人和事。他不理解的不只是自然界中神秘的现象或人类生活中的不寻常的事件，而且还有日常生活本身。生活由于它本身的不可理解，而变得无意义和荒谬。在西林看来，周围世界的一切都是可怕的，因为他对一切都不明白，其中包括他自己和自己的行为。他"觉得什么都可怕"：他害怕生活，因为"不了解生活"；他害怕人们，因为"不了解人们"；他甚至害怕家庭，因为那"纯粹是可悲的误会"；他甚至害怕他自己和自己的所作所为，因为他的"全部生活无非是天天费尽心机欺骗自己和别人……而且……一直到死都不会摆脱这种虚伪"②。恐惧——这是主人公对周围世界的全方位反应。

西林的恐惧心理不是没有来由，也并非耸人听闻。这一点从叙述者"我"对自己朋友西林的介绍中已经隐约透露出来。在"我"看似直白的介绍中隐含了"我"对朋友的评价：

> 德米特利·彼得罗维奇·西林大学毕业以后，在彼得堡
> 政府机关里工作，可是到三十岁那年，他辞掉工作，去经营

---

① Доженков П. Н. Тема страха перед жизнью в прозе Чехова // Отв. ред. Лакшин В. Я. и др. Чеховиана: Мельховские труды и дни , М. : Наука, 1995 , C. 70.

② 《契诃夫小说全集》（第九卷），汝龙译，上海译文出版社2000年版，第6—7页。

农业了。他经营得不坏，然而我仍旧觉得，他干这种工作不合适……他是一个头脑聪明、心地善良、不讨人厌，而且态度诚恳的人，可是……①

叙述者对自己朋友西林的评价，总是按照先肯定后否定的模式进行。叙述者"我"以这样的表述模式暗示，"我"比"我"的朋友优秀。这实际上就表明了"我"与朋友之间的关系并非是真诚、平等的友谊关系，而是存在一层无形的隔阂。出人意料的是，随着"我"的讲述，故事的情节却朝着另一个方向发展。在"我"的叙述中，暴露的不仅是西林在生活面前的怯懦、不自信，而且还有看似很自信、很成功的叙述者本人。从情节的发展来看，作者似乎是有意要均衡弱者和强者、被欺骗者与欺骗者、失意者与胜利者之间的力量。在故事的尾声部分，在联系小说主人公西林、他的妻子玛丽雅·谢尔盖耶芙娜和叙述者之间隐蔽的三角关系中，叙述者似乎占了上风。然而，这种胜利对于他而言，却意味着失败，甚至是逃避。叙述者作为主人的朋友，因一时的感情冲动，与玛丽雅·谢尔盖耶芙娜有了一夜情。而第二天早晨，当他得知玛丽雅早在一年前就已爱上他，而且是严肃地、真心实意地爱着他时，他竟然惊慌失措，惶恐不安："我希望不要有什么严肃的东西，不要有眼泪，不要有海誓山盟，不要谈将来才好"②，于是便逃之夭夭。

我的脑子里老是想着德米特利·彼得罗维奇的恐惧，这

---

①　《契诃夫小说全集》（第九卷），汝龙译，上海译文出版社 2000 年版，第 3 页。

②　同上书，第 12 页。

时候，那种恐惧也传染给了我。我想起刚才发生的事，一点
也不明白这是怎么搞的。我瞧着那些白嘴鸦，看见它们在
飞，不由得觉得奇怪，害怕。①

很显然，这三个人物之间的关系处于一种敌对的状态中：西
林深爱自己的妻子，可是妻子并不爱他："我不爱您，可是我会对
您忠实"②；西林的妻子暗恋丈夫的朋友，可对方却不敢接受她认
真的感情；西林信赖、尊敬自己的朋友，可朋友却对他背信弃义。
如此一来，他们的关系就形成了一个怪圈——每一个人都生活在
欺骗与被欺骗的荒诞之中。从某种意义上说，精神气质完全不同
的两个主人公，他们对待生活的态度却是相似的，即视生活为敌
对力量。一个是因被生活吞噬和毁灭感情而逃避（西林），另一个
是不负责任的随心所欲和索取（叙述者）"'在他看来，生活是可
怕的，'我暗想，'那就不必跟生活讲客气，索性打碎它，趁它还
没碾碎你，凡是可以从它那儿捞到手的，你统统拿过来就是。'"③
就其本质而言，两者的行为都是出于对生活的恐惧，只不过对这
种恐惧感所表现出来的生活态度和方式不同罢了。

契诃夫的主人公不同于陀思妥耶夫斯基和托尔斯泰的主人
公，他不会因为发现真相而改变，也不能成为另外一个人，他仍
旧会按照原来的方式和标准去生活。《恐惧》中的西林发现妻子
背叛自己之后，他们仍旧生活在一起。对生存的真实境遇的发
现，没有让主人公的生活发生任何的变化。契诃夫把自己的主人
公置于这样一种边缘：他发现并认识到了所发生的一切，但不论

---

① 《契诃夫小说全集》（第九卷），汝龙译，上海译文出版社 2000 年版，第 13
页。

② 同上书，第 8 页。

③ 同上书，第 12 页。

是在他的个人生活中，还是在整个的社会生活中，什么都没有改变，也不会有所改变。契诃夫对生活悲剧性的理解之所以深刻，他创作中表现的全部"恐惧"，就在于此。

六

日常生活和幸福生活，在契诃夫的艺术思维中，是一对在意义上彼此对应的词。日常生活是庸俗的、丑陋的，它因其不可理解而变得没有意义和荒谬。契诃夫的主人公们无时不在哀叹：啊，这个世界是多么丑陋，多么可怕，真想弃之逃跑。逃到哪儿去？逃到一个自由的、不受强制的、能够幸福生活的世界去。为了避免生活的恫吓和危险，主人公们选择的最简单的方法就是逃跑——逃避生活，把生活的欲望压缩到最低限度。西林就是这样做的。他辞掉了彼得堡的工作，隐居在乡下的庄园里。他身边只留下两个人：他的妻子和一个朋友。为了不去想可怕的现实，西林每天都让繁重的劳动把自己弄得疲惫不堪。然而，不管西林怎样躲避生活，他终究还是遭到可怕的打击：背叛他的正是他身边仅有的两个最亲近的人——妻子和朋友。西林想极力逃避却又无法逃避，这就是他生存的悲剧。

契诃夫笔下的人物多是害怕生活的。他们拒绝斗争，放弃积极的生活态度，都源于对生活的恐惧感。逃离这个世界，逃到另外一个世界去，这是契诃夫的主人公的一个重要特征。在他笔下，几乎所有主人公的心中都有逃离的愿望，因为他们在现实世界里受到挤压、压迫、压制。渴望逃离——这是大多数主人公稳定的、典型的心理反应。《醋栗》（1898）的主人公尼古拉·伊凡内奇一辈子只有一个梦想，就是拥有一个长满醋栗的小小庄园，这是他唯一的生活目的。为了买庄园，这个"善良温和的人"变成了一个守财奴。他节衣缩食，过着叫花子一样的生活。

为了钱，他娶了一个年老而丑陋的寡妇，不让她吃饱，把她的钱存在自己的名下，不出三年就把她送进了坟墓，可是他从来没有想过妻子死亡的原因，没有想过要对她的死负责任。不过，他终于实现了自己的梦想！他买下了庄园，订购了二十墩醋栗栽下，成了一个幸福的人。当故事叙述者布尔金去庄园做客的时候，他看见了自己幸福的弟弟：

> 他正坐在床上，膝部盖着被子。他老了，胖了，皮肉松弛，他的脸颊、鼻子和嘴唇往前突出，眼看就要像猪那样呼噜呼噜地叫着，钻进被子里去了。①

就在这一天，尼古拉·伊凡内奇看着头一回收获的醋栗，眼泪汪汪，竟激动得说不出话来。他拿起一颗果子放进嘴里，露出像小孩子终于得到自己心爱的玩具时那种得意的神情："多么好吃啊！"② 可实际上，醋栗又硬又酸。在严酷的现实生活中，人对幸福的追求竟然是收获又酸又涩的醋栗！这是多么深刻的讽刺，而在这讽刺中又透着几分无奈与辛酸。当人们在不断追求自我和理想的生存方式的时候，又在不断地丧失自我，丧失理想，甚至丧失人性。换言之，理想的实现是以人的全面退化为代价的。而尼古拉·伊凡内奇的所谓理想又是多么的荒唐可笑！为什么会出现这种结果？布尔金在承认他弟弟渴望在大自然的怀抱里过自由生活的同时，指出这是一种逃离。极力逃离可怕的世界——这在很大程度上决定了他的行为。在城里，尼古拉·伊凡

---

① 《契诃夫小说全集》（第十卷），汝龙译，上海译文出版社2000年版，第172页。

② 同上书，第174页。

内奇是一个畏畏缩缩的、无权无势的小职员，他甚至不敢有自己的见解。而现在，在自己的庄园里，他却成了一个真正的老爷，他所说的每一句话都是至高无上的。这个畏惧可怕的城市生活的人，在自己的庄园里成为一个非常幸福的人。而这个幸福的人之所以感到幸福，按布尔金的话说，首先是因为他看不见，也听不到生活中"可怕的"事，像一只把头扎进沙土里的鸵鸟。正可谓"智者清醒着，所以他感到痛苦与尴尬，糊涂的人糊涂着，所以他一直保持浑浑噩噩的快活"。① 几乎契诃夫所有的主人公都试图逃离，但他们却都逃不掉：一些人是无力迈出第一步，一些人看似逃跑到另一个世界，实际上却并没有逃离出这个世界。不受强制的生存就意味着从物质力量的压迫中完全解放出来。尼古拉·伊凡内奇虽然从城市逃到了乡村，但他仍然无法逃脱物质力量的控制，无法脱离这个世界，并终将成为这个丑陋世界的组成部分。

有研究者认为，尼古拉·伊凡内奇是"不接受不符合理想的世界"的"抗议者"，他从城里搬到乡下是为了"让自己成为一个'人'"，因为他"既不接受世界的社会形态"（"你们来看一看这种生活吧：强者骄横而懒惰，弱者愚昧，像牲畜一般生活，周围是难以忍受的贫困、憋闷、退化、酗酒、伪善、撒谎。"）②"也不接受生存的原初形态"（"我们看见一些人到市场去买食品，白天吃喝，晚上睡觉，他们说废话，结婚，衰老，安详地把死人送到墓园里去。"）③）④ 如果可以把逃离说成一种抗议

---

①　崔苇：《非常荒诞》，山东友谊出版社 2002 年版，第 107 页。

②　《契诃夫小说全集》（第十卷），汝龙译，上海译文出版社 2000 年版，第 174 页。

③　同上书，第 174 页。

④　Афанасьев Э. С... *Является по преимуществу художнику: о художественности произведении А П Чехова* //Русская словесность, 2002, № 8, С. 27.

的话，那么，这也是一种无可奈何的消极抗议。尼古拉·伊凡内奇对"不符合理想的世界"的"抗议"方式，就是逃跑，因为他无力与这个世界抗争。

极力逃避生活，这在《套中人》（1898）中达到了让人难以置信的、甚至是荒诞不经的地步。别里科夫无论在什么时候、什么天气都穿、戴的黑眼镜、套鞋、雨伞、棉大衣等，是他给自己包上的一层外壳，他躲在这个套子中，以便同世人隔绝，不至受到外界的侵扰。"现实生活刺激他，惊吓他，使他经常心神不安"①，他把自己以及自己的思想极力藏在套子中，像寄居蟹或者蜗牛那样极力缩进自己的硬壳里去。他时时刻刻都在心里念叨："千万别闹出什么乱子来。"②　"千万别闹出什么乱子来"——这是他惧怕生活的心理反应。充满敌意的、可怕的世界让他感到生存的恐慌，他拒绝接受生活中的一切变化，甚至意外的爱情都不能动摇他的套子原则。别里科夫害怕生活，害怕自己。契诃夫把别里科夫置于一个非常传统的情境中（这是屠格涅夫和冈察洛夫经常使用的手法），让他接受爱情的考验。别里科夫的确喜欢上了瓦连卡，自从和瓦连卡交往后，他觉得自己能像个人一样生活，但是这对他来说，恰恰也是最可怕的，他宁愿生活在自己的"套子"里。

对于别里科夫而言，生活中的欲望越少，内容越少，危险也就越少，他的套子也就越牢固。生活中的一切破坏规章制度的行为都让他担惊受怕：什么做祈祷的时候有个同事来晚了，什么女校的女学监晚上同一个军官在一起了……诸如此类。他无时无刻不在担心："千万别闹出什么乱子来"。在别里科夫看来，每一

---

① 《契诃夫小说全集》（第十卷），汝龙译，上海译文出版社 2000 年版，第157页。
② 同上。

个细小事件的背后都隐藏着极大的祸患，他的生活就是不断地等待灾难。因而，他总是处于无法遏制的恐惧之中，害怕生活中的一切。他的心被一种非理性的、黑暗的、原始的生活恐惧掌控着，他把世界理解为一种敌对的、可怕的因素，并全力保护自己不受其伤害。

契诃夫的主人公在试图确定自己的生活方向的时候，他遵循的是什么呢？首先遵循的是合法化的、被公众认同的"标准"：官衔或者身份、礼节或者仪式、公众舆论或者约定俗成的秩序……主人公的行为定位取之于这些众多既定的和标志性的、本身具有调整现实之企图的体系，他应在这个体系的框架内自愿或被迫制定自己的生活准则。在契诃夫的艺术世界中，每一个人都有自己的体系，自己的生活准则：正确的或错误的，严整的或紊乱的，有意识的或无意识的。这个体系作为某种标志，把他划归到某一社会阶层和等级，或者其他团体组织。契诃夫的主人公就生活在这个有严格规定的世界中，在这里，任何一种行为都应该被包括在某一体系的框架之内。对于契诃夫作品中的主要人物——小人物——来说，它是这个世界稳定的根基，如果某个体系遭到破坏，这于他无疑是一场灾祸。

然而，生活是流动的，变化的，别里科夫无法也无力解决生活中出现的每一个问题。面对变化莫测的生活和层出不穷的"意外"，别里科夫保护自己的唯一方式就是循规蹈矩，崇信权威，严格执行各种规章制度，不得有丝毫背离，因为每一次逾越和背离都会招致无法估计的祸患。"各种对于规章的破坏、规避、偏离的行为，虽然看来同他毫不相干，却使得他垂头丧气"[1]。因而，他

---

① 《契诃夫小说全集》（第十卷），汝龙译，上海译文出版社 2000 年版，第 157页。

竭力去阻止各种破坏和偏离规章的行为。在荒诞世界的面前，人已经丧失了主体精神，丧失了人的价值和尊严，显得如此的渺小和无奈！

在契诃夫的作品中，像别里科夫的这种恐惧感，是人对世界的一种无意识的、本能的反应。然而，如果我们的理解仅限于此，那就低估了这部作品的艺术价值。它的深层意义还在于表现了人对整个世界的荒谬，表现了外来灾害的无法预测和不可遏制，以及对自我命运的不可把握和生存的无奈。别里科夫不论怎样小心翼翼，谨言慎行，最后还是出了"乱子"——他自己被人从楼梯上推了下来，一命呜呼。别里科夫的所作所为，在常人看来是无法理解的，甚至是荒谬的。如果我们细细地品味，就不难参悟出作品的深层含义：当一个人处在被控制和被胁迫的尴尬情形下，原本健康的人格自然会发生严重的裂变。这固然是辛酸的无奈，但更是荒唐的真实。别里科夫这一形象的艺术魅力就在于，作者通过人物在人格、精神方面的畸变，来渲染和深化人物在荒诞处境中的心理苦闷。别里科夫的性格是可笑的，但更是可悲的，或者说在喜剧性的矛盾中包含着悲剧性的因素。契诃夫在表现生活时所惯用的一种方法，就是善于在同一件事情里面挖掘同时并存的、却又截然相反的两个方面，即借助可笑的表象揭示可悲的现实。而在由可笑转入可悲之际，正是事物的内在意义暴露之际。

把生活的欲望降到最低限度！别里科夫的理想不是生活，而是死亡。因为生存是痛苦的，而死亡则是最终的幸福——棺材成为别里科夫最好的和最安全的套子。别里科夫终于死了，他实现了自己的愿望！躺在棺材里的别里科夫"神情温和、愉快，甚至高兴，仿佛他在庆幸他终于装进一个套子里，从此再也不必出来了。"① 别里科夫死了，但生活又像先前一样，"仍然那么严峻、令人厌烦、杂乱无章了"②，并没有因别里科夫的死而有丝毫好转。在小说的结尾，对主人公套子性的理解获得更普遍的意义。

契诃夫的主人公们惧怕的不是死亡，而是生活。不论是拉京的禁欲主义，还是主人公们的其他"哲学"，就其实质而言，这些都是他们逃避生活的"套子"。每个人都有自己的"套子"，都有自己的合理的图式：尼古拉·斯捷潘诺维奇的"套子"是"科学"，弗拉季米尔·伊凡内奇的"套子"是"理想"，奥尔洛夫的"套子"是犬儒主义，而对所有的女主人公而言，"套子"就是爱情。不能适应"套子"的生活将导致主人公死亡，这是毫无疑问的：如《第六病室》的格罗莫夫和《匿名氏的故事》中的吉娜伊达·费奥德罗夫娜。但是，生活在"套子"里同样是危险的，同样要付出惨重的代价——失去做人的尊严和做人的自由，过着动物般的生活：如别里科夫。正像著名学者阿法纳西耶夫所言："'套子'是人现实的生存状态，是与人的'内心世界'相适应的生存形式。别里科夫现象——害怕生活、落落寡合、孤僻自闭——集中体现了人的永恒本性。"③

在世界文学史中，别里科夫不仅是一个逃避生活的典型，而且也是异化形象的雏形。生活在恐惧中的人，因失去了精神和心灵欲求的自由发展能力，导致人性自身的屈从、变异和扭曲。这种畸形发展使人失去了作为人的本质，变为"非人"，人对于自

---

① 《契诃夫小说全集》（第十卷），汝龙译，上海译文出版社 2000 年版，第 165 页。

② 同上书，第 166 页。

③ Афанасьев Э. С... *Является по преимуществу художнику: о художественности произведении А П Чехова* //Русская словесность, 2002, № 8, C. 26.

己，对于他人都成为异己者。人在环境的挤压下丢失了自我，异化成类似寄居蟹或蜗牛一样的生物，异化成卡夫卡的大甲虫和尤奈斯库的犀牛。然而，从某种程度上说，别里科夫的这种变异比格里高尔一夜之间变成大甲虫更可怕，因为这种变异是在不知不觉中发生的。格里高尔虽然外形上发生了变化，但他内心中作为人的情感和欲望没有变，他仍然渴望亲人的关怀和家庭的温暖，仍然会为无法给家里挣钱而感到愧疚。但别里科夫却不然，在他身上发生变异的不仅是人的外形，而且还有人的精神世界，就这一点而言，他比变成大甲虫的格里高尔更可悲。

值得一提的是，对于别里科夫这个人物形象，前苏联及我国评论界早有定论，认为他是沙皇政府的帮凶和走狗，旧制度的卫道士等等。针对这一观点，早在 1986 年，就有人撰文提出过不同意见。文章作者认为，别里科夫并不是"旧制度的卫道士"，"作品中看不到他为当局效劳的任何实际行动"，人们并不怕他，还给他贴漫画。他只是一个"可怜的受尽折磨的小人物"，"面对种种一般人难以忍受的侮辱，他都只是怯懦地忍了下去，既无还击的念头，更无报复的手段"。最后，论者精辟地指出：小说作者的意图并非要把"套子"的罪恶归于别里科夫本人。道理很简单：就像不能把"笼子"对"鸟"的束缚之罪归于关在笼子里的鸟一样，也不能把受害的"套中人"当做"布套子"的凶手。① 论者的这一观点很有说服力，小说的结尾足以为证。别里科夫死了，但生活仍然像先前一样严峻、无聊、杂乱，并没有因为别里科夫的死而有丝毫好转。因此，套子作为一种现象，与其说是别里科夫个人所具有的，不如说是生活本身就是一个套

① 刘伯奎：《罪责在"套子"不在"套中人"》，《外国文学欣赏》1986 年第 4 期，第 74—77 页。

子。论者的观点新颖，论述合理，不仅突破了传统的思维定势，而且启迪了我们的艺术审美情趣。但遗憾的是，这种观点在当时并没有引起人们足够的重视。其主要原因恐怕在于，在 20 世纪 80 年代，不论是前苏联，还是我国评论界，在评价文学作品时仍然偏重作品的思想性和政治性的评判，批评的目标始终不脱离对读者的宣传、引导、教育。似乎如果不从政治角度解说作品和人物形象，就会有损于作家的声望和作品的艺术价值。

七

在现实中显得反常离奇的东西，在艺术世界中都有其合理性。并不是别里科夫一人视死亡为快乐。"人从生活里得到的是损失，从死亡里得到的反而是好处。"[①] ——这是《洛希尔的提琴》的主人公亚科甫对生活的总结。生活的异化过程让亚科甫对生活持全面否定的态度。

死亡是契诃夫小说中的一个重要主题。在 1880—1887 年间，在《困》（1888）和《草原》问世之前，已有六十多篇小说涉及死亡。契诃夫作品中体现的死亡意识，表现为死亡现象引起的情绪、体验、感情态度和心理反应，它是对生命理解和感悟的一种重要体现，是主体意识自觉以及重新审视生活意义的结果。

在中外文学作品中，对死亡的精彩描写不胜枚举。在 19 世纪的俄国作家中，陀思妥耶夫斯基和托尔斯泰都有很深的"死亡情结"。陀思妥耶夫斯基在后期创作中特别关注死亡问题，几近死亡的亲身体验从根本上影响了他后期的生活观和创作观。他笔下的死亡多是非正常死亡。不仅如此，他还热衷于细致精确地

---

① 《契诃夫小说全集》（第十卷），汝龙译，上海译文出版社 2000 年版，第 165 页。

描写死亡时的情景，只要我们一想起《罪与罚》中放高利贷的老太婆被拉斯柯尔尼科夫杀死时的血腥场面，便禁不住毛骨悚然。而对死亡讨论得最多的，大概要数长篇小说《白痴》。陀思妥耶夫斯基认为，死亡本身给人的痛苦并不是肉体上的痛苦，而是灵魂的折磨。他借梅什金公爵之口说出他当年濒临死亡边缘时的切身体验："没有比这更难以忍受的痛苦了"，"谁知人的天性能忍受得了这种折磨而不致发疯？"

托尔斯泰在他的小说中偏爱描写死亡，死亡仿佛成了他情有独钟的创作对象之一。《战争与和平》中的安德烈之死，《安娜·卡列尼娜》中的安娜之死，都是脍炙人口的精彩章节。在托尔斯泰的笔下，死亡有着明显的界限和特征，蕴涵着崇高的意义。在小说《伊万·伊里奇之死》中，疾病把主人公的一生分成生前和死后，分成生前轻松愉快的 30 年和濒临死亡时的三个月。疾病仿佛万丈深渊，把伊万·伊里奇与他生活过的世界分离开。伊万·伊里奇在面临死亡之际，先是拒绝承认他即将死去，继而愤怒，暴躁，厌世。他的心中既沮丧，又消沉，还于心不甘，抗拒任何人的慰问。迫近的死亡让主人公忙碌的一生化为乌有，死亡像一纸判决书，批驳并否定了他虚伪和谬误的一生。

在契诃夫的笔下，死亡完全以另外一种形态出现。死亡属于人生命中自然的、正常的现象，同生活中的诸多事件没什么两样。不论是对于作者，还是作者笔下的主人公，死亡都是一件最普通不过的事情，甚至可以用它提炼出一个喜剧故事。在陆军中将扎普培陵的葬礼上，两个观看出殡的文官在大谈妇女在男人面前的优先权（《妇女的幸运》，1885）；在另一个葬礼上，演说家在致悼词时竟把死者的名字说成了站在一旁参加葬礼的一个文官的名字。而这个文官感到气愤，并不是因为演说家把他这个活人给埋葬了，而是因为他的演说"对死人也许合用，可是用在活人身上简直成了嘲笑!"① (《演说家》,1886 主人公的死在一种情形下具有讽刺性,在另一种情形下则显得荒诞不经。还有一种情形就是,虽然作者以中性的口吻叙述,但叙述的背景却是滑稽可笑的,这是构成契诃夫艺术中二律背反的一个主要成分。

对于托尔斯泰和陀思妥耶夫斯基来说,存在某种一致的生与死的哲学,或称生死观。两位作家总是力图探寻"界外"的奥秘,相信存在"另一种生命"。对于契诃夫而言,只存在生的问题和哲学。如果说契诃夫的主人公张望"界外"(《没有意思的故事》),那他看到的不是"谜",不是"秘密",而是一个寻常的、熟识的世界,只不过在那个世界里暂时还没有他罢了。为什么契诃夫只对生感兴趣,而对死却闭口不谈呢?契诃夫在自己的日记中说得很明白:"我们凡人的任何一种尺度都不适于判断虚无,判断不存在人的地方。"② 因而,在契诃夫的作品中,死亡不带有任何恐惧色彩,它让人的生命自然而平静地终结。

> 古塞夫回到诊疗所里,在他的吊床上躺下。照旧又有一种模糊的欲望来折磨他,他无论如何也不明白他需要什么。他的胸膛里像有个什么东西压着,脑袋里突突地跳,嘴里干得很,舌头都不容易活动了。他昏昏睡去,说梦话,然后给噩梦、咳嗽和闷热弄得疲乏不堪,直到早晨才睡熟。他梦见在营房里人们刚从烤炉里取出面包,他就钻进烤炉,在里面洗蒸汽浴,用桦树枝编成的长把笤帚拍打自己的身子。他睡了两天,到第三天中午,上边来了两个水手,把他从诊疗所

① 《契诃夫小说全集》(第五卷),汝龙译,上海译文出版社 2000 年版,第 310 页。

② 《契诃夫文集》(第十三卷),汝龙译,上海译文出版社 1999 年版,第 565 页。

里抬出去了。① （《古塞夫》）

安德烈·叶菲梅奇明白他的末日到了，想起伊凡·德米特利奇、米哈依尔·阿威良内奇和成百万的人都相信永生。万一真会永生呢？可是他并不想永生，他只想了一下就过去了。昨天他在书上读到过的一群异常美丽优雅的鹿，如今在他的面前跑过去，后来一个农妇向他伸出一只手，手上拿着一封挂号信。……米哈依尔·阿威良内奇说了一句什么话。随后一切都消散，安德烈·叶菲梅奇永远失去了知觉。② （《第六病室》）

他看见地板上，在他的脸旁边，有一大摊血，他衰弱极了，再也说不出一句话来；然而有一种说不出的、无穷尽的幸福充塞了他的全身心。阳台下面，有人在拉小夜曲。③ （《黑修士》）

看样子，她好像真要死了，而且似乎在暗自高兴，她终于要永远离开这个小木房，离开这些棺材，离开亚科甫了。……她眼望着天花板，努动嘴唇，脸上的表情是幸福的，仿佛她看见了死亡，她的救星，正在跟它小声交谈似的。④ （《洛希尔的提琴》）

---

① 《契诃夫小说全集》（第八卷），汝龙译，上海译文出版社 2000 年版，第 81 页。

② 同上书，第 338 页。

③ 《契诃夫小说全集》（第九卷），汝龙译，上海译文出版社 2000 年版，第 124 页。

④ 同上书，第 160—161 页。

　　他呢，已经一句话也说不出来，什么也不明白了，只觉得自己好像成了一个普通的、平常的人，在田野上兴高采烈而且很快地走着，手里的拐杖敲打着地面，头顶上是广阔的天空，阳光普照，他现在自由了，像鸟一样爱到哪儿去就可以到哪儿去了！①（《主教》）

　　死亡对于契诃夫的主人公来说是一件很自然的事情，一点都不可怕，"只想了一下就过去了"。契诃夫的主人公活着的时候不曾辉煌，临死之际也无所留恋。死亡不仅不带有丝毫的恐惧色彩，反而笼罩在某种愉悦的气氛之中。死亡的情景竟然充满了诗情画意！而人只有在死亡之际才能感受到幸福，感受到美妙事物的存在。从这个意义上说，生与死之间没有界限，或者更确切地说，死是生的一种超越。《洛希尔的提琴》表现出的正是这样一种生与死的相互关系。

　　故事是这样开始的："这个城镇小得很，还不如一个乡村。住在这个小城里的几乎只有老头子，这些老头子却难得死掉，简直惹人气恼。"② 时间好像停滞了，失去了与过去和未来的联系。在主人公亚科甫看来，死亡像是生活的唯一表现形式。这样的认识让亚科甫觉得，人生存的周而复始失去了意义。因此，节日也好，平日也好，婚礼也好，葬礼也好，对亚科甫而言都一样，没有什么区别，可以彼此替换。他和妻子玛尔法、一张双人床和几口棺材都挤在他的小木房子里，没什么奇怪的。

　　在亚科甫看来，存在于虚无的比邻是生活的自然形态，是不

---

　　①　《契诃夫小说全集》（第十卷），汝龙译，上海译文出版社 2000 年版，第325—326 页。

　　②　《契诃夫小说全集》（第九卷），汝龙译，上海译文出版社 2000 年版，第159页。

由自主的，不知不觉地抹去了活物与死物之间的界限。故此，世间的万物都可以理解为死的东西。这样一来，不只是双人床和棺材之间，而且亚科甫与棺材、玛尔法与棺材之间都是可以画等号的。在亚科甫最后一次跟玛尔法告别时，他"用手碰了碰棺材，心里想：'这活儿干得不错！'"①

《洛希尔的提琴》的故事情节让我们联想起《伊万·伊里奇之死》中描写的情景。主人公亚科甫在临死之前突然认识到，他不能这样地生活下去，不过他也没有可能再以另一种方式更好更充实地生活。然而，亚科甫所说的"不能这样"生活与伊万·伊里奇的生活是有本质区别的。

> 他不明白事情怎么会弄到这种地步：在他的一生中，最近四五十年以来，他一次也没到这条河边来过，或者，即使来过，却没有注意过它。要知道，这是一条相当大的河，并非不值得一提的小河，在这条河上原可以捕鱼，再把鱼卖给商人、文官、车站小吃店的老板，然后把钱存进银行；也可以驾一条小船从这个庄园赶到那个庄园，拉一拉提琴，各种身份的人都会给他钱……可是他白白错过时机，什么事也没做，多大的损失！哎，多大的损失啊！如果把这些事一起干起来，又是捕鱼，又是拉提琴，又是用船运货，又是杀鹅，那会挣下多大的一笔钱！可是这种事连做梦也没有想到过，生活白白过去，没有一点好处，没有一点欢乐，完全落空了……②

---

① 《契诃夫小说全集》（第九卷），汝龙译，上海译文出版社 2000 年版，第 163 页。

② 同上书，第 165 页。

　　"生活"对于契诃夫的主人公是一个"魔圈",正如《第六病室》的主人公所说:"……您落进了一个魔圈,再也出不来了。您极力要逃出来,结果却陷得越发深了。"① 契诃夫本人在解释《没有意思的故事》的意义时也提到:"我只打算运用我的知识,描写一种绝境:这里有一个聪明而善良的人,尽管存心要接受上帝所创造的目前这种生活,像基督徒那样思考一切,可是一旦陷进这种绝境,就会不由自主地发牢骚,出怨言,像一个奴隶一样……"② 契诃夫所描写的"魔圈"是一个实实在在的生活环境,这里有舒适的住所、花草环绕的庄园,庄园里住着一些优雅的女人和爱思考的男人。他们恋爱,结婚,修建房屋和铁路,读文学作品等。乍看上去,在这个世界里似乎没有任何"魔圈",它舒适,简单,读者在熟悉了这个世界后,甚至会在很长一段时间里感觉不到有什么是可怕的,无可挽救的,然而,这只是一个假象。几乎每一个主人公都会有亚科甫的那种感受:"生活白白过去,没有一点好处,没有一点欢乐,完全落空了。"而作者在此也提出了问题:"人世间为什么有这么一种古怪的章法,人只能过一次生活,而这生活却没有带来一点好处就过去了?"③

　　临近死亡的亚科甫没有把自己以前毫无价值的生活一笔勾销,而是仔细思考他可能的生活样式。对于托尔斯泰而言,伊万·伊里奇周围人们的日常生活、他常去的剧院、女儿的婚姻、

---

　　① 《契诃夫小说全集》(第八卷),汝龙译,上海译文出版社 2000 年版,第 332 页。

　　② 《契诃夫小说全集》(第十四卷),汝龙译,上海译文出版社 2000 年版,第594 页。

　　③ 《契诃夫文集》(第九卷),汝龙译,上海译文出版社 1999 年版,第 165—166 页。

法院豪华的办公室等等，所有这一切在临近死亡的背景下都是可怕的，反自然的，虚伪的。而对于契诃夫来说，日常纷杂的生活在人将死之际仍然继续流动，它是自然的，真实的。托尔斯泰的主人公在生命行将结束时强烈地体验到一种走投无路的孤独，而契诃夫的主人公在死亡之时所感受到的孤独，并没有比他活着的时候更强烈；死亡为伊万·伊里奇揭开了许多新问题，而对于亚科甫来说，问题仍然还是从前那些：赚钱、亏本，亏本、赚钱……他的生活就是这样毫无益处地流逝而去。契诃夫的许多主人公都是毫无意义地度过自己的一生，生与死没有什么本质区别。从某种角度而言，死应该比生更加快乐和自由，因为死亡可以让人摆脱一切责任、义务、烦恼和荒诞的生活。因此，契诃夫的主人公们不但不惧怕死亡，而且总是以平和的心态面对死亡。"那么你不来参加我的葬礼了？"①（《没有意思的故事》），我们惊诧于作者竟能以如此漫不经心的笔法，来表现主人公面对死亡时的豁达与坦然，这在以往的文学作品中的确不多见。

在托尔斯泰的艺术世界里，生死之间的界限和对立很自然地与这样一种需要结合在一起，即寻找、确定、阐释某种可能存在于这一界限之外的东西，某种非现实的模糊形象，上帝的形象，死亡的形象。契诃夫的主人公几乎从来不冥思苦想自己的死亡和未来。在契诃夫的故事里没有未来，没有生命的前景，没有人身外的一切，也不存在人的性格和命运与外在突发事件相撞击的现实世界。

众所周知，人与周围的世界是不可能孤立存在的，只有当能够感受并评价这个世界的人存在时，这个世界才存在。而只有当

---

① 《契诃夫小说全集》（第八卷），汝龙译，上海译文出版社 2000 年版，第 53 页。

一个人把周围世界作为某种外在物来感受时，这个人才存在。但是，在契诃夫的主人公那里，我们却看不到他对世界的认识和评价，因为他没有可能认识世界，也就无从评价它。人与世界好像处于一种混沌的状态中，人与世界的界限几乎荡然无存，生与死的界限同样消失殆尽。生命失去了未来，在单调地重复，成为一个没有内涵的空壳，成为"活的死亡"。这样的生命自然就与"非存在"，与虚无联系在一起。当《主教》中的主人公死后，我们看到的是欢腾的复活节的场面。

> 洪亮欢畅的钟声从早到晚在城市上空响个不停，激荡着春天的空气，鸟雀齐鸣，太阳灿烂地照耀。在集市的大广场上人声鼎沸，秋千摆动，手摇风琴响起来，手风琴尖声地叫，不时传来醉醺醺的说话声。大街上，过了中午，骑着快马的闲游开始了，一句话，大地欢腾，一切顺利，如同去年一样，而且明年多半也会这样。
>
> 一个月以后，一个新的助理教务主教奉派上任，谁也不会想起彼德主教了。[①]

没有生命战胜死亡的庆祝，也没有世界之于个体命运的悲哀与冷漠。生命消融在存在之中，既没有开端，也没有终结。契诃夫的主人公在世界中处于一种特殊的边缘状态，世界与人之间、生与死之间的界限逐渐消失。人不可能清楚地解释世界，死亡也不可能用生命的范畴来界定。

通过上述分析，可以得出这样的结论：契诃夫的主人公们不

---

① 《契诃夫小说全集》（第十卷），汝龙译，上海译文出版社 2000 年版，第 326 页。

理解生活，不理解人们，也不理解自己。与其胆战心惊地活在世上，与其毫无意义地活在世上，不如平静安详地死去。契诃夫以独特的死亡视角来透视生命的意义。他在描写死亡时并不倾心于死亡本身，而是借助于人物对死亡的心态，更加深入地考察人类存在的真实境遇，从生死等同，甚至生不如死的层面上昭示荒诞世界中人类命运的悲哀与无助。

第三节 荒诞世界中的非英雄形象

契诃夫之前的文学作品中的主人公多为贵族、地主、官吏、农民，是资本主义萌芽之前的社会，社会结构和成员并不复杂。而在契诃夫笔下出现的则是一个新旧社会交替的时期，不仅社会结构在发生变化，而且人的情绪和心理也在发生变化。契诃夫的艺术世界是由不同职业、不同社会地位、不同性格和心理情绪的人们组成的。正像我们所看到的那样，契诃夫的艺术世界充塞着纷乱繁杂的生活，而生活的主体是形形色色的人物。作为一个艺术家，没有一个社会阶层和职业是他没有涉猎到的，没有一个年龄段的人们是他不能理解的：男人和女人、儿童和老人、农民和贵族、军人和小市民、僧侣和官吏、学者和地主、乞丐和马车夫、画匠和演员、精神病人和幻想家……千百张面孔和千百人的命运呈现在他洞察一切的目光之中，进入他斑斓的艺术世界。契诃夫关注普通人的生活，聚焦于隐藏在生活表象下的人的本性。在契诃夫的笔下，普通人及人性的表现与传统文学既有联系又有区别。为了对比起见，在此有必要追溯一下西方文学史中人的观念的流变。

一

文学的发展是与人的发展同步的。文学自它诞生的那天起，就是为了表现人的生活，人的情感、渴望和心声而存在的，因而人们说"文学是人学"。"文学是人学"这个命题本身蕴涵着人类以美学的形式对自我及其生存意义和价值取向的追问、观照、体认和理解。从这个意义上说，文学的历史就是人对自身不断认识的过程。这一过程在西方，从中世纪到19世纪末期，呈现为由形而上的神性向形而下的人性的逐渐下落。

中世纪文学是用神来取代人，宣扬基督教教义的教会文学成为文学的主体，文学的本质精神受到扭曲，成为神学的忠实奴仆。在神本主义统治下，作为人类拯救者的上帝成为最高存在，人失去了自身的人格、价值和欲望。人为了得到上帝的拯救进入天国，必须粉碎自己所有的欲念，净化自己的灵魂。人剩下的唯一的权力，就是向上帝祈祷和忏悔，并且要无休止地为自己的肉身赎罪，人性受到禁锢和摧残，人成了失去灵魂的空洞的躯壳。

文艺复兴时期，人的观念发生了重大变化，人从上帝的囚笼中被解放出来，在中世纪受到压抑和摧残的人性终于复苏、觉醒，人成了"宇宙的精华，万物的灵长"。人开始崇尚知识，开启心智，追求自由和个性解放。人作为一个独立的精神个体，充分认识到了作为一个人的尊严、价值和地位，人的个性和潜力也得到了前所未有的张扬和发挥。这时的思想家和艺术家，把人无限地放大和抬高，把对至高无上的上帝的所有赞誉之词都毫不吝啬地献给了人。于是，文学作品中出现了一批顶天立地的"巨人"形象、英雄形象。然而，这一时期的文学艺术家，包括莎士比亚在内，把人性中恶的一面看得不够正常。他们笔下的人虽然有血有肉，不失丰满，但对人物性格刻画得不够深刻，表现得不够真实。

如果说文艺复兴时期作家着力张扬人性，那么，在更为成熟的启蒙时代，作家与思想家、哲学家合而为一，他们的视阈更为广阔，思维更为深邃。启蒙主义思想家提出了人权、民主、自由、平等、博爱，这个伟大的人道主义思想让人的意识得到进一步深化，让文学中的人更接近生活的真实。在那些优秀作家的笔下，描写的对象已不是文艺复兴时期的社会"精英"，不是可以超然于社会的、衣食无忧的上层人物，文学开始逐渐向普通人位移。然而，在人类社会中占绝大多数的默默无闻的普通人——工人、农民、小职员、小市民、小知识分子等——真正成为文学主要关注和表现的对象，是始于19世纪的批判现实主义。

富有深刻的人道主义精神的批判现实主义文学大师们，在真实地反映贵族阶级没落、新兴资产阶级上升的历程的同时，把他们充满同情的目光和更多的创作热情倾注于社会中下层的普通人和被侮辱被损害者的身上。通过描述默默无闻的普通人物，表现了作家对人类处境和命运的关注，更深刻地体现出作家的人道主义襟怀。批判现实主义作家强调环境、人物、心理三者的辩证统一，重视文学的现实性和批判精神，因此，他们笔下的人既是普通的人，更是充满矛盾的、善恶并存的人。19世纪高度发展的物质文明和畸形的生产关系，破坏了人与人的正常关系，挤压和扭曲了正常的人性。各种关系的异化导致了现实的异化和人性的异化。那些具有艺术良知的现实主义作家，以如实再现人性的真实、揭示人性的复杂、呼唤人性的复归为己任。作家们竭力表现他们所感受和理解的人的本来面目，发掘人性的丰富内涵，展示人物性格的复杂性和深刻性，从而也表现了社会生活的本来面目，发掘和展示了社会的复杂性和生活的千姿百态。

19世纪俄国文学的发展基本上与西欧国家的文学发展是一

脉相承的，但它却有着自己鲜明的民族性。虽然 19 世纪的俄国批判现实主义作家同西欧批判现实主义作家一样，信奉人道主义思想，遵循现实主义创作原则，但两者所反映的人道主义内涵却不尽相同。19 世纪西欧批判现实主义作品的批判锋芒直指封建贵族和资产阶级，揭露其丑恶，弘扬博爱精神。作家们从人道主义立场出发，描写下层人民的悲惨生活，同情他们的不幸遭遇，要求改善他们的贫困状态，并肯定他们身上的某些优良品质，如善良、勤劳、诚实、正直等。许多作家都有意识地描写社会下层的"小人物"，如狄更斯的《奥列佛·特维斯特》中的孤儿奥列佛，莫泊桑的《羊脂球》中的妓女羊脂球，雨果的《葛洛特·格》中的穷苦人葛洛特·格等。可以说，在这一点上，俄国文学中的人道主义思想是与西欧一脉相承的，但是由于俄国的特殊的历史背景，又使其文学具有鲜明的民族性，所反映的人道主义思想有其独特性和深刻性。

19 世纪 30—60 年代，正当西欧资本主义迅速发展的时候，俄国尚处于农奴制危机和"农奴制改革"时期。俄国的农奴制持续了大约四百年，1825 年 12 月党人的武装起义才揭开俄国资产阶级革命的序幕。因此，与西欧相比较，俄国批判现实主义文学的批判锋芒主要是针对野蛮的农奴制，揭露和批判农奴制的种种弊端及其残余影响。封建的军事专制的农奴社会，加上资本主义咄咄逼人的发展，使俄国作家们深陷维谷，处于两难境地。那些胸怀正义、有良心和责任感的作家们在奋力反抗农奴制的同时，又力图避免俄国陷入资本主义泥潭，他们被"谁之罪"和"怎么办"两大磁石紧紧吸引，并为之困惑，[①]

---

① 徐葆耕：《西方文学：心灵的历史》，清华大学出版社 1990 年版，第 308 页。

其人道主义思想更广泛更深刻地表现在人的心灵与外部世界的不和谐，表现在人性的压抑与谋求解放和自由。

被誉为"一切开端的开端"的普希金，以其创作中的人民性、人道主义精神和艺术美开创了俄国现实主义道路。从此，神奇瑰丽的浪漫幻想不再是作家们心驰神往的境界，他们把视线纷纷转向真实的生活和真实的人，转向隐藏于生活和人自身的无穷奥秘的探索之上。在深入开掘生活和人性的过程中，他们惊喜地发现，世界上最神秘、最美丽的不是脱离现实的浪漫主义的幻境，而恰恰是那些被忽视的普通人的真实而平凡的生活，恰恰是普通人真实而平凡的存在。俄国优秀的作家们怀着对人类博大精深的挚爱，把人视为一个有血有肉有欲望的精神个体，尤其是对社会底层的普通人和被欺凌、被压迫的人，倾注了更多的关怀和同情。自普希金开创描写"小人物"的先河之后，从果戈理到陀思妥耶夫斯基，描述默默无闻的被侮辱被损害的普通人，成为 19 世纪俄国批判现实主义小说的一个优秀传统。

从 19 世纪下半叶开始，俄国批判现实主义逐渐改变了方向，产生了新的元素，从抱着同情态度描写社会下层人的生活境遇，转变为表达平民阶级的内心精神生活。伴随这一转变，对艺术家原先评价世界状况的基本原则也进行了重新检验。人性深层中的矛盾性、复杂性到了托尔斯泰和陀思妥耶夫斯基时期得以充分发展和体现。

托尔斯泰认为生活是丰富多彩的，生活中的人和人性也是复杂多样的。托尔斯泰在《复活》里的一段话颇具代表意义："人好比河：所有的河里的水都一样，到处都是同一个样子，可是每一条河都是有的地方河水狭窄，有的地方水流湍急，有的地方河身宽阔，有的地方水流缓慢，有的地方河水澄清，有的地方河水冰凉，有的地方河水混浊，有的地方河水暖和。人也是这样。每一个身上都有一切人性的胚胎，有的时候表现这一些人性，有的时候又表现那一些人性。他常常变得完全不像他自己，同时却又始终是他自己。"① 这段话充分表明，人性不是恒定不变、凝固不动的，它总是在不断的变化、不断的进行自我否定中日趋复杂，进而呈现出矛盾性和多面性。这种观点克服了 18 世纪对人的唯理性主义或偏重感情方面的理解，强调了人性的多面性与复杂性，因而，不能片面地看待人，不能用单一的标准把人分成好人和坏人。在托尔斯泰看来，人性是充满矛盾的，是"精神的人"和"兽性的人"的搏斗，这期间虽然要经历心灵迷茫的煎熬和肉体痛苦的磨难，但"精神的人"终归要战胜"兽性的人"，人性在这种激烈的搏斗中得到完善和升华，以殉难的形式完成英雄的壮举，以此祭奠人类的理想与价值，这一点在《安娜·卡列尼娜》《战争与和平》以及《复活》的主人公身上得到最鲜明的体现。

陀思妥耶夫斯基认为，人的内心既有高尚的一面，也有卑鄙的一面。可以说，在描写人物性格的矛盾性与复杂性上，陀斯妥耶夫斯基与托尔斯泰是一脉相承的。如果说托尔斯泰强调的是正常情况下人的性格和情感的发展和变化，那么，陀思妥耶夫斯基关注的则是在紧张而充满矛盾的状态中人的情绪衍化和精神裂变，因而，他更致力于表现畸形的病态心理和双重人格。在这位作家眼里，世界是混乱的，病态的，社会是畸形的，丑恶的。性本善的人生存于这样一个环境之中，其人性自然会发生变化。这位"残酷的天才"带着一种令人惊愕的偏

---

① 托尔斯泰：《复活》，汝龙译，人民文学出版社 1979 年版，第 262—263 页。

执，对人的灵魂进行审判，并以此来揭示现实社会中高度紧张的人际关系。

契诃夫与众不同的个性和感悟世界的方式，决定了他与众不同的抒写方式。契诃夫认为，人性是一个复杂的综合体，因而，不能"把黑的直接称为黑的，把白的直接称为白的"。[①]作家敏锐的直觉和强烈的改革意识促使他"要与众不同"：既"不描写一个坏蛋，也不描写一个天使"。[②]因而，著名的契诃夫学专家丘科夫斯基认为："在契诃夫看来，几乎在每个人的身上都同时存在互相对立的品质。"[③]

乍看起来，契诃夫的主张与托尔斯泰的观点没什么两样，实际上却有所不同。契诃夫笔下的人物很难用一种标准去评判：他是聪明的还是愚蠢的，是刚强的还是软弱的，是正义的还是虚伪的，是善良的还是丑恶的。人性是错综复杂的，"人性并不完美"[④]。契诃夫关注的焦点在于研究人性的复杂性、不确定性、与生存中各种元素的对立性。因此，在契诃夫的作品中，既不会出现罪不可赦的坏蛋，更不会有排除万难、不畏牺牲的征服者和赴汤蹈火的殉难英雄。之所以会这样，一方面在于契诃夫对人性的清醒认识；另一方面在于他对时代的冷静分析：荒诞的世界造就不出昔日的英雄。契诃夫世界中的绝大多数人，都默默地苟活于自己的小天地里，对生活麻木，对感情麻木，没有互相的理解和关爱，更谈不上具有牺牲精神，有

---

① Предисл. Котова *А К А П Чехов в воспоминаниях современников*，М.：Гослитиздат，1960，С. 719.

② 《契诃夫文集》（第十四卷），汝龙译，上海译文出版社 1999 年版，第 250 页。

③ Чуковский К. *О Чехове*，М.：Худож. лит.，1967，С. 144.

④ 《契诃夫文集》（第十四卷），汝龙译，上海译文出版社 1999 年版，第 179 页。

的只是自私、冷漠、平庸、粗俗。因此，在契诃夫的小说中看不到为爱情而牺牲一切（甚至自己的生命）的安娜·卡列尼娜，也不会有甘愿流放自己的肉体而让精神"复活"的聂赫留朵夫，有的倒是一些精神委顿、彷徨恐惧、具有人性种种弱点的"中间人物"和"小人物"。可以说，传统文学中的英雄模式在契诃夫的艺术世界里终于瓦解坍塌了。

二

契诃夫以敏锐的目力关照人世，洞悉人的微妙心灵，发现了以往俄国作家没有发现的人性特点。契诃夫清楚地意识到，具有完美人性的人不仅在现实生活中是不存在的，在文学作品中也是缺乏说服力的。正因如此，在审美原则上，契诃夫并不赋予人物形象以"古典美"、"崇高美"的外观，或精神上完美无缺的神祇似英雄特征，而是注重表现真实的内在情感和性格特征。他把笔触伸向人物的灵魂深处，探究人性的原初形态，揭示内在的人格缺憾和鄙俗心理，暴露人性中的罪恶，以此表达一种对人性异化和病态人生的深切关注。

在契诃夫的作品中，几乎见不到精神境界崇高、人性完美无瑕的"正面人物"和"英雄形象"，即便存在某些"正面人物"和"英雄形象"，也是以略带讽刺的笔法表现出来的——在契诃夫的世界里就没有"当代英雄"！由此我们看到了作家对生活和现实的艺术把握更为理性的态度，一种超越生活的表面现象，以哲人的目力来透视世间万物的冷静与智慧。这使得长期习惯于在文学中寻找英雄人物和崇高理想，在文学中获得人生答案的读者们一下变得不知所措。

作家对文学人物的不同理解，决定了其表现原则的不同。那些被冠以"当代英雄"和"时代精英"称号的人物，在契诃夫的艺术世界中都被非英雄化了，并以讽刺的笔法表现出来。《跳来跳去的女人》（1892）中的医生奥西普·戴莫夫，应该说是契诃夫作品中少有的"正面人物"形象，但是，契诃夫却用有悖传统的描写套路，以一种非常独特的形式来展现这一人物形象。整篇小说给人的感觉并不是描写戴莫夫如何忘我工作，如何投身科学，如何舍己为人，而是用大量笔墨描写他的妻子奥尔迦·伊万诺夫娜及她的生活圈子，戴莫夫在小说中始终是一个次要角色。作者在小说一开始就把戴莫夫置于一个庞大的"名人"的背景下："奥尔迦·伊万诺夫娜和她的朋友、熟人，却不是十分平常的人。他们每个人都在某一方面有出众的地方，多多少少有点名气，有的已经成名，给人看做名流了，有的即使还没有成名，却有成名的灿烂前景。"[1] 奥尔迦自己也有非常出众的才能：

　　　　她善于很快地认识名人，不久就跟他们混熟……每结交一个新人，对她都是一件十足的喜事。她崇拜名人，为他们骄傲，天天晚上梦见他们。她如饥似渴地寻找他们，而且她的这种欲望永远也不能得到满足。[2]

　　德莫夫在这群人中间显得微不足道，没有人注意到他的存在。因而，戴莫夫在奥尔迦生活中的存在，并不影响她与她的朋友们交往。奥尔迦每到星期三就在家里举行晚会，这时戴莫夫是不在场的，而且也没有人会想起在这个家中还有他这么个人。

---

　　① 《契诃夫小说全集》（第八卷），汝龙译，上海译文出版社 2000 年版，第232 页。

　　② 同上书，第 234—235 页。

　　不过，一到十一点半钟，通到饭厅去的门就开了，戴莫
夫总是带着他那好心的温和的笑容出现，搓着手说：

　　"诸位先生，请吃点东西吧。"

　　……

　　"我亲爱的 maître d' hôtel！"奥尔迦·伊凡诺芙娜说，
快活得合起掌来。①

　　奥尔迦之所以如此高兴，那是因为戴莫夫出现得正是时候。
对于奥尔迦而言，戴莫夫绝对是一个理想的丈夫，因为他总是无
条件地满足她提出的任何要求，他总是出现在她最需要他的时
候。奥尔迦越是迷恋她的生活圈子，她离自己的丈夫就越遥远，
刚开始只是空间上的，而后就是心理上的、感情上的。当戴莫夫
察觉到妻子不忠于自己之后，并没有什么激烈反应，倒仿佛是他
自己的良心不清白似的。为了减少和妻子单独相处的时间，他早
起晚睡，还常常带着同事一道回家吃饭。不久，他在治疗一个患
白喉病的男孩时，因为用吸管吸他的薄膜而不幸被传染身亡。奥
尔迦在丈夫死后才明白，真正的伟人就在她身边，而她却把他
"错过"了。

　　契诃夫在详细描述奥尔迦的生活时，常常不经意地提一提戴
莫夫。读者只是从戴莫夫的同事对他的评价中才得知他的高尚：
"要是拿我们大家跟他相比，他真称得上是伟大的人，不平凡的
人！""像他这样的科学家现在我们就是打着火把也找不着了。"②
至此，我们才明白契诃夫的良苦用心：他之所以把戴莫夫置于那

---

　　① 《契诃夫小说全集》（第八卷），汝龙译，上海译文出版社 2000 年版，第
235—236 页。

　　② 同上书，第 252—253 页。

些"名人"、"天才"的背景下，是要用他们的庸俗和渺小来反衬戴莫夫的伟大和不平凡。按传统观念的理解，这样一个品行高尚的人物应该是完美无缺，光彩照人，具有不同凡响的英雄业绩和震撼人心的精神力量。然而，契诃夫的笔下的"英雄"却让人大失所望，他平凡得不能再平凡，像常人一样有这样或那样的性格弱点。虽然戴莫夫"为科学服务，为科学而死"[①]，但在妻子奥尔迦的眼中，他却是个"使人不能理解的人，脾气温顺得失去了个性，由于过分忠厚而优柔寡断、为人软弱"[②]。奥尔迦对自己丈夫的评价并非言过其实。从小说的叙述中不难看出，作者在描写戴莫夫处理他与妻子的尴尬关系时，的确带有几分揶揄和嘲讽。

通常来说，"非英雄"人物在契诃夫的创作中可从两层含义上理解：就生活阶层而言，他们多属于中产阶级、小资产阶级和平民；就生活行为和道德尊严而言，他们属于"中庸"类型，具有非个性化特征。契诃夫创作中这种"中庸的"笔法和人物具有的这种"中庸的"性格，很久以来一直让评论界耿耿于怀。法捷耶夫在他 1944 年的笔记中写道：契诃夫的人物"千篇一律"，"他没有塑造出一个杰出的农民，或是工人，或是知识分子！"身在俄国，却看不到俄国人民中的优秀人物，"这是契诃夫作为艺术家的极大失败"。因而，法捷耶夫认为：契诃夫是伟大俄国文学家行列中的"最小一个"。[③]

法捷耶夫这一观点的错误是显而易见的，我们现在已经没有必要再去讨论导致他做出这种错误评价的根源。与那些在文学作

---

① 《契诃夫小说全集》（第八卷），汝龙译，上海译文出版社 2000 年版，第 252 页。

② 同上书，第 250 页。

③ 法捷耶夫：《关于契诃夫》，《苏联文艺》1980 年第 1 期，第 205 页。

品中突出政治性的作家不同，契诃夫关注的焦点是以人的形态存在的各种因素的不稳定性、混合性、矛盾性，所以，契诃夫从不把人作为某种超个人因素的载体来研究。而这一点，又恰恰证明了契诃夫作为一个艺术家的成功和伟大。也正因为此，契诃夫笔下的每一个人物都很难用单一的标准来评判，他塑造的人物性格是典型的"非此非彼"型，这种创作手法与传统文学截然不同。

在19世纪俄国文学传统中，人物是有等级之分的。人物身上的优点越多，他的等级就越高，反之，人物身上的优点越少，他的等级就越低。读者常常根据人物身上优缺点的多与少，将他们逐次排列。最主要的正面人物身上几乎汇集了人类最主要的优秀品质，仿佛位居金字塔的塔顶，须仰视才见。同时，作者和读者对人物的评价，也是与人物的等级联系在一起的。鉴于此，我们在阅读《叶甫盖尼·奥涅金》时必须要弄清楚，是哪些品质使达吉雅娜超越于奥涅金之上；而只有认识到巴扎罗夫的个人品质在哪些方面优越于阿尔卡基后，我们才能理解《父与子》的深层构思和内在含义。

在契诃夫的作品中，之所以不存在主人公的等级之分，是因为不存在普遍的超个人的价值。对比主人公的个人品质不会得出任何结果。像"有用的"、"无用的"、"多余的"、"有意义的"这样的划分类别，原则上是不适用于契诃夫的主人公的。契诃夫创作中的主要问题并不在于主人公的价值是什么，他在国家和社会历史中的作用是什么，而在于他在这个世界上是如何生活的。上文对《决斗》的分析已经证明了这一点，在此不再赘述。

契诃夫笔下的芸芸众生，无论是声名显赫的老教授，还是高高在上的主教，都是普通人群中的一员。尽管他们的社会地位"高人一等"，善于思考，但他们却无法按照传统的英雄模式塑造自己的形象，他们为人与世界、人与人关系的错裂而苦闷和忧虑，为失去"中心思想"和存在的意义而感到焦灼和困惑。契诃夫不厌其烦地描写这些非英雄人物形象，旨在以此揭示普遍存在的人类生存的荒诞。契诃夫的思想是深刻的，但笔法却不凌厉。他笔下的人物让我们觉得更真实、更亲切。契诃夫总是淡淡地，仿佛毫不经意地把他的人物显示给你看，然后默默地退到一旁，面带微笑地注视你，好像要看透你读解他的人物时的内心感受。于是，我们面前便出现了一个个有血有肉的人，他们将是怎样的矛盾、反常、复杂和裂变。契诃夫的作品之所以具有深远的意义和价值，一个主要原因就是他把人与人所处的时代紧密联系在一起。他笔下的人既是生活中的特定的"这一个"，具有独特的情感和个性，又蕴涵丰富的社会意义和人性内涵，富有深沉的历史感和新鲜的时代感。常常是这样，我们在读契诃夫的作品时，会觉得他笔下的人物就像生活在我们中间一样。之所以如此，是因为这些人物的个性特征涵纳了"人性的共同因素"，这些因素具有恒常性和普遍性，从而使每个时代的生活都可以为它提供新的土壤，推动人们不断思考，不断做出新的解释，并在后世的广泛理解中获得新的审美享受。①

三

　　研究者在论述契诃夫创作题材及其特色时，总是不可避免地要涉及他笔下的"小人物"。就其实质而言，在契诃夫的创作中人物没有等级之分，没有"大人物"和"小人物"之分，正如上面所分析的那样，所有的人在契诃夫的笔下都是普通人、平凡人。但为了叙述的方便，本书在此暂且沿用这一说法。

　　"小人物"这一主题在俄国文学上有着悠久的传统，通常是

---

① 钱中文：《现实主义和现代主义》，人民文学出版社 1987 年版，第 170 页。

指那些地位低微、生活贫困的小官吏。19 世纪初，普希金的《驿站长》生动地描述出一个小驿站长萨姆松·维林的悲苦境遇。他被社会挤干了一切生活乐趣，余下的唯一幸福就是女儿，最后连这一点点慰藉也被人夺走了。在沙皇专制的统治下，弱者是奴隶，是虫豸，任凭强者蹂躏和践踏。他没有自尊，没有自我，没有享受生活的权利。普希金在描述驿站长遭受欺凌与屈辱的同时，也展示了主人公温厚、忍耐、顺从的性格特征，作者的意图很简单——唤起读者的怜悯和同情之心。果戈理继承了普希金的传统，他一面对小人物的凄苦命运寄予怜悯和同情，一面在挖掘他们的人性的复杂性上又前进了一步。《外套》中的小公务员阿卡基·阿卡基耶维奇是一个永远受人欺负的抄写员，他的生活目的很单纯，只想过一个安稳的日子。他一生中最隆重的一天就是终于添置了一件用辛辛苦苦积攒下来的钱订制的新外套，可是这件心爱的外套却被几个强盗抢走了。小公务员投告无门，最后竟被一位"要人"的呵斥吓死。他死后变成一个厉鬼，发誓要剥去"要人"的御寒大氅以示复仇雪恨。在这篇小说中，人的尊严得到了进一步的认识，尽管它是以虚幻的笔法表现出来的，而弱者的人性则是带血的控诉和凄厉的哭泣。应该说，这一时期作品中主人公的人性色调比较单一，缺乏多面性。作品中所展示的普通人、被侮辱和被损害的人的人性的总体特征是驯良、忍让、懦弱、谦恭，作家们着力表现他们人性中的善，以此和达官显贵的恶构成鲜明对比，达到同情和护卫前者，揭露和鞭挞后者的目的。

陀思妥耶夫斯基曾经说过这样一句话："我们所有的人都来自果戈理的《外套》。"这句话不仅表明陀思妥耶夫斯基尊果戈理为老师，而且还表明作者继承了前辈作家对人的无限热爱这一精神传统。陀思妥耶夫斯基虽然继承了普希金和果戈理的传统，但是他所塑造的"小人物"却比维林和阿卡基·阿卡基耶维奇更深刻。"小人物"形象在陀思妥耶夫斯基的作品中呈现出更加丰富的层次。在早期小说《穷人》中，陀思妥耶夫斯基开始侧重于主人公的精神世界，尽管像以前的文学一样，对环境的依附决定了主人公的不幸。在杰乌什金的身上体现了作者自己的思想——小人物有能力去爱，他们能够有高尚而深刻的感情。作者力图证明，小人物要比那些上流社会的"大人物"具有更多的尊严和感情。在《白夜》中，陀思妥耶夫斯基塑造了一个理想主义者。主人公害怕失去现有的一切，满足于苟安。他为自己做了一个有损尊严的评定："幻想家——如果需要下一个详细的定义的话——并不是人，而是某种中性的生物。幻想家多半居住在无路可入的角落里，好像躲在里边连日光也不愿见；只要钻进自己的角落，便会像蜗牛那样缩在里边，或者至少在这一点上很像那种身即是家、名叫乌龟的有趣动物。"[①] 这已经不是鄙视现实、沉湎于美好的理想世界的浪漫主义主人公：他害怕现实，这种状态导致他心灵的死亡。"醉汉"是陀思托耶夫斯基笔下"小人物"的一个典型形象，几乎出现在他所有的作品中。值得注意的是，作者并不是以此说明这是社会恶的产物，而是着重强调这是一个人软弱的表现。酒精只能麻醉那些走投无路之人的神经和心灵，却不能把他从痛苦和绝境中解救出来。一味地沉溺于酗酒，只能毁坏他和他亲人的生活：女儿被迫出卖自己的肉体，妻子精神失常，孩子夭折。

从总体上看，契诃夫以前的"小人物"形象具有某些共同的典型特征：外表平凡，年龄介于 30—50 岁之间，资质平庸，家境贫寒；与他们敌对和发生冲突的对象是整个上流社会或者侮

---

① 《陀思妥耶夫斯基作品集》（二），荣如德、芮鹤九译，上海译文出版社1983 年版，第 15—16 页。

辱欺凌他们的强者，专制制度的统治和官僚的欺压是造成他们不幸的根源；他们的生活理想破灭，命运多舛，常常遭受天灾人祸，最后落得悲惨的结局。可以说，从环境到人都被限定在一个较为固定的模式中。

到了 19 世纪末期，契诃夫笔下的"小人物"不仅概括了俄国传统文学中"小人物"的所有本质特征，而且还获得了新的含义。首先，契诃夫的"小人物"完全不是普希金、果戈理、陀思妥耶夫斯基笔下生活在社会底层穷困潦倒的人，而是与世界失去了联系，沉溺于个人生活和安乐之中的人。其次，"小人物"的范围扩大了：这不只是在长官面前战战兢兢的小官吏，还有荒疏学业的中学生，墨守成规的知识分子，一心想着出嫁的少女……另外，契诃夫感兴趣的不是"小人物"的社会地位，不是他们被抢走的"外套"，而是小人物的性格特点和心理状态。契诃夫关注的焦点已从不公正的社会制度对"小人物"的压迫和欺凌转向人性中固有的丑陋品质：奴性、贪婪、自私、冷漠等等。诚然，传统上认为"小人物"的悲剧命运是不合理的、不人道的社会制度所致，这种观点并没有错，有其合理性。但如果认为这是导致"小人物"不幸的唯一因素，就会陷入认识的片面性和局限性，"小人物"内在人格缺憾和人性痼疾对自身和他人命运的影响同样不可忽视。契诃夫清楚地认识到了这一点，并公开嘲笑那些在创作中试图美化"小人物"的做法。在给亚·巴·契诃夫的信中，他一再劝导自己的哥哥："把你那些受压迫的十四品文官丢开吧！难道你用鼻子嗅不出来这种体裁已经过时，现在只能惹人打哈欠了吗？"[1] 基于此，契诃夫在描写"小人物"上另辟蹊径：他不是在社会体制、社会环境中寻找恶

---

① 《契诃夫文集》（第十四卷），汝龙译，上海译文出版社 1999 年版，第 112 页。

之源，而是在小人物自身上寻找。这种全新的方法得出一个意想不到的结论：小人物遭受"屈辱"的原因竟然在于他自身，换言之，造成"小人物"不幸的内在原因就是他们身上所具有的人性弱点。契诃夫第一次对"小人物"持嘲讽态度：在《一个文官的死》（1883）中，死去的不是"被侮辱和被损害的"人，而是自取其辱、在惊吓中丧失自己的人格甚至是性命的小官吏；《胜利者的胜利》《胖子和瘦子》《在钉子上》（均1883）暴露了"小人物"心甘情愿的奴颜婢膝，卑躬屈节。作者以幽默的笔调、夸张的手法、诙谐的语言，生动地描绘出那些"一嚏致死"、"望帽色变"的奴性十足的小官吏，辛辣地讽刺了他们丧失尊严、丧失人格的奴才心理和鄙俗的生活样式，而此前的俄国文学为了高扬像这些十四品文官这样的"小人物"的尊严，曾付出了多少努力！

　　契诃夫对"小人物"身上的奴性向来深恶痛绝，这与他自身的成长经历有关。契诃夫不同于那些出身贵族的俄国作家，他出身寒微，来自社会"底层"。在19世纪的俄国作家中，或许没有比契诃夫的出身更低微的了：契诃夫的祖先是农奴，他的祖父以3500卢布的赎金赎回了全家的自由身份。作为农奴的后代，一个外省破产小商人的儿子，契诃夫在生活中亲身经历过和"小人物"同样的屈辱和贫困。因而，他痛恨一切形式的专制和暴力："经常的极下流的辱骂、大声的叫嚷、责难、吃早饭和吃午饭时的发脾气、老是数说生活苦和抱怨工作累，难道这些不就是粗暴的专制的表现吗？……专制和虚伪把我们的童年毁伤到了每一回想就要恶心和毛骨悚然的地步。"[1] 在1889年给苏沃林的

---

①　《契诃夫文集》（第十四卷），汝龙译，上海译文出版社1999年版，第495—497页。

一封信中，契诃夫诚恳地写道："您应该写一个短篇小说，描写一个青年人，原是农奴的儿子，做过店员和唱诗班的歌手，读过中学和大学，所受的教育是要尊重上级，要吻牧师的手，要崇拜别人的思想，要为每一小块面包感激涕零，挨过许多次打，去教学馆的时候没有雨鞋穿，常常打架，虐待动物，喜欢在阔亲戚家里吃饭，只因为感到自己渺小就毫无必要地在上帝和人们面前假充正经；请您描写这个青年人怎样把自己身上的奴性一点一滴地挤出去，怎样有一天早晨醒来，觉得自己血管里流着的已经不是奴隶的血，而是真正人的血了。"① 正如莱菲尔德所言，契诃夫的一生都在为捍卫自己的独立性而斗争。② 契诃夫个人的精神生活就是一条通往自制和拥有人的尊严的艰难道路，这条自我建设、自我教育的道路从他少年时代就已经开始，一直延续到他生命的最后一刻。不仅如此，他还告诫自己的弟弟在人们之中应该时刻保持自己做人的尊严。在契诃夫的心目中，理想的人应该是"有教养的人"，他们必须符合下列条件：尊重人的个性，因此永远宽厚、温和、殷勤、肯让步；不仅仅怜悯乞丐和猫，甚至为普通的眼睛看不到的事情而心里难过；尊重别人的财产；襟怀坦白，怕虚伪如同怕火一样；不糟蹋自己来达到博得别人同情的目的；不好虚荣；为自己的才能而自豪；有美学修养。而要成为这样的人，"需要的是不间断的、日以继夜的工作，经常的阅读，钻研，毅力……"③。曾经有过的这种刻骨铭心的感受和体验，

---

① 《契诃夫文集》（第十四卷），汝龙译，上海译文出版社 1999 年版，第 500 页。

② Красавченко Т. *Чехов в зарубежном литератураветении* // Воп. литер., 1985，№ 2，С. 219.

③ 《契诃夫文集》（第十四卷），汝龙译，上海译文出版社 1999 年版，第 132—134 页。

给予了契诃夫透视潜藏于人内心深处的奴性意识的可能，使得他以更高的历史视点来审阅人世百态，把"小人物"心灵深处丧失人性尊严、自轻自贱的奴性心理刻画得淋漓尽致，入木三分。契诃夫在继承文学前辈对"小人物"的同情及对社会的批判精神的同时，又远远地超越了他们。他对"小人物"并不是抱以消极的、廉价的同情，"哀其不幸"并非他的主要目的，"怒其不争"才是他的批判旨归。

契诃夫早期创作的短篇小说《小人物》（1885）不足 3000字，却揭示出小人物的另一种本质。复活节那天，小文官涅维拉齐莫夫在衙门值班。复活节的钟声、马车的辘辘声随着春天的新鲜空气从窗口涌进来，充塞了他的耳鼓，搅得他心里直痒痒。每年的这一天都是他在值班，这倒不是因为他贪财，而是因为他太穷。倒霉的涅维拉齐莫夫郁闷地坐在值班室里，他可怜自己，也可怜桌子上那只窜来窜去的迷路的蟑螂。"他向往一种新的和较好的生活，这种向往弄得他的心痛得难忍难熬。"① 他站在值班室里苦思冥想，试图找到一种办法让他摆脱目前的生活处境：他想到了贪污公款摆脱贫困，想到了写告密信以求高升……他绞尽脑汁，可是无论如何也想不出办法摆脱目前这种没有出路的生存状态，气急之下，恶狠狠地一巴掌拍在了那只蟑螂身上，"那只蟑螂仰面朝天躺在那里，绝望地踢蹬它那些小腿"②。涅维拉齐莫夫似乎还不解气，便揪住它的一条小腿，把它扔到了玻璃灯罩里。看着灯罩里蓦然升起的火光，听着蟑螂燃烧时发出的噼噼啪啪的响声，他的心头这才轻松了一点儿。涅维拉齐莫夫在现实生活中是一个不幸的弱者，他无力改变自己的生存处境，于是，便

---

① 《契诃夫文集》（第三卷），汝龙译，上海译文出版社 2000 年版，第 197 页。
② 同上书，第 198 页。

把一腔愤恨全都发泄在一个小小的无辜的蟑螂的身上，蟑螂的死换得了他心理上的暂时平衡。

在晚期作品中，契诃夫对丑恶人性的揭示和批判更加深刻。《第六病室》（1892）的看守尼基达是一个退伍老兵，他"身量不高，外貌干瘦"，然而"气度威严，拳头粗大"，下垂的眉毛给他的脸添上了"草原看羊狗的神情"①。尼基达对第六病室的病人严格行使自己的"职责"：搜刮他们的财物，动辄就拳脚相加，而且一点也不顾惜自己的拳头，并把这种行为称之为维护秩序。对医师拉京的态度的前后变化最能反映出尼基达人性中的阴暗面。尼基达平时总爱躺在前堂炉子旁的一堆乌七八糟的破烂上，可是一见到拉京来病房巡视，他就立即从那堆破烂上跳起来，挺直身子，毕恭毕敬地称拉京为"老爷"。可是当拉京被当成疯人强行关进第六病室以后，失去了"老爷"的身份，也就和其他精神病人一样，不可幸免地成为尼基达施展拳脚的对象。

契诃夫深刻地揭示出"小人物"的双重人格：在强权面前卑躬屈膝、逆来顺受，而一旦有了适当的时机和条件，他们人性中恶的因子就会发酵膨胀，从被压迫者一跃成为压迫者，成为一股助长邪恶势力的自发力量。赫拉普钦科认为："'中间人物'、庸俗的人、知识分子小市民在契诃夫以前的俄国文学和世界文学中也曾被刻画过。可是，契诃夫看到了并且以很高的技巧描绘了在他的前辈和同时代人的作品中没有得到反映的那些东西。在这个已经吸引人注意的范围里，作家说出了新的、给人以深刻印象

---

① 《契诃夫小说全集》（第八卷），汝龙译，上海译文出版社2000年版，第291页。

的话。"① 赫拉普钦科肯定了契诃夫创作中的艺术进步。契诃夫在继承前人的优秀传统的同时，又有所创新和进步。这种进步并不是材料上的表面新颖，也不仅仅是变更一下新的创作对象，它表现在人性的每一种表现都得到了无比鲜明的阐释，表现在作家对现实生活的形象做了如此广泛、深刻的概括，表现在作家对世界的独到认识，表现在丰富和充实了人道主义的内涵。人道主义承认人的尊严，并以将人从上帝的压迫和束缚中解放出来为旨归。然而，真正的人道主义就不能只弘扬人的尊严，特别是只褒扬人性中善的一面，而且还应严格发觉和敢于暴露恶的一面，并能够加以抑制。这种抑制在契诃夫那里并不是向人做道德训诫，也不是以宗教忏悔而告终，而是内心怀抱着别人无法分担的忧虑，时时警醒这世间的芸芸众生。

四

契诃夫在作品中深刻地揭示了人与社会、个体与群体、人与自我的种种复杂微妙的关系，揭示了荒诞世界中人的种种荒诞心理和行为，揭示了人性中种种虚伪、丑陋的表现。作者冷静矜持的叙事风格让作品始终保持一种特殊的、只有契诃夫作品中才有的、灰色的情绪和氛围："阅读安东·契诃夫的小说，你会觉得好像是在深秋的一个忧郁的日子里，空气是那样洁净，那些光秃秃的树木、紧挨着风物和灰溜溜的人们，都显出清晰的轮廓来。一切都是那样奇怪——那样孤寂、静止、无力。"② 在契诃夫的艺术世界中，灰色人们的灰色情绪，透过闪烁着黯淡的灰色光泽

---

① 赫拉普钦科：《作家的创作个性和文学的发展》，张捷、刘逢祺译，上海人民出版社 1977 年版，第 360 页。

② 高尔基：《安·巴·契诃夫》，周启超主编《白银时代名人剪影》，中国文联出版公司 1998 年版，第 18 页。

的词语，弥漫在每一个角落。俄国著名宗教哲学家舍斯托夫在《创作源自虚无》中详细分析了契诃夫的创作。在他看来，契诃夫是"绝望的歌唱家"，他"在自己差不多二十五年的文学生涯中，百折不挠、单调乏味地仅仅做了一件事：那就是不惜用任何方式扼杀人类的希望"。契诃夫的创作实质正在于此。人类的任何一个希望、过去和现在人们用以慰藉和开心的一切词语，"一旦被契诃夫触摸，它们便刹那间凋谢、衰败和死亡"。① 在契诃夫的主人公中，让舍斯托夫感兴趣的首先是那些陷入"失望"之中，并"无所创造"的人：尼古拉·斯捷潘诺维奇、伊万诺夫、拉耶夫斯基、柯甫陵等，这些人在生活中没有任何事可做——除了用脑袋撞墙。舍斯托夫的观点明显受早期存在主义思想的影响，在欧洲及日本的批评界引起热烈反响和一片喝彩之声。

契诃夫是否就是这样无望地看待人的命运，并且不为他留下任何希望？其实不然。契诃夫只是敢于揭开人们浑然不觉的人类存在方式的真实面貌，正如高尔基所说："作者的智慧犹如秋阳，以无情的鲜明性照亮了众人走惯的大路。"② 契诃夫的确"无情"，但他扼杀的不是人类的希望，而是人类的空想，是不切实际的乌托邦。然而，如果契诃夫只是满足于确定人类日常生活和生活秩序的不合理，那他就不是契诃夫了。作家给了因不知道自己生存的意义和目的，而试图寻找合乎理性的支撑点的主人公们一席之地。即使他们最终找不到，他们身上也具有一种道德和人性的厚重感。契诃夫研究专家古尔维奇认为：对于契诃夫而

---

① 方珊译：《开端与终结》，林贤治主编《舍斯托夫集》，上海远东出版社1998年版，第85—86页。

② 高尔基：《安·巴·契诃夫》，周启超主编《白银时代名人剪影》，中国文联出版公司1998年版，第18页。

言，"正像不存在绝对的失望一样，也不存在绝对的希望"。① 即使在情绪最灰暗、最沉郁的作品中，作者都投进一缕哪怕是极微弱的希望之光：生活可能会变成另一种样子，并期待它的到来。尽管契诃夫没有给出答案，但读者和《带小狗的女人》（1899）的主人公们一样，相信"似乎再过一忽儿，解答就可以找到，到那时候，一种崭新的、美好的生活就要开始了"。② 契诃夫并没有剥夺读者心中对新生活的信心，这其中包含了俄国文学中所有人道主义精神。

不可否认，契诃夫的主人公总是陷于日常生活的泥淖之中，他们静静地痛苦着，经受着精神危机。生活好似一道封闭的围墙，生活在围墙里的人永远也没有出路，唯一的出路就是"用脑袋去撞墙"。契诃夫的这种创作特质正是西方现代主义文学极力推崇和张扬的。加缪指出："艺术作品本身就是一种荒谬的现象，而最关键的仅仅是它所作的描述。它并不要为精神痛苦提供一种出路。相反，它本身就是在人的全部思想中使人的痛苦发生反响的信号之一。但是，它第一次使精神脱离自身，并且把精神之于他人面前，并不是为着使精神因之消失，而是明确地指出所有人都已涉足但却没有出路的道路。"③ 也恰恰是由于契诃夫的这一创作特点，一些西方研究者早在 20 世纪 60 年代就断言："正是契诃夫预示了'荒诞派戏剧'，这位俄国经典作家对西方先锋文学有着无可争辩的影响。"④ 乔伊斯·卡罗尔·奥茨认为，

---

① Гурвич. И. *Опыт прочтения А П Чехова* //Серия литературы и языка, 2000，№ 5—6.

② 《契诃夫小说全集》（第十卷），汝龙译，上海译文出版社 2000 年版，第 267 页。

③ 加缪：《西西弗的神话》，杜小真译，西苑出版社 1987 年版，第 11 页。

④ Доминик Хаас *Куда ж бежать* //Глав. ред. Богданов В. Г. Чеховские чтения в Ялте：Чехов и X X век，М.：Наследие，1997，С. 89.

契诃夫的创作技巧与"荒诞派戏剧"作家的创作技巧的亲缘性
就在于，"不论是在表现荒诞事件上，还是在塑造某些诗学形象
上，都力求克服各种形式的戏剧的和语言的有限性"。① 她还认
为，契诃夫的主要目的是表现存在的荒诞。不论对于契诃夫，还
是尤奈斯库和贝克特，"人的存在都是虚幻的，虚假的外表要比
现实好。人喜欢用空洞的谈话和对生活的幻想来欺骗自
己……"②然而，契诃夫毕竟不同于荒诞派作家。首先，就其表
现形式而言，荒诞派作家公然放弃理性手段和推理来表现他们所
意识到的人类处境的荒诞，而契诃夫则是依靠高度清晰、逻辑严
谨的说理来展示人类处境的无奈和荒诞；就其思想内涵而言，契
诃夫并不像某些荒诞派作家那样，把世界的荒诞和人生的痛苦绝
对化，对人类的存在悲观失望，而是通过对荒诞本质的揭示，警
醒人们麻木的神经——"再也不能照这样生活下去了！"③ 以期
点燃人们心中对幸福与理性的希望，最终超越荒诞，向理性的、
尊严的人类生活迈进。

　　契诃夫的眼睛并非只为黑暗而生，他始终在孜孜不倦地寻找
人类的光明。他对人类抱有信心，看到人性中还闪烁着善与美的
火花，它们犹如夜空中的星星，背景越是黑暗，它们就越是清
晰、明亮。《在峡谷里》（1900）的主人公丽巴虽然出身贫寒，
但她却拥有最宝贵的东西——做人的尊严；她虽然身处崔布金家
非人的环境中，遭受着痛苦的折磨，但她仍然保持了最重要的人

---

　　① Сохряков Ю. И. Чехов и "Театр абсурда" в истолковании Д К Оутс //
Русская литература в оценке современной зарубежной критики, М.：Изд-во
Моск. ун-та，1981，С. 78.

　　② 同上书，第 86 页。

　　③ 《契诃夫小说全集》（第十卷），汝龙译，上海译文出版社 2000 年版，第 167
页。

性品质——善良和同情；她虽然经历了生活中的种种不幸：出生不久的儿子被一心要霸占财产的阿克辛尼雅用开水烫死，而她自己也被阿克辛尼雅逐出家门，尽管遭遇了种种不幸，她仍然相信真理的存在："不管罪恶有多么强大，可是夜晚仍旧安静、美好，上帝创造的这个世界里现在有，将来也会有，同样恬静美好的真理。人间万物，一心等着跟真理合成一体，如同月光和黑夜融合在一起一样。"① 虽然像丽巴这样被奴役的人们对恶势力的逆来顺受加强了这部小说的悲剧性，但读者仍然能明显地感觉到这些"被侮辱和被损害的"人们身上所蕴涵的质朴的人性。

这样就不难理解，为什么悲观沮丧的大学生（《大学生》，1894）在给两个村妇讲述耶稣受难前后会发生那么大的情绪变化。在大学生的故事中，使徒彼得是作为一个普通人出现的，他软弱，但又能悔过。让大学生感到吃惊的是，这两个目不识丁的村妇对他讲的故事竟然会产生如此深刻的心理反应，好像发生在一千九百多年以前那个可怕夜晚的一切，都与她们自己和她们的生活有直接关系。他从她们的泪水和痛苦的神情中看出其中的真和美——在最平凡的人们的内心蕴涵着最沉实的人性，而能发掘隐藏在人内心深处的人性的，正是那些最美好的东西。此时大学生的"灵魂里突然掀起欢乐"："过去有过，现在还有，以后也会有的，"② 不仅是贫穷、饥饿、愚昧、苦恼，还有这种联系人们的真和美的感情。大学生原先抑郁的心情突然变得明朗，他被她们内心淳朴的感情所打动，感觉到人的灵魂与真理和美之间的联系，感觉到人类的希望，由此他想到：

---

① 《契诃夫小说全集》（第十卷），汝龙译，上海译文出版社 2000 年版，第 296 页。

② 《契诃夫小说全集》（第九卷），汝龙译，上海译文出版社 2000 年版，第 170 页。

真理和美过去在花园里和大司祭的院子里指导过人的生活，而且至今一直连续不断地指导着生活，看来会永远成为人类生活中以及整个人世间的主要东西。于是青春、健康、力量的感觉（他刚二十二岁），对于幸福，对于奥妙而神秘的幸福那种难于形容的甜蜜的向往，渐渐抓住他的心，于是生活依他看来，显得美妙，神奇，充满高尚的意义了。①

在俄罗斯民族意识中，"真理"是最宝贵的东西之一，它本身包含"善"、"美"和"正义"。"真"和"美"是契诃夫建构艺术世界的两块基石。"真"在契诃夫的艺术世界中有两个主要含义：一是指真实的、常常是沉重而残酷的生活；二是指真理。"美"在契诃夫的艺术世界中常常如昙花一样短暂而脆弱，它常常不被人们发现，或者因为人们的罪过而毁灭。美是飘落到肮脏胡同里的新雪（《神经错乱》）；是少女易逝的韶华和娇美的面庞（《美人》）；是海面上变幻的云霓和晚霞（《古塞夫》）；是月光下古老宁静的墓地（《姚尼奇》）；甚至是只有音乐才能表达的"保藏在人类哀愁中那种细致而不易捉摸的美"（《仇敌》）……在契诃夫看来，在这个世界上人类的行为和情感之美不是常有的，但如果这种美能够冲破庸常生活的重负和愚鲁，那对作者来说是极为珍贵的。

契诃夫不是一个悲观主义者，这一点就连契诃夫自己也不否认："我怎么是'悲观主义者'呢？要知道，在我的作品中我最心爱的是短篇小说《大学生》……而'悲观主义者'一词却令

---

① 《契诃夫小说全集》（第九卷），汝龙译，上海译文出版社 2000 年版，第170—171 页。

人生厌……"① 他在 1888 年 8 月 12 日写给俄国作家巴兰采维奇的信中也表明了自己的态度："您对未来的阴暗看法我不同意。只有上帝才知道将来会怎样，不会怎样。"② 而他笔下的一些主人公也同样相信社会进步，相信"再过两三百年……幸福的新生活总要来的。"（《三姐妹》）③ 基于这种信念，契诃夫和他的主人公们一样，对未来怀有憧憬和希望。"谁真诚地认为高尚而遥远的目标对人如同对母牛一样的不必要，认为'我们的全部不幸'就在于寻求那些目标，谁就只好吃喝睡觉，或者等到这种事干腻了，就索性跑几步，一头撞在箱子角上。"④ 契诃夫热爱生活，但却不是盲目的乐观主义者。俄国宗教哲学家谢·尼·布尔加科夫在确认契诃夫创作在世界文学背景下的意义的同时，公正客观地指出：对普通人的爱，以及对他们内心世界和精神苦闷的关注，赋予契诃夫的世界观以"乐观的悲观主义"的性质，因为"在契诃夫的身上交汇着两种截然不同的东西——对世界的悲悼和对善最终胜利的信心"。⑤ 布尔加科夫在自己的论述中提出了一个新的概念："乐观的悲观主义"。在这个二律背反的界定中，综合了以往评论界对契诃夫的评价，反映出作为思想者和艺术家的契诃夫所特有的对善的坚定性，以及对现实世界的怀疑态度。

---

① 蒲宁：《蒲宁回忆录》，李辉凡译，东方出版社 2002 年版，第 80 页。

② 《契诃夫文集》（第十四卷），汝龙译，上海译文出版社 1999 年版，第 386 页。

③ 《契诃夫文集》（第十二卷），汝龙译，上海译文出版社 1999 年版，第 294 页。

④ 《契诃夫文集》（第十五卷），汝龙译，上海译文出版社 1999 年版，第 303 页。

⑤ Полоцкая Э. А. *Антон Чехов* //Ред. Торопцева А. Н. *Русская литература рубежа веков (1890 - е- начало 1920 - х)*，М.：Наследие，2000，С. 411—412.

契诃夫诗学的精髓，是反抗日常生活的庸俗，呼唤社会理性和人的良知，着力于人的自省和有为，而未来理性社会和人类幸福的构建则是基于人的自我尊重和人与人之间的彼此理解和尊重。因此，我们完全有理由说，契诃夫不仅不是"绝望的歌唱家"，而且还表现出更为深沉的人道主义情感。这种人道主义注重于清醒的洞察和深刻的反思，它既不是气势磅礴的呼号，也不是热泪纵横的宣教，而是冷峻的旁观和温和的嘲讽。它不再是一味地悲天悯人，也无意充当救世主的角色，而是引导人们在生活面前做出符合人性的选择，实现做人的价值。于是，我们惊喜地看到，人道主义在契诃夫那里如同一个不断成长的孩子，更趋于成熟和理性了：它既不对未来抱有乌托邦式的幻想，也不对前途一味地悲观失望。契诃夫所着眼的并不是从局部来表现人们的生存处境，而是从宏观上关照人类普遍的生存苦难，他敏锐地把握住了全人类的东西在民族和局部时间内的表现，并且赋予它们以异常鲜明的感情和巨大的思想容量，"这种容量在世界文学中是前所未有的"。[①] 契诃夫的小说让一代又一代的人思考历史，思考生活，思考如何使自己成为一个容貌、衣着、心灵、思想都真正美好的人。契诃夫虽然没有任何道德说教，但却使无数人得到启迪和教益。契诃夫的作品中所表现的人物形象之多，社会角度之广，使人觉得在他短暂的一生里仿佛体验过千百人的人生，他"也许是最有人性的作家"。[②]

---

① 别尔德尼科夫：《契诃夫的创作遗产在当今世界》，《世界文学》1982 年第 1期，第 289 页。

② 爱伦堡：《读契诃夫随想》，《苏联文艺》1980 年第 2 期，第 217 页。

第 三 章

契诃夫小说的客观化叙事

小说叙事的客观化是契诃夫的小说创作的美学核心，也是最重要的特征之一。契诃夫在作品中所表现的客观化和"无倾向性"长期以来成为研究者争论的焦点，并常常被人误解，受人攻讦。就连曾经热烈崇拜过契诃夫的象征主义诗人和理论家梅列日科夫斯基，对他冷静客观的态度也有所抱怨，认为他"对现代生活的许多问题和倾向很不敏感"，"契诃夫的头脑是清醒和冷静的，对于一个艺术家而言，甚至是过于清醒和冷静"。① 契诃夫过分的冷静和客观同样让茨维塔耶娃和阿赫玛托娃心生反感。② 的确，契诃夫冷峻的叙事基调和不作结论的表述方式常常给人们一种错觉，似乎他没有明确的世界观，对善与恶态度漠然。其实不然。

---

① Поварцов С. *Люли разных мечтаний Чехов и Мережковский* // Вопросы литературы，1988，№ 6，С. 163—164.

② Полоцкая Э. А. *О поэтике Чехова*，М. : Наследие，2001，С. 119.

第一节 "无倾向性"原则

一

在 19 世纪中后期的俄国，意识形态异常纷杂，有官方的反动思想、民粹派思想、60 年代的自由主义思想、托尔斯泰的布道、颓废主义思想、"小事"论等等，不一而足。在俄国文学中也充斥许多引人注目的思想：从陀思妥耶夫斯基的斯拉夫主义到托尔斯泰的无政府论，从象征主义者的宗教玄学到高尔基的无神论。日新月异的思想频繁地刺激着人们的认知神经，许多人也因此频繁地更换着自己的信仰。而契诃夫好像赤手空拳，从不信奉什么思想和理论。米哈伊洛夫斯基一再指责年轻的契诃夫缺少明晰、具体的思想和理想。实际上，这意味着契诃夫具有的价值体系与俄国文学传统上所固有的价值体系完全不同，而主要的是与米哈伊洛夫斯基所信奉的价值体系不同。

契诃夫与那些热衷于阐述各种学说及其价值的前辈们的最大区别就在于，他在自己的艺术创作中向来不宣传、不驳斥、不捍卫任何思想和学说。契诃夫的政治"无倾向性"使得他以一种孤绝的姿态，对现实、对社会、甚至对历史保持一种距离感，这种距离感成为他冷静观察和分析社会、准确把握时代脉搏的先决条件。同时，这也证明契诃夫拥有一种巨大的精神力量，这种力量允许他在复杂严酷的时代独善其身，并且超越时代，创造具有独特价值的诗意世界。

契诃夫的"无倾向性"是与他追求精神自由密切相关的。契诃夫最为珍视艺术家的创作自由，这是摆脱既定的意识形态的自由，是摆脱各种倾向和奴役的自由。契诃夫的创作理想，他的

叙事理念，正是这种绝对的精神自由。在 1888 年 10 月 4 日致苏
沃林的信中，契诃夫明确地指出了自己的艺术纲领："我怕那些
在字里行间寻找思想倾向的人，怕那些硬要把我看做自由主义者
或者保守主义者的人。我不是自由主义者，不是保守主义者，不
是渐进主义者，不是修士，不是冷淡主义者。我打算做一个自由
的艺术家，仅此而已；……我痛恨一切形式的虚伪和暴力；……
我心中至高无上的东西是人的身体、健康、智慧、才能、灵感、
爱情、最最绝对的自由——免于暴力和虚伪的自由，不管暴力和
虚伪用什么方式表现出来。如果我是大艺术家，这就是我要遵循
的纲领。"[①] 高尔基深刻洞察到了契诃夫的这一艺术品质："安·
契诃夫一生都是靠自己的灵魂生存的，他永远是他自己，他有一
种内在的自由，而且从不考虑一部分人期待他什么，另一部分更
粗鲁的人要求他什么。"[②] 契诃夫是一个具有深刻社会意识的艺
术家，内在的精神自由使他能够对当时具体意识形态的规定性持
怀疑态度，而这种怀疑态度恰恰又证明他具有明察秋毫的观察力
和清醒冷静的认知力：作家心中"至高无上的东西"——人的
自由——向他提出了比当时的保守主义、自由主义、渐进主义等
诸如此类的社会纲领更高的要求。人的才能、灵感、爱情、自由
是与那些打着各种"招牌"、贴着各种"标签"的学说和思想相
对立的，其本身所隐含的社会哲学意义也是后者包容不了的。作
为一个"自由的艺术家"，契诃夫把"免于暴力和虚伪的绝对自
由"作为自己的创作纲领和生活信条，坚信"个人自由的感觉"
是真实创作的必要条件。契诃夫对于生活、创作和人的深刻认识

---

① 《契诃夫文集》（第十四卷），汝龙译，上海译文出版社 1999 年版，第 401—
402 页。

② 高尔基：《安·巴·契诃夫》，周启超主编《白银时代名人剪影》，中国文联
出版公司 1998 年版，第 15 页。

正是基于这种立场和观点，而不是各种社会政治学说，这对于当时处于社会转型时期的俄国文学具有非常重要的意义："对于俄罗斯的艺术家来说，大概从本世纪中期开始，难解之谜不再是关于善与恶的问题，而是自由和不自由的问题，是人对'命运'、偶然的自发力量、暴力、历史的剧变、权力的致命的顺从，以及人面对国家的强权人物和思想领域的权威人物的奴隶意识。"① 克尔迪什准确概括了契诃夫这一思想的社会历史意义："我们第一次如此清楚地认识到，正是在契诃夫的创作中，俄国现实主义似乎认识到了在此之前曾经决定社会思想和文学发展的社会意识形态中的不足之处。"②

不盲目追随各种思想，不迷信权威，不愿受一切"主义"的拘牵，这是契诃夫获得精神自由的先决条件。这一点从他对待托尔斯泰作品的态度中明显表现出来。契诃夫十分景仰托尔斯泰："我爱任何人都不及爱他那么深……托尔斯泰德高望重，地位巩固，在他活着的时候，文学中的各种粗俗志趣、各种厚颜无耻、哭哭啼啼的低级趣味、各种鄙俗而充满怨气的虚荣心都躲得远远的，深深地藏在阴影里。光是他得到的威望就足以把所谓的文学的情绪和潮流保持在一定的高度上。"③ 契诃夫崇敬托尔斯泰的德高望重，但这并不影响他客观地对待和分析托尔斯泰的作品。他珍视托尔斯泰作品中的真实性、真诚性和不妥协性，却不喜欢托尔斯泰带有作者情感的"教义"。例如，契诃夫惊叹《战争与和平》《安娜·卡列尼娜》《复活》无与伦比的艺术成就，

---

① См. Гордович К. Д. *Русская литература конца века*，СПб.：Петербурс. инст. печати，2003，С. 287.

② Келдыш В. А. *Русский реализм начала XX века*，М.：Наука，1975，С. 74.

③ 《契诃夫文集》（第十六卷），汝龙译，上海译文出版社 1999 年版，第316—317 页。

但他对托尔斯泰的说教很反感，不喜欢被漫画式处理的拿破仑的形象，尤其是小说的结尾，"写着写着，然后一下把一切都归结到《福音书》上的经文解决一切……"①

契诃夫之所以远离当时的各种学说和"主义"，是因为在他看来，这些学说和"主义"就像一个个"套子"，束缚了人的思想。因而，在契诃夫的眼里，一切学说和理论，包括宗教在内，都失去自身的价值和意义。正是在这一点上，他超越了陀思妥耶夫斯基和托尔斯泰：他没有为自己编织任何乐观的幻想和寻找虚拟的依托。在契诃夫的艺术世界中，所有的社会价值和制度都遭到批判，而且是彻底批判。契诃夫批判力量的出发点在于，他不是像高尔基那样从政治抗议的角度，而是从价值体系的角度来表现现实世界，这种价值体系甚至不是作为纯粹的道德体系，而是作为道德—美学体系来确立的。

二

契诃夫的文学独立性、"清高不党"的立场、作为一个作家的自我觉悟，都是他积极思考时代文化现象的结果。在契诃夫以前的俄国文学中（如冈察洛夫、屠格涅夫、陀思妥耶夫斯基的小说），争论的焦点常常围绕这样一些问题：哪些思想是正确的，哪些思想能够引领国家和人类走向幸福和繁荣，哪些思想将会导致国家和人类的混乱和毁灭，诸如此类。而契诃夫感兴趣的却是另外一些问题。契诃夫关注的不是思想的真实性和虚伪性、进步性和反动性，而是盲目崇拜带给人的危害：它是怎样让一个人变得愚妄，是怎样导致人的错误行为，是怎样破坏他与亲人之

---

① 《契诃夫文集》（第十六卷），汝龙译，上海译文出版社1999年版，第317页。

间的关系。

普列谢耶夫在读完契诃夫的《命名日》之后，认为该小说连一点"倾向性"也没有，他写信建议契诃夫取消文中的乌克兰民族主义者和60年代人的形象。契诃夫没有接受普列谢耶夫的这个建议，他在1888年10月19日的回信中说："当我描写这类人或者讲到他们的时候，我所想的并不是什么保守主义，也不是什么自由主义，而是他们的愚蠢和狂妄。"① 对于契诃夫的主人公而言，思想和学说具有一种魔力般不可战胜的力量。各种理论、各种学说不仅不能帮助主人公清晰地认识周围的世界，清醒地评价自己与世界的关系，反而干扰他的理性，妨碍他的生活，并且常常扭曲他的命运。在契诃夫的主人公的整个生活和命运中，思想是导致谬见、错误、妄想的一个重要因素。之所以会产生这样的结果，根本原因就在于，他的主人公对各种思想持幼稚的认识并且不加辨别地接受，从而丧失了正确灵活地对待这些理论和学说所必需的、最基本的品质——内心的自由。

在俄国文学中，或许也可以说在世界文学中，契诃夫是第一个着手研究"思想"对人产生消极影响的作家。对契诃夫而言，重要的不是要在作品中传授和宣扬某种观点和思想，而是要表现这种观点和思想的相对性和制约性。如果说19世纪那些伟大作家担心的是他们的同胞会成为"错误的"思想的俘虏，竭力呼唤人们对"正确的"思想的信念，那么，契诃夫所担心的是人们对待思想的态度，而不是思想的内容。早期作品《好人》和《在路上》（均1886）刻画了两个因接受思想而变得糊涂和盲目的人物形象，从这两个人物形象上可以明显地表现出契诃夫与众

---

① 《契诃夫文集》（第十卷），汝龙译，上海译文出版社1999年版，第414页。

不同的思考角度。

《好人》的主人公符拉季米尔·谢敏内奇·里亚多夫斯基是一个文学评论家。他进行文学评论的标准是什么呢？作者以讽刺的口吻写道："他还在娘胎里的时候，似乎他的全部文学纲领就已经在他的头脑里形成，像瘤子一样了。"[①] 符拉季米尔·谢敏内奇从来没有研究过各种观点，也没有因怀疑而苦恼过，他对各种观点向来是照单全收。他这样做了，就会觉得自己很了不起，觉得自己是在参与艺术活动，跟上了时代前进的步伐。从表面上看，主人公试图极力规避无聊的小市民生活，不想把自己封闭在狭小的个人兴趣的圈子里。但实际上，主人公的这种精神高度是虚假的，他的精神生活和内在修养并没有上升到这种高度，他与自己妹妹之间的关系足以证明这一点。

通常在契诃夫的小说中，主人公与他身边亲人之间的关系成为检验他的信念真实性的重要尺度。符拉季米尔·谢敏内奇有一个妹妹叫薇拉，她有不幸的生活经历，结婚不到一个月丈夫就病故，无依无靠的她只好寄住在哥哥家里。薇拉像崇拜神明一样崇拜自己的哥哥，敬佩他的才能和工作："他一写东西，她就在他身边坐下，眼睛不放松他写作的手。这时候她就像是害病的动物在晒太阳取暖。"[②] 但是，有一天当她问及哥哥，该怎样理解托尔斯泰的"勿抗恶"，她开始怀疑哥哥的权威性，并对他的解释提出异议。这时，一向自视甚高的评论家猛然感觉到自尊心生平第一次受到冲击，自尊心的受挫使他顷刻间变成一个心胸狭隘、容易动怒的人。

---

① 《契诃夫小说全集》（第五卷），汝龙译，上海译文出版社 2000 年版，第 290页。

② 同上书，第 292 页。

> 兄妹之间的关系一天比一天坏。有妹妹在场，哥哥就不能工作。他知道妹妹躺在沙发上，瞧着他的后背，就心里生气……从此以后，他对待妹妹就冷漠，漫不经心，任意讥诮，虽然容忍她在他的寓所里住着，却像容忍一个寄食的老太婆似的。她也不再跟他争论，对他的信念、讥诮、挑剔一概用鄙夷的沉默回报，这就越发惹得他生气了。①

兄妹之间的关系就这样逐渐恶化，直至完全破裂。最后，形同陌路的兄妹俩终于不能住在同一个屋檐下，妹妹最终从哥哥家搬了出去。

> 哥哥在她后面瞧着她那褪色的夏季长外衣，瞧着她脚步懒散、身体摇晃的样子，勉强叹一口气，可是心里没有生出惜别的感情。妹妹在他眼里已经成为陌生人了。而且在她眼里，他也成了陌生人。至少她一次也没有回过头来看他。②

符拉季米尔·谢敏内奇一向认为自己志趣高雅，超凡脱俗，可事实上却恰恰相反，他的精神世界竟是如此的不堪一击。主人公在自己的文章中所鼓吹的各种思想，只是他躲避单调无聊的生活的幌子，是保护自己脆弱的自尊的套子。他的生活与契诃夫笔下那些没有文化的小商贩、小官吏以及其他平庸人们的生活没什么两样，他的结局也同样平凡：因患肺炎而死，死后什么也没留下，人们完全把他忘了。

---

① 《契诃夫小说全集》（第五卷），汝龙译，上海译文出版社 2000 年版，第296—298 页。

② 同上书，第298 页。

在《在路上》这篇小说中，契诃夫成功地塑造了俄国文学上一个全新的形象。乍看起来，主人公里哈烈夫与《好人》中的符拉季米尔·谢敏内奇是完全不同的两种人。里哈烈夫一辈子都在更换信仰，虔诚地、热烈地迷恋各种理论和思想。在他的灵魂里有一种"异乎寻常的信仰能力"①：在童年的时候，相信母亲对他讲的一切；在中学和大学，则把自己的满腔热情献给各种学问；后来又"一头扎进虚无主义以及它的宣言、黑分派和诸如此类的玩意儿里去了"②；有一阵子他还做过斯拉夫派、乌克兰派；而最近的信仰是"勿抗恶"。里哈烈夫在不断地选择信仰和不断地更换信仰中为自己寻求精神的支撑点，但最后他还是落得和符拉季米尔·谢敏内奇一样的结果。五花八门的信仰并没有让他感觉到内心世界有所充实和完善：

> 现在我四十二岁，老年近在眼前了，我却无家可归，就像黑夜里车队丢下的一条狗。我一生一世从没领略过什么叫安宁……我生活过，可是在那些昏天黑地的岁月里并没有感觉到我在生活。信不信由您，我记不得随便哪年春天的情景，也从没留意过我的妻子怎样爱我，我的孩子们怎样诞生。③

而最让他感到痛苦和不安的，是这些信仰让他"常常做出荒唐的事，背离真理，不公平，残酷，危害别人"④。里哈烈夫

---

① 《契诃夫小说全集》（第五卷），汝龙译，上海译文出版社2000年版，第345页。
② 同上书，第347页。
③ 同上书，第348页。
④ 同上。

真诚地追求各种信仰，但却因此给周围的亲人带来了不幸，许多
残酷的行为也并非出于他个人的私欲："有生以来一次也没故意
说过谎话，做过坏事，然而我的良心却不清白！"①

里哈烈夫的"残酷"，他对别人的"危害"，并不是因为他
的那些信仰是错误的，而是因为不论他迷恋什么信仰，其结果都
是一样。一次次对信仰的失望并没有让他彻悟，反而促使他更加
狂热地追寻和沉迷于另一种信仰之中。他虽然不断地改变自己的
信仰，但他的精神生活却没有因为信仰的改变而有任何提升，依
旧在原地踏步不前；他虽然具有极高的信仰能力，但却缺乏另一
种极其重要的能力——怀疑和否定，这也是一个人和整个社会不
可或缺的能力。里哈烈夫的行为具有代表性，它反映了19世纪
俄国民众的一个共同特点，正像他自己所说的那样："俄国的生
活就是连绵不断的一系列信仰和热衷，至于无信仰和否定，那
么，不瞒您说，俄国人至今还没有领教过呢。"② 糊涂的人们一
直在盲目的信仰中保持着糊涂的快乐，从未意识到其中潜伏的危
害。而只有置身于这一系列纷杂的信仰之外的大智大慧者，才能
清醒地洞察这一切。

任何理论和学说都有其自身的局限性和不完善性，里哈烈夫
没有认识到这一点，盲目地追随各种花样翻新的学说和思想。这
些思想和学说犹如一道道无形的绳索，紧紧地捆绑住他的心智，
把他变成一个紧跟"思想"亦步亦趋的人。里哈烈夫的悲哀就
在于：不是他掌握了思想，而是思想掌握了他。主人公自己也承
认："我的每一种信仰都使我疲于奔命，焦头烂额。"③ 在这两篇

---

① 《契诃夫小说全集》（第五卷），汝龙译，上海译文出版社2000年版，第348
页。

② 同上书，第345页。

③ 同上书，第348页。

小说中，主人公成为各种思想的牺牲品。在此，契诃夫力求说明这样一个道理：缺乏理性的思考和正确评判事物的能力，将会导致一个人犯下悲剧性的错误。

三

　　自由、公正、客观，对所有现行的各种思想的怀疑，以及对人们所未知的"真正的真理"的探求，是契诃夫的世界观和创作观的基石。清醒的、客观的描写现实是契诃夫艺术创作的重要标志。在契诃夫的艺术创作中，既能看到普希金式的现实主义的单纯和质朴，又能看到果戈理式的无情的暴露和含泪的笑，但最为重要的，而且也是首要的，则是他对现实生活的绝对忠实的严格态度。在契诃夫的艺术观中，"文学之所以叫做艺术，就是因为它按生活的本来面目描写生活。它的任务是无条件的、直率的真实。"① 契诃夫痛恨"一切形式的虚伪"，而"文学方面的伪善是最恶劣的伪善"②。契诃夫力求按生活的本来面目描写生活，极力不暴露出自己的主观态度。他曾说"只有当自己感到冷若冰霜的时候才需要坐下来写作"。③ 在他创作的成熟期，他甚至把作者的角色比作"公正的"见证人和新闻记者，要求作家要像"化学家一样客观"。在 80 年代末和 90 年代初，契诃夫曾多次谈及创作需要客观性这个问题。契诃夫在 1892 年 3 月 19 日写给阿维洛娃的信中说："您描写苦命人和可怜虫而又希望引起读者的怜悯的时候，那您就得极力冷漠才行，这会给别人的痛苦添

---

① 《契诃夫文集》（第十四卷），汝龙译，上海译文出版社 1999 年版，第 178 页。

② 《契诃夫文集》（第十五卷），汝龙译，上海译文出版社 1999 年版，第 318 页。

③ 蒲宁：《蒲宁回忆录》，李辉凡译，东方出版社 2002 年版，第 80 页。

上近似背景的东西，那种痛苦就会在这个背景上明显浮出来。"[①]
契诃夫之所以如此倾心于创作的客观性，不是因为他冷漠，而是因为他深谙客观性所具有的艺术魅力。在写给阿维洛娃的另一封信中，契诃夫继续阐述自己对客观性的理解：作者"可以为自己的小说哭泣，呻吟，可以跟自己的主人公一块儿痛苦，可是我认为这必须做得让读者看不出来才行。态度越是客观，所产生的印象就越是强烈"[②]。契诃夫认为，作家必须按人物的"方式说话和思索"，按人物的"心理来感觉"，如果把主观成分加进去，"形象就会模糊"。[③] 很显然，契诃夫所理解的客观性，就是首先用人物的"方式"和"心理"去表现，这种手法是与"主观性"相对立的。

契诃夫的客观性致使一些人认为他是自然主义者。德国研究者梅勒在《安东·巴甫洛维奇·契诃夫：自然科学家和文学家》一文中指出，契诃夫19世纪90年代中期以前的许多作品，都合乎自然主义的要求和规范，契诃夫的小说与左拉的"试验小说"在许多方面存在共同之处。[④] 该文作者认为，虽然不能把作者的思想、构思和写作过程与实验室里具体的实验过程完全等同，但是在这两个过程中有两个标准是一样的。首先，不论是在创作过程中，还是在实验过程中，对个体的观察都能表现出他对周围环境的反应；其次，这两个过程都需要选择一定的观察点，即需要从中提炼许多典型因素。而这两方面在契诃夫的许多小说中都是

---

① 《契诃夫文集》（第十五卷），汝龙译，上海译文出版社1999年版，第235页。

② 同上书，第257页。

③ 同上书，第38—39页。

④ Меллр Я. — П. Антон Повлович Чехов: естествовед и литератор //Под ред. КатаеваВ. Б. Чехов и Германия , М. : 1996，С. 140—141.

显而易见的。契诃夫选择自己感兴趣的心理因素，从不同方面进行细致研究，然后用锋利的手术刀，一点一点地、越来越深入地解剖主人公的内心世界，而这个过程终归是一种实验性的创作过程。梅勒以《神经错乱》为例，认为这是一篇心理实验小说，对色彩的感知在小说中起着重要作用：在实验的过程中，色彩的变化与主人公的情绪变化相吻合。评论界也不乏类似的看法，认为契诃夫的作品与他的文学"同路人"的作品一样，存在自然主义描写的特征，诸如客观性、写生性、尤其是偶然性。[①]

尽管梅勒认为不能把文学创作同自然科学试验等量齐观，但他的错误也是显而易见的。他没有把主人公作为一个艺术形象，而是作为生理解剖对象和临床病例来看待。作为科学实验和作为文学创作所需要的条件是不一样的，因而，观察到的结果也是不一样的。而这一点恰恰为梅勒所忽视。

应该承认，作为医生和作家的契诃夫，从来没有把自然科学和艺术截然分开，或许从某种程度上说，他更看重医学工作。契诃夫在给约·伊·奥斯特洛夫斯基的信中戏称，医学是他的"合法妻子"，而文学是他的"不合法的情妇"[②]。契诃夫也从不否认自然科学对他所从事的文学创作的影响："我不怀疑医学工作对我的文学活动有着重大的影响；它大大地开阔了我的视野，丰富了我的知识，这种知识的真正价值只有作家本人兼做医生的人才能领会。医学工作还有指导作用，大概多亏接近医学，我才得以避免许多错误。我由于熟悉自然科学，熟悉科学方法而变得

---

① Катаев В. Б. *Реализм и натурализм* //Редактор изд. Торопцева А. Н. *Русская литература рубежа веков* (*1890 – е—начало 1920 – х*)，М.：Наследие，2000，С. 196.

② 《契诃夫文集》（第十五卷），汝龙译，上海译文出版社 1999 年版，第 325 页。

始终存有戒心，凡是可能的地方我总是极力按照科学根据考虑事情，凡是不可能的地方我就宁可一点也不写。"① 毫无疑问，医学知识和医生职业丰富了契诃夫的阅历，扩展了他的创作视野，并为他的创作提供了一个特殊的艺术视角。对自然科学的掌握不仅没有使他成为一个自然主义作家，反而使他得以用科学的谨慎态度对待文学，避免了主观盲从性。正是科学与艺术之间的这种密切联系，赋予他更加丰沛的创作灵感和更加广阔的创作空间。自然科学与艺术的有机结合，给予契诃夫清醒的理智和敏锐的感觉，让他有可能在事物的特殊性中看到普遍性，在普遍性中看到特殊性，从单独的偶然的现象中透视出典型性的事实，而后经过作者的提炼和艺术加工，再现于艺术世界中，于简单性中显现其复杂性，于偶然性中显现其合理性。

很显然，契诃夫与那些有着自然主义创作观的小说家之间存在明显区别。尽管自然主义作家也主张描写的"不偏不倚"，反对把艺术"当做任何一种学说的讲坛"（福楼拜语），拒绝文学中夹带任何政治思想和道德训教，但是他们仅仅满足于记录现实生活的表象，不去深入地揭示事物的本质。而在契诃夫的创作中，作者以其视阈和认识中某个完整一致的层面来反映俄罗斯生活和人类生活画面。现实生活中新的事件类型、作者新的认知方式和分析方式以及主人公的心理和精神状态，成为联系和统一契诃夫艺术世界的主要因素。虽然从表面上看契诃夫和那些自然主义作家一样，创作中都存在自然主义描写的许多表象，但实际上，它们所起的作用和产生的效果却完全不同。旅行札记《萨哈林岛》以其对生活现象的生动再现以及作者严谨周密的逻辑

---

① 《契诃夫文集》（第十六卷），汝龙译，上海译文出版社 1999 年版，第252—253 页。

思考震撼读者。这篇随笔不只真实地报道了俄国监狱的真实状况和犯人的牢狱生活，而且还有大量的实证研究和分析，作者的思想和感情正是联系各种事实和例证的纽带。因此，美国学者西蒙斯认为，契诃夫的创作就其本质而言仍然是现实主义的，只是在他的创作中表现出作者对现实主义的新的理解："……为了展现人们原有的形态，而不是幻觉中的形态，他专注于他们内在的本质。简言之，他寻找的是这样一种现实主义，它强调的不是发生在生活中的事件，而是主人公对事件的内心反映；是通过人物对话反映出来的，并且在很大程度上反映的不是外在的，而是内在心理活动的过程。"西蒙斯特别指出，契诃夫的作品不是对现实的简单复制，他笔下的主人公是活生生的、现实中的人与作者个人经验及其创作表现的综合。因此，客观性作为契诃夫现实主义的特殊品质，是他为俄国现实主义传统作出的重大贡献。①

契诃夫的客观性这一创作理念使得他始终保持冷峻的叙述风格，但冷峻并不等于冷漠。契诃夫创作的客观性和叙述的冷峻不是对善恶的冷漠，更不是"无原则性"的表现，而是在冷峻的话语下隐藏着作者作为一个正直的艺术家所必需的责任感和丰富的情感世界。有人曾经责骂契诃夫是一个无原则的作家，契诃夫对此感到非常气愤："我从来也不是一个毫无原则的作家或者一个无赖……不错，我的全部文学活动是由不间断的一系列错误，有时候是由大错误构成的……然而没有一行文字会使我现在为它抱愧。"②

契诃夫热爱生活，有着 19 世纪优秀的俄国作家，诸如果戈

① Зубарева Е. Ю. *Реализм или натурализм Американские критики о художественном методе А П Чехова*（автореф.），М.，1988，С. 3.

② 《契诃夫文集》（第十卷），汝龙译，上海译文出版社 1999 年版，第 40 页。

理、陀思妥耶夫斯基和托尔斯泰等人所固有的责任感和敏锐的良心。在契诃夫的心目中，"文学家不是糖果贩子，不是化妆师，不是给人消愁解闷的；他是一个负责任的人，受自己的责任感和良心的约束。"① "责任感和良心"约束和规范着一个作家的创作活动，同时也是他成为优秀作家的最根本的条件。然而，契诃夫的伟大还不只限于此。契诃夫超越了他的前辈们，因为在他身上，敏锐的良心是与清醒的意识紧紧地联系在一起的。我们知道，早期的果戈理对不合理的社会制度曾经深恶痛绝，晚期却用神秘主义为农奴制辩护，幻想通过宗教和道德的自我完善来消除社会之恶，视革命为破坏；曾因参与革命活动而被捕入狱的陀思妥耶夫斯基在晚期创作中却改弦更张，大肆鼓吹宗教和"仁爱"哲学，号召妥协顺从；而文学巨擘托尔斯泰宣扬勿以暴力抗恶和道德的自我完善，晚年的世界观已经转移到宗法制农民的观点上。契诃夫的卓然拔群，不仅表现在面对纷杂繁复的学说和思想能够保持理性的认识，而且还表现在敢于推翻前人的探索和成规，摆脱教条主义和任何理论体系的束缚，以自由的心灵面对残酷的社会和惨淡的人生。

第二节　"作者退出文本"

一

在客观性创作理念的规约下呈现的叙事方式也是别具一格的。契诃夫客观化叙事的一个显著标志，就是"作者退出文本"。丘达科夫在仔细分析了契诃夫的小说之后，从作者立场

---

① 《契诃夫文集》（第十四卷），汝龙译，上海译文出版社 1999 年版，第 178 页。

与主人公立场的相互关系的角度，把契诃夫的客观化叙事分为
两种情况：第一种是主人公的评价与作者的观点相接近（如
《命名日》）；第二种是主人公的立场与作者的总体立场不相符
合（如《鞋匠与魔鬼》）。丘达科夫指出，在契诃夫 1884—
1887 年间创作的作品中，客观化叙事主要表现为下列几种话
语形式：（1）中性叙述者话语；（2）带有主人公倾向的叙述
者的话语；（3）内心独白；（4）对话。越接近 80 年代末期，
第一种话语形式就用得越少，第二种和第三种形式彼此接近，
第四种话语形式却在逐渐扩大。但是，在 1887 年新的叙述原
则还没有获得充分的量变，只是在 1888 年才得以实现。而客
观化叙事原则的彻底形成是在 1889—1890 年间，主要体现在
这两年所有的第三人称叙述的小说中。丘达科夫把这种客观化
叙事方式称为"契诃夫式的叙事方式"。丘达科夫所说的这种
客观化叙事方式，就是指"在叙事中消除叙述者的主观性，占
主宰地位的是主人公的话语和观点"①。这表现为作者始终按
主人公的方式"说话和思索，按他们的心理来感觉"。也就是
说，作者的这种"中性"叙述是与主人公内在意识的表现结合
在一起的。就其实质而言，契诃夫所采用的这种叙事方式就是
现代小说中所谓的"内视角"。"内视角"的叙事方式即作者
不出面，而让作品中的某个人物或某几个人物充当事件、生活
场景、故事情节的目击者和叙述者。②

　　在《卡希坦卡》（1887）中，作者采用的就是内视角叙述。
小说的主人公是一条名叫卡希坦卡的小狗，周围的客观世界和人
都是从它的眼中反射出来的。小说的作者把自己等同于主人公，

---

① Чудаков А. П. *Поэтика Чехова*，М.：Наука，1971，С. 68—70.
② 张德林：《现代小说美学》，湖南人民出版社 1987 年版，第 108 页。

并且把自己的观点转化为主人公的思维范畴，使得故事朝着主人公叙述的情景发展，但此时形成的是主人公自己的话语，即主人公是用"自己的"话语进行叙述的。这样一来，话语好像出自主人公本身，不但真实客观，而且富有极强的表现力和感染力。

> 卡希坦卡开始闻人行道的地面，希望从主人脚印的气味找到主人，可是刚才有个坏蛋穿着一双新胶鞋走过这儿，现在一切细微的气味都跟橡皮的刺鼻臭气混在一起，什么也分辨不清了。①

比起外视角来，人物内视角的运用，更需要建立在作家丰富的艺术想象的基础上。如果作家缺少对描写对象的设身处地的想象本领，就不可能熟练地运用内视角进行叙述。契诃夫用极为精致的方法形成了自己的叙事体系。他拒斥那种看穿人物心理的全知全能的叙述方式，但同时又保持着对"认识"的尊重，甚至到了虔诚的地步。

《贼》（1890）的主人公医士叶尔诺夫被医院辞退后，由于一直没有找到工作而心绪烦乱，他沿着街道漫无目的地走着：

> 他走出村子，来到旷野上。那儿弥漫着春天的气息，刮着温暖亲切的和风。安静的星夜从天空俯视大地。我的上帝啊，天空是多么深邃，它多么广阔无垠地笼罩着这个世界呀！这个世界创造得挺好，只是，医士暗想，为什么，有什么理由，把人们分成清醒的和酗酒的，有职业的和被辞退

---

① 《契诃夫小说全集》（第七卷），汝龙译，上海译文出版社 2000 年版，第 71 页。

的，等等？为什么清醒的和吃饱的人就安安稳稳坐在自己家里，酗酒的和挨饿的人却得在旷野上徘徊，寻不到安身之处呢？……这是谁想出来的？为什么天上的飞禽和树林里的走兽并不工作，也不领薪水，却生活的逍遥自在呢？①

文中叙述者的感情不易察觉地转变为人物的主观感受。作者在以医师的音调和思维"说话和思索"的同时，抹掉了自己的观点与人物的观点之间清晰的界限。斯达尔采夫（《姚尼奇》）从屠尔金家出来，他心想："全城顶有才能的人尚且如此浅薄无聊，那么，这座城还会怎样呢？"②。契诃夫一反以往文学中由作者直接出面干预这种陈腐的艺术手法：他批判城市，但不是直截了当，不是作者直接出面做出结论，而是间接的，借斯达尔采夫的声音传达出来，并且是作为一种描绘主人公基本的情绪特征表现出来的。

内视角的叙事方式充分表现出"作者退出文本"的特点。所谓的"作者退出文本"，即作者不对所叙述的人和事进行直接的价值评判和感情评价，即文本呈现出"没有作者"的性质，作者的叙述完全是客观的。在契诃夫的作品中，"作者退出文本"让人产生这样一种错觉：不仅是作者的评价，而且作者的话语也都随之消失了。著名作家格拉宁在比较蒲宁和契诃夫的风格时指出："蒲宁好像是在玩弄词语，他的风格明丽多彩。就像是门窗的彩画玻璃，画面本身、光线的变幻、浓淡不一的色彩都无可挑剔。所有这些都完美到不可能再完美的地步。而契诃夫的

① 《契诃夫小说全集》（第八卷），汝龙译，上海译文出版社 2000 年版，第 70 页。

② 《契诃夫小说全集》（第十卷），汝龙译，上海译文出版社 2000 年版，第 199 页。

风格就像一块异常洁净的玻璃。话语在他那里好像不存在，至少我没有察觉到……契诃夫写得那样简单，简单到在我、读者和主人公之间什么东西、什么人都不存在，作者消失了。在托尔斯泰和陀思妥耶夫斯基的作品中我们能感到作者的存在，而在契诃夫的作品中作者好像不存在。"① 由于失去了作者的话语和立场，因而要理解契诃夫的主人公就比较困难，要评价他们就更加困难，因为他们已经不再是我们所习惯的俄国古典文学中那些在自己的性格中体现作者思想的人物形象。

二

作者所描绘的世界是透过人物意识的棱镜显现出来的，然而，契诃夫的客观化叙事的复杂性不只限于用人物的"方式"和"心理"来表现，叙事的方式显得更加复杂。通常，与主人公的话语一起呈现的，还有作为"他人话语"的另一个人物（旁观者）的声音。应该注意的是，这个"他人话语"在叙述中并不是孤立出现的，不是以"旁白"的性质从侧面描述主人公，而是直接闯入主人公的话语空间，破坏其话语的完整性，削弱了作为唯一叙述者的主人公的话语原有的主观性和坚决性。这样一来，读者可以"从内"和"从外"同时看见主人公，并且主人公的话语与"他人话语"互相制衡：作者不允许其中任何一方的观点占据优势，而是让双方的观点同时呈现出相对性。

《恐惧》中的主人公德米特利·彼得罗维奇的自述常常被叙述者打断，他时不时地插入一两句"情景说明"，对主人公在叙述过程中的一些表情和举动等细节做一些注释。应该说明的是，在契诃夫的小说中，这类"情景说明"的功能与传统小说中的

---

①　Гранин Д. А. *Это было при нас* // Вопросы лит. , 1984, № 9, С. 129.

并不一样。在传统小说中，"情景说明"能够强化主人公的话语意图，并使其紧张化，起着推波助澜的作用，成为主人公话语的某种继续，并服从其意义和音调。而在契诃夫的小说中，叙述者的"情景说明"不仅没有加强，反而减弱了主人公话语的功效和意义。在整篇小说中，旁观者的这种立场、于他而言完全没有意义的场景细节，与主人公的话语是同等重要的。在《恐惧》中根据叙述者的"情景说明"，读者可以感觉到，叙述者"我"不是被主人公的"诚恳"所吸引，而是被它所拖累：

> "德米特利·彼得罗维奇坐得离我十分近，我的脸颊都能感到他在呼吸。在苍茫的暮色中……他瞧着我的眼睛，用他那种照例带着恳求的声调接着说……"
>
> "教堂看守人走过我们旁边，大惑不解地瞧了我们一忽儿，然后去拉钟绳。钟响了十下，猛的打破了夜晚的沉寂，声音缓慢而悠长。"
>
> "他用手抹一抹脸，干咳一声，笑起来。"
>
> "他那张苍白的脸由于苦笑而变得难看了。他搂住我的腰，小声说下去……"
>
> "按他这时候的心境，他会再讲下去，讲上很久，不过，幸好，传来马车夫的说话声。我们的马来了。"①

由于具有完全是另一种情绪和态度的他人观点的存在与介入，主人公的直接的、主观的话语似乎被客观化了。坦诚的谈话显得不合时宜，变成了有些拖沓的内心独白。主人公的话语被客

---

① 《契诃夫小说全集》（第九卷），汝龙译，上海译文出版社2000年版，第6—8页。

观化了，他的观点在叙述中不再占据绝对的优势地位。令主人公激动不安的话题，没有引起他的交谈对象（作为旁观者的叙述者）的回应。旁观者对于主人公的话题或者是不感兴趣，或者是没有严肃思考，或者是心有旁骛，完全沉湎于自己的思索之中。由于旁观者立场的干扰，主人公话语的重要性和意义被削弱，读者的注意力被分置于主人公的话语和旁观者的完全"不理解"之间。

"但愿您知道我多么希望变个样子，开始过一种新的生活！……我想做一个诚实纯洁的好人，不做假，有生活目标。"

"行了，行了，行了，劳驾，别装腔作势了！我不喜欢这样！"沃洛嘉说，脸上现出不痛快的神情。"说真的，这简直像是演戏了。我们还是做普通人的好。"①（《大沃洛嘉和小沃洛嘉》）

旁观者没有对主人公的观点提出反驳，只是让他的话语站不稳脚，揭示其主观性和相对性。叙述的外部形式缓和并抑制了主人公话语的表现力和主观坚决性。在这里，作者的中性叙述是重要的：不包含主观评价，没有明显的强调，这种叙事方式统领整篇作品，使作品呈现出统一的节奏和共同的调性。

三

契诃夫认为作者的任务不是确定某个人物说出的观点或者人

---

① 《契诃夫小说全集》（第九卷），汝龙译，上海译文出版社 2000 年版，第 92 页。

物选择的行为方式，不是对互相对立的某一方表现出自己的好恶，不是解决主人公们争论不休的问题（尽管这些问题涉及知识分子与人民的关系、生存的意义、文学的使命、妇女的教育、人与人之间的关系、人的自我反思和自觉意识、理想与现实的冲突、人的尊严与个性解放等等），而是提出和表现这些问题，让读者去评判它们，做出自己的回答。伦敦大学教授莱菲尔德在详细分析了《决斗》之后，令人信服地指出：《决斗》的创新之处正是在于"作者不同情辩论的任何一方，尽管他十分喜爱自己的主人公们"。① 契诃夫的主人公们喜欢哲学辩论，他们的言辞热情奔放，慷慨激昂，极富煽动力和感染力，其中不乏格言警句式的至理名言。但是，不论主人公所说的话有多么生动和深刻，作者对主人公们的争论始终保持缄默，不做任何评判，这种慎重的态度甚至显得过于拘谨。

　　例如，《灯光》中两个主人公争论的是抽象的哲学问题。争论是严肃激烈的，双方都从各自的立场出发，试图以有力的论据，雄辩的言词驳倒对方。故事以第一人称的形式叙述，讲故事的人是一位医生，他目睹了双方辩论的整个过程，但他的态度是客观的，没有对其中任何一方进行评论。契诃夫把讲故事的人放在见证人的位置上，他的任务只限于叙述他在极短的一段时间里所听到的和看到的。

　　故事发生在修建铁路的工地上。夜晚的工地和渐渐消失在远方黑暗中的一长排灯光，引起了工程师阿纳尼耶夫和大学生冯·希千堡两种完全对立的思想和情绪。工程师说："去年这块地方还是一片荒芜的草原，不见人迹，可是现在您看：又有生活，又

---

　　①　Дональд Рейфилд Жизни Антона Чехова，М.：Независимая газета，2005，С. 344.

有文明！这多好啊，真的！"① 大学生的看法却截然相反："现在
我们在修铁路，站在这儿高谈阔论，可是过上两千年，这条路堤
也好，那些在繁重的劳动后眼前正在酣睡的人也好，连一点痕迹
也没有了。这实在可怕！"②

两个人唇枪舌剑，争论不休。在争论的过程中大学生寸步不
让："我们的思想并不能使人热起来或者冷下去。"③ 阿纳尼耶夫
也毫不示弱："我们这类思想并不像您想得那么无辜。这种思想
在实际生活里，在和别人的接触中，只会生出惨事和蠢事
来……"④ 只有这时，两个人观点的真正对立之处才充分暴露出
来。为了说服大学生，工程师回忆起了自己年轻时的一段荒唐的
感情经历，不胜感慨地说：

> 我这才明白我那些思想连一个小钱也不值，我遇见基索
> 琪卡以前，还没开始思考过，甚至根本不懂什么叫做严肃的
> 思想。如今经历过许多苦恼以后，我才明白我并没有什么信
> 念，也没有什么明确的道德标准，更谈不到心灵，也谈不到
> 理性，我在智力和精神方面的全部财富只限于一些专门知
> 识、不完整的认识、一些对往事的不必要的记忆、一些别人
> 的思想……多亏这一场灾难，我才了解而且认清我的反常和
> 彻底无知。⑤

---

① 《契诃夫小说全集》（第七卷），汝龙译，上海译文出版社 2000 年版，第 202
页。
② 同上书，第 203 页。
③ 同上书，第 207 页。
④ 同上。
⑤ 同上书，第 227 页。

然而，工程师的故事并没有在听者身上引起预期的效果，大学生反唇相讥："这些话什么也没证实，什么也没说明……只有十分天真的人才会相信别人的话语和逻辑，认为它们具有决定性的意义。"① 两个人针锋相对，谁也不能说服谁，而讲故事的人不站在争论者的任何一方，他只是暗自思忖："这个世界上的事谁也弄不明白！"②

"这个世界上的事谁也弄不明白！"这种观点与陀思妥耶夫斯基等文学前辈的"无所不知"没有丝毫共同之处。《灯光》的主人公们争论的是关于生活意义这一根本问题，但是，在文本中却找不到作者对争论话题的任何主观态度。而在相同情况下，从屠格涅夫对主人公的外部特征的描写，就不难判断出作者的好恶倾向；尽管这一点在陀思妥耶夫斯基的作品中表现得较为复杂，但是作者的倾向性仍旧一目了然：不论《卡拉马佐夫兄弟》《白痴》或是《被侮辱与被损害的》主人公们所表现的观点有多么充分和严肃，作者还是习惯性地用自己的"食指"点化读者。托尔斯泰也极力让读者认识到，真正的上帝是什么，真正的信仰是什么，什么是家庭的基础，什么是善与恶，什么是艺术，应该怎样生活等等。换言之，陀思妥耶夫斯基和托尔斯泰属于俄国先知作家和导师。而契诃夫呢？似乎他在思想财富和知识范围上大大逊色于自己的前辈和同时代作家。

实际上，契诃夫对作家所充当的"先知"角色是持否定态度的。他在1902年写给佳吉列夫的信中说："当今的文化是一种为了伟大的未来而进行的工作的开始，这种工作也许还要持续几

---

① 《契诃夫小说全集》（第七卷），汝龙译，上海译文出版社2000年版，第229页。

② 同上书，第231页。

万年，为的是人类至少在遥远的将来会认识到真正的上帝的真理，也就是无须猜测，无须到陀思妥耶夫斯基的作品里去找，而是认识得清清楚楚，如同认识二乘二等于四一样。"[①] 在契诃夫的小说中，作者不发表自己的主观意见是对传统文学中作家充当"全知全能"的上帝角色的反驳。在契诃夫看来，不自觉地认为一个艺术家应该什么都知道，从一方面来讲，这是缺乏创造精神和过于自信的表现，常常会导致意想不到的严重错误；从另一方面来讲，这也是滋生作者主观性的根本原因。契诃夫认为，"要是艺术家去过问自己所不懂的事，那是不好的。……艺术家呢，应当只评判他自己懂得的事；他的圈子跟其他任何专家一样有限制，这是我反复说过而且永远这样主张的。"[②] 而大多数作家僭越了自己的知识范围，这一点令契诃夫担忧："所有的智者都像天才一样独断专行。"作家在读者的心目中是生活导师，但他发表的观点并不总是正确的。为了伟大的、高尚的目的他们有时会不负责任地发表议论，不顾事实的一厢情愿，观点有失偏颇，带有主观性。正是基于这种认识，契诃夫才敏锐地察觉出《克莱采奏鸣曲》的作者有一个"不能原谅的缺点"，"那就是托尔斯泰的大胆，他居然谈论他不懂得而且由于固执也不想弄懂的事情"，尽管他十分钦佩这部作品"巧妙的构思和精彩的描写"。[③]

　　契诃夫的创作立场很明确："我不属于那种用否定的态度对待科学的小说作家，我也不愿意属于那种凭自己的聪明推断一切

---

① 《契诃夫文集》（第十六卷），汝龙译，上海译文出版社 1999 年版，第 506—507 页。

② 《契诃夫文集》（第十四卷），汝龙译，上海译文出版社 1999 年版，第 437 页。

③ 《契诃夫文集》（第十五卷），汝龙译，上海译文出版社 1999 年版，第 7 页。

的作家。"① 契诃夫的创作理念无疑是正确的，但在当时，不论
是评论界，还是读者，都很不适应契诃夫的这种创作风格。当时
的批评界指责契诃夫缺少"中心思想"，这是可以理解的。因
为，俄罗斯古典文学自普希金开始，就认为诗人应该承担启蒙民
众的"先知"角色，并且以作家是否服从和胜任这一社会性角
色来评判他的创作价值。而对于 19 世纪的俄国读者来说，他们
已经习惯于普希金、莱蒙托夫、屠格涅夫、冈察洛夫、陀思妥耶
夫斯基、托尔斯泰等人的创作模式。这些作家的激情在于为读者
说明和确认哪些思想是"正确的"、"真实的"，哪些思想是"错
误的"、"虚假的"。文学中的主人公常常是那些有思想有观点的
人：奥涅金、毕巧林、巴扎罗夫、拉斯柯尔尼科夫、彼埃尔·别
祖霍夫、拉赫美托夫等。俄国长篇小说的全部诗学服从于评价人
物的思想和世界观这一目的。这些小说常常成为某一阶段文学现
象的总结，确定了一代人的文化视野、认知方式和思维模式。就
这一方面而言，屠格涅夫、冈察洛夫、陀思妥耶夫斯基和托尔斯
泰是一脉相承的。从某种意义上来说，这一时期的俄国文学是很
独断的。作家们已经习惯用自己的"食指"点化读者，在契诃
夫看来，这种做法好比"花园里树木钉着说明的牌子……破坏
了风景"②。《灯光》的不同寻常之处，就在于它偏离了文学传统
中的这条主干线，打破了传统的思维模式，瓦解了传统的价值取
向，把读者从作者的"食指"下解放出来。契诃夫不愿充当上
帝，也不愿站在上帝身旁。这是契诃夫的睿智，也是他的艺术胆
识和勇气所在。就这一点而言，契诃夫给俄国文学带入了新的元

① 《契诃夫文集》（第十六卷），汝龙译，上海译文出版社 1999 年版，第 253
页。

② 《契诃夫文集》（第十四卷），汝龙译，上海译文出版社 1999 年版，第 190
页。

素和气象，从实质上和根本上对文学精神的含义进行了补充和
完善。

19 世纪文学所特有的也是极为重要的劝谕和训诫，与契诃
夫的创作宗旨格格不入。契诃夫在 1892 年 3 月写给苏沃林的一
封信中说："都德的新的中篇小说《离婚之后》写了三个美妙的
女人，不过这篇小说至少在结尾的地方是伪善的……都德以说教
者的资格要求互相厌恶的夫妇不要离婚，这就极其可笑了。"[①]
契诃夫喜欢那些"有朴实，有幽默，有真实，有分寸"[②] 的作
品。他认为，艺术中最重要的不是训诫，而是真实，这种真实排
除了任何虚假和谎言。契诃夫不受思想和理论的束缚，没有道德
训诫，这并不意味着契诃夫缺乏对理想的人和正常生活的明确认
识，只是他不是在各种学说中，而是在人们和生活中寻找它们。
由于契诃夫不愿充当社会代言人的角色，不愿过问和评价"自
己所不懂的事"，因此，他在作品中只提出问题，而不解决问
题。在读契诃夫的作品时，读者常常因此感到困惑：契诃夫不是
解决诸如道德的、哲学的、宗教的、社会的问题，而更多的是提
出这些问题。在契诃夫看来，只提出问题而不解决问题，这是作
者最明智的选择。但是这并不意味着作者思想缺乏深度和认识视
阈狭隘，不意味着作者没有自己的立场和观点。可想而知，如果
契诃夫没有自己的观点、立场以及明确的价值观念，他就不可能
提出这些问题。在此，以刘心武的一段话来评价契诃夫是最公
允、最中肯的："人们从他们的作品中感到灵魂的震撼和审美愉
悦的并不是那终极追求的答案，而是那终极追求的本身；那弥漫

---

① 《契诃夫文集》（第十五卷），汝龙译，上海译文出版社 1999 年版，第 249
页。

② 《契诃夫文集》（第十四卷），汝龙译，上海译文出版社 1999 年版，第 403
页。

在他们作品字里行间的沉甸甸的痛苦感，是达到甜蜜程度的痛苦，充满了琴弦震颤般的张力，使一代又一代的读者在心灵共鸣中继承了一种人类孜孜以求的精神基因。"①

《在故乡》（1897）的主人公薇拉在贵族女中毕业后回到故乡，她为在生活中无法找到自己的位置、无法找到实现自我的支撑点而困惑苦恼。她整天无所事事，从花园里走到田野，不然就在房子里枯坐。"可是该怎么办呢？躲到哪儿去呢？她无论如何也找不到答案。"② 但是对于作者而言，"这个该死的、纠缠不休的问题早就有许多现成的答案，可实际上又一个都没有。"③ 契诃夫简明扼要地就整篇小说潜在的可能性，逐一分析了主人公心中"纠缠不休的问题"的所有可能的答案，以及主人公不接受任何答案的原因。契诃夫当然清楚，屠格涅夫和车尔尼雪夫斯基的小说对这一问题已有论述并提供了现成的答案。然而，这些答案对于契诃夫的主人公而言，并不具有真实性和可行性。契诃夫认为，屠格涅夫笔下的丽莎和叶莲娜"不是俄罗斯的姑娘，而是一些未卜先知的皮提亚，过于自命不凡"④ 契诃夫把这一问题放置到具体的社会背景中，针对主人公的个性特征、社会地位、生活环境客观具体地分析，不带有作者的任何主观意愿和幻想。契诃夫深知，没有普遍适用的、包医百病的良药和解决方法，只有生活本身，而不是作者，才能为这些问题提供现实的答案。

对于契诃夫的主人公来说，在他所生活的那个范围内实际上

① 转引自陈建华《20 世纪中俄文学关系》，学林出版社 1998 年版，第 266 页。

② 《契诃夫小说全集》（第十卷），汝龙译，上海译文出版社 2000 年版，第 121 页。

③ 同上书，第 124 页。

④ 《契诃夫文集》（第十五卷），汝龙译，上海译文出版社 1999 年版，第 334 页。皮提亚是古希腊德尔菲的阿波罗神殿预言女祭司。

不存在解决问题的真实性。薇拉想为民众服务，为人们治病，教孩子们读书，可是她"不熟悉民众"：

> 啊，为民众服务，减轻他们的痛苦，教育他们，那该是多么高尚，神圣，美妙啊！可是她薇拉不熟悉民众。该怎样接近他们呢？对她来说，民众是生疏的，没有趣味的，她受不了农民小木房里那种刺鼻的气味、酒馆里骂人的话、没有洗脸的孩子们、农妇们唠叨疾病的话。要她在雪地上走一大段路，冻得浑身发僵，然后在密不透风的小木房里坐着，教那些她不喜欢的孩子们读书，不，那还不如死了的好！再说，你教农民的孩子们读书，可同时，姑姑达霞却收那些饭铺的租金，罚农民的钱，这是多么荒唐！①

不仅如此，更重要的是，薇拉看到了这种愿望的虚伪性："学校也罢，关于愚昧的议论也罢，仅仅是为了欺骗自己的良心罢了，因为他们拥有五千或者一万俄亩土地，却对民众漠不关心。"薇拉因此恼恨自己，也恼恨所有的人。"……去做医师吗？……要是能做机械工程师、法官、船长、科学家……那就好了……可是该怎么做呢？从哪件事做起呢？"② 生活的经验表明，能回答一切问题的现成答案是没有的。契诃夫没有像生活"百事通"那样包揽主人公的一切疑问，为其指点迷津，这不仅是作者的创作客观化的一种体现，甚至可以认为，他本人也在为寻找答案经受着某种痛苦的折磨。

---

① 《契诃夫小说全集》（第十卷），汝龙译，上海译文出版社 2000 年版，第 124 页。

② 同上书，第 124 页。

契诃夫的艺术世界充满个别的、具体的人和事，它并不是建立在非理性主义和不可知论上。与不可知论者和实证主义者不同，契诃夫认为，所有个别的现象都被某种未知的因素联系着，被必须寻找的"真正的真理"联系着；所有现存的"解释"都是不能令人满意的。对未知的、但必然存在的"真正的真理"的激情，对"真正的真理"的现有的一切解释的怀疑态度，构成了契诃夫创作的基本准则。

契诃夫彻底地摒弃说教，拒绝为主人公做出"普适性的"，但却带有很大局限性的解答，取而代之的是只提出问题，并引导人们思考。契诃夫从宣扬和确认某种思想转而研究个人如何看待自己与公众的关系、他在社会和生活中的位置等问题的认识机制。提出问题在契诃夫的美学观中是作者因素最积极的表现，同时这也是客观性的界限。在这个界限之后，是对于艺术家所"禁止"的主观性地带——解决问题。"只有正确地提出问题，才是艺术家必须承担的……审判官应当正确地提出问题，然后让陪审员各按各的口味去解决问题。"[1] 在这里，契诃夫形象地把作者比作"审判官"，而把读者比作"陪审员"。作者的任务只限于提出问题，而解决问题则是读者的权利。

这种取消作者主观意向的客观化叙述风格，造成一种"留白"的审美效应，为期待读者"共同创作"奠定了基础。"我写作的时候，总是充分信赖读者，认为小说里所欠缺的主观成分，读者是自会加进去的。"[2] 让读者添加自己的主观成分，实际上就是尊重读者的权利，刺激读者的再创作欲望，让他填充作品中

---

① 《契诃夫文集》（第十四卷），汝龙译，上海译文出版社 1999 年版，第 438 页。

② 《契诃夫文集》（第十五卷），汝龙译，上海译文出版社 1999 年版，第 38—39 页。

的"空白"。

四

契诃夫对读者的期待是与所谓的"开放性结尾"联系在一起的。加利福尼亚大学教授托马斯·伊克曼称其为"零结尾",即小说的结尾或者完全止于主人公生活中的一个偶然片断,或者是讲述一些极普通的、没有任何吸引力的事件,然而这其中却充满特殊的契诃夫式的气氛,对话中隐藏着契诃夫的潜台词。[①] 托马斯·伊克曼的论述并没有揭示出问题的实质。之所以把契诃夫小说的结尾称为"开放性结尾",是由于作者即使在小说结束之时,都没有告知读者主人公未来的命运,没有阐明作品的中心思想,或者说,没有把作者的思想作为"中心思想"强行塞给读者,只是把对现实的看法转变成一种艺术思维,暗藏在作品之中。读者只能凭借自己的阅读经验和审美能力解读暗藏于作品中的"中心思想",替作者做出结论,续完小说。著名的契诃夫研究专家安·屠尔科夫一语道破契诃夫这一艺术创新的奥秘:"契诃夫……热烈地捍卫了艺术家的自由。这自由同时也就是读者的自由,是读者摆脱作者的操纵、摆脱先入为主和强加的道德说教、摆脱作者的指示的自由。契诃夫的小说并不暗示任何明确的现成结论和处方,它只是提供读者进行独立思考的广阔天地……评论家们对契诃夫的写法不习惯:他不急于用现成结论'款待'读者。"[②] 此外,"开放性结尾"也表现了作者对生活的态度,作者以此来表现生活的不稳定性和即将来临的、无法躲避的社会剧

---

① Под ред. Трущеннко Е. Ф. и др. *Новые зарубежные исследования творчества А П Чехова*, М.: ИНИОН АН СССР, 1985, С. 143.

② 安·屠尔科夫:《安·巴·契诃夫和他的时代》,朱逸森译,中国社会科学出版社 1984 年版,第 129—130 页。

变，说明生活流动的无止境。

古罗夫（《带小狗的女人》）每天按部就班地生活，但这样的生活让他感到厌倦。他很早就结婚了，可是从来没有爱过自己的妻子，他和她结婚只是想和"大家一样"。他怕自己的妻子，不喜欢待在家里，早已开始背着妻子跟别的女人私通，只是为了给单调乏味的生活"添一点愉快的变化"①。在雅尔塔与少妇安娜相遇是偶然的，喜欢上她也是偶然的，他并不认为这种感情会长久。尽管疗养结束后他与安娜依依惜别，但他相信，"再过上个把月"这次浪漫的邂逅"在他的记忆里就会被一层雾盖没"②。可是令古罗夫意想不到的是，随着时间的推移，他非但没有忘记安娜，相反，对她的思念却越来越强烈了。直到"他的头发开始发白了，他才平生第一次认真地、真正地爱上一个女人"③。而安娜也是时时刻刻在思念他。但是，不论是古罗夫，还是安娜，他们既无力把握爱情，也无力把握生活。他们既不能割舍这份感情，也不能合法地生活在一起，而"仿佛是两只候鸟，一雌一雄，被人捉住，硬关在两只笼子里，分开生活"④。他们陷入了一个生活怪圈。古罗夫和安娜商量了很久，不知道该如何摆脱那种不躲藏、不欺骗就不能见面的尴尬处境，不知道该怎样从那种不堪忍受的桎梏中解放出来：

　　"应该怎样做？应该怎样做呢？"他问，抱住头。"应该怎样做呢？"

---

① 《契诃夫小说全集》（第十卷），汝龙译，上海译文出版社 2000 年版，第 254页。

② 同上书，第 260 页。

③ 同上书，第 266 页。

④ 同上书，第 267 页。

似乎再过一忽儿，解答就可以找到，到那时候，一种崭
新的、美好的生活就要开始了，不过这两个人心里明白：离
着结束还很远很远，那最复杂、最困难的道路现在才刚刚
开始。①

契诃夫是善良的，他始终恪守作为一个医生应有的职业道
德，给予任何一个陷入生活魔圈中的人活下去的希望。他总是让
他的主人公、让他自己、让读者相信：答案是可以找到的，"一
种崭新的、美好的生活就要开始了"。但何时开始呢？该怎样开
始呢？契诃夫没说，读者也无从知道，小说到此戛然而止。

以往的传统小说都会有一个结局（好的或坏的），主人公要
么死亡，要么结婚，读者也希望在小说中出现这样的结局。因为
"只要死亡和结婚发生在最后，读者才会觉得它是一本有头有尾
的小说"。② 但契诃夫却没有按传统的方式为小说画上一个令读
者满意的句号。在契诃夫看来，传统的结局方式过于俗
套："……主人公要么结了婚，要么开枪自杀，别的出路是没有
的。"③ 作者没有提供传统小说常有的抑或是圆满的，抑或是悲
剧性的结局，没有为主人公指出任何摆脱困境的出路，读者得到
的只是一个没有解答的疑问——"应该怎样做呢？""出路在哪
里呢？"契诃夫留下一个开放式的结尾，他没有给自己的主人公
找到一个合适的结局，因为在他的主人公身上发生这样的事是不
可能有结局的。契诃夫无情地扼杀了读者全部的阅读期望，甚至

---

① 《契诃夫小说全集》（第十卷），汝龙译，上海译文出版社 2000 年版，第 267
页。

② 爱·摩·佛斯特：《小说面面观》，花城出版社 1981 年版，第 78 页。

③ 《契诃夫文集》（第十五卷），汝龙译，上海译文出版社 1999 年版，第 260
页。

令人感到一种"愤怒的绝望"。[①] 弗吉尼亚·伍尔夫在读完契诃夫的小说后所体验到的心理感受颇具代表性：面对这样的结局，我们"总会有一种跑在休止符号前面的感觉"，"我们不得不仔细寻找，以便在这些奇特的短篇小说中发现它们的着重点恰好在何处出现"。但是，我们在寻找的过程中，"灵魂获得一种令人惊奇的自由感"。[②]

契诃夫说，"谁为剧本发明了新结局，谁就开辟了新纪元。"[③] 他没有为自己的小说发明出一个新结局，所以他的小说就没有结局。然而，恰恰是这个没有结局的结尾，开辟了现代小说的新纪元，这可能是契诃夫始料不及的。这种"开放性结尾"具有某种未定性和召唤性，极具魅力和诱惑，把读者带到一个未知之境，并驱动读者进入一个更加广阔的艺术天地。读者通过对文本中艺术形象的感受和理解，融合自己的情感和经验，解读作者设置的密码，填充空白。由于读者的个性、经历、经验、历史文化背景的种种不同，重构的形象和"续写"的内容也必然不同。因此，作品由于读者的参与而包含多种可能性，从而打破了传统小说意义结构上的封闭性，形成一个开放式的、富有弹性和审美魅力的空间。契诃夫学专家波罗茨卡雅由此看到了契诃夫对20 世纪文学的影响：在契诃夫的作品中，"共同创作"原则是契诃夫的客观性"最精致的结果和关键因素"，"正是在这方面，契诃夫可以称为使读者对文本信息的注意力变得敏感的 20 世纪

---

① 弗吉尼亚·伍尔夫：《小说与小说家》，瞿世镜译，上海译文出版社 1986 年版，第 13 页。

② 同上书，第 130—131 页。

③ 《契诃夫文集》（第十五卷），汝龙译，上海译文出版社 1999 年版，第 260 页。

文学的先驱者"。① 契诃夫的客观化叙事符合现代小说的审美特征，这一点可以从"新小说"派奠基人罗伯—格里耶那里找到佐证。罗伯—格里耶认为：读者"跟作品的关系不是理解与不理解的关系，而是读者参加创作试验的关系"。②

契诃夫在作品中始终保持中性叙述的调性，读者几乎看不见作者的面孔，听不见作者的声音。作者观点的含糊不清具有特殊的艺术效果：不仅使作品本身具有多面性和多义性，而且对于读者多角度地理解作品也是极其必要的。契诃夫的谨慎、有所保留的音调、从外部特征转向内部特征的微妙的过渡，所有这一切都预示了契诃夫作品的复杂性以及创作理念的前瞻性。因此，若想在契诃夫那里寻找重要的、丰富的思想要比在其他作家那里困难得多。但是在阅读他的作品时，读者却能够感觉到，有一种统一的抒情感情和对事物认识的共同思想把契诃夫的叙述者与他的人物结合在一起，只是我们还不能轻易确定，这种结合达到了什么样的程度。契诃夫在巧妙地借主人公来表现自己的同时，又把自己隐藏在主人公的背后。这种叙事方式蕴涵着抒情，使契诃夫的叙事方式与作者因素变得更加复杂的 20 世纪文学保持一种内在的联系。

第三节　客观化背后的作者倾向

以上论述了契诃夫叙述的客观化及其表现。必须指出的是，在艺术创作范畴内，客观是一个相对的概念。艺术的客观是与作

---

① Полоцкая　Э. А. Антон Чехов // Редактор　изд. Торопцева　А. Н. Русская литература рубежа веков (1890 – е—начало 1920 – х) ，М. : Наследие，2000，С. 446.

② 罗伯—格里耶：《新小说·真实性·现实主义》，《外国文学动态》1984 年第 10 期。

者的主观密不可分的，并且通过作者的主观存在于其中。作者是作品的创作者，他不可能把自己置身于他所创作的艺术世界之外。当生活中的某些严肃问题尖锐地触及作者的心灵，让他感到不安和忧虑时，如果他想把自己的思想转达给读者，那么他不可能完全"不偏不倚"地对待他笔下的人和事，他必然要把自己的好恶或者直接、或者间接地通过整个艺术形象体系表现出来。从另一方面来说，尽管读者的创作很重要，但读者的创作始终是第二位的，读者的联想创作总要受到作者的引领。因此，尽管契诃夫作品以其客观性著称，但他的思想和倾向还是隐含在作品的字里行间，只不过是运用了一种更加隐蔽、更加细腻和复杂的方式表现而已。那么，契诃夫是怎样把作者的倾向性和作品的艺术性结合起来的呢？或者简而言之，在契诃夫的叙事模式中，作者的倾向是如何表现的呢？

　　在契诃夫的作品中，很难找到一个可以无条件地称之为作者思想代言人的主人公。契诃夫不直接评价人物，但这并不意味着他完全回避表达自己的观点。波罗茨卡雅认为，契诃夫小说中存在作者的间接评价，因为表现这种评价的形式是间接的。契诃夫风格的非凡之处，就在于契诃夫在整个创作期间既是"客观的"，同时也是"主观的"。[①] 契诃夫作品的完整文本产生于读者极具个性化的丰富联想之中。作者立场的缺失用另一些能为读者导航的艺术手法代偿，如形象之间的彼此呼应、讽刺、重复、潜台词等方法。这些方法的运用，在契诃夫的作品中具有重要的意义，并达到空前的高度。

---

①　Полоцкая Э. А. *О поэтике Чехова*，М.：Наследие，2001，С. 100.

一

在契诃夫的作品中，重要成分的彼此呼应，如主人公特征的相似或对照，尤其引人注目。在《套中人》中，作者通过玛芙拉——别里科夫这两个人物外部特征和内心世界的相似，来表现"套子"生活的普遍性。在小说中，村长的妻子玛芙拉是一个一直不曾露面，但却寓意深刻的人物。她一辈子从没走出过这个村子，"近十年来一直守着炉灶，只有夜间才到街上去走一走"①。这个人物显然对作者来说是很重要的，作者让她出现在小说的开始和结尾，那"吧嗒吧嗒"的脚步声在寂静的夜晚显得有些神秘，令人害怕，宛如幽灵走过一样。玛芙拉害怕与人交往，像寄居蟹一样生存着，这一形象与"套中人"别里科夫互相呼应，与别里科夫形成一组群像。而在《醋栗》和《关于爱情》（1898）中，作者则是借助彼拉盖雅——尼古拉·伊凡内奇——阿列兴之间的鲜明对照，来表现主人公对待爱情的态度。美丽的彼拉盖雅爱着嗜酒如命的厨师尼卡诺尔，厨师每次喝醉了酒就打骂她，但她仍然一如既往地爱着他。这一形象与为了获得钱财不惜牺牲爱情的伊万内奇，与逃避爱情、不敢承担责任的阿列兴形成对照。作者对玛芙拉和彼拉盖雅这两个人物形象着墨不多，因此很容易被读者忽视，若细细揣摩，便觉用意颇深，这两个人物形象不仅表达了作者的感情倾向，而且为全文起到画龙点睛的作用。

二

在契诃夫的文本中，隐伏着一些不易捕捉的"标志"，读者

---

① 《契诃夫小说全集》（第十卷），汝龙译，上海译文出版社 2000 年版，第 156 页。

可以根据这些"标志"判断主人公的内心变化和作者的情感因素。这些"标志"在作品结构中起着支撑作用，作者不用直接评价就可以让读者明显察觉到自己对主人公的态度，比如通过讽刺。

讽刺是契诃夫表现作者情感和倾向最常使用的手法，贯穿于他的全部创作之中。如果说契诃夫早期作品中的讽刺带给读者的是开心的笑，让读者领略到作者的机敏和幽默，那么，契诃夫成熟期作品中的讽刺带给读者的则是忧伤的笑，让读者更深切地感受到作者的批判精神和人文关怀。这样的例子不胜枚举，在此只以《宝贝儿》为例，略作说明。

《宝贝儿》（1899）的叙述是这样开始的："退休的八品文官普列缅尼科夫的女儿奥莲卡坐在当院的门廊上想心事。"① 在这短短的一句话中已经听出不谐和音。女主人公并不是孩子，但文中却没有按照俄罗斯人的习惯尊称她为奥尔迦·谢敏诺芙娜，甚至不是奥尔迦，而是昵称奥莲卡。从对主人公的称谓中已经表现出作者的评价，让读者感觉出其中隐含的讽刺色彩。在接下来的叙述中，讽刺意味逐渐加强："天气挺热，苍蝇老是讨厌地缠住人不放。想到不久就要天黑，心里就痛快了。"② 奥莲卡想的所谓"心事"，就是盼着天快点黑下来。天黑后，奥莲卡并不是总能安稳入睡，她"老是坐在窗前，瞧着星星。这时候她就把自己比作母鸡。公鸡不在窠里，母鸡也总是睡不着，心不定"③。在这几行简短的描述中，不难看出主人公头脑幼稚，生活空虚。不仅如此，作者还进一步揭示了主人公精神生活的贫乏。奥莲卡

① 《契诃夫小说全集》（第十卷），汝龙译，上海译文出版社2000年版，第215页。

② 同上书，第215页。

③ 同上书，第217页。

"老得爱一个人，不这样就不行"①。出嫁之前，她爱她的爸爸，还爱过她的姑妈，上初中的时候爱过她的法语教师；结婚之后她爱自己的丈夫，爱丈夫的工作，甚至爱他的一言一行。丈夫的想法就是她的想法，凡是丈夫说过的话，她都要"统统学说一遍"②。第一个丈夫去世后，她马上又爱上另外一个男人，成为他的妻子后又以同样的方式去爱他，第二个丈夫离开她后，"她的脑子里和她的心里，就跟那个院子一样空空洞洞"③。最后，竟然陪着情人的儿子整天念课本。在叙述的过程中，讽刺的音调尽管没有完全消失，但呈逐渐减弱的趋势，在作者对主人公的讽刺中越来越明显地渗入对她所经历的不幸的同情。读者只有在读完小说后，才能对标题中暗含的讽刺意味心领神会。

三

重复在契诃夫的小说中起着深化作品主题，彰显人物性格和心理，表现作者思想的作用。契诃夫经常使用的重复主要有四种：事件的重复、细节的重复、词语的重复、音响的重复。

事件的重复：这是契诃夫最精于使用的一种手法。例如，作者通过小公务员因自己打喷嚏时把口水溅到将军的头上，而三番五次地向将军请罪这一事件，揭示出主人公对权贵的畏惧心理（《一个文官的死》），同时表现出作者哀其不幸，怒其不争的主观情感；《宝贝儿》中的奥莲卡每结一次婚，她的好恶和想法就随丈夫的好恶和想法而改变一次，不断地在重复丈夫说的话。作者通过这一事件的重复，把奥莲卡"鹦鹉学舌"、缺乏思想的形

---

① 《契诃夫小说全集》（第十卷），汝龙译，上海译文出版社2000年版，第216页。

② 同上书，第217页。

③ 同上书，第222页。

象刻画得活灵活现，栩栩如生。

细节的重复：从表面上看，契诃夫作品中的一些细节是偶然的，不必要的，与主题无关的。例如，为什么尼基丁（《文学教师》，1894）在向玛纽霞·谢列斯托娃表白爱情时，玛纽霞的手里会有一段蓝色的衣料？

> 尼基丁走进这个房间，预备上楼去……玛纽霞①穿着黑衣服，跑进房间里来，手里拿着一段蓝色衣料……他一只手拉住她的手，一只手抓住蓝色衣料……蓝色衣料掉在地板上，尼基丁拉住玛纽霞的另一只手……②

作者三次提到玛纽霞手中的蓝色衣料，初看起来，这一细节并不具有任何实质性意义。随着小说情节的发展，这一细节显现出越来越深刻的含义。而且，只有当小说的情节展现得越来越清晰时，读者才能品悟出隐含在这一细节中的内涵。

尼基丁结婚后，感觉到生活美妙得跟神话一样：教课、打牌、社交，并且每天要在日记里记下自己"圆满而多彩的幸福"③。妻子玛纽霞是个持家理财的好手，她办了一个牛奶场，地窖里储藏着留着做黄油用的牛奶和酸奶油。有时尼基丁想向她要一杯牛奶，她都舍不得给；她只把变了味儿的腊肠和干酪拿给佣人吃。在以后的叙述中，"蓝色的布料"这一细节没有出现，取而代之的是"许多壶牛奶和无数罐酸奶油"④。牛奶和酸奶油

---

① 玛纽霞是玛纽霞·谢列斯托娃的爱称。

② 《契诃夫小说全集》（第九卷），汝龙译，上海译文出版社2000年版，第184页。

③ 同上书，第186页。

④ 同上书，第187页。

成为"蓝色衣料"的同义词，表现了谢列斯托夫家充满唯利是图、精于盘算、庸俗浅薄的商人习气。在小说的结尾，"一罐罐的酸牛奶、一壶壶的牛奶"这一细节又重新出现，它的含义被出现在同一语义层面上的、具有消极意义的另一个词"蟑螂"凸显出来。牛奶、酸奶油、蟑螂成为尼基丁内心独白的中心形象，同庸俗乏味之人联系在一起："乏味而渺小的人、一罐罐的酸牛奶、一壶壶的牛奶、蟑螂、蠢女人。"①

这些细节形成一个圆环，围绕着尼基丁。尼基丁在不断地反省自己和思考生活中逐渐醒悟："我被庸俗团团围住了……再也没有比庸俗更可怕、更使人感到屈辱、更叫人愁闷的了。我得从这儿逃掉，我今天就得逃，要不然我就要发疯了！"② 细节之环被重复了三次的"庸俗"一词充塞，这种独特的艺术结构成为对主人公疑问的回答（"我的上帝，我是在什么地方啊？"）③：他已无处可逃，他就处在体现了庸俗力量的环境和人群的重重包围之中。只有此时读者才会恍然大悟："蓝色衣料"这一细节的重复同时完成两个互相对立的功能，每重复一次，这一细节离文本就越远，但与此同时，这一细节在读者的意识和记忆中也越来越稳固。在这一细节退出文本后，它作为一条虚线预示小说情节的发展。如果读者忽视了这个细节，就会对小说的结尾感到意外：整篇小说好像都是在写尼基丁的生活如何幸福，怎么突然出现了这样一个结尾？

《醋栗》中"醋栗"这个细节具有特殊意义，它成为表现主人公尼古拉·伊凡内奇性格的主导词，这个词在文中经过不断重

---

① 《契诃夫小说全集》（第九卷），汝龙译，上海译文出版社 2000 年版，第 192 页。

② 同上。

③ 同上。

复得到强化和巩固："他不能想象一个庄园，一个饶有诗意的安乐窝会没有醋栗。""……而且醋栗长熟了""每一次他的草图上都离不了那么几样东西：（一）主人的正房，（二）仆人的下房，（三）菜园，（四）醋栗。"[①]"他订购了二十墩醋栗，栽下，照地主的排场过起来。"[②]"尼古拉·伊凡内奇笑起来，默默地瞧了一忽儿醋栗，眼泪汪汪，激动地说不出话来。"[③] 在叙述者伊凡·伊凡内奇讲述自己弟弟的故事时，醋栗这个细节一再被重复，在进入不同的语境后变得越发清晰，"醋栗"的特殊含义被不断补充和扩大，演化成饱足、自得、庸俗、吝啬等词的代名词。

词语的重复：这一手法在《套中人》中表现得尤为明显。只要一提起主人公别里科夫，我们马上就会想起他的口头禅"千万别闹出什么乱子来"。作者无需更多的言语，就把别里科夫的恐惧心理表现得淋漓尽致。然而，这篇小说的艺术力量远不仅于此。作者把主人公的"套子"生活与应该有的生活形成对比，表现出作者深沉的人道主义情怀。在小说的结尾，有这样一段景物描写：

> 这时候已经是午夜了。……一切都进入安静而深沉的睡乡，一点活动也没有，一点声音也没有，人甚至不相信大自然能这样安静。人在月夜里见到广阔的村街和村里的茅屋、干草垛，睡熟的杨柳，心里就会变得安静。村子在安心休息，隐藏在朦胧的夜色中，避开了操劳、烦恼、痛苦，显得

---

① 《契诃夫小说全集》（第十卷），汝龙译，上海译文出版社2000年版，第171页。

② 同上书，第172页。

③ 同上书，第173页。

温和、凄凉、美丽，看上去似乎连天空的繁星也在亲切而动情地瞧着它，似乎人世间已经没有坏人坏事，一切都很好……①

在这段文字中，作者对用词作了精心的筛选：他三次使用"安静"一词，并使用了"温和、凄凉、美丽、动情"这些词语，这里隐藏着作者的感情。作者多么希望生活有如大自然一样美好，多么希望人间"没有坏人坏事，一切都很好"。这安静的、常常被人遗忘的、唤起人们内心憧憬的自然之美，如同清新柔和的音符轻扣读者的心灵，让读者更深切地感受到，别里科夫的黑色套子和玛芙拉"吧嗒吧嗒"的脚步声与它是多么的不和谐！

音响的重复：音响在契诃夫的小说中起的作用十分重要，在不同的情境中它们起着补充动作、情节的发展和描述人物心理的作用，暗示作者的态度。此外，音响是契诃夫小说音乐性的一个显著标志，这将在下一节详细论述。

四

潜台词是契诃夫表现作者思想的一个极其重要的手段，也是契诃夫艺术体系中的一个重要因素。

潜台词是作者与读者之间隐蔽的对话。它以言未尽意、暗示、彼此不相邻的片断、形象、人物对白、细节之间的互相呼应出现在作品之中，以作品层次的多面性和含义的广义性为前提。潜台词作为一种复杂的情节和结构体系，同时具有两方面的作

---

① 《契诃夫小说全集》（第十卷），汝龙译，上海译文出版社 2000 年版，第 166 页。

用：深化文本，确立叙述中词本身的直接的实物意义与情感意义之间的相互关系；扩展文本，在该文本的范围内，确定该文本的某个细节、情节等与其他本文之间的相互关系。希尔曼对潜台词的这两方面的性质有过深入研究：情节意义上的潜台词"这是潜在的情节之线，它只用间接的形象展示自己，并且常常出现在情节发展极其重要的、具有心理意义的、转折的紧急时刻"。结构意义上的潜台词"是一种分散的、区段性的重复，彼此联系的各个环节进入一个复杂的相互关系，由此产生一个新的、更加深远的意义"。① 契诃夫的潜台词的形式是多种多样的。在契诃夫的戏剧中，除以言语形式表现的潜台词，即剧中独白以外，还有非言语形式的潜台词，如停顿、手势、表情、各种声音和噪音等。在契诃夫的小说中，潜台词的基本形式表现为叙述者话语中的暗示、细节、风景等等。

《在大车上》（1897）有一个片段：女主人公玛丽雅与哈诺夫在路上相遇继而分别，这一场景的潜台词意味着幸福的不可得。这个场景使读者联想到涅克拉索夫的《三套车》、托尔斯泰的《复活》、勃洛克的《在铁路上》中出现的类似场景。在这些作品中，等待爱情和等待幸福是同义的。在涅克拉索夫、托尔斯泰和勃洛克的笔下，希望的破灭毁掉了女主人公们的一生：或是导致她的青春和生命过早地枯萎凋零，或是使她陷入精神空虚和道德泯灭的状态，或是让她丧失生活欲望而自杀身亡。而契诃夫的主人公在幻想烟消云散之后，则又重新回到现实的毫无生机、毫无希望的生活状态中，她将继续这种生活，无休无止。再如，"姚尼奇"不是一个简单的父称，这里隐含着两个声音、两种观

---

① Сильман Т. Подтекст—это глубина текста //Вопр. лит., 1969, № 1, С. 89—90, С. 94.

点和对人物的两种评价。一方面，对于 C 城的居民来说，姚尼奇已经拥有了像屠尔金家一样的名声；另一方面，表现了作者的讽刺性评价——"姚尼奇"已经变成庸俗的同义词。奥夫夏尼克—库利科夫斯基把契诃夫的潜台词称为"半象征主义"，认为这是作者存在于叙事文本中的一个重要标志。契诃夫的"'半象征主义'在保持事物原有品性和客观现实性的同时，成为作者精神情绪和主体观点因素的代码"。象征的潜台词是契诃夫精心构想出来的，不过作者只是"勾勒出一种需要读者自己去实现和发展新的感情和新的思想的可能性"。①

　　契诃夫小说的艺术形式首先起着激发读者理解文本的作用，给予读者共同创作的权力。同时对于读者来说，理解故事中的"潜流"，捕捉散落在文本中的潜台词，注意熟悉的细节，思考人物的心理情感内容，这是最起码的要求，没有这些就无法读懂契诃夫。正如象征主义诗人伊诺肯基·安年斯基所言："契诃夫比其他任何一个俄罗斯作家更多地向我展示了您和我，而他自己只有当我们每一个人都能够凭个人的经验察觉出来的时候才暴露出来。"②

　　①　Лосиевский И. Я. Символическое у Чехова в контексте исканий русской философской мысли начала века //Отв. ред. Лакшин Чеховиана: Чехов в культуре XX века，М.：Наука，1993，С. 32.

　　②　Манн Ю. В. Автор и повествование //Историческая поэтика: Литературные эпохи и типы художественного сознания，М.：Наследие，1994，С. 476.

第 四 章

契诃夫小说的淡化情节

第一节 契诃夫小说的无情节性

一

在俄国文学中，短篇小说是在中篇小说和长篇小说出现以后，才开始受到人们的重视和深入研究。相对而言，长篇小说和中篇小说属于"高级"文学体裁。它们在形成和发展的过程中，不仅继承了散文作品的优势因素，而且还汲取了史诗、叙事诗和歌谣等诗歌体裁作品中的精华。短篇小说则属于"低级"体裁，长期以来一直被人忽视。在作家们的眼里，它顶多是一种非严肃的、滑稽的体裁，通常具有幻想的、惊险的故事情节。

在 19 世纪 60—70 年代，长篇小说是俄国文学的主要体裁。1861 年农奴制改革之后，俄国社会进入一个相对稳定的上升时期，这为长篇小说的发展提供了可能。作为这一时期杰出的长篇小说大师，屠格涅夫、冈察洛夫、陀思妥耶夫斯基、托尔斯泰为俄国长篇小说的发展做出了巨大贡献。他们以恢弘的笔力展现风云激荡的史诗性画面，描绘广阔丰富的生活场景和社会风俗，塑造忧国忧民的社会精英和试图解决复杂的道德、社会问题的先进分子。这一时期的俄国长篇小说呈现出繁荣之势。

到了 80 年代，俄国长篇小说出现了危机，短篇小说开始崭露头角，逐渐成为一种重要的文学体裁。契诃夫从事文学创作正是从这一时期开始的。初登文坛的契诃夫擅长描写奇闻轶事，故事短小精悍，以讽刺幽默见长。这些作品"存在着安东沙·契洪特那种发育不全的、很低级的、仍然像男孩子般的趣味"，"适合于中等偏下阶层读者的口味和理解"。① 随着契诃夫内在心灵历程的不断深刻和美学观的不断成熟，他的创作理念也在不断成熟和完善，其小说内容由消遣性、娱乐性逐渐向社会性、哲理性过渡。尽管契诃夫成熟时期的创作仍然保留了契洪特时期的主题和方法，使用的还是那些日常生活的材料，但此时的契诃夫已经从一个幽默大师转变成一个抒情哲理诗人。契诃夫在继承传统创作方法中的优秀基质的同时，摒弃了陈旧的创作模式，废除了陈腐的题材和描写，情节的构建也发生了急剧的变化。契诃夫只用三言两语交代情节，对人物外表和服装的描写也是草图式的。作家的注意力在于建立某种紧张的情势，以此表现主人公的真实品质。契诃夫的天才并不表现在他史诗般广阔地包罗生活现象，而在于他用极为简洁的方式集中表现了生活现象，并借助琐事、细节、回忆、情绪等方式加以深化，使生活现象典型化，由此抽象出具有社会哲理性的问题。文学评论家古列绍夫认为：契诃夫是"公认的短篇小说大师，至今在世界文坛上还没有人能够超

① 弗·霍达谢维奇：《摇晃的三角架》，隋然、赵华译，东方出版社 2000 年版，第 130 页。

越他"。①

契诃夫的小说具有独特的风格：语言简练、情节淡泊、结构新颖，善于采用多种艺术手法丰富人物形象及作品内容。在契诃夫的小说里没有被作者的想象力大事润色过的情节和事实。在传统小说中，无论是作者还是读者，都将故事的精彩与否视为小说可读性的一项重要标准。因此，传统作家在创作过程中常常是煞费苦心，对故事情节巧妙设计，谋篇布局精心安排，以增强故事的趣味性和可读性。但在契诃夫成熟期的小说中，缺少引人入胜的故事，也没有错综复杂的情节和充满戏剧性的场面，作者有意识地避免把读者的注意力引向事件的直接进程。俄国文学研究专家马克·斯洛宁认为，契诃夫不像一般现实主义作家那样一丝不苟地收集资料，他善于运用印象主义手法，以具有潜藏着深刻含义的细节作为象征，给读者的想象提供一些支撑点。他的短篇小说的整个结构是建立在少数寓意深邃的，但常常容易被忽视的细节、暗示、潜台词和可以表现出内心生活，尤其是情绪的若干特征上。他不叙述事件的发展，也很少把一个角色完完整整地刻画出来，他只是简单地交代一两件事，并致力营造出一种气氛和感受。他喜欢语焉不详，言近旨远。在他的小说中，零散的谈话片断，无意间的念头，刹那之间的印象都极为重要。② 不仅如此，契诃夫的故事避免高潮，而且总是缺乏鲜明有力的发展。因此，在契诃夫的小说中几乎没有情节。弗·纳博科夫说，在契诃夫的小说里"一切传统的小说写法都被打破了"。③

---

① Кулешов В. И. *Истирия русской литературы*，М.：Русский язык，1989，C. 509.

② 马克·斯洛宁：《现代俄国文学史》，汤新楣译，人民文学出版社 2001 年版，第 75—76 页。

③ 弗·纳博科夫：《论契诃夫》，《世界文学》1982 年第 1 期，第 268 页。

二

契诃夫在创作小说的时候始终遵循着这样一个理念，即"情节越简单越好"①。虽然契诃夫也有少数作品描写的情节和事件并不少于其他作家，例如《在峡谷》《我的一生》，但在这种情况下，作者常常有意识地极力"压缩"或淡化情节，并没有为表现现实的丰富性、复杂性而刻意添加出许多枝蔓。为了达到淡化情节的目的和效果，契诃夫常常使用两种表现方式。

方式之一：通过事件结果的无意义性来消解事件的重要性。在传统小说中，叙述的发展主要靠情节推动，而情节则由一个个与人物命运相关的大大小小的事件构成。事件越复杂，情节就越生动，人物的命运也就越曲折坎坷。通常情况下，事件的规模是与事件的结果成正比的。也就是说，事件发生的规模越大，它所引起的结果就越重要，意义就越重大，对人物的命运和周围世界的影响也就越深刻，反之亦然。然而，这样一种叙事模式在契诃夫那里却被解构了：小说中的许多事件，不论其规模大小，性质如何，其最终结果都不会让人物的命运和周围世界发生变化。《在朋友家里》（1898）波德果陵与谢尔盖·谢尔盖伊奇之间进行了激烈的争吵，然而争吵非但没有让波德果陵改变对谢尔盖·谢尔盖伊奇的态度，反倒让他后悔不该这样严厉地对待谢尔盖·谢尔盖伊奇；《跳来跳去的女人》中戴莫夫的去世，让他的妻子奥尔迦·伊凡诺夫娜顿悟到自己的丈夫是一个"天下少有的、不平凡的、伟大的人"②，但奥尔迦以后的生活并不可能因

---

① 《契诃夫文集》（第十四卷），汝龙译，上海译文出版社1999年版，第348页。

② 《契诃夫小说全集》（第八卷），汝龙译，上海译文出版社2000年版，第235页。

此而变得高尚和有意义；《套中人》里的别里科夫死后，小城的生活没有一点好转，仍旧像以前一样杂乱无章、令人厌烦，小城里的人们也仍然生活在套子中；《主教》中的主教去世后的第二天是复活节，"大地欢腾，一切顺利，如同去年一样，而且明年多半也会这样"①。由此可以看出，不论事件是如何开始的，如何结束的，其结果对人物的命运和周围世界都不会产生任何影响，就这一点而言，事件的结果不具有任何意义，也可以说结果的意义为零。由于事件的结果不具有任何意义和价值，那么在读者的心中，事件本身是否发生也就不重要了。这种阅读印象自然会让读者得出一种结论：在契诃夫的小说中没有讲述什么重要事情，也就不存在什么故事情节。

方式之二：从文本结构上消解事件的重要性和紧张性。传统小说家为了突出事件的重要性，引起读者的悬念，在事件发生之前往往会做一些铺垫，营造一种紧张气氛，以此激发读者的阅读欲望。契诃夫的小说却完全不同。事件发生之前没有任何铺垫，也没有任何预兆。不论事件具有怎样的戏剧性或悲剧性，它总是平平淡淡的开始，平平淡淡的结束。例如，以往被小说家大书特书的死亡和凶杀，在契诃夫的笔下如同一般的日常生活事件一样寻常和随意。《沃洛嘉》（1887）的主人公沃洛嘉在隔壁房间人们的交谈声和笑声中，把枪口放进自己的嘴里；《凶杀》（1895）中的玛特威吃土豆时想蘸一点油，与哥哥亚科甫发生了口角，被哥哥打死；《在峡谷里》只用简短的几句话就交代了阿克辛尼雅为了霸占财产，用开水烫死丽巴的孩子的全部过程。契诃夫不但不像以往作家那样大事铺垫和渲染，甚至还有意抑制事件的发

① 《契诃夫小说全集》（第十卷），汝龙译，上海译文出版社2000年版，第326页。

展，简化其发展过程，削弱事件之于人物和情节的重要性。此外，作者"不偏不倚"的叙述调性、平稳徐缓的叙述节奏也起到消解事件的重要性和紧张性的作用。

毋庸置疑，无情节性是契诃夫叙事的又一重要特征。那么，契诃夫又是靠什么来推进叙述进程的呢？在契诃夫的小说中，"叙述的进程不是靠情节的外部加压来获取的，而是靠作品中总的情感体系，靠情绪和思想的戏剧性来推进的"。① 《草原》是契诃夫创作的最长的小说之一，然而，在这样的一篇小说中几乎没有情节描写，其中只是零散地表现一些细碎纷杂的感官印象。在"还是以屠格涅夫作为衡量文学工作者的标准"的时代，契诃夫的这种创作手法着实让他同时代的许多作家感到新奇和陌生。《草原》发表后，引起了激烈的争论。评论界对这篇"既谈不上完整，又没有思想"的作品的指责声不绝于耳，认为这充其量是一幅幅旅途场景速写，根本算不上小说。的确，《草原》的大部分篇幅都是描写旅途中的印象，以及充满诗情的、乍看起来是零散的、偶然的、逻辑上毫无联系的自然景色画面。这些印象和画面宛如一些光艳耀目、色彩缤纷的珠子，东一粒西一粒地随意散落。然而，这些散落的珠子却被一根无形的线穿引着。那么，是什么把这些印象和画面连缀在一起，使之成为一篇合乎情理的作品呢？从一方面来说，小说中贯穿着一个重要"人物"，亦即描写的对象——草原。而从另一方面来说，正如契诃夫自己所认为的那样："每一章各自成为一个短篇小说，各章根据亲近关系联系起来。……我极力让这些章节有一种总的气氛，总的调子。"② "总的气氛和调

---

① Балабанович Е. З. Чехов и Чайковский，М.：Моск. раъочщй，1978，С. 154.
② 《契诃夫文集》（第十四卷），汝龙译，上海译文出版社 1999 年版，第 276 页。

子"，统一的情绪，亦即情绪的过渡和起伏，所有这些把各章联系成为一个统一和谐的整体。在这一方面，各章的主导思想，复杂的重叠形式，形象、画面、细节之间的内部呼应，起到非常重要的作用。当时《北方导报》的编辑普列谢耶夫看完契诃夫寄去的《草原》手稿后，在1888年2月8日写给契诃夫的信上说："这篇东西太美了，太富于诗意，弄得我简直找不出话来说了。而且，我也说不出我有什么意见，只能说我读得如痴如醉而已。这是个引人入胜的作品。……就算它缺乏读者极其看重的外在的内容（情节）吧，可是它内在的内容却无异于取之不尽的源泉。诗人们，充满诗情的艺术家们，一定会读得神魂颠倒。"① 因此，在《草原》中起主要作用的不是事件和情节，而是小说"内在的内容"，是情绪和气氛。这种情绪和气氛富有弹性和张力，可以根据文中的语境自由扩展和延伸。它的功能不是要说明某一个观点，而是力图在所包容的纷繁的主观印象中体现出一种内在情绪和思想。《草原》的创新恰恰表现在营造这种情绪和气氛上。

契诃夫许多作品的实质并不在于作者向读者说明发生了什么，没有发生什么，而在于让读者明白应该发生什么，不能不发生什么。作者的目的不在于叙述事件，而在于调动读者的情绪。作者的兴趣从描述事件转移到揭示人物细微的心理、情绪和感情，因此，在契诃夫的艺术世界中，读者常常是与事件的性质打交道，而不是与事件本身打交道。通常情况下，这个事件是看不见的，它发生在主人公的意识和内心之中。主人公内心世界的巨大变化、他的世界观的转变、他对周围世界的态度

---

① 参见《契诃夫小说全集》（第七卷），汝龙译，上海译文出版社2000年版，第329页。

以及他以后的行为，都取决于这个看不见的事件。在《大学生》中，普通人内心淳朴的天性促发主人公从一种精神状态转向另一种精神状态。主人公伊凡内心中的敌意、忧郁和绝望主要取决于三种因素：自然界、日常生活和历史。但是在与两个村妇交谈之后，主人公心中的这些情绪发生了变化。从这篇小说的表面情节上看，这个夜晚什么事情也没发生，不论是在自然界，还是在日常生活中。但实际上，却发生了一个非常重要的事件，只不过这是一种精神活动，发生在主人公的内心世界。对真理和美的认识给予年轻的大学生一种健康的力量，让他战胜了先前的沮丧和绝望，"于是生活依他看来，显得美妙，神奇，充满高尚的意义了"①。

　　故事的意义越丰富，它的形式就越简单。契诃夫成功地创造了一种"小形式"体裁，亦即简短的短篇小说，或称小小说。从外表上看这种小说情节极其简单，甚至是无情节可言，但实质上却蕴涵着深刻的内容，正如我们在《大学生》中所看到的那样。虽然小说的情节通常置于短篇小说狭小的空间内，但它的叙述节奏却是从容不迫的。作者的艺术思维自由驰骋，收放自如，并没有受制于篇幅的短小。由于作者着力于小说的内在情绪和人物的心理变化，于无形之中扩大了小说的内在容量，小说因之具有了"小型史诗"的形式，而在从容不迫的叙述节奏中隐含着某种戏剧性效果。

三

　　契诃夫的小说不像陀思妥耶夫斯基的小说那样悲愤沉郁，

---

　　① 《契诃夫小说全集》（第九卷），汝龙译，上海译文出版社 2000 年版，第 171 页。

也没有托尔斯泰的小说那样恢弘凝重，他对现实的体验不是紧张激烈，而是平和淡泊。因此，暴露生活中的矛盾、抨击社会现象中的痼疾不是他作品的特点，极度戏剧化的事件不是他叙事中的"重头戏"。契诃夫用一种独特的方式表现生活中的悲剧事件，追求在平静和平凡的生活现象中表现生活的流动，表现生活的真实状态。契诃夫经常"忽略"那些能够引起故事高潮的紧张性情节，即使是为无数作家所钟爱的爱情题材也不例外。

契诃夫在描写男女主人公爱情的时候，不像屠格涅夫、冈察洛夫、托尔斯泰等经典作家那样，把男女间的爱情演绎得如火如荼：或神圣悲壮，或甜蜜动人，或曲折坎坷，或缠绵悱恻。在这些作家的笔下，爱情的力量非常巨大，它足以改变主人公未来的生活和命运。然而，人类最美好的、最富有诗意的感情——爱情，在契诃夫的笔下却呈现出另外一种样态。

契诃夫的作品中不是没有爱情。契诃夫自己说在《海鸥》这部剧中有"五普特的爱情"，可是没有一斤是幸福的。在契诃夫的笔下，男女之间的爱情似乎就没有成功的，留在主人公记忆中的永远只是回忆。年轻人互生爱慕之心，然后热恋，结婚，但过一段时间后就彼此冷漠，甚至互相仇视，最后分手，形同陌路，心中剩下的只有对爱情的回忆而已。在契诃夫的笔下，这些人的未来生活常常是不成功的一搏，最终碌碌无为地走到生命的尽头。他们无力停止这种无意义的生活，当这种不可避免的无意义失去了病痛一样的刺激之后，便去寻找一种麻醉的生活状态。一些人从没有打算要治愈自己的疾病，另一些人虽然有过这种念头，却苦苦找不到药方，唯一的方法就只有"麻醉"自己。生活对于他们而言就是一种病，从这个意义上说，契诃夫的大部分主人公都有一颗患病的心灵。

因此，不要奢望在契诃夫的小说中找到引起读者感情波澜的爱情故事。对于契诃夫的主人公而言，爱情就是生活中的一件寻常事，平淡无奇。它不会出现在某种纯净的生活状态中，常常和杂七杂八的日常琐事搅和在一起。主人公对待爱情的心态也无激情可言：早期契诃夫小说的主人公去赴约会常常不是出于自己的愿望，总是在没有任何心理准备的情况下"意外"地成为对方的恋人，"爱情故事"的女主人公在遭遇爱情时难免有些莫名其妙（《玩笑》《阿加菲雅》1886、《薇罗琪卡》1887）。在契诃夫成熟时期的小说中，主人公虽然有了充分的恋爱心理准备，并且十分珍惜爱情，但爱情的结果常常令人失望：要么由于主人公自身的性格缺憾使他最终不能如愿以偿（《带阁楼的房子》《姚尼奇》）；要么虽然真心爱过，但爱的情感很快就枯竭（《决斗》《三年》1895）；要么主人公被现实中另一个"浪漫主人公"捉弄（《在故乡》）。关于爱情这个问题，契诃夫的主人公们思考了很多，也争论了很多，但他们常常不敢踏上爱情之路，或者虽然上了路，却又被路上的石头绊倒了。

爱情在契诃夫的小说中表现为理想与现实的矛盾。《关于爱情》的主人公阿列兴爱上了一个已婚女人安娜·阿历克塞耶芙娜，她也爱着他，但是阿列兴却不敢向她表白自己的爱情，传统的道德观念与强烈的爱欲纠缠在一起，令他痛苦不堪。最终，阿列兴在他们的爱情面前退缩了：

> 她固然会跟着我走，可是走到哪儿去呢？我能把她带到哪儿去呢？假如我过着美好、有趣的生活，比方说，假如我在为祖国的解放战斗，或者是个著名的学者、演员、画家，倒也罢了，可是照眼前情形看来，这无非是把她从一个普通而平庸的环境里拉到另一个同样平庸，或者更平

庸的环境里去罢了。而且我们的幸福能够维持多久呢？①

　　在契诃夫的爱情故事中，生活的真实向具有一定程度的虚构、并且把人们之间的关系理想化的艺术的真实挑战。现实的人在现实的爱情中总是处于某种尴尬状态，他（她）不适合扮演文学中浪漫的恋人角色。因此，在恋爱的情境中，他（她）只能是一个受嘲讽的角色。主人公无力拯救自己的爱情，无力拯救美，即便心有余也是力不足，终将以失败告终。种种尝试的失败意味着生活的崩溃，希望的破灭。于是契诃夫的主人公们便主动放弃抵抗，自愿加入周围世界的消极怠惰之中；于是契诃夫的主人公们便一边感叹和赞美爱情与美，一边越来越深切地体会到忧郁的滋味。如此这番，就出现了一种反常的现象——"美的丑陋性"。

　　在传统小说中，爱情是促使人物之间关系发生变化的一个极其重要的因素，以此来推动故事情节的发展，如《罗亭》《父与子》《安娜·卡列尼娜》等。然而，在契诃夫的小说中，人与人之间的关系是单一的、静止的，并且也不可能表现出另外一种样式。外在的因素和力量很难改变人们之间的这种关系，即使爱情也不例外。因此，出现在契诃夫小说中的爱情故事也是"单一的"、"静止的"：沃罗托夫爱上了自己的家庭女教师，当他鼓足勇气结结巴巴地向她表白自己的爱情时，女教师却因害怕因此失去赚钱的机会而拒绝，然后第二天又心安理得地来上课（《昂贵的课业》1887）。姚尼奇向考契克表白爱情遭到对方的戏弄后，只是在心中暗想："哎，我这身子真不该发胖！"当他第二天去屠

　　①　《契诃夫小说全集》（第十卷），汝龙译，上海译文出版社 2000 年版，第 182 页。

尔金家求婚时心中盘算："他们大概会给一份丰厚的嫁妆"①；百万资产的继承人拉普捷夫爱上了尤丽雅·谢尔盖耶芙娜，虽然姑娘不爱他，但他们却结了婚。三年后，已经生儿育女的尤丽雅开始爱上自己的丈夫。当她向丈夫述说自己的爱意时，"他呢，却觉得仿佛他跟她结婚已经有十年了似的，眼下他一心想吃早饭"②。（《三年》）契诃夫打破了读者惯常的心理预期，把本应美好的、动人的爱情简单化、平庸化。阿法纳西耶夫认为："契诃夫以自己的方式提炼了涅克拉索夫诗歌中无法逃避的'爱情的平庸'的主题。"③

在涅克拉索夫的抒情诗中，恋爱关系必须要经受平庸生活的考验。抒情主人公内心世界处于不和谐状态，他意识到在崇高的意愿与"片刻骑士"的软弱个性、与现实生活之间的错位。恋爱关系平庸化，本是一个消极的现象，但在涅克拉索夫的笔下却变得有意义，因为它反映出生活的真实。把爱情与生活中的平凡琐事糅合在一起，这是涅克拉索夫对传统诗歌进行的本质改革。契诃夫发展和深化了涅克拉索夫的艺术创新。在契诃夫的艺术世界里，人们对金钱、个人利益、自身安全的渴望远比对爱情的渴望更强烈，而人们的冷漠、自私和怯懦又妨碍他们不能或不敢追求真正的爱情，因此，真正的爱情总是"无人认领"。正像《匿名氏故事》（1893）的主人公所看到的那样："现在，就连各个人家的废品都有人来收去，带着行善的目的卖掉，碎玻璃都认为

---

① 《契诃夫小说全集》（第十卷），汝龙译，上海译文出版社 2000 年版，第 193 页。

② 《契诃夫小说全集》（第九卷），汝龙译，上海译文出版社 2000 年版，第 281 页。

③ Афанасьев Э. С. *Постклассический реализм А П Чехова* //Серия лит. и языка，2004，том 63，№ 4，С. 7.

是好货，可是这样一个年轻、优雅、相当聪明的正派女人的爱情，这么宝贵的、这么珍奇的东西，却没有一点用处而白白丢掉了。"①

综上所述，契诃夫的小说消解了传统小说的创作模式，缺少能够引发读者阅读欲望的情节。然而，没有情节并不等于没有内容，没有生活。契诃夫的小说虽然淡化了情节，却包蕴了丰富的内容，保持了生活本色。其内容非但不会显得寡淡无味，反而更加含蓄隽永，令人回味无穷。

第二节　契诃夫小说的音乐性

一

契诃夫作品的音乐性似乎是一个老生常谈的问题。在 20 世纪 70、80 年代，许多研究者就已经指出，契诃夫的作品，包括戏剧在内，就其结构特点而言，是缺失情节的音乐性作品。例如，福尔图纳托夫在《契诃夫短篇小说的结构特点》中论证了契诃夫小说的结构与小夜曲结构的相似性，② 并举例说明，《黑修士》的结构具有明显的"奏鸣曲"特点，作曲家肖斯塔科维奇认为这篇小说是以奏鸣曲的形式谱写而成的。不可否认，这类研究丰富了我们对契诃夫创作的理解，然而，这种直接比照是相对的、假定的，其方法过于粗糙和简单化，不足以说明契诃夫作品音乐性的丰富内涵。因此，尽管许多研究者都注意到了契诃夫小说的音乐性，但是对于这一问题却缺少真正细致深入的研究，

---

① 《契诃夫小说全集》（第九卷），汝龙译，上海译文出版社 2000 年版，第 46 页。

② Фортунатов Н. *Особенности построения чеховской новеллы*（автореф.），М., 1979, C. 23.

所以在此我们有必要再一次进行探讨和分析。在分析这个问题之前，需简要说明一下文学中的音乐性。

自古以来，诗（文学）与歌（音乐）是密不可分的。文学与音乐的结合是音乐性产生的前提条件。纵观文学的发展历程，文学与音乐的关系一直是互相渗透，互动互扬，故有"文学的音乐性"和"音乐的文学性"这两种说法。维特根斯坦认为，文学与音乐之间存在某种相似性，"对一个句子的理解与对音乐中的一个主题的理解，其相近的程度远远超出人们所能想到的"。① 18 世纪的浪漫主义者将音乐视为大自然和艺术的万能语言，认为作为一种美学品性的音乐性是文学的一种"自然"属性，甚至倡导"用音乐思考，把语言和思维当做乐器弹奏"②。音乐理论家施莱格尔把小说的创作方法与器乐的演奏方法等同起来，直截了当地指出，"小说的方法就是器乐的方法。"③ 佩特在《文艺复兴论》里谈到各种艺术之间的关系时，视音乐为艺术的最高境界，认为"一切艺术都以逼近音乐为旨归"。④ 而把音乐作为任何艺术创作的自然基础这一思想，在象征主义诗学中得到最充分的发挥和运用。由此看来，不论是作为视觉符号的文学，还是作为听觉符号的音乐，两者之间的确存在某些共性，而这些共性恰恰是产生作品音乐性的基础。因此，把音乐性看成是

---

① 阿伦·瑞德莱：《音乐哲学》，王德峰等译，上海人民出版社 2007 年版，第 30 页。

② Главн. редак. и состов. Николюкин А. Н. *Литературная энциклопедия терминов и понятий*，М.：НПКИнтелвак，2001，С. 595.

③ 王耀华、乔建中主编：《音乐学概论》，高等教育出版社 2005 年版，第 44 页。

④ 朱光潜：《诗论》，生活·读书·新知三联书店 1984 年版，第 122 页。

"文学作品与音乐部分相似的效果"不无道理。①

　　文学与音乐都属于时间艺术，因此，不论在表现形式上，还是在艺术功能上，都具有一些共性特征。文学与音乐之间的共性表现在：（一）两者使用一些共同的手法和结构原则，例如，不同形式的重复（头语重复、叠句、主导主题、同音法等）。（二）两者都具有暗示性和不确定性。由于人的心理机制，文学和音乐可以通过语言或声音的刺激引发读者或听者的情绪反应，唤起其联想。波德莱尔认为，"真正的音乐在各个不同的头脑里暗示着类似的观点。在音乐中，正像在绘画中，甚至像在艺术中最为实证的文学场合一样，常常需要有观众的想象力填补的空际。"②（三）两者所表现的意象内涵具有相似性，如"春天"代表复苏、希望和欢乐；"夜"有寂静、安宁之意；"乌云"是邪恶和灾难的象征等。（四）两者都是人类情感的表现。《乐记》中有这样的表述："凡音者，生于人心者也，情动于中，故形于声，生成文，谓之音。"③　因此，音乐和文学虽然是两种不同的艺术形式，但都是对内心世界和外部世界的理解，都是通过心灵感应而获得情感上的共鸣。（五）在艺术功能上两者都具有净化心灵、陶冶情操的作用。

　　文学与音乐之间的诸多共性，为文学的音乐性提供了存在的可能。文学的音乐性可以包括两个层面，即外在的音乐性和内在的音乐性。外在的音乐性是指文学作品（尤其是诗歌）具有一

---

　　① Главн. редак. и состов. Николюкин А. Н. *Литературная энциклопедия терминов и понятий*，М.：НПК Интелвак，2001，С. 595.

　　② 转引自徐晓亚《试析波德莱尔的音乐性》，《外文学院学报》1997 年第 1 期，第 67 页。

　　③ 郭绍虞主编：《中国历代文论选》（一），上海古籍出版社 1979 年版，第 61 页。

些音乐表现形式方面的要素，如音色、音调、节奏、韵律等。音色的浓淡，音调的起伏，节奏的疏密，韵律的扬抑构成了文学作品外在的音乐性特征。内在的音乐性既表现为作者内心情感的张弛和起伏，又表现为作品内部的情绪和调性。因此，有观点认为，文学的音乐性"可以是使作品具有统一的调性和情绪，可以是主题以及与之并行的情节的某种发展"。①

二

音乐作为灵魂之诗，能够表达最隐秘、最真实的思想和感情。音乐中隐含一种倾诉的元素，它能够传达人的内心生活，能够传达语言所不能传达的东西。对于契诃夫而言，音乐是表达内心感受、寻求自己与他人之间共同语言的一种手段。此外，音乐还可以充任联系过去和现在的环节，寻回远去的珍贵记忆（这一点从《在大车上》和《主教》等小说中可以反映出来）。契诃夫非常注重自己作品的音乐性，他在 1892 年 11 月 20 日写给瓦·米·索包列甫斯基的信中说："我看校样不是为了修改小说的外部；我照例在校样上最后完成我的小说，而且不妨说是从音乐性的一面来修改它"②。

契诃夫的小说抒情浓郁，诗意盎然，具有鲜明的音乐性。契诃夫的小说（也包括戏剧）的抒情之源，明显表现出他对 19 世纪俄罗斯音乐和诗歌的热爱。

契诃夫本人很喜欢音乐。他与俄国著名作曲家拉赫玛尼诺夫、柴可夫斯基，以及歌唱家夏里亚宾交往深厚。契诃夫在

---

① Катаев В. Б. *Проза Чехова: проблемы интерпретаци* , М. : Изд-во Моск. ун-та,1979，С. 37.

② 《契诃夫文集》（第十五卷），汝龙译，上海译文出版社 1999 年版，第 629 页。

1889 年 10 月 19 日写给苏沃林的信中说，他非常喜爱彼·伊·柴可夫斯基的音乐，特别是根据普希金的原作改编的歌剧《叶甫盖尼·奥涅金》，他甚至萌生了要为柴可夫斯基写歌词的念头①。就是在平时的生活中，契诃夫也十分注重对音乐的感悟，这一点从他写给苏沃林的一封信中可以反映出来："昨天傍晚我出城去听茨冈女人唱歌。这些野蛮的刁滑女人唱得真好。她们的歌声近似猛烈的大风雪中一列火车从高坡上翻下来：呼啸声、尖叫声、碰撞声很多"②。契诃夫对音乐的喜爱和自身的音乐素养让我们有理由认为，他对音乐的感悟以及音乐的潜意识自然会影响到他的文学创作。

契诃夫小说的音乐性还表现出他对俄罗斯诗歌以及对他熟知并热爱的普希金、莱蒙托夫、丘特切夫、迈克夫、费特等诗歌经验的艺术参与。契诃夫不仅关注俄国古典诗人，而且也关注涅克拉索夫去世后抒情诗日渐式微的俄国诗歌中涌现的新风潮。在同时代的诗人中，契诃夫年轻时代特别喜欢公民诗人纳德松，而成年后则喜欢象征主义诗人巴尔蒙特。③ 诗人霍达谢维奇认为契诃夫不仅是一个小说家、剧作家，而且还是一个诗人，并把契诃夫同古典诗人杰尔查文相比较。在他看来，"杰尔查文是一个抒情诗人，而契诃夫是一个史诗作家。但杰尔查文的抒情诗充满阳刚之气，并总是追求成为史诗，同时契诃夫的史诗则具有抒情和温柔之美。"④

---

① 《契诃夫文集》（第十四卷），汝龙译，上海译文出版社 1999 年版，第 591 页。

② 同上书，第 514 页。

③ Нинов А. Чехов и Бальмонт //Вопросы литературы, 1980, № 1, С. 98—99.

④ 弗·霍达谢维奇：《摇晃的三角架》，隋然、赵华译，东方出版社 2000 年版，第 127 页。

　　契诃夫不仅对诗和音乐心领神会①，而且他自己也是怀着诗一般的情绪进行创作的。他在 1888 年 1 月 19 日写给阿·尼·普列谢耶夫的信中说："我在写草原。题材颇有诗意；要是我始终不脱离小说开头的那种调子，那我就会写出一种'与众不同'的东西来。"② 他在 23 日的信中又重申，自己是"带着感情，带着兴味"来写《草原》的，其中有些地方可以算是"散文诗"③。英国学者莱菲尔德认为，契诃夫的《草原》在结构上具有交响乐的性质，其中描写的草原景色和大雷雨所营造的情绪和氛围与贝多芬的《第六交响曲》中的《溪边景色》（第二乐章）和《大雷雨》（第四乐章）有异曲同工之妙。④

三

　　契诃夫的诗意隐藏于潜在的音乐之中。在契诃夫的小说中，自然景物的描写、修辞语体的音乐性、抒情歌曲和民歌民谣等成分，都有助于作品音乐性和诗意气氛的营造。

　　自然景物在契诃夫的作品中是一种特殊的感情、情绪语言。大自然本身与音乐艺术有血缘关系，其中的一个共同之处就是和谐。对于周围世界和音乐作品而言，破坏和谐是致命的。在契诃夫的小说中，大自然的各种现象都可以称为音乐：昆虫的低语，鸟兽的鸣叫，花朵的绽放，草木的沙沙，树叶的凋落，雪花的飘飞，狂风的呼啸……富有音乐性的大自然在契诃夫的创作中具有

---

①　《契诃夫文集》（第十五卷），汝龙译，上海译文出版社 1999 年版，第 431 页。

②　同上书，第 283 页。

③　同上书，第 288 页。

④　Дональд Рейфилд *Жизнь Антона Чехова*，М.：Независимая газета，2005，C. 229—230.

明显的美学和哲学意义，它既能增强人物形象和场景的感染力，又能深化文本中所述事件和现象的性质；它不仅是一种辅助的表现手段，同时也是叙述过程的伴奏曲。

契诃夫是描写风景的高手，这从他的平日书信中可见一斑。"我不相信我的眼睛了。不久以前还是雪和寒冷，现在呢，我却坐在敞开的窗口，听苍翠的花园里那些夜莺、戴胜、金莺和其他的鸟雀不住地啼鸣。普肖尔河壮丽而亲切，天空和远方的情调是热烈的。苹果树和樱桃树正在开花。大鹅带着小鹅在散步。"① "我惦记路卡。有暴风雨的时候，此地的海岸上的大小石头就互相碰撞，乒乒乱响，时而滚到这边，时而滚到那边；它们那种清脆的响声使我联想到娜达丽雅·米哈依洛芙娜的笑声；海浪的哗哗声近似那位可爱的医师的歌声。"② 契诃夫在描绘自然的时候，追求的是朴实和真实。他在 1895 年 4 月写给日尔克维奇的信中说："风景描写首先应当逼真，好让读者看完以后一闭上眼睛就立刻能想象出您所描写的风景；至于把黄昏、铅色、水塘、潮湿、银白色的杨树、布满乌云的天边、麻雀、遥远的草场等因素搜罗在一起，却不能成其为画面……"③。这短短的几句话表明了契诃夫诗学的本质特征。当然，契诃夫并不是为了描写风景而描写风景，自然风景不是作品的陪衬，它应该作为形成作品思想和情感的一种积极的手段，传达给读者"某种情绪"。因此，在契诃夫的笔下，自然景物的描写是要服从作品总的感情基调的，并且通过主人公们精神状态的棱镜折射出来。这一点在《仇敌》

① 《契诃夫文集》（第十四卷），汝龙译，上海译文出版社 1999 年版，第 535 页。

② 同上书，第 568 页。

③ 《契诃夫小说全集》（第十五卷），汝龙译，上海译文出版社 2000 年版，第 441 页。

中得到了最好的印证。

《仇敌》中的两个主人公基利洛夫和阿包金走在九月夜晚的庄园里，两个人都沉默不语，四周一片黑暗和潮湿："有些乌鸦给车轮的辘辘声惊醒，在树叶中间扑腾，发出仓皇悲凉的叫声，仿佛知道医师的儿子死了，阿包金的妻子病了似的。"[1]

尽管两个主人公的痛苦毫无共同之处，但他们还是在同一个道德水准上表现出来。这一评价隐含在文中的一段风景描写中：

> 整个自然界含有绝望和痛苦的意味。大地好比一个堕落的女人，独自坐在黑房间里，极力不想往事，她觉得回忆春天和夏天太苦，如今只是冷漠地等待着不可避免的冬天。不管往哪边看，大自然处处都像个黑暗而冰冷的深渊，不论基利洛夫也好，阿包金也好，那个红色的月牙也好，都休想逃出去……[2]

"冰冷的深渊"这一隐喻形象地把自然界和人的世界牢固地联系在一起，进而，人物的心理状态和大自然的无望也平行地联系在一起。然而，我们看到的不是早在民间文学中就已经开始使用的古老方法，即把人物内心的变化与大自然的景物结合起来，把两者等同起来，进行对比。在契诃夫的这篇小说中，自然景物具有双重作用：叙述者和主人公的观点间接地投射在客观存在的秋天的景物中；营造出一种与作品主题相吻合的凄婉的情绪和气氛。因而，即便是在那些讲述残酷事件的小说中，也因这种情绪和气

---

① 《契诃夫小说全集》（第六卷），汝龙译，上海译文出版社2000年版，第30页。

② 同上书，第31页。

氛而显现出某种诗意（这一点在《在峡谷》中得到了最好体现）。

从总体上说，在契诃夫的创作中，自然界比起人的世界显现出更多的和谐、理性、明哲，其中蕴藏着主人公们无法获得的强大力量。"大自然对于契诃夫而言，是一种独立的自然力量，她以其美丽、和谐、自由的法则存在着。她甚至可能是残酷的，但无论如何，她最终是公正的。她本身包含着一种规律性、极高的合理性、自然性和朴实的印迹，而这些正是人与人关系中常常缺少的。"① 这一观点道出了契诃夫笔下风景描写的精髓。

日常生活的草图常常结合浸润着人物情绪的风景画面，这个人物不仅理解自然界，对他周围的生活产生反应，同时能够思考存在的法则。这样一来，就像在俄国最优秀的诗歌作品中那样，世界的画面在狭小的空间内呈现出异常的丰富性和容量。

一天傍晚，大学生瓦西里耶夫（《神经错乱》）和几个同学一起去逛妓院。几个朋友走在一条小巷子里：

> 不久以前下过今年第一场雪，大自然的一切给这场新雪盖没了。空气里弥漫着雪的气味，脚底下的雪微微地咯吱咯吱响。地面、房顶、树木、大街两旁的长凳，都那么柔软、洁白、清新，这使得那些房屋看上去跟昨天不一样了。街灯照得更亮，空气也更清澈，马车的辘辘声更加响亮。在清新、轻松、冷冽的空气里，人的灵魂也不禁迸发出一种跟那洁白松软的新雪相近的感情。②

---

① См. Гудонене В. Искусство психологического повествования（От Тургенева к Бунину），Вильнюс，1998，C. 92.

② 《契诃夫小说全集》（第七卷），汝龙译，上海译文出版社 2000 年版，第268—269 页。

　　他们一连逛了三家妓院。在此之前，瓦西里耶夫还从没进过这种地方，但是，他所看见的每一样东西都很平常、枯燥和无味，没有让他感到一点刺激和兴奋。"雪怎么会落到这条巷子里来！"瓦西里耶夫想。"这些该死的妓院！"[1] 妓女们粗俗浓艳的装束，轻佻放荡的笑声，嫖客们的大胆放肆和厚颜无耻，让他透不过气来。"他觉得这个陌生的、他所不能理解的世界里的人仿佛要追他、打他，拿下流话骂他似的"，[2] 便一口气冲了出来。他已经开始害怕那些最平常的东西："他害怕黑暗，害怕那大片大片的落下来、好像要盖没全世界的雪。"[3] 这场新雪成为叙述的主旨。雪的洁白、清新，与妓院里的粗俗和堕落形成鲜明的对比。与此同时，雪作为圣洁、美好的象征，促使人的灵魂"迸发出一种跟那洁白松软的新雪相近的感情"。正是内心潜藏的这种感情，折磨着瓦西里耶夫的良心，最终导致他神经错乱。在雪景的描写中，作者使用了"新的"、"柔软"、"洁白"、"清新"、"松软"等词语，读者从这场飘飘扬扬、令人兴奋的新雪中获得一种情感体验：嗅觉（"雪的气味"）、听觉（"脚底下的雪微微地咯吱咯吱响"）、视觉（"街灯照得更亮，空气也更清澈"）、触觉（"那么柔软、洁白、清新"）的融合。作者对雪的选择和描写颇具匠心：漫天飞舞的雪花为文本的叙述增添了动感，它们像一串串轻盈的音符，跳动在字里行间，自始至终烘托主人公忧郁的情绪。

　　修辞的音乐性是契诃夫营建诗意气氛的一个重要手段。高尔基曾说："作为一位修辞大师，契诃夫是不可企及的。当未来的

---

① 《契诃夫小说全集》（第七卷），汝龙译，上海译文出版社 2000 年版，第279页。

② 同上。

③ 同上书，第 282 页。

文学史家言及俄罗斯语言的成长，他就会说，这种语言是由普希金、屠格涅夫和契诃夫创造的。"① 作为一位修辞大师，契诃夫运用语言的一个基本原则，就是"语言得朴素而优美"。② 契诃夫认为，一个好的作家应该"在造句上下工夫"，"应当关心文字的音乐性"③。契诃夫在致拉扎列夫—格鲁津斯基的一封信中，曾批评格鲁津斯基的句子缺少色彩："您的《逃亡》不错，可是写得太粗心了……要好好造句，要使它生动些，有光彩些，而您现在的句子好比插在熏鲑鱼肚子里的那根长棍，毫无味道。一篇短篇小说应当写上五六天，写的时候全神贯注，要不然您绝对造不好句子。应当让每个句子在写到纸上以前先在脑子里停留两天光景，给它涂点油。"④ 在此，契诃夫强调的不是对词的选择，而是对句子结构的谋划。句子是否"生动"、"光彩"，主要取决于词语的音响效果和词语的巧妙搭配。

　　然而，契诃夫小说的音乐性并不仅仅在于词语的音响效果和词句的成功搭配，以及契诃夫细腻的抒情，同时还表现在同一句子、句子与句子之间的节奏。节奏是体现音律美的关键，是艺术家极为重视的一个音乐要素。奥地利音乐理论家爱德华·汉斯立克认为，"音乐的原始要素是和谐的声音，它的本质是节奏"。⑤ 意识流小说家乔伊斯把节奏理解为艺术品的组成方式，视其为艺

　　① Гизела Лау Томас Манн и Антон Чехов //Под ред. Катаева В. Б. ，Клуге Р. Д. Чехов и германия ，М.：МГУ，Тюбинг，1996，С. 94.
　　② 《契诃夫文集》（第十四卷），汝龙译，上海译文出版社1999年版，第547页。
　　③ 《契诃夫文集》（第十五卷），汝龙译，上海译文出版社1999年版，第626页。
　　④ 同上书，第25页。
　　⑤ 爱德华·汉斯立克：《论音乐的美》，杨业治译，人民音乐出版社1980年版，第49页。

术美感的首要来源，他认为节奏"是任何美的整体中部分与部分之间、或美的整体与它的某一部分或所有部分之间、或构成美的整体的任何一部分与美的整体之间首要的形式上的美学关系。"①

契诃夫不仅关心词语的生动与光彩，而且还重视句子的节奏。契诃夫的小说节奏舒缓，犹如河水潺潺，流入心田。读契诃夫的小说有一种读诗的感觉：句子柔和、简洁、明晰，富有节奏和韵律。契诃夫善用短句，短句不仅避免了长句的拖沓与复杂，而且节奏明快，飘逸灵动，简约淳朴。句子虽短，但不急促。又因使用的多是日常词语，读起来朗朗上口，具有音乐般的流动感。这其中间或穿插一两个长句，便有一种疏朗错落的音乐美。下面是一些典型的契诃夫式的句式：

（1）Она казалось красивее, моложее, нежнее, чем была.

她显得比本来的样子还要美丽，年轻，温柔。《带小狗的女人》

（2）Ольга подолгу смотрела на разлив, на солнце, на светлую, точно

помолодевшую церковь. 奥尔迦长久地望着水淹的草场，瞧着阳光，眺望那明亮的、仿佛变得年轻的教堂。《农民》

（3）Говорим о Клеопатре, о её девочке, о том, как грустно жить на этом свете.

（我们）谈到克列奥帕特拉，谈到她的女儿，谈到在这个世界上生活是多么悲苦。《我的一生》

（4）Мне почему-то начинает казаться, что обо мне тоже вспоминают, меня ждут и что мы встретимся.

---

① 转引自叶廷芳、黄卓越主编《从颠覆到经典——现代主义文学大家群像》，商务印书馆 2007 年版，第 190—191 页。

不知什么缘故，我渐渐开始觉得她也在想我，等我，我们会见面的。《带阁楼的房子》

（5）Зима злая, темная, длинная, была ещё так недавно. 严寒的、阴暗的、漫长的冬季还没有走得那么远。《在大车上》

契诃夫小说特有的这种舒缓柔和的节奏和音律，常常令人想起教堂里的祈祷和唱诗，这或许是由于契诃夫童年时长年在教堂做唱诗班的歌手，从小就朗诵使徒福音和赞美诗，那种温婉动人、略带忧伤的音律就无意识地流淌于他的笔端。契诃夫的这种句式通常用于小说的抒情部分，作者力求在句子韵律中产生一种力量，唤起读者的情感共鸣，把读者带入诗歌所能达到的那种境界。当然，这并不是说，对于每一个句子的音律契诃夫都要处心积虑地安排，其中不排除句子组合的偶然性。

契诃夫经常使用拟声词来强化作品的音乐性。拟声词的使用对于加强句子的节奏和韵律、揭示人物心理有着不可低估的作用，例如《困》中"卜——卜——卜"的声音，是瓦尔卡的父亲临死前发出的声音，它几次出现在瓦尔卡昏沉沉的意识中，成为死亡的潜台词；《公差》中暴风雪"呜——呜——呜"的呼啸声总是应和着主人公紧张的心理活动。不过，这一手法得到最充分的运用和发挥，应该是在《新娘》（1903）中。

小说中多次出现音响的细节：守夜人打更的声音"滴克笃克，滴克笃克……"、夜晚的风声、炉火的声音等。其中，守夜人打更的声音在文中共出现四次：第二章的开始部分出现三次，在第六章（最后一章）出现一次。在第二章，打更声音的出现为娜嘉的失眠说明了理由："娜嘉醒过来，大概是两点钟左右，天开始破晓了。守夜人懒洋洋地敲着。她不想睡了……"[1]。娜

---

① 《契诃夫小说全集》（第十卷），汝龙译，上海译文出版社2000年版，第348页。

嘉的失眠是由婚前的恐惧和不安引起的。守夜人的打更声音构成了娜嘉心理活动的背景，伴随着娜嘉的沉思。而且，这两个过程同时进行："如同过去五月里的那些夜晚一样，娜嘉在床上坐起来，开始思索。可是她所想到的一切跟昨天晚上一样，单调，没意思，令人腻烦……"此时，守夜人正在"懒洋洋地敲着"——"滴克笃克，滴克笃克……"随着清晨的来临，两个过程又同时结束。"守夜人早已不打更了"，"娜嘉早已下床，早已在花园散步……"①。

这两个过程——守夜人的打更和娜嘉的沉思——不仅在时间上叠合，而且在过程的性质上同样叠合（懒洋洋；单调，没意思，令人腻烦）；此外，确定这两个过程性质的修饰语可以互相补充，互相替换：娜嘉的沉思被守夜人懒洋洋的打更的声音唤起——打更声是单调的，令人厌烦的。这种叠合产生了相应的艺术效果：声音模仿的细节成为娜嘉沉思的显性标志。

这个声音标志又出现在第二章的结尾。从形式上看，这一章的叙述即将完结，可实际上却造成这样一种感觉：主人公的沉思仍然在继续。并且，在表现娜嘉在这个夜晚、在此时此刻思想发生变化的同时，象征她沉思的标志的性质也在发生变化："……如同昨天夜里一样，天刚亮，她就醒来了。她不想再睡觉，心头沉重不安。她……想到她的未婚夫，想到婚礼……"当娜嘉的思绪朝另一个方向发展时，她的感情状态也随之发生明显的变化："……她一想到要不要出外去求学，就有一股凉爽之气浸透她的整个心灵和整个胸腔，使她感到欢欣和兴奋。"②

---

①　《契诃夫小说全集》（第十卷），汝龙译，上海译文出版社 2000 年版，第 348—349 页。

②　同上书，第 351—352 页。

　　这一章的结尾属于典型的契诃夫式的言未尽意。娜嘉试图驱赶自己脑海中的这种想法："不过还是不去想它的好，还是不去想它的好……不应该想这种事。"① 娜嘉是否真的能够迫使自己不再想这件事了呢？作者没有言明，只听到守夜人在远远的什么地方打更的声音："滴克笃克……滴克笃克……滴克笃克……"

　　守夜人在打更，这就意味着娜嘉没有睡觉，一直在思考。但主人公思考的标志——打更的声音——此时已经发生变化。与娜嘉内心产生的一种新的思想、新的感情相呼应，"懒洋洋"一词消失了，打更的声音变换成另一种节奏和韵律：由先前的"滴克笃克，滴克笃克……"变成"滴克笃克……滴克笃克……滴克笃克……"这种节奏和韵律不仅更为舒缓柔和，而且还保持一种延续性，从"远远的什么地方"传来。此外，从叙述结构上看，这种声音的变化和不断重复，暗示着人物心理活动的进一步变化，推动小说情节的发展。

　　紧接着在描写六月里娜嘉失眠之夜时，守夜人打更的声音消失了。娜嘉整夜没有合眼，通宵坐在那儿思考。在这个不平静的夜里，听不见守夜人打更的声音，它被淹没在另外一些声音之中："风敲打着窗子，敲打着房顶。呼啸声响起来，家神在火炉里凄凉郁闷地唱歌……忽然砰地一声响，大概是一块护窗板被吹掉了……火炉里响起几个男低音的歌声，她甚至仿佛听到：'哎，哎，我的上帝！'……那些男低音又在火炉里响起来，忽然变得吓人了……外面不知什么人一味地敲打着护窗板，发出呼啸声。"② 娜嘉终于从单调乏味的沉思中摆脱出来：在这个狂风

　　────────────

　　① 《契诃夫小说全集》（第十卷），汝龙译，上海译文出版社 2000 年版，第 352页。

　　② 同上书，第 354—355 页。

呼啸的夜里，她做出了改变自己生活的决定。至于娜嘉经过了怎样的思想斗争，文中没有交代，作者只是用风的呼啸声夹杂着炉火的低鸣，来渲染出娜嘉内心情感的波动起伏。

在最后一章（第六章）打更的声音又重新响起，这是娜嘉外出学习回家后的第一个夜里听到的。这次娜嘉听到这个声音不是在半夜醒来之后，而是在她睡觉之前。它不是作为娜嘉思考的背景，而是作为她母亲谈话的声音背景出现的；同时，打更的声音和母亲的说话声渐渐离开睡意蒙眬的娜嘉的意识："尼娜·伊凡诺芙娜另外还说了些什么话，她是什么时候走的，娜嘉都没听见，因为她很快就睡着了。"① 回家探亲的娜嘉此时已经能够安然入睡了，因为她的生活已经"翻了个身"，"整个过去已经跟她割断，消逝，仿佛已经烧毁，连灰烬也随风飘散了似的。"② 打更的声音重现在娜嘉和读者的记忆中，但此时不再是娜嘉思考的标志，娜嘉痛苦的过去已经一去不复返了。因此，此时打更的声音不含有任何解释的性质和感情评价色彩："'滴克笃克……'守夜人在打更。'滴克笃克，滴克笃克……'"③

在契诃夫的小说中，语体的音乐性不只是表现为一种抒情的节律，还表现为突然转换语体的调性，就像在音乐作品中节奏和旋律的突然转换一样。契诃夫最常使用的方法，就是在同一句段的言语结构中置入完全不同的音色和调性。例如，《农民》（1897）第九章是以抒情语调开始的："啊，这个冬天多

---

① 《契诃夫小说全集》（第十卷），汝龙译，上海译文出版社 2000 年版，第360 页。

② 同上书，第361 页。

③ 同上书，第360 页。

么寒冷，多么漫长啊！"① 然而，接下来出现的却是平铺直叙的调性："到圣诞节，他们自己的粮食已经吃完，只好买面粉吃了。基里亚克现在住在家里，每到傍晚就吵闹，弄得人人害怕……"②

语体的转换使得读者精神为之一振，同时，在这种新的语体面貌中，作者得以纳入自己的思想和概括。不妨还以《农民》为例。《农民》的叙述语言冷漠、简单，就像小说中所表现的农民的生活一样。小说主要由那些生活在底层的普通人的观察和印象构成，其中大部分是来自曾在莫斯科当过女仆的奥尔迦的观察和印象。不过作者需要表达自己的想法，尽管他的那些想法与奥尔迦的看法不但不抵触，而且恰恰相反，表现了她潜意识中的感觉，但对于奥尔迦低下的文化水平而言，这在形式上显得很不自然。在小说中经常会出现这种情况：叙述的进行取决于主人公的文化层次和修养，主人公们的思想、言语要与他们的文化程度相吻合。在这种情况下，契诃夫大胆采用抒情的手法，在抒情中巧妙地融入作者的思想和观点。而在抒情的气氛中，叙述语体的破坏就显示出相对的合理性。

奥尔迦随患病的丈夫来到丈夫的故乡茹科沃村后，农民的极端贫困和愚昧让她震惊。第二天早晨，她和姑娌玛丽雅一道去教堂，她们走到河边：

　　河上架着一道摇晃的小木桥，桥底下清洁透亮的河水里游着成群的圆鳍雅罗鱼。碧绿的灌木丛倒映在水里，绿叶上

---

①　《契诃夫小说全集》（第十卷），汝龙译，上海译文出版社 2000 年版，第106 页。
②　同上。

的露珠闪闪发亮。天气暖起来，使人感到愉快。多么美丽的
早晨啊！要是没有贫穷，没有那种可怕的、无尽头的、使人
躲也没处躲的赤贫，大概人世间的生活也会那样美丽吧！①

　　作者描写的是出现在奥尔迦视阈内的自然景物，表达的是奥
尔迦的内心情感，作者把自己的思想隐藏在人物的情感之中，通
过抒情的方式表达出来，因而显得自然顺畅。在小说的最后一
章，当奥尔迦将要离开茹科沃村时，有一段很长的内心独白。这
既是奥尔迦对茹科沃村生活的感受和体认，也是对俄国农村及农
民的高度准确的概括。读者并不会怀疑，这是奥尔迦本人的思
想，尽管无论是在语句形式上，还是在思想内容上，于她都力不
从心。但为什么说读者不会提出疑义呢？这要归功于作者使用了
抒情手法。这种手法的使用是那么独特、大胆、出人意外，作者
的激情好像突然迸发，冲破了平稳的叙述纹理，读者还来不及思
考和怀疑，就已经被其中真挚的情感和深刻的哲理所征服。梅列
日科夫斯基在《论当代俄国文学衰落的原因及其新流派》中，
用诗一样的语言揭示出契诃夫抒情手法的特点："契诃夫的小型
史诗就是这样发生效力。诗的激情骤然涌动，笼罩整个心灵，让
它脱离生活的凡俗，又在瞬间消失。在意外的、简短的结尾中，
隐含着任何词句都难以言表的、朦胧的音乐魅力的全部奥秘。读
者还来不及醒悟，他无法说出其中的思想，无法说出这种感情是
多么有益或有害。但在他的心中始终保持一种新鲜感，就仿佛房
间里带进了一束芬芳的鲜花，或者刚刚见过可爱女性的笑靥。"②

---

　　①　《契诃夫小说全集》（第十卷），汝龙译，上海译文出版社 2000 年版，第 86
页。

　　②　См. Поварцов С. Люли разных мечтаний Чехов и Мережковский //
Вопросы литературы, 1988, № 6, С. 163.

音乐形式（抒情歌曲、民歌、民谣）的直接进入强化了作品的音乐性。在契诃夫的许多小说中，如《在路上》《神经错乱》《姚尼奇》《黑修士》《匿名氏的故事》《我的一生》，都插有一段（或几段）抒情歌曲或民歌民谣。歌曲元素的使用不仅可以起到压缩情节的作用，而且还能增强小说的节奏感和音乐性。

《香槟》（1887）就其形式而言是一篇自白。故事开始的三言两语就交代了主人公—叙述者的双重身份："无赖汉"、"小火车站上的站长"。主人公的双重身份使得他的讲述具有两个不同的层面。"无赖汉"讲述的是自己生活在这个偏僻的小火车站上单调乏味的生活。有一天，他妻子的舅母到他家来做客，这是一个美丽年轻但轻佻放荡的女人，"生着一对又黑又大的眼睛"①。她的到来给主人公和他的妻子带来不幸："一切都土崩瓦解，天翻地覆。我记得那时候起了一场可怕而疯狂的飓风，把我像一片羽毛似的卷进去了。这场飓风刮了很久，从地面上扫掉我的妻子、我的舅母、我的精力。"② 作者没有让主人公讲述背叛自己妻子的细节过程，取而代之的是引用了抒情歌曲《乌黑的眼睛》里的一段歌词：

> 乌黑的眼睛，深情的眼睛，
> 炽热而美丽的眼睛啊，
> 我多么爱您，
> 而又多么怕您！

---

① 《契诃夫小说全集》（第六卷），汝龙译，上海译文出版社 2000 年版，第 13 页。

② 同上书，第 14 页。

> ……
>
> 看起来，我遇见您，
> 是在不吉利的时辰。
> ……①

　　叙述过程中巧妙地配以抒情歌曲、民歌民谣，不仅在内容上更加紧凑，人物的心境与周围气氛更加契合，扩大了叙述空间，而且还富有诗意。

　　当然，不能把契诃夫小说的音乐性只归结于风景的点缀和衬托、作者对词句的精心勾画和使用以及细腻的抒情调性，还应归结于作者本人内在的特殊的精神气质。"契诃夫的诗意与表面上'像诗'毫无相似之处——它不在于形象的激昂慷慨或浪漫色彩，不在于风景的点缀和精雅词藻的堆砌，而在于抒情性，在于作者的善良和精神的美。"② 契诃夫作品的抒情性构成恬淡而略带忧郁的诗境，赋予作品以诗歌的凝练，散文的平凡。托尔斯泰称契诃夫为"小说中的普希金"③ 并非偶然：如果说普希金首次为俄国文学创造了通俗易懂的诗歌语言，那么契诃夫则为俄国小说语言的发展作了相似的探索。

---

　　① 《契诃夫小说全集》（第六卷），汝龙译，上海译文出版社 2000 年版，第13—14 页。

　　② 爱伦堡：《读契诃夫随想》，《苏联文艺》1980 第 2 期，第 206 页。

　　③ 列夫·托尔斯泰：《论创作》，戴启篁译，漓江出版社 1982 年版，第 67 页。

第 五 章

契诃夫小说的印象主义色彩

契诃夫小说的一个突出特点，就是选择几个看似平凡的、毫无意义的细节，来说明某件事情或揭示其中的本质。这些细节好似闪烁着微弱之光的星星，散落于文中，常常被读者忽视，但也往往是这些细节决定了读者对将要了解的东西所产生的基本印象。契诃夫曾经这样说过："在风景描写中应当抓住琐碎的细节，把它们组织起来，让人看完以后，一闭上眼睛，就可以看见那个画面。比方说，要是你这样写：在磨房的堤坝上有一个破瓶子的碎片闪闪发光，一只狗或者一条狼的黑影像球似的滚过去，等等，那你就写出了月夜。"① 托尔斯泰尤为欣赏契诃夫这种独特的写法，认为契诃夫的这种风格与印象派绘画一样，"不加任何选择地、信手拈来什么油彩就在那里涂抹，好像涂上的这些油彩相互之间也没有任何联系。但是倘若你离开一段距离后再看，一个完整的全面的印象就产生了……"② 印象主义的确是契诃夫

---

① 《契诃夫文集》（第十四卷），汝龙译，上海译文出版社 1999 年版，第 148 页。

② 帕别尔内：《契诃夫怎样创作》，朱逸森译，上海译文出版社 1991 年版，第 12 页。

诗学中一个非常重要的特征。自从托尔斯泰把契诃夫的作品与印象派绘画相提并论以来，人们经常提及契诃夫创作中的印象主义，然而，这一问题几乎没有被认真研究过，关于契诃夫创作的印象主义的认识完全是模糊的。其主要原因恐怕在于文学中的印象主义要比绘画艺术中的印象主义难以区分，因为在文学中没有存在过一个独立的印象主义流派或团体。但是印象主义作为一种表现手法，却以不同的形式进入现代文学。由于印象主义特征在文学中没有清晰地形成，或者说，没有准确的阐释和界定，因而在文学研究中，印象主义是一个复杂的、矛盾的现象（常常和象征主义的某些特征混淆），不过有一点是可以肯定的，即文学中的印象主义被认为是现代主义文学的一个分支。

第一节　印象主义的特征

印象主义是 19 世纪后半时期至 20 世纪初流行于欧洲的文艺思潮和艺术流派，被称之为普遍适用的"欧洲风格"。1874 年在巴黎的一次画展中展出了莫奈的《日出·印象》，遭到了那些习惯于拿着放大镜观察人物的眉毛、胡子的经院派评论家和记者们的嘲讽：即使"毛胚的糊墙花纸也比这海景更完整些"。[①] "印象主义"画派因此而诞生了。印象派绘画反对浪漫主义那种用题材和情节贯穿生活的做法，代之以分割的方法来表现真正的统一的效果。这种分割的方法（即所谓的点彩法）追求各点的视觉敏感性，而效果则由各点的视觉混合产生。印象主义画派致力于表现人的自我感受与瞬间印象，强调光、色、声、形的艺术功能和对感官的刺激作用。印象主义画家大胆地把观众带进了未经作

---

① 李行远：《印象派画传》，花山文艺出版社 2004 年版，第 12 页。

者预先谋划的画面、形象和内容之中，力求让观众产生这样的感觉——似乎形象是他们眼看着形成的。印象主义画家把画家和观众放置于同一种水平上，由此达到画布上的艺术空间与观众的心理空间的互相融合。

绘画中的印象主义作为一种艺术表现形式，在文学创作中同样备受青睐。文学大师们在运用光、色、声、影、形的艺术功能上，与印象派画家有异曲同工之妙。他们也像印象派画家一样，强调各种视觉和听觉形象对表现感观印象的辅助作用，努力使语言成为感知的行为，而不是对这种行为的分析。绘画中的印象主义的诸多因素（生动、富有动感、现象的瞬间变化等）在被完全或部分地改用和吸纳的同时，又增添了某些纯粹的文学的特点，广泛应用于文学创作中。因此，卢那察尔斯基指出："印象主义并不是契诃夫一人独有的特征。在俄国文学中也好，在外国文学中也好，同样，在一切艺术领域内也好，我们都能大抵在同一时期看到一种转化——由很有分量的、细致入微的、节奏略显徐缓的、真实确凿的自然主义，转化为浮光掠影式的、准确间接的印象主义。"①

海德堡大学教授奇热夫斯基认为，文学中的印象主义作为一种创作风格，在形式和内容方面具有下述特征：（一）总体画面的不确定性；（二）与上述特点相对立的——对琐事和细节的关注；（三）拒绝形成某种思想，首先拒绝艺术的"有教育意义"的成分，诸如格言警句之类，这类小说的目的是向读者兜售作者的意图及其作品的"倾向"；（四）与上述特点相对立的——营造总的"情绪"，如果有必要的话，借助这种情绪可以使读者在理性上或感情上感受到艺术表现的"结果"；（五）一些细小的

---

① 卢那察尔斯基：《论文学》，人民文学出版社 1978 年版，第 245 页。

特征和细节可以影响读者的感情，它们是细微差异的情绪和轻描淡写的载体。[①]

由此可以看出，印象主义作为一种艺术表现方式，在处理客观现实上有自己的特殊性：作者的兴趣并不在于客体和事件本身，而在于它们呈现于观察者想象中的样态，强调主体瞬间的心理感受。因而，对于印象主义者来说，形式和技巧重于内容。印象主义者看重的是从美学的角度，而不是从政治、社会和道德层面对待艺术。印象主义者把不抱任何成见地看待世界放在至高无上的位置，并以此与古典主义、经院派的创作准则相对抗。寻找更加敏锐的感觉来表现不断变化的、用现实主义惯用的抒写方式难以表现的世界——这是印象主义者的突出特点。彼得·斯托维尔认为："印象主义不是一种文学活动，而是基于一种新的方式看待和认识世界的文化学现象。"[②]

20 世纪初的世界文坛出现了不同印象主义风格的作家，如具有心理印象主义色彩的龚古尔兄弟、加姆松、托马斯·曼、茨威格；具有外光画特点的龚古尔兄弟、左拉、叶·彼·雅各布逊；而斯蒂文森、孔拉德则发展了印象主义中的异国情调这一特点。俄罗斯文学中印象主义风格较为突出的有诗人巴尔蒙特、伊·安年斯基，作家鲍·扎伊采夫、契诃夫等。不同的艺术家对印象主义技巧的运用有各自的特点。印象主义因素在巴尔蒙特的诗歌中表现为和谐的音乐性、精致的内在韵律和大量使用同音法等；安年斯基的诗歌则注重传达瞬息万变的印象和丰富的情感体验；扎伊采夫的印象主义特征突出表现为小说的心理草图和片段

---

① Кулиева Р. Г. *Реализм А П Чехова и проблема импрессионизма* , Баку：Элм，1988，С. 18—19.

② Под ред. Трущеннко Е. Ф. и др. *Новые зарубежные исследования творчества А П Чехова* , М.：ИНИОН АН СССР，1985，С. 153.

式结构，以及诗学中个别因素的"印象主义特征"。

　　作为印象主义者，这些作家（诗人）带进文学中的不仅是"新的视觉"，而且还有在重新思考"大自然与人"的关系之后对世界的新的认识。如果说在此之前，作家们把自然景物描写主要理解为叙事的框架（如屠格涅夫笔下的风景），那么在印象主义作家的艺术世界中，"大自然"和"人"这两个概念有着不可分割的，有时甚至是不可或缺的联系：如果不能理解风景描写的内涵，那么要想真正理解人物的内心世界就很困难。作家看待世界的"新的视觉"相应地改变了文学的创作手法，特别是肖像描写中各因素之间的等级关系出现衰退趋势，取而代之的是借助某些富有表现力的细节创作出瞬间感知的人物肖像。此外，小说的节奏、叙述的动感也是与这种新的、富有表现力的文学功能相联系的。需要指出的是，无论是风景描写、肖像描写，还是小说的节奏与叙述的动感，所有这一切都服务于一个主旨，即营造某种具有抒情意味的"情绪"氛围。可以说，对绘画中的印象主义技巧的化用，丰富了文学的创造力和表现力，它表现在作家的选题和对体裁、情节、结构、风景、肖像的理解上。

　　就对情节的选择以及对其新的理解上而言，契诃夫创作中所表现的对世界的看法与印象主义画家相同或相似。普通的人物和场景成为绘画和文学艺术中最常见的创作素材，现实生活中的特殊性虽然消失，但日常生活中的一个个片断则显示出生活本身的流动和变化，以及每一变化瞬间的独特性。正如印象派画家一样，契诃夫展示的正是这一个个变化的瞬间。

　　俄国著名艺术家康斯坦丁·科罗文曾与列维坦一起谈论过佩洛夫的绘画《捕鸟者》。当时，两个年轻的艺术家都感觉夜莺画得很好，但森林却显得毫无生气。因而，他们一致认为，应该采取另外一种画法：夜莺是隐藏在森林中，而森林应该画成让人们感觉到里面有夜莺在歌唱。① 屠尔科夫在《契诃夫与他的时代》中指出：这一观点"与契诃夫的风景画十分相近，尤其是他用明显的两条线勾勒出月亮和月光的月夜"②。很显然，不论是契诃夫关于风景描写的主张，还是上述两个艺术家的创作观点，强调的都是一种感觉和气氛，这种认识已经超出了纯粹风景画的范畴，并且与 20 世纪艺术所推崇的省略、暗示、言未尽意、简洁、潜台词等原则有直接关系。"不作精确、详细的描绘，不冷冰冰的、直线式的感受世界——这就是契诃夫与印象派画家的相近之处……"③ 英国作家、文学评论家普里斯特利认为，对于 20 世纪的作家而言，契诃夫的艺术经验的价值就在于"他出色地掌握了印象主义和表现主义的叙述方式，在剔除所有非本质特征的同时，能够天才地勾勒出一幅画的大致轮廓，或者突出它的基本线条"。④

第二节　契诃夫小说的印象主义特征

如果说绘画中的印象主义起源于莫奈的《日出·印象》，那么，契诃夫创作中的印象主义则产生于 1883 年的幽默短篇小说和随笔。正像印象主义画家在绘画上所表现的一样，契诃夫的每一篇中、短篇小说，犹如生活这面镜子中一幅幅小小的剪影，一

① См. Вступ. ст. Зильберштейна　 И. и　 Самкова　 В. *Костатин　 Коровин вспоминает . .*（Т. 2），М.：Изобраз. искусство，1971，С. 787.
② Турков А. *А П Чехов и его время*，М.：Худож. лит.，1987，С. 99.
③ 爱伦堡：《读契诃夫随想》，《苏联文艺》1980 年第 2 期，第 207 页。
④ Под ред. Трущен纳Е. Ф. и др. *Новые зарубежные исследования творчества А П Чехова*，М.：ИНИОН АН СССР，1985，С. 107.

且把这些反映不同侧面的剪影汇集起来，却能够提供长篇小说无法包容的更加完整且生动活泼的画面。

　　从契洪特时代起，与众不同的感受生活的方式和独辟蹊径的再现生活的方式已初见端倪。在契诃夫的早期创作中，作者以其敏锐的目力捕捉生活中的细枝末节和转瞬即逝的印象。幽默风趣的语言，惟妙惟肖的描绘，荒诞不经的故事，常常让人忍俊不禁。随着契诃夫艺术功力的日臻成熟，创作视野的不断扩展，他对生活的感受也更加深刻。作者感兴趣的不再是令人捧腹的奇闻轶事，而是隐藏在生活表层下面的真实内核。瞬息万变的印象和五光十色的生活"碎片"，经由作者理性的裁剪和组合，构成具有多重视角、多重声音、多重含义的复调文本，在印象主义光晕的笼罩下折射出丰富的意蕴。印象主义作为契诃夫小说创作中的一个重要特征，主要表现在风景描写、人物肖像及其心理情绪这几个方面。

一

　　契诃夫的风景描写完全不同于他的前辈，尤其是屠格涅夫的风景描写。

　　　那是个静谧的夏天早晨。太阳已经高悬在明净的天空，可是田野里还闪烁着露珠。苏醒不久的山谷散发出阵阵清新的幽香。那片依然弥漫着潮气，尚未喧闹起来的树林里，只有赶早的小鸟在欢快地歌唱。缓缓倾斜的山坡上，自上到下长满了刚扬花的黑麦。山顶上，远远可以看见一座小小的村落。一位身穿白色薄纱连衣裙，头戴圆形草帽，手拿阳伞的少妇，正沿着狭窄的乡间小道向那座村庄走去。①

---

①　屠格涅夫：《罗亭》，徐振亚译，浙江文艺出版社 2003 年版，第 3 页。

　　屠格涅夫的风景描写几乎就是我们日常视觉经验的再现，它酷似中国的工笔画：笔法细腻缜密，色彩艳丽明快，细节刚彻入微，带有一定的平面感和装饰性，具有某些程式化特点。美则美矣，意境却不够含蓄，同时也剥夺了读者（观赏者）联想创造的权利。契诃夫对屠格涅夫处理风景的这种手法并不十分赞赏，认为应该改革这种陈旧的表现模式。在 1893 年 2 月 24 日写给苏沃林的信中谈到屠格涅夫的小说时，契诃夫说道："风景描写是好的，不过……我觉得已经不习惯这类写法，需要换一种样子来写了。"①

　　契诃夫与屠格涅夫不同，他在描写风景时注重的不是对外部世界的模仿和真实再现，而是选择一两个透视的焦点，通过声、光、色、形的瞬间变化来凸显某一物象，种种视觉意象（常常伴随着听觉意象）在读者脑海里彼此交融，错落叠合，借此唤起无穷的联想。作者笔下的一切视觉意象都取决于他的观察角度和情绪，因此，他所呈现的风景犹如即兴完成的速写画，大自然总是处于一种颤动的、暂时的、每分每秒都在变化的形态之中。

　　　　冬天一个晴朗的中午。……天气严寒，树木冻得噼啪地响。②（《捉弄》1886）

　　　　在灌木丛和树干之间的空隙里漂浮着柔和的薄雾，让月光照得透明。那一团团近似幽灵的雾慢腾腾，然而可以看得

---

　　①　《契诃夫文集》（第十五卷），汝龙译，上海译文出版社 1999 年版，第 335 页。

　　②　《契诃夫小说全集》（第四卷），汝龙译，上海译文出版社 2000 年版，第 286 页。

清清楚楚地依次越过林荫路，飘走了……①（《薇罗琪卡》）

　　土地泥泞而阴冷，流泪的柳树就会显得越发凄凉，顺着树干淌下泪珠……②（《芦笛》1887）

　　光秃的桦树和樱桃树受不住狂风那种粗鲁的爱抚，深深地弯下腰去，凑近地面，哭诉道："上帝啊，我们究竟犯了什么罪，你硬要我们守着这块地，不放我们走？"③（《贼》1890）

　　从教堂和伯爵的树林后面，有一大块乌云拢过来，乌云里不时出现苍白的闪电。④（《邻居》1892）

　　雨刚刚停住，云很快地奔驰着，天上一些蔚蓝色的透光的空隙变得越来越大。初升的太阳怯生生地映在下面的水洼里。⑤（《贝琴涅格人》1897）

　　类似的风景描写在契诃夫的小说中比比皆是。契诃夫的印象主义清晰鲜明，富于变化，具有拟人化特征。如果说在契诃夫的

_____

① 《契诃夫小说全集》（第六卷），汝龙译，上海译文出版社2000年版，第62页。
② 同上书，第303页。
③ 《契诃夫小说全集》（第八卷），汝龙译，上海译文出版社2000年版，第65页。
④ 《契诃夫小说全集》（第九卷），汝龙译，上海译文出版社2000年版，第280页。
⑤ 《契诃夫小说全集》（第十卷），汝龙译，上海译文出版社2000年版，第116页。

许多小说中都不同程度地表现出印象主义特征，那么短篇小说《古塞夫》（1890）则是契诃夫完整运用印象主义手法的典范之作。小说中没有令人感兴趣的故事情节，作者给读者提供的只是一群在回国途中病倒在船舱里的俄国士兵的零星谈话和思想片断，其中着重描写了一个叫古塞夫的士兵在患病过程中的幻觉和梦境，直到他死后尸体"像一根胡萝卜或白萝卜"被扔进海里。小说似乎并没有表现任何具有实质性的内容，倒像是为读者展示一幅半明半暗的画面，这个画面里包含了人物在无数个"重要的瞬间"对外部世界的各种印象与感觉。

小说开始是这样来描写夜的寂静："寂静又来了。……风戏弄缆绳，螺旋桨轰轰地响，浪头哗哗地溅开，吊床吱吱作声……"[1]作者运用反衬法突出夜的寂静，于万籁无声之中传来的各种声音，让海上之夜平添了几分神秘和恐惧。当生命垂危的古塞夫站在甲板上时，他头顶上是"深邃的天空"和"明亮的繁星"，安宁寂静，就跟在家乡看到的一样；但下面却是吵闹不休的浪头，"不管你看哪一个浪头，它总是极力要耸得比别的浪头都高，然后砸下去，淹没别的浪头，接着另一个同样凶猛丑陋的浪头又带着轰轰的响声，闪着白色的长鬃，向它扑过去"[2]。这种笔法无疑扩大了意象的内涵，使大海折射出深刻的象征意义，并为后来的叙述留下种种暗示。我们仿佛看到了一个生命垂危的人在临死前对故乡的怀念，对生活的向往。天空、繁星、安宁和寂静是那样的美好，但又是那样的遥远；古塞夫对生怀有一种渴念，然而脆弱的生命又是多么不堪一击。幸存的人们如同海中一排排凶猛奔蹿的浪头，在苦海中挣扎着，拼杀着，以此获得

---

[1] 《契诃夫小说全集》（第八卷），汝龙译，上海译文出版社2000年版，第71页。
[2] 同上书，第80页。

一线生存的希望。在茫茫人海中，个体的人永远是那个被淹没的浪头，永远是一个被人弃绝的孤寂的幽灵。

文中还大量穿插了处于昏迷状态的古塞夫的幻觉和梦境。古塞夫死后被裹在帆布包里丢进海中，他很快地向海底沉下去，被一条大鲨鱼和名叫舟狮的鱼群啃噬分食。契诃夫没有从作者的角度对古塞夫的不幸加以分析，发表议论，而是以感观印象的形式为读者提供了古塞夫（尸体）在海里与鲨鱼和鱼群遭遇的情景，让读者自己去感受、去联想。读者经过对脑海各种印象的加工，便能体会出作者着力揭示的位于表象之下的内在真实——弱肉强食的恐怖，以及人的命运的不可预测性。

小说结尾之处的描写更是令人拍案叫绝：

> 这当儿，海面上，在太阳落下去的那一边，浮云正在堆叠起来，有的像是凯旋门，有的像是狮子，有的像是剪刀。……云层里射出一条宽阔的绿色亮光，一直伸展到天空中央。过了一会儿，它旁边出现了一条紫色的，在旁边又出现一条金色的，然后又出现一条粉红色的。……天空呈现一片柔和的雪青色。海洋瞧着这壮丽迷人的天空，先是皱起眉头，然而不久，它本身也显出一种亲切的、欢畅的、热烈的颜色，像这样的颜色是难以用人类的语言表达的。[1]

这简直就是一幅印象派绘画，与莫奈的《日出·印象》如出一辙。作者运用光、色、形的组合，使画面显得神秘朦胧，意味蕴藉。契诃夫把全文最后定格在这幅画面上，他在向读者揭示什么？是在茫茫宇宙之中，人的生命就像大海里的一滴水一样渺

---

[1] 　《契诃夫小说全集》（第八卷），汝龙译，上海译文出版社 2000 年版，第 82 页。

小和微不足道？还是未来的世界是美好的、诱人的，但对个体的生命来说，它却是变化莫测、可望而不可即？抑或是作者借用美丽的大自然来慰藉死者的在天之灵？契诃夫欲言又止的言说风格调动了读者的全部想象和智慧，引导你去猜想，去追问。印象主义的画面中隐含着象征性的意蕴，但这种意蕴又是含糊不清，内涵也是丰富多义。文本的复杂性和多义性为阅读带来一定困难，但同时也给人以无穷的联想，产生了难以言尽的、独特的艺术魅力。可以看出，小说中文理叙述上的印象主义色彩对烘托主题、渲染作品气氛起到了至关重要的作用。

契诃夫这篇"扑朔迷离、未下结论"的小说甚至让艺术嗅觉极为灵敏的英国现代主义小说家弗吉尼亚·伍尔夫有些措手不及，因为这篇小说与传统小说完全不同，以至于她也拿不准"这是否能称为短篇小说"。不过，伍尔夫对契诃夫这种新颖的创作方式十分钦佩，且感悟颇深："作者把重点放在出乎意料的地方，以至于起初好像简直看不到什么重点。后来，当眼睛逐渐适应昏暗朦胧的光线并且能够分辨室内物体的形态之时，我们就能看出这个短篇是多么完美，多么深刻，而契诃夫按照他自己心目中想象的情景，多么忠实地选择了'这一点'、'那一点'以及其他细节，把它们综合在一起，构成了某种崭新的东西。"[①]伍尔夫所说的"这一点"、"那一点"，实际上就是指瞬间的印象，这是最为真实的感觉。它们积蓄在作者的内心深处，在创作冲动的刺激下又不断地涌现到意识的表层。这些瞬间的印象，经过作者的重新整合，以一种全新的方式来展现我们所熟悉的东西，是抽象与具象、静态与动态的巧妙结合，它超越于现实之

---

① 弗吉尼亚·伍尔夫：《小说与小说家》，瞿世镜译，上海译文出版社1986年版，第11—12页。

上，但又与现实保持着内在的联系。

从上述分析中不难看出，在风景描写上契诃夫与以往的现实主义作家存在明显的不同：现实主义作家在大自然面前，总是"身所盘桓，目所绸缪，以形写形，以色貌色"，以把握全景的意识再现空间万象；而契诃夫则像印象主义画家一样，基于对大自然的某一特性、某种元素的敏锐直觉，从大自然中萃取那些具有表现价值的、给人以深刻印象的要素（比如光、色、形的瞬间变化等）来构建画面，并赋予其象征意蕴。

二

风景在屠格涅夫的小说中常常是陪衬和背景，起着装饰作用。比起对人和人的感情的关注程度来说，作家更乐于精细地观察和反映自然界的各种自然现象以及动植物的变化过程。如果说风景描写在屠格涅夫的小说中与主题和人物的关系不大，那么它在契诃夫的小说中发挥的完全是另外一种功能。在契诃夫的艺术世界中，风景是与叙述有机结合在一起的，不可能把它与整个小说的叙述割裂开来去孤立看待。风景与小说的主题、与人物及其情绪之间的关系在整个叙述中占有重要地位，它总是伴随着主人公的感受，展现或强调人物此时此地的情绪和内心状态。

比奇里在比较了屠格涅夫和契诃夫的小说之后认为："风景在屠格涅夫的小说中只是陪衬。风景和体裁没有融合成为一个整体。在契诃夫的笔下作为开头的风景描写已经包含了小说的主题。风景的作用在小说的一开始就已经完成，接下来就没有必要了。"①

---

① Бицилли П. Творчестово Чехова Опыт стилистического анализа // Годишник на Софийския Университетъ. Историко—филологически факултетъ, София：Университетска печатница，1942，С. 27.

用风景突出主题的确是契诃夫惯用的一种手法，《哀伤》（1885）中一开始的风景描写采取的就是这种写法：

> 刺骨的寒风迎面吹来。不管你往哪儿看，空中到处都是云雾般的雪花在盘旋，因此谁也闹不清这雪是从天上落下来，还是从地里钻出来的。他眼前只有白茫茫的雪片，既看不见旷野，也看不见电线杆子，更看不见树林，临到一股特别大的风向格利果利吹来，那就往往连车辕也看不见了。①

开头这一段的风景描写为整篇小说定了调，并且让叙述浸润在某种情绪之中，甚至在某种程度上控制了叙述的节奏。风雪在天空中盘旋，主人公旋工格利果利·彼得罗夫的回忆也像这些雪花一样纷纷扬扬，挥之不去。他伤心至极，他没来得及和老伴儿一块儿好好生活，还没向她表明心迹，没有怜惜她，她就已经死了。"他跟她生活了四十年，可是真的，这四十年就像在大雾里那样过去了。"② 之后的风景描写与人物内心感受是吻合的：

> 这条道路一个钟头比一个钟头难走。现在已经完全看不见马辕了。这辆雪橇偶尔撞在小枞树上，一个黑糊糊的什么东西抓伤了旋工的手，在他眼前闪过去，于是他的视野里又只有旋转不停的白茫茫一片了。③

这幅画面是经旋工的主观意识过滤后呈现出来的：他心里难

---

① 《契诃夫小说全集》（第四卷），汝龙译，上海译文出版社 2000 年版，第 123 页。
② 同上书，第 125 页。
③ 同上书，第 126 页。

过，步履艰难，感觉路越来越难走。他的眼前只有"白茫茫的一片"，不仅是因为旋转不停的雪花，更是因为妻子的死（"缺了她就没法生活"）。"空中越来越黑，风越来越大，天气越来越凛冽……"[1] 这暗示着旋工的哀伤并没有完结，他将继续承受命运的打击：老伴儿死了，他的胳膊和腿也因冻坏而被锯掉。

通过风景来折射人物的情绪和心理活动并非契诃夫首创，但在契诃夫那里却有了新的突破和发展。契诃夫善于运用声音、色彩营造小说特有的韵律和氛围，通过不断变化的景象来揭示人物的内心世界，把人的心灵幻化为一幅可见可闻的自然画面。这些画面融合了人物的某种主观意识和情绪色彩，不再是空无"心迹"的自在之物。在《草原》《黑衣修士》《大学生》《带阁楼的房子》（1894）、《带小狗的女人》等许多作品中，都可以看到这种抒写方式。在此不妨以《姚尼奇》为例进行分析，其中心理描写的印象主义特征可见一斑。小说中有这样一个情节：叶卡捷琳娜·伊凡诺夫娜为了耍笑斯达尔采夫，恶作剧地约他去墓地幽会，斯达尔采夫虽然心存疑虑，但终究难以按捺内心的激动，按时赴约。当他夜晚来到墓地时，面前呈现出这样一幅情景：

> 刚进来那会儿，斯达尔采夫被他看到的情景惊呆了，这地方，他还是生平第一次来，这以后大概也不会再看见：这是跟人世不一样的另一个天地，月光柔和美妙，就像躺在摇篮里似的，在这个世界里没有生命，无论什么样的生命都没有，不过每棵漆黑的白杨、每个坟墓，都使人感到其中有着奥秘，预示着一种宁静、美妙、永恒的生活。石板、残花、

---

[1] 《契诃夫小说全集》（第十卷），汝龙译，上海译文出版社2000年版，第126页。

连同秋叶的清香都在倾吐着宽恕、忧伤、安宁。

四周一片肃静。星星从天空俯视这深奥的温顺。斯达尔采夫的脚步声很响，这跟四周的气氛不相称。直到教堂的钟声响起来，而且他想象自己已经死去，永远埋在这儿了，他这才感到仿佛有人在瞧他。一刹那间他想到这不是安宁和恬静，只是由虚无所产生的不出声的愁闷和断了出路的绝望罢了。……

……

仿佛月光给他的热情加温似的，他热切地等待着，暗自想象亲吻和拥抱的情景。……斯达尔采夫这样暗想着，同时打算呐喊一声，说他需要爱情，说他不惜任何代价一定要等着爱情。由他看来，在月光里发白的不再是一方方大理石，却是美丽的肉体。他看见树荫里有些人影羞怯地躲躲闪闪，感到她们身上的温暖。这种折磨叫人好难受啊。……

仿佛一块幕布落下来似的，月亮移动到云后面，忽然间四周全黑了。①

这几段描写不同于一般的对大自然的客观描写，而是从人物的感觉出发，蒙上一层主观色彩。作者的目的并非是要客观地描写此时此地的自然景象，而是要表现主人公此时此地处在那样一种自然环境中，所体验到的主观情绪和内心感受的真实性。"斯达尔采夫在墓园度过的三个小时是他一生中最充实最生动的时刻，他的视觉、嗅觉、听觉敏锐地接收周围精微的细节；他的大脑在紧张地运转，他的感情和想像力由僵死变为鲜活，由冷漠变

---

① 《契诃夫小说全集》（第十卷），汝龙译，上海译文出版社 2000 年版，第 192 页。

为温情，由黯淡变为炽烈。"① 这幅景象就是斯达尔采夫内心世界的映现，揭示了情窦初开的斯达尔采夫等待约会时从等待、幻想到失望的心理活动的全过程。作者把心理过程的个别体验与大自然融为一体，使内心世界与外部世界互相渗透，互相融合。我们阅读着斯达尔采夫内心世界的万千气象：期待且又困惑，甜蜜且又恐惧，狂热且又痛楚，兴奋且又忧伤。自然景色刺激了主人公的主观感觉，而主人公又把自己强烈的内心感受投射到自然景物之上，构成了一幅以体验情绪、感觉为主的情景交融的诗意画面，鲜明地表现出印象派艺术极力追求的意绪美、感觉美和色彩美。文中同时暗示着：如同月光般"柔和美妙"的爱情感受对姚尼奇来说是第一次，也是他一生中唯一的一次。而神秘的墓园隐藏着一个个凄美动人的故事，在向他预示着现实生活中所没有的"宁静、美妙、永恒"。他忽然意识到，叶卡捷琳娜·伊凡诺夫娜在捉弄他，生活也在捉弄他。

《在大车上》的女主人公玛丽雅·瓦西列芙娜是个乡村教师，十三年来她为了取薪金一直奔走于去省城的那条路上，她早已习惯了这种枯燥的生活。因此，在她的眼里，"温暖的天气也罢，让春天的气息烘暖的、懒洋洋的、透光的树林也罢，野外类似湖泊的大水塘上空那些黑压压成群飞翔的鸟儿也罢，美妙的、深不可测的、使人很乐于飞上去的天空也罢，都没有什么新鲜有趣的地方"。②

小说结尾描写玛丽雅快回到村子时，被一列疾驰而过的火车拦在了铁道的道口：

---

① Цилевич Л. М. *Сюжет чеховского рассказа*，Рига：звайгзне，1976，С. 223.

② 《契诃夫小说全集》（第十卷），汝龙译，上海译文出版社 2000 年版，第 129 页。

列车来了，车窗射出明亮的光芒，像教堂上的十字架一样，刺得人眼睛痛。在一节头等客车的车厢台上站着一个女人，玛丽雅·瓦西列芙娜仓促中看了她一眼：这是母亲嘛！长得多么像啊！[①]

乍一看来，我们或许并不能理解，第一句的描写用意何在："车窗射出明亮的光芒"与"教堂的十字架"有何联系，并且作者又特别说明一下，它"刺得人眼睛痛"。如果我们把这一句景物描写与玛丽雅刹那间的内心感受联系在一起，便会领悟其中的奥妙。此时此刻玛丽雅心头掠过无数印象、回忆、直觉与幻影：她的母亲、父亲、哥哥、莫斯科的住宅、养着小鱼的玻璃鱼缸、弹钢琴的声音……这些印象不断地交错、叠合、复现、凝聚，最后升华为玛丽雅对家乡和亲人的思念，升华为欢欣幸福的冲动。纷杂错落的印象序列和意识流动不仅展现了人物瞬间的、复杂的、丰富的内心活动，而且对小说中的人物及其背景、经历起到了补叙的作用。在玛丽雅温馨的瞬间意念中，不难预测出她命运的悲剧性的结局：存在于女主人公和她的美好过去之间的联系断绝了。抑郁的思想、阴雨的天气、布满水洼的道路困扰着玛丽雅，但突然间，如同黑暗中的一线光明，在疾驰而过的火车车厢里站着一个像她母亲的女人！她的脑海里刹那间涌现出许多美好的、亲切的东西，这些东西竟是她十三年来第一次想到的！这些珍贵的回忆是对玛丽雅周围生活的一种间接的否定。当她一想到暗无天日的粗野生活，一想到农民的愚昧无知和督学的欺诈无

---

① 《契诃夫小说全集》（第十卷），汝龙译，上海译文出版社 2000 年版，第 135 页。

赖，她就感到痛苦。然而，她又不得不生活在这粗野的生活中，与此同时，在她身上也不知不觉地反映着这种生活留下的一些印记。女教师的愁绪中有无穷的探寻和不尽的思索，表达了对幸福、自由和亲情的渴求。"车窗射出明亮的光芒"不仅让玛丽雅看到了一个长得像自己母亲的女人，同样也让她看到了多年来自己昏昏沉沉的精神世界，这种光芒"刺得人眼睛痛"，她突然有所醒悟了。于是，我们自然也就理解，为什么作者会把"车窗射出明亮的光芒"喻为"教堂上的十字架"。契诃夫用这种巧妙的手法取代了呆板的道德说教，作品的寓意不仅深沉隽永，令人回味，而且启迪了读者的联想。阿·谢·格林卡认为，契诃夫的印象主义是一种非常复杂的艺术手法，具有非凡的艺术表现力，"在他的现实主义里面生长出具有印象主义色彩的象征主义，在他的客观性里面具有主观情绪的抒情风格给自己筑起了一个牢固的巢穴。这种抒情风格不易察觉地以其情绪的薄雾遮蔽了短篇小说的外在真实；透过画面中明晰的客观现实，不断扩散的主观的艺术综合的模糊性渐渐显露出来。聚光点永远都不在小说的表面。现实主义转变为印象主义，真实的内容几近于象征。日常生活的画面和人物的心理在不断深化和因内部之光而生动明亮的同时，转变成主要情绪的艺术哲理"。①

　　在充满诗意的、极富音乐性和哲理性的自然景物描写中，我们感受到了契诃夫语言所具有的超常容量和艺术效果。契诃夫在叙述中常常使用一些具有不确定意义的词语，如"似乎"、"好像"、"看起来"、"大概"等等。从一方面来讲，这些词语在小说中传达一种捉摸不定的，但却并非复杂的情绪，反映了

---

① 　Кулиева Р. Г. *Реализм А П Чехова и проблема импрессионизма*，Баку：Элм，1988，С. 11.

人物内心尚未形成的、不稳定的心理状态。从另一方面来讲，有助于读者感受人物内心情绪的暂时性和相对性。没有这些词语，文本就缺少一种契诃夫小说特有的、具有抒情性质的"情绪"和气氛。

三

借助隐喻和引起联想的比喻来描写风景的这种手法，也被契诃夫用于描写人物肖像。人物肖像是构成人物形象的一个重要元素，因此，肖像描写也是小说家们非常重视的一个方面。俄罗斯学者哈利泽夫在专著《文学学导论》中对"人物肖像"这一概念做了非常周详的阐述："人物肖像——这是对人物外表的描写：身体的、先天的，也包括年龄上的特征（面部特征、身材特征、头发颜色），以及人的外貌上所带有的一切——由社会环境、文化传统和个人首创（服装与打扮、发型与化妆）所形成的一切。肖像可以记录人物典型的身体动作与姿态、手势与面部表情、脸色与眼神。肖像凭借所有这一切创造出一个'外在之人'特征上固定的、稳定的合成。"①

在传统的文学作品中，肖像描写是具有等级性的。不论是屠格涅夫，还是托尔斯泰，都喜欢清楚准确、细致入微地刻画人物的外貌。例如，对于女性美的描写一直是俄国文学大师们最倾心、最擅长的。只要我们一提起俄罗斯古典文学中的女主人公，眼前就会浮现出一系列清晰明朗的美丽形象：普希金笔下达吉雅娜的贤淑端庄，屠格涅夫笔下丽莎的恬淡清纯，托尔斯泰笔下安娜的高贵优雅。下面是托尔斯泰对出现在舞会上的安娜的描写：

---

① 瓦·叶·哈利泽夫：《文学学导论》，周启超、王加兴等译，北京大学出版社 2006 年版，第 238 页。

安娜没有像吉蒂所一心希望的那样穿一身紫色，而是穿着黑色的、领口很低的天鹅绒连衣长裙，露出秀美的，如老象牙雕刻一般的丰满的肩头和胸部、一双圆圆的臂膀和一对纤柔的小手。连衣裙上镶满威尼斯花边。在她的头上，那头乌黑的、全是天生的、毫不掺假的美发上，有一条三色堇编结的花带，在那衬托于条条花边之间的黑色腰带上，也有这样的一条。她的发式并不引人注目。引人注目的是那些小小的执拗的一圈圈鬈发，老是散乱地出现在她的颈后和鬓边，倒也平添了她的风韵。在她清丽而端庄的颈子上，是一串珍珠项链。[①]

在这段描写中，托尔斯泰遵循的是由上到下、由整体到局部的方式，有条不紊，细细道来。这种肖像描写方式也是许多传统小说家惯用的方式。然而，这种描写方式到了契诃夫那里却发生了变化。

契诃夫对传统的人物肖像描写提出了自己的看法。契诃夫在读了库普林的小说《退职》以后，认为小说中的肖像描写很不成功，因为库普林是"用旧手法"处理人物和描写外貌，"新的东西一点也没有"，这种陈旧的写法"会使得读者感到厌倦，注意力难以集中，结果最终失去价值"。[②] 为了让肖像描写具有价值，契诃夫进行了大胆创新。他在刻画人物肖像时注重的不是"外在之人"的静态特征，而是动态特征。这种动态特征来源于

①　托尔斯泰：《安娜·卡列尼娜》，智量译，译林出版社 1996 年版，第 69 页。
②　《契诃夫文集》（第十六卷），汝龙译，上海译文出版社 1999 年版，第 496—497 页。

作者的直觉和瞬间印象，具有模糊性和不稳定性：

　　　　他带她走到小木房那儿，去见一位上了岁数的太太，那
　　太太的脸上的半部分很大，与上半部分不成比例，因此，看
　　上去好像她嘴里含着一块大石头似的。①（《挂在脖子上的安
　　娜》）

　　契诃夫塑造的女性美更是别有韵味，它似清风，似流水，
似浮云，流动着，变幻着，存在着，却又让人捉摸不定，具有
一种无法言传的朦胧之美。这种美可以"是蝴蝶的那种美，跟
圆舞曲、花园里的闲游、笑声、欢乐十分相称，而跟严肃的思
想、悲伤、安宁就格格不入了"②。契诃夫与他的前辈们不同，
他并没有运用传统手法精心刻画和雕琢她们衣着服饰的特点，
举手投足间的魅力，一笑一颦中的风情，而是把这种种之美通
过人物的感官印象折射到读者的心中，以此引发读者的无限
遐思。

　　在《美人》（1888 年）中契诃夫记述了一个少年与一位亚
美尼亚少女邂逅的心理变化。作者没有直接描述少女的美丽，
而是通过她留给少年的瞬间印象及内心的情绪变化再现出来。
姑娘美得惊人，"如同一道闪电似的"直逼心魄。当少年瞧着
姑娘的面容，突然间觉得仿佛有一股风吹过灵魂，"吹掉灵魂
里这一天的种种印象、烦闷和尘土"。这种美是藏在云朵后面
的"太阳给那些云和天空染上各式各样的颜色：紫红、橙红、

---

　　① 《契诃夫小说全集》（第九卷），汝龙译，上海译文出版社 2000 年版，第 297
页。
　　② 《契诃夫小说全集》（第七卷），汝龙译，上海译文出版社 2000 年版，第
237 页。

金黄、淡紫、暗红";是"晚霞布满天空的三分之一,照亮教堂上的十字架和地主房子上的窗玻璃,倒映在溪流和水塘里,在树木上颤抖";是"远远的,远远的,有一群野鸭,背衬着晚霞,飞到什么地方去过夜"。这就是少年看到的、连梦中都从没见过的"最美丽、迷人的脸"①。然而谁也不知道,谁也说不出,她究竟美在哪里,但是她又确实很美。她犹如雾中之花,清新曼妙,撩人心绪。我们不能不钦佩契诃夫的匠心独具。作者用人们熟悉的自然现象之美来表现人物的外貌之美,新颖的表现手法造成一种感官印象的陌生化。几行简短的文字勾勒出一连串不相关的视觉映像,通过自我感觉和意识流程的连缀,把它们有机地糅合在一起,呈现在读者的意识屏幕上。

瑞典的研究者尼尔松把这种手法称之为"板块法"(метод блоков),认为这种方法是契诃夫追求简洁和客观性的结果(在早期小说中已有尝试,例如《在春天》,1886)。② 所谓的"板块法",就是作者不经任何解释和说明,把各种场景堆置在一起,形成一个个小的"板块"。在这种情况下,文本的建构不是按照逻辑发展的规则,而是作为一个个相对完整的形象的综合体的组合。有趣的是,每个"板块"都有自己的调性,而这些调性对于整个小说的情绪来说并不矛盾。同时每一个"板块"又是独立存在的,在独立调制读者的情绪的过程中,又能让读者理解作品的中心思想。"板块"在没有任何解释的情况下联系着几个简短的场景,作者有意隐藏了它们之间的逻辑联系,让读者自己得出结论。从该场景与上一个场景的对比中,

---

① 《契诃夫小说全集》(第七卷),汝龙译,上海译文出版社 2000 年版,第 233 页。

② См. Кулиева Р. Г. *Реализм А П Чехова и проблема импрессионизма*,Баку:Элм,1988,С. 102.

或者从该场景在整个小说中所占据的地位，可以领悟该场景的内容和意义。对于读者来说，"板块"之间的逻辑联系只有在他重新整合各个场景之后才能明晰地呈现出来。而作者的意图正是要激发读者的思考和共同创作的欲念。因而，展现在读者面前的人物肖像是流动的、跳跃的、模糊的，具有某些不确定性。也正是这种不确定性，使得每个人都有可能根据自己的经验、感受、审美观和艺术欣赏水平，描绘出自己心目中的少女形象。然而，一旦读者把自己的感受与主人公的感受相对照时，便会在惊诧之余赞叹契诃夫艺术的超凡脱俗。

这种美在少年心里引起的不是情感上的欲望与冲动，而是一种异样的心理反应：

> 我的美的感受有点古怪。玛霞在我心里引起的既不是欲望，也不是痴迷，又不是欢乐，而是一种虽然愉快却又沉重的忧郁心情。这种忧郁模模糊糊，并不明确，像在梦里一样。不知什么缘故，我忽然怜惜我自己，怜惜我爷爷，怜惜那个亚美尼亚人，甚至怜惜亚美尼亚姑娘本人了。我有一种心情，仿佛我们四个都失去了一种人生中很重大而必要的东西，一种从此再也找不回来的东西。①

主人公为少女的美感到愉快且又痛苦。一方面，他担心的或许是生活会像莠草一样，淹没一切美丽的纯洁的事物；或许是美犹如一夜昙花，转瞬即逝；或许是美好的东西常常与人擦肩而过，在不经意间便永远地失去了。读者越是遐想少女那难

---

① 《契诃夫小说全集》（第七卷），汝龙译，上海译文出版社 2000 年版，第234 页。

以言喻的美，越是痛惜美丽的短暂和脆弱，两种感情无形中形成鲜明的比照和落差。另一方面，少女的美唤醒了主人公对幸福的认识，而随即又意识到幸福的不可能性。这种幸福的感觉越强烈，绝望的感觉也就越强烈。主人公为他自己，为他周围的人而痛惜。人的一生竟是这样的碌碌无为，什么也没得到，什么也得不到，而且任何时候都不会得到，好像从来没有在世上活过一样。这种思想在《美人》的主人公讲的另一个故事中体现得更加明确：

> 在我们车厢附近站着一个列车员，把胳膊肘倚在小广场的栅栏上，眼睛往美人站着的那边望。他那憔悴而肌肉松弛的脸浮肿而难看，由于夜间不得睡眠，又经受车厢的颠簸，一直显得疲乏不堪，这时候却表现出感动和十分忧郁的神情，仿佛他在姑娘身上看见了自己的青春和幸福，看见了自己的清醒、纯洁、妻子、儿女，仿佛他在懊恼，他整个身心都感觉到这个姑娘不是他的，他已经过早地苍老，粗俗而臃肿，因此他跟普通的、人类的、乘客们的幸福的距离已经像他跟天空那样遥远了。①

不论是情窦初开的少年，还是饱经沧桑的老者，都为女性的美所吸引。但让人意外的是，他们对美的感受几乎一样，这种感受介于为人类生活无意义的忧郁和恐惧之间。在契诃夫的笔下，视觉的印象竟有如此重要的作用，它能引发心理上的连锁反应。人物的视觉印象刺激着他的情绪变化，进而促使他反

---

① 《契诃夫小说全集》（第七卷），汝龙译，上海译文出版社 2000 年版，第238 页。

思自己，反思生活。在美的光照下，主人公看到自己的一生，顿悟到他生活的空虚与贫乏。周围的生活与美又是极不和谐，当一阵心潮奔涌的喜悦过后，心中便生发出难以排解的孤寂与悲凉。美国学者彼得·斯托维尔准确地揭示了印象主义在契诃夫创作中的艺术功效：虽然"我们得到的只是印象，但是它们却如此深刻地铭刻在我们心头，以至于当我们淡忘了小说的情节和主人公的姓名之后，还能长久地感受着契诃夫主人公的希望的破灭"。[①]

契诃夫的创作技巧，尤其是人物肖像的描写，对索尔仁尼琴的影响很大。索尔仁尼琴认为，"契诃夫并不试图描写眼睛什么样，嘴巴什么样，鼻子什么样，而是尝试使用某种比喻和形象。"[②] 契诃夫"在肖像的印象性上迈出了勇敢的第一步……扎米亚京的人物肖像的简明与直观都来自于契诃夫"。[③]

契诃夫的肖像描写与其说是在追求细节的精筛细选，莫若说是致力于人物肖像的整体表现力。从上述肖像描写中可以看出，契诃夫的创新首先是与细节的特殊运用有关系的，在致力于动态的肖像描写的时候，契诃夫破坏的不仅是客观理解的等级性，而且还有"有意义的"与"无意义的"的等级性。在这一方面，契诃夫的追求与印象主义画家的追求是一致的。传统的等级制度——"有意义的"与"无意义的"破坏，在很大程度上与对生活的新视觉和新观点有关。

① Под ред. Трущеннко Е. Ф. и др. *Новые зарубежные исследования творчества А П Чехова* , М. : ИНИОН АН СССР, 1985, С. 153.

② Ермакова З. П. *А П Чехов в творческом сознании А И Солженицына* // Отв. ред. Ванюков А. И. *А И Солженицын и русская литература* , Саратов: Изд-во Саратовского пед. ин-та, 1999, С. 82.

③ Солженицын А. *Окунаясь в Чехова* //Новый мир, 1998, № 10, С. 178.

此外，契诃夫对语言的运用也表现出印象主义特征。契诃夫认为，语言的丰富与否与印象的丰富与否有直接的关系，他在一封信中说："词的数量和词的搭配最直接地依赖于印象和表象的总和；缺了印象和表象，就既不可能有概念，也不可能有定义，因而不可能有语言丰富的理由。"（十五，289）丰富的语言来自于丰富的印象，并借助丰富的语言手段表达出来。尤·索勃列夫指出，"契诃夫的印象主义特别明显地表现在他所有的比喻和借喻上"。① 契诃夫的语言朴素中见奇崛，平淡中见韵味。他选用的喻体生动贴切，意象鲜活灵动，寓意耐人寻味。例如，空气"像是一块凉爽的天鹅绒"（《草原》），风如同"身穿白色尸衣的巨人"（《贼》），"鸡眼那么硬"的粗大身体（《磨坊主》），"脚后跟"一样的下巴（《挂在脖子上的安娜》），"杏仁油般的"笑容（《决斗》），"寡妇般的花朵"（《海鸥》）等等，诸如此类，不胜枚举。这种反常态的非逻辑性的词语搭配，因超越了通常的语言规范，从而为语句增添了新的潜能和意境。逻辑的背离造成一种陌生化的效应，平淡呆板的语汇在这种反常的组合中闪现出灵光，获得更加丰富的审美外延，读者亦因之而体验到一种新鲜的审美刺激和审美享受。

印象主义是契诃夫创作中的一个显著而重要的特征。小说文理叙述上的印象主义对烘托主题、渲染气氛以及揭示人物的心理活动都起到了至关重要的作用。各种瞬间印象、叙事的节奏和语言，都致力于营建某种情绪和气氛，以期唤醒读者内心的记忆，造成一定的审美距离，引起一定的审美期待。乍看起来，契诃夫在"取景"上带有很大的瞬间偶然性和随意性，其

---

① 转引自爱伦堡《读契诃夫随想》，《苏联文艺》1980 年第 2 期，第 208 页。

实不然。契诃夫在写给拉扎列夫—格鲁津斯基的信中曾说："不可以把装好子弹的枪放在舞台上，除非有人要放枪。"①　由此可以看出，细节的选择在契诃夫那里是有严格的依据和合理性的，不存在偶然的细节。在浮光掠影式的印象背后实际是作家理性分析的过程，作家对材料的选择经过谨细的分析之后方能形成。契诃夫本人并不否认这一点："我只会凭回忆写东西，从来也没有直接从外界取材而写出东西来。我得让我的记忆把题材滤出来，让我的记忆里像滤器那样只留下重要的或者典型的东西。"②　因而，在契诃夫的小说中，每一个感官印象的背后都潜伏着理性的因子，都蕴涵着深邃的寓意。直觉的放大与分析的审慎这正背两股力量的交集与作用，恰恰形成了小说的艺术张力。而从单一的、具体的偶然事件和瞬间印象上升到哲学的概括层面，使得契诃夫的小说具有特殊的深度。

契诃夫小说的印象主义的另一个重要功效就是，他善于通过展现瞬息万变的印象，并赋予其象征意蕴，来唤醒读者内心的记忆，造成一定的审美距离，引起一定的审美期待。在20世纪60年代，著名的接受美学理论家姚斯提出一个重要概念——"期待视野"，从理论上阐述并印证了契诃夫这一创作手法的艺术价值。姚斯认为，用一部作品作用于接受者的期待视野所引起的"审美距离"可以衡量该作品的艺术价值。"审美距离"越小，就越能适应一般读者的趣味和期待，越能满足普遍的审美需要，它所产生的审美价值就越小，这样的作品只能归入"大众文学"或平庸之作一类；反之，如果一部作品超

---

① 《契诃夫文集》（第十四卷），汝龙译，上海译文出版社1999年版，第603页。

② 《契诃夫文集》（第十五卷），汝龙译，上海译文出版社1999年版，第640页。

出了一般读者的审美期待，突破了普遍的审美经验和认知方式，从而提供一种新的思维、审美方式和认知方式，就必然会具有较高的艺术价值。这样的作品可能在一定的时间内不会得到大多数人的理解和认可，但当普遍的文学期待随着时间的推移上升到某种高度时，它的意义和价值就会得到普遍认同。①

---

① 郭宏安等：《20 世纪西方文论研究》，中国社会科学出版社 1997 年版，第316—317 页。

第 六 章

契诃夫小说的象征

在研究和分析契诃夫小说中印象主义特征的同时，不可避免地要提及他作品中的象征。运用象征揭示事物潜在的实质，是契诃夫诗学中一个非常明显的，同时也是非常重要的特征之一。

第一节　传统象征与现代象征

为了说明契诃夫的象征手法不同于传统的象征手法，我们有必要分析一下象征与象征主义、传统象征与现代意义上的象征之间的区别。

象征与象征主义并不是完全对等的概念，它们之间既有联系，又有区别。象征作为一种普遍使用的艺术表现手法，由来已久。所谓象征，就是用具体的事物来表达某种抽象的概念和思想感情。传统文学中的象征是为公众所认可的、约定俗成的象征，而象征主义的象征却并非如此，它属于现代意义上的象征。

象征主义源于 19 世纪后半叶的法国，是西方现代主义文学中产生最早、影响最大、波及最广的一个现代主义文学流派。1866 年让·莫雷亚斯发表《象征主义宣言》后，"象征主义"

正式成为这一流派的标志。象征主义反对直抒胸臆，主张采用象征、暗示、隐喻、对比、联想等手法来暗示作品的主题和事物的发展，表达作者隐蔽的思绪和抽象的人生哲理；注重通过象征物象挖掘人物微妙的内心世界；常常用声音、颜色和想象唤起读者的感情，以营造一种朦胧神秘的意象，具有浓厚的神秘主义色彩。有学者认为，"象征主义内容包含着从浪漫性审美到现代讽刺性审美的转移。"[①]

在现代意识中，随着象征内涵的不断丰富、深化和发展，运用事物与形象之间的简单比附，已不可能获得高层次的象征审美价值，因为在现代意识中，象征不仅仅是一种艺术，一种创造，而且还是一种创作原则和思维方式，是一种新的文学精神。

现代意识中的艺术象征论，吸取了瑞典哲学家安曼努尔·史威登堡"对应论"的合理内核。史威登堡认为，在自然界万物之间存在着互相对应的关系，在可见的事物与不可见的精神之间有互相契合的情况。[②] 所谓现代意识中的象征，就是指艺术形象与主体的观念、理想的契合。现代意识中的象征，大体包蕴如下几种品格："一、象征的观念带有一定的哲理性；二、诗情与哲理的有机融合；三、艺术的抽象渗透于象征手法之中。"[③] 因此，现代意识中的象征与传统的象征是两个不同的概念，它们之间既有联系，也有区别。象征要通过象征的表现手法来体现，但用了象征手法的作品未必能达到象征的品格。

一般来讲，现代意识中的象征和传统的象征有以下几点不

---

① 马·布雷德伯里、詹·麦克法兰：《现代主义》，上海外语教育出版社 1992 年版，第 181 页。

② 参见袁可嘉《后期象征主义》，《外国现代派作品选》第一册（上），上海文艺出版社 1980 年版，第 1—2 页。

③ 张德林：《现代小说美学》，湖南人民出版社 1987 年版，第 63—64 页。

同：第一，传统的象征在象征物和被象征物之间，通常有明显的类似之处；而现代意识中的象征，寻求的是主体诗情和梦想的准确的"对应物"，[①] 能在普通人以为不同的事物中找出相同之处来，常常把看似毫无关系的东西联系在一起，造成一种突兀、新奇的艺术效果，如艾略特把黄昏描写为麻醉在手术台上的病人。第二，传统的象征意义较实，如中国人用鸽子象征和平，用梅和竹象征人品高洁，用玫瑰象征爱情等；而现代意识中的象征内涵较虚，并不是能一眼看透的，它只是用来暗示某些感受、瞬间的印象以及一些隐蔽的情感。第三，传统的象征要严格遵守一些修辞学规则，有象征联系的两者之间必须反映客观事物之间固有的关系（不排除主观感情色彩），如松柏有耐寒这个客观特点方能象征人品的坚强；而现代意识中的象征恰恰在于不受这些原则的约束，个人的直觉和意念非常重要，是"作者以个人方式在作品中建立的象征"[②]，因此有人称之为"私人象征"，如把天空比作是"蓝幽幽的肚皮"。总的来说，传统的象征是"在某种文化传统中约定俗成的、人们都明白其所指的象征"，[③] 是一般的艺术表现手法，古今中外的各种文学流派都不同程度地使用过。而现代意识中的象征，打破了似与不似，主观与客观统一等规律，这"不仅是一种艺术表现手法，而且更主要的是一种艺术思维把握世界的方式，它同时包含着诗情和哲理的两个基本因素。诗情是象征的基因，象征是诗情的升华，两者互为因果，缺一不可"。[④]

契诃夫的象征既不同于传统的象征，又有别于象征主义的象

---

① 张德林：《现代小说美学》，湖南人民出版社 1987 年版，第 63 页。
② 杨文虎：《文学：从元素到观念》，学林出版社 2003 年版，第 95 页。
③ 同上。
④ 张德林：《现代小说美学》，湖南人民出版社 1987 年版，第 68 页。

征，独具特色。首先，契诃夫的象征带有鲜明的个性化特征，在平淡的情节和抒情的笔调中隐含着深刻的哲理。这一点从契诃夫的某些作品的标题中可见一斑。"带阁楼的房子"对于小说的叙述者（画家）而言，与其说是现实生活中的一个具体场所，不如说是一个精神范畴，是精神价值的聚集地，是纯洁崇高的爱情的象征。与此同时，它也是瞬间的幸福、破碎的希望、无望的等待的象征（《带阁楼的房子》）。"峡谷"象征着罪孽、欺骗、死亡（《在峡谷里》）。"新娘"象征着未来（《新娘》）。"跳来跳去的女人"意指虚荣、浮躁、背叛（《跳来跳去的女人》）。"贝琴涅格人"成为愚昧、粗暴和残酷的代名词（《贝琴涅格人》）。"故乡"在传统意识中是一方圣土，代表着生命之根，是温暖、亲情的象征，但在契诃夫的小说中却成为落后、愚顽和粗野的代名词（《在故乡》）。如果不理解这些象征意义，就不能理解作者的真实意图。在契诃夫的小说中，标题的作用至关重要，因为"作品的标题影响到作品的品格"，"标题的意义不仅在于它唤起人们注意到那些本来存在着的、却很容易被忽略的品格，而且还在于它建立起作品在其中形成品格的语境"。①

其次，契诃夫的象征是由实及虚，虚中见实，拒绝神秘，扎根生活。戏剧《三姐妹》中的莫斯科就是这样的一个象征。三姐妹日夜思念着莫斯科，但她们与莫斯科的距离，无论是从心理上，还是从空间上，都是无法战胜的。在剧中，莫斯科的形象渐渐蓄积了象征的力量。这不只是一个城市，也不只是一个隐语，而是一种更为深刻的象征，揭示了三姐妹徒然追求的一种生活状态。莫斯科这个象征在《三姐妹》中与其说是体现了主人公们

---

① 转引自阿伦·瑞德莱《音乐哲学》，王德峰等译，上海人民出版社2007年版，第87页。

所追求的生活的荒诞，不如说是充满了复杂的心理内容。这种象
征被诗意地转达出来，随着情节的发展因人物心理的细微差异而
渐变丰富。奥尔迦在春暖花开的五月回想起莫斯科，把它作为阳
光和温暖的体现，她的话语中无不流露出对过去的怀念，对失去
的家和童年的怀念。但是在她关于莫斯科的理想中，渐渐暴露出
虚幻的、逃避现实的性质，暴露出理想与现实联系的不稳定性。
在这里起着重要作用的是，奥尔迦的话好像是被站在客厅柱子后
面交谈的土旬巴赫和切布狄金讽刺性地注释了。（"胡思乱想！"
"这是瞎扯！"）英国研究者贝弗利·汉认为，在剧中莫斯科的形
象渐渐展示出它的内容的复杂性，这种复杂性与通常所认为的象
征的功能毫无共同之处："对莫斯科的向往诗意地体现了三姐妹
心中隐蔽的、毫无生气的倾向，这种倾向影响了她们现在的生
活。"① 契诃夫委婉含蓄地暗示，在莫斯科等待三姐妹的似乎是
失望，而在莫斯科过幸福的有意义的生活，只是一个不切实际的
梦想。正像剧中人物韦尔希宁所说的那样，当她们真的生活在莫
斯科，她们就不会在意莫斯科了。

第二节　契诃夫小说的象征解读

　　契诃夫对象征的理解和运用有其独到之处。在契诃夫的作品
中，艺术细节、物质世界、自然风景、人物形象和性格特征都可
以成为象征的载体。具有象征意蕴的艺术形象和性格特征不仅能
揭示主人公的心理、他的内心世界、他的生活和他周围的世界，

---

　　① Субботина К. А. *Чехов и символизм* //Под ред. Бочаров М. Д. *Творчество
А П Чехова*，Ростов н/Д.：РГПИ，1984，C. 145.

而且从中还能提出重要的问题，揭示深刻的哲理。

一

在契诃夫早期创作中，象征的形象比较单一浅白，包含谐谑并且夸张的元素，经典之作《变色龙》（1884）就是一个最好的例证。主人公奥楚蔑洛夫的性格和心理变化主要是借助一个非常直观的细节——他身穿的大衣——表现出来的。对奥楚蔑洛夫来说，最重要的问题是要弄清咬人的狗究竟是谁家的，这将决定他应该以何种态度对待这条狗和被狗咬伤的赫留金。大衣从具体的生活物件提升为一种象征符号，大衣的时而穿上或时而脱下，反映出主人公内心的情绪波动与变化。这篇小说从标题、具体细节到人物性格，构成一个鲜明活脱、彼此呼应的象征链。与其说契诃夫嘲笑的是奥楚蔑洛夫的愚蠢和荒谬，不如说是透过具体的人物和现象对人与人、人与社会之间的关系进行的哲理思考。因此，尽管小说中所表现出的象征意蕴比较浅近外露，直白明了，但由于它揭示了人性中某些共同特征，从而具有广泛的概括意义。

思想主题的哲理性是契诃夫象征的一个重要特征，早期作品中的哲理性常常隐伏在看似荒诞不经的奇闻轶事里面。

《吻》（1887）的故事情节看上去并没有什么意义可言：下等军官里亚包维奇偶然中误入一个漆黑的房间，被一个在此等待约会的陌生姑娘错吻了一下，从此他就一直惦念那个姑娘，期望与姑娘再次相遇，直到他的这种期望破灭。小说通过大量琐碎的细节描述了军旅生活的庸俗乏味，而里亚包维奇一直浸溺于这种生活之中却浑然不觉。然而，这突如其来的一吻，仿佛投入深潭中的一粒石子，让他的精神生活发生了意想不到的变化。"他周身上下，从头到脚充满一种古怪的新感觉，那感觉越来越强烈……他情不自禁地想跳舞、谈话、跑进花园、大声地笑。"①
他为在那死水一般的生活里有了一件"非常美好快乐的事"而
兴奋，完全沉浸在一种愉快的情绪之中，从此对军营里的生活不
再抱有任何兴趣。他常常想入非非，想象那姑娘的模样，想象和
她一起生活的情景……一个偶然的、荒唐的吻竟然有着如此巨大
的力量和重要的意义，它激活了主人公麻木的心灵，唤醒了他追
求幸福的渴望。于是，"吻"在小说中作为一条无形的线，隐伏
在那些彼此间仿佛毫无联系的细节之中，包含着统领全文的象征
意蕴：轻轻的一吻作为幸福的象征，与里亚包维奇荒唐的日常生
活形成鲜明对照。只有认识到了这一点，才有可能进一步体会小
说的深层含义：主人公追求的不是浪漫的奇遇，不是梦幻中的姑
娘，而是真实的、符合人性的生活。

二

随着契诃夫对世界的体认和美学观的不断发展，随着作者对
表现现实生活的创作原则的发展和变化，象征的性质和功能也在
不断地变化和完善，象征意象和意蕴也从单一性转向多面性和多
义性。在他成熟期的创作中，象征意象去除了极度夸张的成分，
变得含蓄、隐蔽、深刻，包含丰富的思想容量。作者更加精于建
构一种象征的情势和氛围，更加注重利用严肃的事件揭示精深的
哲理。基于契诃夫的这一创作特点，古列绍夫指出，"契诃夫的
现实主义的复杂性就在于融合了象征主义。"②

《第六病室》是契诃夫成熟期的代表作。从表面上看，小说

---

① 《契诃夫文集》（第十卷），汝龙译，上海译文出版社 1999 年版，第 54 页。

② Кулешов В. И. *Истирия русской литературы* ，М.：Русский язык，1989，
С. 519.

的主要冲突在于两种生活立场的冲突。医生拉京为人宽厚，崇尚文明，但对小城医院的混乱秩序、病人的饥饿和非人的待遇、看守尼基金的暴力和搜刮病人的财物等恶劣现象却熟视无睹，漠不关心。他认为，即使在这样的环境中，人们也可以保持心灵的安静，进行道德的自我完善；恶是不可能彻底根除的，这是生活中的正常现象，人们不应该与恶对抗。幻想让医院的条件有所改变是没有意义的，也是徒劳的，因为恶充斥于每一个角落，它的力量无法抗拒。而"精神病患者"格罗莫夫坚决不同意拉京的看法，极力反对拉京的"勿抗恶"的消极思想，对拉京这种人的精神懒惰感到愤慨。拉京与"神志不清"的病人的频繁交往，引起小城里"正常的"人们的怀疑。他们认为拉京精神失常，于是强行把他关进第六病室。狱中拉京的抗议是枉然的：看守尼基金的拳头成为维护秩序的决定性根据。不久，拉京便在一个傍晚死去。

通常认为，作者讲述的是生活和环境怎样将一个与众不同的人逼进像监狱一样的疯人院。从小说的叙述中做出这样的解读未尝不可。然而，除了这一显而易见的社会意义之外，小说中还蕴涵着深刻的哲理意义。作者通过拉京和格罗莫夫这两个人物的命运，展示了在无序世界中作为一个人的生活道路：这种生活道路不取决于他的社会地位，不取决于他在生活中是持积极的还是消极的立场，他终究是要孤独地来到这个世界上，而后又要孤独地离开这个世界。在拉京和格罗莫夫这两个人物的身上，契诃夫展示了人是怎样不可避免地走向自己的终点——死亡。契诃夫研究专家卡塔耶夫发现，尽管拉京和格罗莫夫不论是在性格、气质、言谈举止上，还是在处世哲学、生活方式、对待现实生活中恶的态度上，是截然不同的两种人，但两人之间却有着"惊人的相似之处"。因为"两个人都被粗暴的生活，以及生活中的庸俗、暴力和不公正击垮和毁灭。在这场力量不均的决斗中，两个人都显得软弱无力……他们两人反抗与之敌对力量的方式只是言语和对未来的陶醉"。卡塔耶夫由此得出一个非常客观的结论："他们之中的每一个，不论他是什么人，不论以什么哲学理论作为自己的信条……现实必然会把他赶进监狱，让他服苦役，把他投进疯人院，饱受尼基金的拳头。"①

因此，在分析这篇小说的时候，不能简单地认为这里讲述的只是一个人的生活境遇和命运，还应该把它理解为一种哲理概括，理解为人的生存模式的概括。列斯科夫在读完这篇小说后慨叹："《第六病室》以微缩的形式表现了我们普遍的秩序和性格。"小说的内涵超越了叙述的时空，象征的意蕴在无限伸展和扩大：从描述一个穷乡僻壤的小医院、一个偏僻的小城，扩展到描述整个俄罗斯的生活，进而深化为人类悲剧性生存状态的概括。

《第六病室》中布置了许多预示着生存困境和死亡的象征性细节，开篇的几行文字就已经把读者带入一种阴郁的、死气沉沉的、荒凉的、预示着死亡的情境之中："医院的院子里有一所小屋，四周生着密密麻麻的牛蒡、荨麻和野生的大麻。"② 环绕着医院小屋的并不是鲜花或果树，而是疯长的牛蒡、荨麻和野生的大麻，它们是一股强大的自然力，述说着荒芜和败落，散发着死亡的气息。接下来的描述进一步加深了这种印象：

> 这所小屋的房顶生了锈，烟囱半歪半斜，门前的台阶已

---

① Катаев В. Б. Проза Чехова: проблемы интепретации, М.：Изд － во Москов. ун － та，1979，С. 189－192.

② 《契诃夫小说全集》（第八卷），汝龙译，上海译文出版社2000年版，第292页。

经朽坏，长满杂草，墙上的灰泥只留下些斑驳的残迹。小屋的正面对着医院，背面朝着田野，中间由一道安着钉子的灰色院墙隔开。那些尖端朝上的钉子、院墙、小屋本身都带着阴郁的、罪孽深重的特殊模样，那是只有我们的医院和监狱的房屋才会有的。①

医院的小屋成为一个独立的封闭空间，它被包围在密不透风的野生植物和安着灰色钉子的院墙中间，预示着人的无望、畏葸和无法逃脱，实质上就是生命绝境的象征。在契诃夫的艺术世界中，世界就像一座医院，而"灰色的（带钉子的）围墙"成为一种人与人之间隔阂的象征。

> 这个小花园同娜坚卡居住的院子是用一道钉着钉子的高板墙隔开的。（《捉弄》，1886）

> 他的眼睛前面展开一块广大的荒地，围着一道灰白的墙，沿墙有一片去年的牛蒡，密密麻麻。（《演员之死》，1886）

> 前面出现一个朦胧的红色光点，渐渐显出一道很高的大门和一堵长围墙，围墙上钉着些钉子，尖端朝上。（《贼》，1890）

> 车夫忽然勒住马，马车就在一所重新粉刷过的灰色房子

---

① 《契诃夫小说全集》（第八卷），汝龙译，上海译文出版社2000年版，第292页。

前面停住了。(《出诊》，1898)

　　古罗夫慢慢地往老冈察尔纳亚街走去，找到了那所房子。正好在那所房子的对面立着一道灰色的围墙，很长，墙头上顶着钉子。(《带小狗的女人》)

　　她瞧着房屋，瞧着灰色的围墙，觉得城里的一切东西都早已衰老……(《新娘》)

　　屠尔科夫认为："牢笼的感觉、拘留所的感觉、精神病院的感觉以及各式各样的压抑感，是契诃夫笔下极其多样的人物所共有的感觉。"[1] 这种感觉和意象在契诃夫的小说中构成一个环环相扣的象征链，像一层薄雾弥散在文本的字里行间。"墙"的象征意义在现代派文学中得到进一步巩固和深化：不论是卡夫卡的《变形记》，萨特的短篇小说集《墙》，还是法国当代作家马塞尔·埃梅的《穿墙过壁》，"墙"都是一个巨大的象征和隐喻，它不但阻隔了自然与人、人与人之间的联系，而且也成为作者构思和叙述的核心。

　　在《第六病室》中契诃夫没有描写自然风景，其用意很明显：没有大自然的世界是一个空洞的、毫无生机的世界。只是在小说的结尾才出现这样一句："淡淡的月光从铁格子里照进来，地板上铺着像网子一样的阴影。"[2] 但这已经不是从外部进行描写，而是从主人公所处的封闭空间的内部进行描写。拉京看着地板，看着冷冷的、血红色的月亮，还有那灰色的围墙，他感觉到

---

① 安·屠尔科夫：《安·巴·契诃夫和他的时代》，中国社会科学出版社 1984年版，第 242 页。

② 《契诃夫小说全集》（第八卷），汝龙译，上海译文出版社 2000 年版，第 337页。

自己被囚禁在监狱般的医院，脑子里闪过一个可怕的念头："这些如今在月光下像黑影一般的人，这些年来一定天天都在经受这样的痛苦。"① 这与小说开始时预示着死亡的冷漠、空旷、毫无生机的象征意象相呼应。小说中荒凉、毫无生机的象征意义尽管是与具体人物的具体命运相联系的，但是却能从这种具体性中抽象出来深刻的哲理性，并由此思考整个人类的生存境况。可以说，作者以象征的方式预示了人类的某种命运和处境。当人类的这种生存境遇再一次在卡夫卡的《诉讼》《城堡》中被放大、演绎之时，我们就更加钦佩契诃夫的睿智和对人类命运前瞻式的洞察。高尔基在1898年的一封信中指出：契诃夫的现实主义"已经上升到充满崇高精神的、深刻的象征主义的地步"。② 在此，高尔基精准地揭示出契诃夫创作中一个重要的艺术特征，即把日常生活的描写提升到哲学的概括层面。

三

契诃夫任何时候都不会局限于简单地表现日常现象的表面性，他思维的敏锐和冷静使他清楚地意识到人的内心还存在一种隐蔽的生活。美国学者威廉斯高度评价契诃夫具有透视现象内核的超凡才能："他用印象主义者那充满活力的目力关注外部细节，对他而言，结果只有在外部世界成为内部世界的基础的时候，才具有价值。正是在确定这两个世界的关系中，他找到了艺

---

① 《契诃夫小说全集》（第八卷），汝龙译，上海译文出版社2000年版，第337页。

② Горький М. А. Чехов Переписка, статьи, высказывания, М.: Гослитиздат, 1951, С. 28.

术的真正本质。"① 的确，正是由于契诃夫具备这种非凡的能力，他才能及时发现和准确表现围绕人的外部生活所形成的内在的精神生活。《带小狗的女人》的主人公古罗夫爱上安娜之后，便生活在两个时空维度里面：在现在的（外在的）时空里，他过的是公开的、肉体上的生活；在过去的（内在的）时空里，他过的是隐秘的、精神上的生活：

> 他有两种生活：一种是公开的，凡是要知道这种生活的人都看得见，都知道，充满了传统的真实和传统的欺骗，跟他的熟人和朋友的生活完全一样；另一种生活则在暗地里进行……凡是他认为重大的、有趣的、必不可少的事情，凡是他真诚地去做而没有欺骗自己的事情，凡是构成他的生活核心的事情，统统是瞒着别人，暗地里进行的；而凡是他弄虚作假，他用以伪装自己、用以遮盖真相的外衣，例如他在银行里的工作、他在俱乐部里的争论、他的所谓"卑贱的人种"、他带着他的妻子去参加纪念会等，却统统是公开的。②

从一方面来说，内在生活的"个人的秘密"作为人性中的某种潜在力量，需要外在的自我实现，即外化为一种真实的生活；从另一方面来说，对于其他的生活主体而言，每个人的生活又不得不以另一种形式存在，即与内心需要不相符的外部的异在。古罗夫的心灵疲惫地奔波于这两个截然对立的时空之中。在公开的生活中，他极力表现出"正常的"自我；在隐蔽的生活

---

① Субботина К. А. *Чехов и символизм* //Под ред. Бочаров М. Д. *Творчество А П Чехова*, Ростов н/Д.：РГПИ，1984，С. 144.

② 《契诃夫小说全集》（第十卷），汝龙译，上海译文出版社2000年版，第265页。

中，又极力追求真实的自我。然而，让他更加痛苦的是，记忆中鲜活的东西开始渗透到公开的日常生活中，并且已经成为他生活中一种难以遏止的愿望。"生存能力"是契诃夫作品中最重要的因素。但人的生活有另外一个维度，那就是人的存在的本质问题。契诃夫就是这样一个作家，他能把每一个人的生存问题现实化，这些问题在他的创作中具有日常的迫切的必要性，因为在契诃夫的作品中关涉的是人的个体存在。

在《黑修士》中，柯甫陵内心隐秘的一面借助于象征表现得更为复杂。柯甫陵生活的秘密是与他所患的妄想症分不开的，这种病潜伏在他的心中，渐渐地在他身上产生作用，最后以一个穿黑衣的修士的幻影出现。黑衣修士让柯甫陵相信自己是"上帝的选民"，要为"永恒的真理"服务，他是"提前几千年使人类进入上帝之国"的杰出人物中的一分子。黑衣修士所说的话，很容易让人联想起当时盛行的尼采的某些思想（天才论、超人哲学）。①

渴望做一个"上帝的选民"和"杰出人物"这一意念，成为柯甫陵生活的"秘密"。黑衣修士的话让柯甫陵感到满足的不仅是自尊心，而且还有他的整个灵魂。很显然，黑衣修士是由柯甫陵的妄想症和想像力创造出来的，他是柯甫陵潜意识的体现，是一个不愿向真实平庸的自我妥协的虚幻的自我。柯甫陵需要这个幻觉，以此来补偿生活的灰色和个人的平庸。黑衣修士这个幻影成为他的精神支柱，它在不断地鼓舞他，也在不断地毁灭他。

《黑修士》是契诃夫作品中最令人费解的谜，围绕这篇小

---

①　Сепина Е. *Чехов и Нище Проблемы сопоставления на материале повести А П Чехова "Черный монах"*//Под ред. Катаева В. Б., Клуге Р. Д. *Чехов и Германия*, М.：МГУ, Тюбинг, 1996, С. 127.

说，尤其是柯甫陵这个人物形象，争论一直未断，而且常常出现截然相反的观点。古列绍夫认为：在《黑修士》中，契诃夫对有高尚追求的人物的认识明显提高。为了强调这类人物的特殊性，作者甚至以象征的形式把他们提高到现实生活之上，在一个新的水平上以更加复杂的方式表现日常生活的庸俗。柯甫陵这个形象表明，"契诃夫第一次以象征的手法表现了对英雄形象的渴望"。① 为了突出柯甫陵的"英雄形象"，古列绍夫还把小说中俄国著名的园艺学家彼索茨基的活动与柯甫陵的高尚追求作对比。彼索茨基的工作是种植苹果，把它们分类、包装、销售，尽管这一切都是按科学的方法进行的，但他"为人苛刻，甚至独断专行"。科罗文等研究者却不以为然：在契诃夫的作品中，人幻想另一种生活和另一个自我，这是对灰色的、野蛮的现实和个人平庸的自然反应。"但这个幻想十分可怕，极具诱惑力，在极端的表现中转变成类似麻醉剂的东西，不论是对主人公自己，还是对他周围的亲人，都成为致命的、破坏性的东西。"② 美国学者维奈尔则持另一种观点：从对知识的渴求这一角度而言，柯甫陵同浮士德很相似，而黑衣修士则扮演了魔鬼靡菲斯特的角色，在达尼雅的身上可以看到玛格丽特的影子。最后维奈尔把柯甫陵这一形象界定为"只是俄国文学中多余人的一种变异"。③

从文本分析来看，科罗文的观点更具说服力。病态中的柯甫陵情绪高昂，精神亢奋，他相信自己是天才，不知疲倦地写

---

①　Кулешов В. И. *Истирия русской литературы* , М. : Русский язык, 1989, С. 509.

②　Коровин В. И. , Якушин Н. И. *История русской литератудры XI—XIX вв* . , М. : Изд. Русское слово, 2001, С. 570.

③　Субботина К. А. *Чехов и символизм* //Под ред. Бочаров М. Д *Творчество А П Чехова* , Ростов н/Д. : РГПИ, 1984, С. 144—145.

着他的科学著作，而实际上，他在犯病时所写的一切东西都没有丝毫价值。渴望成为"上帝的选民"并非是他理性思考的结果，而是他的妄想症生出来的幻觉。黑衣修士唤醒了他潜意识中想成为"超人"的欲念，他沉迷于这个不切实际的幻想之中不能自拔。他的偏执和迷误伤害了新婚妻子达尼雅的感情，毁掉了她的一生，而达尼雅的父亲也因过度悲愤离开了人世。可以说，契诃夫在塑造柯甫陵这个人物形象时是带有惋惜和讽刺意味的，"柯甫陵的悲剧性的自我定位意识成为契诃夫辛辣讽刺的对象"。①

维奈尔的观点有待商榷：柯甫陵并不像浮士德那样伟大，黑衣修士也没有靡菲斯特无边的魔力，他不能回答柯甫陵的疑问，更不能帮助他实现自己的理想。古列绍夫的观点更是值得怀疑，因为契诃夫并没有把柯甫陵这一形象及其理想（更确切地说应该是幻想）"提高到现实生活之上"，而恰恰是要说明，他的所作所为脱离了现实生活。此外，达尼雅的父亲彼索茨基经营的果园所蕴涵的象征意义也说明了这一点。

> 在院子里，在那个连同苗场一共占地三十俄亩的果园里，一切都欣欣向荣，哪怕遇上坏天气也充满生趣。……春天还刚刚开始，真正艳丽的花坛还藏在温室里，可是林荫路两旁和这儿那儿的花坛盛开着的花朵，已经足以使人在花园里散步，特别是一清早每个花瓣上都闪着露珠的时候，感到走进了柔和的彩色王国。……可是花园里最使人高兴而且给它添了生气的，却是人们那种经常不断的活

动。从清早到傍晚，那些树木和灌木旁边，林荫道旁和花
坛上面，总有许多人像蚂蚁似的忙忙碌碌，有的推着独轮
车，有的挥着锄头，有的提着喷壶……①

在契诃夫成熟期的创作中，主人公面临的问题越复杂，自
然景物所包含的意蕴和表现的感情就越丰盈。这是柯甫陵刚到
彼索茨基家时看到的果园景象。柯甫陵走在园子里，"他的胸
中突然产生他童年时代在园子里跑来跑去的当儿体验过的那种
欢欣而清新的感觉"。② 当彼索茨基去世后，这个果园也被毁
掉了。柯甫陵整日念念不忘自己的"崇高"志向，然而，这个
准备为人类"永恒的事业"和"公众的幸福"贡献自己一切
的"超人"，却没有为这个果园种下一棵树。他远离劳动，不
能理解、也不能正确认识劳动的价值，成为脱离自然、劳动和
人群的孤家寡人，果园则成为他的这种思想和行为的特殊审判
官。在柯甫陵生命的最后时刻，他想起了被他毁掉的美好的
一切：

　　他呼唤达尼雅，呼唤那个有着沾满露水的艳丽花朵的大
园子，呼唤那个花园和露出毛茸茸的树根的松树、黑麦田，
呼唤他那了不起的学问、他的青春、勇气、欢乐，呼唤那原
先十分美好的生活。③

果园成为美的象征，它所包含的象征意义是多层次的：自

---

① 《契诃夫小说全集》（第九卷），汝龙译，上海译文出版社 2000 年版，第
97—98 页。
② 同上书，第 101 页。
③ 同上书，第 124 页。

然之美、劳动之美、力量之美、生活之美。契诃夫借助果园从繁茂到衰败的变化来证明：个人主义，孤僻不群，鄙视与人们交往，是不可能造就出真正的英雄的。按契诃夫的理解，英雄产生于与人们的团结之中，产生于个体与整个人类、与情趣相投或志趣迥异的人们保持血肉联系的认识之中。在那篇著名的纪念俄国卓越的地理学家尼·米·普尔热瓦尔斯基的文章中，契诃夫立场鲜明、饱含激情地赞颂了为科学献身的人："他们的明确的思想，以祖国和科学的荣耀为基础的高贵的荣誉心，他们的坚忍不拔，任何艰辛与危险及个人幸福遭受的任何损失都无法动摇的向着既定目标勇往直前的精神，他们学识丰富，热爱劳动，惯于忍受酷热、饥饿、乡愁、折磨人的热病，他们对基督教文明和对科学的狂热信仰，使他们在人民的心目中成为体现着最崇高的道德力量的献身者。"① "在我们这个病态的时代，当欧洲各国的社会充满了慵懒，生活的沉闷，信念的丧失……就像需要太阳似的需要献身者们"，② 契诃夫认为，像普尔热瓦尔斯基这样的人物特别可贵之处在于，"他们生活的意义，他们的业绩、目标与道德面貌是连幼小的孩子都能理解的。一个人越是接近真理，他便越朴素，越容易理解。"③ 在契诃夫的心目中，只有像普尔热瓦尔斯基这样的人才能称为真正的英雄，相比之下，柯甫陵根本算不上契诃夫笔下的"英雄形象"。从另一方面来说，契诃夫对人与人之间的关系的认识，并不在于好人与坏人之间、犯错误的人与没有过错的人之间的对立，而在于人们由于其自身固有的特点和企望走向错误和悲

---

① 契诃夫：《莫斯科的伪善者们》，田大畏译，辽宁教育出版社 1997 年版，第 186 页。

② 同上书，第 186—187 页。

③ 同上书，第 187 页。

剧性的结局。为了表现人们是怎样犯错误，怎样毁灭自己和别人的生活，契诃夫并不需要把一些主人公描写成正面人物，而把另一些主人公描写成反面人物，在此基础上对比他们的优点和缺点，并对他们品质中的某一方面表现出赞赏或好感。把紧张冲突的基础归为某些人物的正面品质和反面品质的冲突，这在契诃夫看来是过时的手法，他只是把自己的主人公们描写成热衷于自我的人，每一个人都要实施自己的想法，绝对相信自己对事物的认识。契诃夫表现冲突的创新之举就在于此。

契诃夫笔下的象征符合现代审美的需要，这主要表现在象征意象的隐蔽性和象征意蕴的无限可能性。象征意象的隐蔽性调动了读者的思考和联想，而象征意蕴呈现的开放空间为读者多角度地进入文本提供了可能。作者借助于象征，赋予人物形象和作品思想多义性和复杂性，避免了直线式和说教式地表现自己的思想，表现出与平铺直叙迥异的叙事风格和艺术魅力。

第三节　契诃夫与俄国象征主义者

一

在俄国象征主义者对其创作的自我定位中，契诃夫占有特殊的地位。许多象征主义者，如梅列日科夫斯基、吉皮乌斯、别雷、巴尔蒙特、维亚·伊万诺夫、勃留索夫、安年斯基等，对契诃夫的创作和个性都有过评论。在象征主义者的评论中存在三种主要倾向：第一种是把契诃夫的创作从现代创作中区分出来，视其为现代文学的独特的"昨天"，如吉皮乌斯、伊万诺夫、勃留索夫、别雷等人的评论；第二种评论接近客观分析，认为契诃夫是"伟大的俄国文学的理所当然的继承者"，把俄罗斯诗歌所具有的"质朴、自然、没有任何程式化的激情和紧张"发展到了极致①，如勃洛克和梅列日科夫斯基的部分评论、别雷1907年的评论等；第三种是"同化"的倾向，把契诃夫的创作视为与象征主义同源，如别雷、梅列日科夫斯基的最初评论、安年斯基的部分评论。象征主义者的这几种评论倾向说明，对契诃夫的创作经历了一个重新认识的过程，甚至是在同一个诗人或者评论者的认识中也会出现一个"之"字型的认识过程。这种重新评价不仅取决于评论者个人的好恶，而且还是俄国象征主义的美学体系内部不断变化的结果。

俄国的象征主义者们视契诃夫为"新艺术"的先驱，曾多次把契诃夫的名字与"新艺术"联系在一起。"有时在雷雨前死一般的寂静中只能听到一只鸟在歌唱，它像是在呻吟，凄婉悲凉，如怨如诉：这正是契诃夫的歌。……我们已经从这雷雨前的寂静，从契诃夫的忧郁中走出来；我们看到的正是契诃夫预言的大雷雨。"②从梅列日科夫斯基的这番话中不难看出，象征主义者试图证明自己是契诃夫的继承者，正沿着契诃夫开辟的道路继续探索。但梅列日科夫斯基终究没有贸然把契诃夫拉到象征主义的名下，而是把他留在了"新艺术"这个模糊概念的门槛上。把契诃夫划归"新艺术"之列是很讨巧的做法，因为即便是从当时来看，也没有任何理由和根据可以把契诃夫的创作称为旧艺术。俄国的象征主义者，尤其是梅列日科夫斯基和安德烈·别雷，对契诃夫推崇备至，尽管契诃夫远离他们的宗教玄学理论。契诃夫的小说，特别是戏剧，在象征主义者中间引起了强烈反

---

① Мережковский Д. С. *Чехов и Горький* //Общ. ред. Сухих И. Н. *А П Чехов* : pro et contra, СПб. : РХГИ，2002，С. 695.

② Цит. Иванова Е. В. *Чехов и символисты: непроясненные аспекты проблемы* //Ред. Горячева М. О. и др. *Чеховиана: Чехов и "Серебряный век"*，М. : Наука，1996，С. 30.

响。1892 年梅列日科夫斯基发表了轰动一时的论述象征主义哲学美学原理的文章——《论当代俄国文学衰落的原因及其新流派》，在这篇纲领性的文献中，可以找到俄国象征主义者对契诃夫文学创新的最早评价。梅列日科夫斯基在契诃夫那里发现了象征主义的一个重要特征，即"渴望从未体验过的感觉"，"追求我们的感觉中难以察觉的细微差异和模糊的、无意识的东西"。梅列日科夫斯基珍视契诃夫具有发现"难以察觉的"事物的禀赋，具有破坏小说冗长的叙事形式和创造新的叙述方式的独创精神。故此，梅列日科夫斯基认为，正是由于契诃夫拥有这些独到的艺术品质，他才能够"在瞬息的情绪间，在微末的角落中，在生活的原子里看见整个世界，以及任何人都未曾研究过的东西"。①

　　在 19 世纪末 20 世纪初的文学批评语境中，别雷的观点可谓独一无二。别雷曾在 1904—1907 年间撰写了四篇关于契诃夫的评论文章（《樱桃园》《契诃夫》《〈伊凡诺夫〉在艺术剧院的舞台上》和《安·巴·契诃夫》），从这几篇文章中可以看出别雷认识上的变化。别雷在仔细分析契诃夫的《樱桃园》和《三姐妹》后，发现了作为戏剧家的契诃夫的很多独到之处：特殊的时空感，带着怀疑的态度清醒地认识人们对未来的幻想，以及同时存在互相对抗的文学流派的诸多特点。在分析契诃夫之前的俄国现实主义时，别雷指出："在不久以前我们还站在牢固的基石之上"，而现在，当生活变成另一种样子，变得更加"透明"，现实主义的可能性就扩大了，和象征主义并接起来。"这就是契诃夫。他用外在的特征表现主人公，而我们则从内在的方面理解

① Под ред. Жоржа Нева, Виктории Страды и Ефима Эткинда ХХ век: Серебряный век, М.: Изд. группа Прогресс—Литер, 1995, С. 52.

他们。他们走路、喝酒、说着毫无意义的话，但我们却看见他们精神上的极度痛苦。"① 在《契诃夫》（1904）一文中，别雷在契诃夫的人物形象中发现了象征主义者们紧张寻找的"透明性"，现实与梦幻的融合，而这些特点在别雷看来，恰恰是致力于"新艺术"的象征主义者所追求的。 《安·巴·契诃夫》（1907）是别雷关于契诃夫创作的总结性评论，其中研究了现实主义和象征主义的相互作用。契诃夫的创作被别雷视为现实主义和象征主义的"唯一的接合点"，同时也是两个流派的分水岭。别雷在这篇文章中对以前的观点做了一些修正，他认为，从一方面来讲，契诃夫的"具有能见度的形象"从本质上说是"可以穿透的"，这些形象的"全部表层是现实主义的。……但是他的目光越深入生活关系的结构，他对其形象结构研究的越详细，则这些形象就越加透明……于是木已非木，而成为多样性奥秘的集合"。另一方面他又指出："但出路他却不给，因此被未知包围的我们注定在自己玻璃监狱的封闭界限内徘徊……"② 按照别雷的理解，契诃夫的艺术象征属于两个不同的范畴——"现实的"象征和象征主义的象征，这一特点使得契诃夫的象征从局部的象征转为普遍的象征，从日常生活的象征转为存在的、"永恒的"象征。因此，别雷把契诃夫的创作奉为"俄罗斯象征主义的基石"③，甚至认为，所有的象征主义者们都要"拜服"在契诃夫面前，"用他的眼睛来观察世界"。④ 尽管别雷极力让契诃夫贴近

---

① Белый А. *Вишневый сад* //Общ. ред. Сухих И. Н. *А П Чехов: pro et contra*，СПб.：РХГИ，2002，С. 838.

② 安·别雷：《安·巴·契诃夫》，周启超主编《白银时代名人剪影》，中国文联出版公司1998年版，第27页。

③ 同上书，第28页。

④ 同上书，第28—31页。

象征主义，并且称契诃夫为俄国象征主义的前辈和导师，但他却承认，契诃夫始终是一个现实主义作家，因为契诃夫"似乎没有神秘主义的经验"。

别雷把象征主义作为世界观来捍卫，他的象征主义观点影响到他对契诃夫作品的分析，影响到对现实主义思想及其艺术潜力的理解。与此同时，别雷对契诃夫创作的理解也影响到他对象征主义理论的阐述。象征与现实的联系，是别雷在论述契诃夫的文章中一再重复的思想，也是他所确立的象征主义的基本原则之一。别雷这一系列关于契诃夫的评论文章，恰好发表于他紧张地思考和研究"新艺术"这个概念的时期。他从契诃夫的作品中得到所需要的"答案"，并以此设计正在形成的"新艺术"美学的基本原则。别雷对契诃夫的崇拜可谓五体投地，致使某些研究者认为，别雷是"看着契诃夫的脸色"制定了自己的象征主义理论。① 《象征主义》的作者用契诃夫经验的"砖石"来构建自己的理论基础，并且在一开始就剔除了与年轻象征主义者的探索方向不相符合的东西。卡塔耶夫指出："对于别雷来说象征是神秘的暗示，指明现实中那些虚幻东西的存在。而在契诃夫那里，哪怕是最神秘的声音都不是来自于上天，而是'仿佛来自于上天'"，"……契诃夫的象征一直在拓展范围，但始终都没有离开地面"。②

象征主义者关于契诃夫的评论文章都写于 20 世纪初，这一时期各种文学流派互相渗透，有意无意地追求艺术的综合化。同时这也是一个美学认识繁荣的阶段，反映了转折时期的审美理

---

① Лосиевский И. Я. "Чеховский" миф Андрея Белого //Ред. Горячева М. О. и др. Чеховиана: Чехов и "Серебряный век", М.: Наука, 1996, С. 107.

② Катаев В. Б. Литературные связи Чехова, М.: Изд-во Моск. Ун-та, 1989, С. 248—249.

念，用别尔嘉耶夫的话说：这种美学认识虽然"丧失了完整性和自然性，但却获得了不仅是对于与自己一致的文学流派，而且也是对于与自己相对立的文学流派的明智的认识"。① 显然，并不是象征主义者评论契诃夫的所有观点都能被我们认同，然而我们却不能不承认，正是象征主义者最早在艺术心理的范畴内研究契诃夫的诗学和创新，他们也是最为细致地、敏锐地感受到了契诃夫作品中所思考的人类存在问题的人之一。此外，我们还必须承认，象征主义者对契诃夫创作的美学思想的研究，客观上加深了对契诃夫艺术世界的认识和研究，而且他们对一些问题的分析不乏远见卓识。

俄国象征主义者如此敬重和钦佩契诃夫，那么，他们的创作受契诃夫的影响是不言而喻的。契诃夫与俄国象征主义者之间的联系，成为许多研究者感兴趣的论题。彼得·亨利指出，具有创新和实验意识的象征主义小说家别雷在其小说《彼得堡》中所表现出来的诸多艺术手法同契诃夫的诗学有一定联系，如印象主义色彩、"剪影"式的象征手法、讽刺模拟成分等；② 有些研究者则认为，《彼得堡》与契诃夫的《匿名氏故事》（1893）有着不可怀疑的思想艺术上的内在联系；③ 《樱桃园》中加耶夫家的舞会被别雷视为"悲剧性的假面舞会"，在《彼得堡》中相似的情节场面是借助各种狂欢的手法表现的；④ 而契诃夫的"黑衣修

---

① 见. Полоцкая Э. *О поэтике Чехова*，М.：Наследие，2001，С. 197.

② Питер Генри *Чехов и Андней Белый* //Ред. Горячева М. О. и др. *Чеховиана：Чехов и "Серебряный век"*，М.：Наука，1996，С. 84.

③ Смирнова Н. В. *Чехов и русские символисты*（автореф.），Л.，1979，С. 19—20.

④ Ермакова З. П. *А П Чехов в творческом сознании А И Солженицына* //Отв. ред. Ванюков А. И. *А И Солженицын и русская литература*，Саратов：Изд-во Саратовского пед. ин-та，1999，С. 84.

士"的形象则出现在安年斯基、巴尔蒙特和叶赛宁的诗歌中（在叶赛宁的诗歌中是以"黑影人"的形象出现的）。[①] 匈牙利研究者希拉尔德在参阅大量象征主义小说之后得出这样的结论：契诃夫常被俄国象征主义作家，特别是索罗古勃"援引"，他不仅是俄国象征主义者们的先驱，而且间接地成为俄国后象征主义小说家，如扎米亚京、布尔加科夫等人的前辈。[②] 毫无疑问，希拉尔德所指出的象征主义者们倾心于形象的变体，是符合契诃夫的艺术精神的。除此之外，契诃夫小说中的情景、事件以及艺术手法对象征主义者们也产生了很大影响。

大量的研究结果表明，契诃夫对俄国象征主义文学创作产生了深远的影响，这已是不争的事实。与此同时，我们也应该注意到俄国象征主义者之于契诃夫的影响。尽管契诃夫从不认为自己是象征主义者，但这并不意味着契诃夫对象征主义诗人及其诗学的全面否定。

二

契诃夫对俄国象征主义者的态度不是一概地反对和拒斥，他对当时俄国许多象征主义诗人都很熟悉和了解，曾一度与梅列日科夫斯基和吉皮乌斯保持较为密切的联系（梅列日科夫斯基写给契诃夫的信有 11 封保存下来），而与巴尔蒙特则保持终生的友谊。不仅如此，契诃夫还非常关注这些作为"新艺术"代表的年轻诗人们的创作。梅列日科夫斯基与契诃夫相识于 1891 年

---

① Питер Генри Чехов и Андней Белый //Ред. Горячева М. О. и др. Чеховиана: Чехов и "Серебряный век", М.：Наука, 1996, С. 84.

② См. Полоцкая Э. А. Антон Чехов //Редактор изд. Торопцева А. Н. Русская литература рубежа веков (1890 – е—начало 1920 – х), М.：Наследие, 2000, С. 439.

3 月的威尼斯，他们属于完全不同的两种人：契诃夫内敛沉静，"新艺术"的倡导者梅列日科夫斯基则是热情奔放。然而，性格差异并不影响梅列日科夫斯基成为契诃夫的崇拜者。契诃夫开始注意梅列日科夫斯基是在后者于 1888 年《北方通报》第 11 期上发表评论契诃夫的文章《关于新才能的老问题》之后，当时文章的作者还是一个大学生。这篇评论文章引起了契诃夫的兴趣，他"很高兴地读一遍"①，并在 1888 年 11 月给苏沃林的信中写道："美烈日科甫斯基写得流畅而富于青春的气息"。又："讲到美烈日科甫斯基的论文，如果把它看做从事严肃的批评工作的愿望的表现，那它就是非常可喜的现象。"② 几年后，梅列日科夫斯基在那篇著名文章《论当代俄国文学衰落的原因及其新流派》的扉页上附上赠言："赠给安东·巴甫洛维奇·契诃夫。真诚地忠实于他和热爱他的才能的德·谢·梅列日科夫斯基。"③ 梅列日科夫斯基于 1893 年发表在《作品》一月号上的剧本《暴风雨过去了》得到契诃夫的赞赏（参见 1893 年 2 月 5 日契诃夫写给苏沃林的信），在契诃夫的眼中，梅列日科夫斯基是一个"很聪明的人"（参见 1891 年 1 月 5 日契诃夫写给苏沃林的信），是"新艺术"的拥护者和践行者。值得一提的是，1901年契诃夫还推荐梅列日科夫斯基入选俄罗斯科学院名誉院士（参见 1901 年 12 月 5 日契诃夫写给维谢洛夫斯基的信）。

　　另一位著名的象征主义诗人巴尔蒙特很早就喜欢上了契诃夫的作品，他在《契诃夫的名字》（1929 年 6 月发表在巴黎《俄

---

　　① 《契诃夫文集》（第十四卷）汝龙译，上海译文出版社 1999 年版，第 401 页。

　　② 同上书，第 461 页。

　　③ Писима Д. С Мережковский к Чехову // Ред. Горячева М. О. и др. Чеховиана: Чехов и "Серебряный век"，М.：Наука，1996，С. 260.

罗斯与斯拉夫人》报上）中写到，1889 年读了契诃夫的小说集
《在黄昏》便爱不释手，立刻丢掉了歌德和海涅的诗歌。"当时
我还非常年轻，在刚刚开始自己的文学道路的时候，我就喜欢上
了契诃夫……"① 契诃夫也极为欣赏巴尔蒙特的才华，他在 1902
年 5 月 7 日致巴尔蒙特的信中说："您知道，我欣赏您的才能，
您的每一本书都带给我不少快乐和激动。"② 契诃夫提到的这几
本书是巴尔蒙特早期创作的诗集：《在北方的天空下》《在无限
中》《寂静》（参见契诃夫 1902 年 1 月 1 日致巴尔蒙特的信）。
据 Б. А. 拉扎列夫斯基回忆，契诃夫对巴尔蒙特的评价甚高：
"例如巴尔蒙特，他的诗很多人不太喜欢，但他仍不失为一个大
诗人，因为他创造了自己的、全新的东西……"③ 契诃夫在给妻
子奥·列·克尼碧尔的信中也曾表示："巴尔蒙特是我喜爱
的。"④ 契诃夫高度评价巴尔蒙特新颖独特的表现手法，别具一
格的诗学特征，却不欣赏他诗歌中古怪的选题和矫饰的风格，但
这并不影响他对巴尔蒙特及其诗歌的喜爱。有学者认为，巴尔蒙
特的抒情诗《海鸥》（发表于 1894 年 1 月 13 日）对契诃夫创作
剧本《海鸥》（创作于 1895—1896 年）有着一定的影响，其中
最重要的主题与利用象征主义诗学中某些稳定的因素有关：剧情
的间断性、故意而为之的神秘性、布景的异域情调等。⑤ 在此我
们有必要介绍一下巴尔蒙特的这首诗。在白银时代的艺术中，海

---

① Нинов А. *Чехов и Бальмонт* //Вопросы литературы，1980，№ 1，C. 127.

② 《契诃夫文集》（第十六卷）汝龙译，上海译文出版社 1999 年版，第 479
页。

③ Лазаревский Б. А. *Воспоминания* //Новый мир，1980，№ 1，C. 235.

④ 《契诃夫文集》（第十六卷）汝龙译，上海译文出版社 1999 年版，第 533
页。

⑤ Собенников А. С. *Художественный символ в драматургии А П Чехова*，
Иркутск：Изд-во. иркутс. ун-та，1989，C. 42.

鸥（常常是被射伤的海鸥）是精神自由的象征，优雅而哀伤的、振翅飞翔在广阔大海上的海鸥象征着人有潜力战胜庸俗的生活。巴尔蒙特的《海鸥》生动地诠释了这一优美的形象：

> 海鸥，一只悲鸣的灰色海鸥盘旋在
> 冰冷的泛着泡沫的海面上。
> 你从哪里来？为何远离故乡？为何你的幽怨
> 充满无尽的哀伤？
>
> 远方茫茫。阴沉的天空皱着眉头。
> 灰色的泡沫在浪尖上卷起了头发。
> 北风哭泣，海鸥悲鸣，疯狂的
> 四处漂泊的海鸥来自遥远的国家。

巴尔蒙特的这首诗传达了当时的一种社会情绪，契诃夫敏锐地感受到了，并且在自己那个"令人惊奇的离经叛道的"[①]剧本中迅速地作出了回应。从契诃夫与象征主义者的关系以及对他们的创作的评价来看，我们可以做出肯定的判断，契诃夫的创作在某种程度上受到过象征主义的启发和影响，在他的创作美学中的确存在着能够说明他把艺术的象征作为探索现实主义新方法的一种表现形式的诸多因素。

在19世纪90年代象征主义产生和形成的阶段，象征主义者曾积极地"讨好"契诃夫，试图让他成为自己的同盟者。勃留索夫在《北方之花》上刊登了契诃夫的作品，打算继续与契

---

① 《契诃夫文集》（第十二卷）汝龙译，上海译文出版社1999年版，第448页。

诃夫合作。事实上，契诃夫也一度与象征主义者保持联系，但后来他却主动地疏远了他们。契诃夫疏远象征主义者的原因并不十分清楚，然而，有一点是可以肯定的：信仰问题是两者产生分歧的根本原因。在契诃夫看来，梅列日科夫斯基一开始就在"玄妙的探索"（参见 1891 年 12 月 25 日契诃夫写给普列谢耶夫的信）中晕头转向。"早已失去信仰"的契诃夫认为，对待这类问题首先需要"灵魂的完全自由"，需要一个人"单凭自己的良知去寻求，寻求，寻求。……"① 而梅列日科夫斯基则认为，契诃夫的罪过就在于他"从基督的身旁绕过去"。② 后来，佳吉列夫想请契诃夫和梅列日科夫斯基共同担任《艺术世界》杂志的栏目主编，契诃夫谢绝了这个邀请，因为他是不可能和梅列日科夫斯基合作的："我怎么能跟德·谢·梅列日科夫斯基在同一个屋顶下和睦相处呢？他有明确的信仰，跟导师一样的信仰，与此同时我却早已失去我的信仰，只能用困惑不解的眼光看那些有信仰的知识分子了。我敬重德·谢·梅列日科夫斯基，无论他作为人还是作为文学活动家都为我所看重，可是话说回来，如果要我们拉车的话，我们就会把车往不同的方向拉去。"③。很显然，象征主义者的信仰，尤其是以梅列日科夫斯基为首的宗教神学派的宗教信仰和美学追求，与契诃夫是格格不入的，这是他们不能在"同一个屋顶下和睦相处"的根本原因。

---

①　《契诃夫文集》（第十六卷）汝龙译，上海译文出版社 1999 年版，第 436 页。

②　Собенников А. С. *Художественный символ в драматургии А П Чехова*，Иркутск：Изд-во. иркутс. ун-та，1989，С. 45.

③　《契诃夫文集》（第十六卷）汝龙译，上海译文出版社 1999 年版，第 562—563 页。

可以看出，契诃夫疏离象征主义者并不是出于个人的好恶，而是由于他们的信仰和所走的创作道路不同。尽管契诃夫从未发表过有关象征主义的言论，但是，我们仍然可以从契诃夫的一些作品中判断出他对象征主义的态度。最能说明这一问题的就是契诃夫的《海鸥》。剧中的男主人公特烈普列夫是一个拥护"新艺术"的青年剧作家，他认为新的戏剧需要新的形式，其美学信条是："不应当按生活的本来面目描写生活，也不应当按生活应有的面目来描写它，而应当按生活在我们的梦想中所表现的那样描写它。"① 与剧中有名望的作家特利果陵相比，特烈普列夫与其说是缺乏天分，不如说是缺乏生活力量。他的新艺术的萌芽实在是太脆弱了，还没有足够的力量去表现他内心中新的体验，并使其转变成某种有意义的东西。彻底地脱离真实的社会，逃避生活的"本来面目"，幻想模糊的未来和感觉阴郁的恐惧，这是特烈普列夫世界观的主要特点，也是导致主人公悲剧性结局（开枪自杀）的根源。特烈普列夫这个形象由各种新的印象织结而成：他的心理、美学、创作纲领、言谈举止的风格，最终，他的经历和命运，都是契诃夫基于对追随"新艺术"的年轻人的了解和思考综合形成的。契诃夫戏剧的研究者们曾多次对这个人物形象的生活原型做过推测和分析，有人认为是列维坦，有人认为是符拉基米尔·索洛维约夫，还有人认为是巴尔蒙特。② 虽然众说纷纭，各持己见，但有一点是可以肯定的，即作为一个艺术形象，特烈普列夫反映了当时俄国"新艺术"追随者的典型特点。契诃夫是不赞同

---

① 《契诃夫文集》（第十二卷）汝龙译，上海译文出版社 1999 年版，第 135 页。

② Нинов А. Чехов и Бальмонт //Вопросы литературы，1980，№ 1，С. 103.

"新艺术"派的世界观和创作理念的，特烈普列夫的悲剧性结局已经说明了这一点。

契诃夫没有接受俄国象征主义的某些哲学、美学方面的片面性以及他们狭隘的派性。俄国象征主义者关于事物彼岸意义和经院式的烦琐议论，由符·索洛维约夫开始，后来经别雷和维·伊万诺夫不断理论化，与契诃夫的现实主义精神相悖逆。

在象征主义理论和学说中，勃留索夫认为象征主义诗歌可以称为是"暗示诗"，它具有三个特点：一是"表达细腻的、隐约可以捕捉的情绪"，二是善于"感染读者，唤起他的一定情绪"，三是使用"奇特的、非同寻常的修辞格和比喻"。[①] 勃留索夫关于"暗示诗"的提法同善于通过细节展现整体，并且借助间歇、沉默、"潜流"塑造物体形象和传达情绪的契诃夫式的"暗示"极为接近。象征主义理论家和诗人维·伊万诺夫把不限于一种含义的音乐性置于一切艺术形式之上。从某种程度上说，伊万诺夫的这一观点有其合理性，因为他指出了在任何艺术作品中都有自己"潜在的音乐性"。而音乐性在契诃夫的小说中，如《草原》《带小狗的女人》《带阁楼的房子》等，是显而易见的。象征主义者尤为欣赏契诃夫作品中的音乐性——"凄婉悲凉，如泣如诉"。他们认为，契诃夫小说的音乐性同象征主义诗歌的音乐性一样，恰好契合了 19 世纪末的忧郁情绪。

就创作关系而言，契诃夫与象征主义者之间是互相影响的。契诃夫在拒绝象征主义的宗教玄学和颓废因素的同时，在寻求能够成为人类生活和创作力量之源泉的"中心思想"上，在寻求新的现代艺术形式上，在探索艺术表现方式上，甚至在力求展现人的复杂的、隐秘的感情方面与象征主义有相同或相近之处。郑体武在论证现实

---

① 郑体武：《俄国现代主义诗歌》，上海外语教育出版社 1999 年版，第 16 页。

主义与现代主义的相互影响时，公允客观地指出：“正是在现代主义的影响下，现实主义文学才能在形式方面趋向精致和复杂，创作事业不断扩大，艺术情景和细节充满了象征的含义。”①

三

必须指出的是，基于不同的世界观和认识论所表现出来的艺术象征也不尽相同。象征主义者总是试图展现存在于社会、历史、日常生活等具体环境之外的人的“共性”，从非理性的层面去诠释“世界中的人”这个永恒问题。无视现实，拒绝理性，这是象征主义的典型特征。在象征主义者（尤其是早期象征主义者）的眼里，可见的现实只是“现象编织的蛛网”，它缠裹住了更高的、神秘的现实。日常现象没有决定性意义，早期象征主义者宣称，“艺术与现实生活没有任何联系”。② 对他们而言，重要的不是现实，而是隐藏在现实背后的象征。而作为无神论者的契诃夫，对任何宗教哲学都持怀疑态度，其象征与他同时代的俄国象征主义者的象征截然不同。在契诃夫看来，除了他的主人公生活的那个现实之外，根本不存在另外一个现实。两者的区别不仅在于契诃夫的象征一开始就有的现实性，还在于这种象征是作者源于现实的感性认识的浓缩和升华，在于他任何时候都不拒绝用理性理解生活和真理。

在契诃夫的艺术世界中，深奥的象征意义源于平凡的现实生活。契诃夫从来不在虚幻的层面上使用象征意象，即使是最抽象的，或者说无形虚幻的形象，在契诃夫的笔下都具有鲜明的表现

①　郑体武：《危机与复兴——白银时代俄国文学论稿》，四川文艺出版社1996年版，第5页。

②　郑体武：《俄国现代主义诗歌》，上海外语教育出版社1999年版，第13页。

力、直观性和具体内容。我们不妨回忆一下《黑修士》中修士的幻影出现时的情景：当黑色的旋风越变越小，渐渐靠近柯甫陵的时候，他忽然变成了一个"穿着黑衣服，满头白发，胳膊交叉在胸前"的修士，他对柯甫陵点头，"向他亲切而又狡猾地微微一笑"①，而后钻进松林云烟般消失了。《出诊》中的"工厂"暗示了生活的荒诞，是魔鬼的象征。医生柯罗辽夫看见，不幸的不只是工人，还有厂主的妻子和女儿，他思考道："这儿主要的角色是魔鬼，一切事都是为他做的。"② 作者借助"工厂"的形象揭示出人屈服社会必然的生活法则，触及了人的个性与命运之间的错位这一深刻问题。之后，勃洛克在城市主题诗《工厂》中以自己的方式重新演绎了"工厂—魔鬼"这一象征形象。此外，不论是在《在大车上》的"道路"，《草原》中的"草原"，还是《醋栗》中的"醋栗"，《洛希尔的提琴》中的"提琴"，都可以感受到契诃夫的象征有形可感，真实可信。他笔下的象征形象轮廓鲜明清晰，意蕴多重深远。由此可见，契诃夫创作资料的文学性、艺术性更多的是与生活性有机地结合在一起的。奥夫夏尼克—库利科夫斯基认为，契诃夫的象征的特殊性就在于"无意识，也可以说是隐蔽性"，这是"另外一种象征——不那么咄咄逼人，不那么纠缠不休，而是更柔和的象征……"③ 这里所说的象征的"无意识"或"隐蔽性"，就其实质而言，就是指契诃夫的象征的现实性和生活性，既新颖独到，又平易近人，而这一点正是契诃

---

① 《契诃夫小说全集》（第九卷）汝龙译，上海译文出版社2000年版，第104页。

② 《契诃夫小说全集》（第十卷）汝龙译，上海译文出版社2000年版，第208页。

③ Собенников А. С. *Художественный символ в драматургии А П. Чехова*, Иркутск：Изд-во иркутс. ун-та，1989，С.109.

夫的象征与象征主义者的象征的本质区别。

别雷对契诃夫象征艺术的认识的转变，是与他个人创作观点的改变有直接关系的。别雷最初认为，契诃夫作品中的象征是一种无意识行为，不是作者有意识的艺术手法，契诃夫是"无意中碰到了象征，他几乎是怀疑它们的"。[①] 自 1905 年起，别雷的创作进入一个新的时期，开始越来越关注现实生活。别雷在经历了从"彼岸"到"此岸"的回归之后，更加深切地感受到契诃夫象征的现实性和独特魅力。他认为，"契诃夫从不说明什么，他只是观察和感受。他的象征更精致，更透明，而并非蓄意为之。它们扎根于生活，毫无保留地全部体现在现实生活之中"。从这个意义上说，契诃夫"已经不可能被称为原来意义上的象征主义者或现实主义者"，而是一个"真正深刻的艺术家"。[②]

英国的契诃夫研究专家莱菲尔德在契诃夫作品的主题和广泛使用的象征中，寻找到了契诃夫与象征主义的相近之处，但他又特别强调，很多方面使契诃夫有别于象征主义者和颓废主义者："契诃夫在自己的小说和戏剧中运用象征并不能让他变成一个象征主义者，就像对死亡和破灭的兴趣不能使他变成颓废主义者一样……契诃夫毕竟比任何象征主义者更明智、更正常。他不相信神话，他从不否定现实，他拒绝神秘的经验或者把语言转变成纯粹的音乐——所有这一切都是以象征主义的方

---

① Белый А. *Вишневый сад* //Общ. ред. Сухих И. Н. *А П Чехов: pro et contra*, СПб.：РХГИ，2002，С. 838.

② Белый А. *Критика эстетика теория символизма*（Том 1），М.：Искусство，1994，С. 320.

法对待现实的先决条件。"①

　　在契诃夫的象征诗学中，我们看到物质与精神的统一，具象与抽象的结合，诗情与哲理的交融，局部与整体的辩证。契诃夫的作品主题隐蔽，思想深邃，表达含蓄，发人深省。他善于赋予人、事物、事件以象征的意蕴，使表层形象与深层意蕴水乳交融。他从不在作品中激昂慷慨、锋芒毕露或言过其实，表明了作家对于世界的独具的感觉能力与丰富的再造性想象。在契诃夫的作品中，并没有一般象征主义作品中常有的那种浓厚的神秘主义气氛，而是富有鲜明的现实内容。他的作品尽管富于象征、暗示、对比、隐喻等，但并非不可捉摸，扑朔迷离。它促使人联想、深思，读者一旦进入作家赋予作品的境界，便有恍然大悟、茅塞顿开之感。这样的象征蕴涵着一种朴实健康之美，体现了契诃夫艺术象征的最完美的境界。

---

　　①　Субботина К. А. Чехов и символизм //Под ред. Бочаров М. Д. Творчество А П Чехова , Ростов н/Д. : РГПИ, 1984, С.141.

第 七 章

契诃夫小说的意识流萌芽

　　意识流小说是 20 世纪 20、30 年代盛行于西方文坛中的一种主要现代主义文学流派，柏格森的直觉主义和心理时间学说、詹姆斯和弗洛伊德的心理学理论为它的产生奠定了理论基础。以劳伦斯、乔伊斯、伍尔夫和福克纳等为代表的具有先锋意识的作家，果断地摒弃了传统小说强调表现外部物质世界的创作模式，转向从人的心理来反映和揭示现代西方人的复杂情绪。为了真实地表现人的内心世界，意识流小说大量运用内心独白、自由联想和象征、暗示等手法，在语言、文体和标点方面有很大创新。有学者指出，意识流小说在叙述形式上具有三个显著的特征：一是作者视角的频繁转换。这表现为作家退出小说，让人物自己展示内心的隐秘心迹。二是叙述笔法的诗歌化，其叙述笔法既体现了散文的风格，又蕴涵着诗歌的意境。三是文理叙事的印象主义色彩。①

　　作为一种新型叙述形式的意识流小说有其对传统文学继承的

---

　　① 李维屏：《英美现代主义文学概观》，上海外语教育出版社 1998 年版，第 143—144 页。

一面。它是在现实主义小说创造的心理描写技巧的基础上作的进一步发挥。也可以说，没有 19 世纪现实主义大师们对心理描写所作的创造性地探索，没有他们在这一方面所取得的巨大成就为基础，也很难想象意识流小说家能创造这种以内省为主、具有全新时空关系的新型小说。

作为一个具有强烈革新意识的艺术家，契诃夫晚期创作的一些小说已步入内心审美化阶段，开始着力于从人的灵魂世界考察外在世界的探索，将描述的焦点对准人物的主观感受，通过人物意识的流动透视其瞬间的心理状态。他在探索描述人物的心理和意识方面作出了自己的贡献。这一贡献就在于，他在这种探索中另辟蹊径，采用了一种独特的艺术技巧，借助人的微观世界来反映外部的宏观世界，使小说在揭示人物的心理流程方面达到了逼真的艺术境界，让人物心理的再现最大限度地接近人的灵魂生活的本来面目。

作为一名医生和艺术家，契诃夫深知人的内心世界是一个神秘的领域，充满从无意识到有意识或从有意识到无意识的复杂过渡，存在尚未认识的，且因之而神秘莫测的东西。人的意识活动是复杂的，流动的，有时甚至是混乱的，因此不可能按照纯粹理性主义的标准进行描述。为了真实地再现人的内心世界，揭示意识活动的复杂性和多变性，契诃夫在描写人的心理活动和意识变化方面进行了大胆的、可贵的尝试。他试图用一种新的艺术形式表现特定情景中人的心理真实，展示人物情绪的细微变化和灵魂的矛盾与裂变，通过揭示人物的心理变化来反映社会现实。创作题材由外转内的变化必然要求作家突破传统的创作范式，而在创作技巧和表现形式上进行革新。这种革新在契诃夫的创作中主要表现为采用"梦幻意识"、"直接内心独白"和"间接内心独白"等方式揭示人物的意识活动。

第一节　"梦幻意识"的运用

按照弗洛伊德的解释，梦是一种心理活动和特殊的思想方式，是人的无意识的最真实的反映。人之所以做梦，是因为他的心理需要和情感欲望由于受到外界条件的限制和压抑，而未获得满足，只能通过幻觉和梦境得以实现。弗洛伊德关于梦的学说给予意识流小说家以深刻的启迪，通过梦境和幻象来开拓人的无意识领域，成为意识流小说家探索的一个重要课题。应该指出的是，弗洛伊德的代表性著作《梦的解析》发表于 1899 年年末，同是医生的契诃夫是否读过这本书，我们无从知晓。然而，不可否认的是，在弗洛伊德的这本书问世之前，契诃夫在自己的小说创作中已经尝试借助梦境和幻象来探索人的意识与无意识，且卓有成效。

《困》（也译成《渴睡》）发表于 1888 年，篇幅不长，只有五六页而已。小说的情节非常简单（如果还可以称其为情节的话）：小保姆瓦尔卡，一个十三岁的小姑娘，由于困意难忍，掐死了摇篮里啼哭不止的小娃娃。情节虽然简单，但它却是世界文学中最可怕的故事之一：一个孩子杀死了另一个孩子。然而，这还只是情节而已。更可怕的还在于，不管这件事多么的离奇反常，读者却相信所发生的一切。不仅如此，读者完全会站在杀人者的一边，体谅并理解她杀人的动机，同情她，甚至还会为她的这种残忍行为辩护。为什么会产生如此神奇的艺术效果呢？一个很主要的原因就在于，契诃夫不是通过大量的细节描写来强调瓦尔卡的过度劳作，而是借助梦境和幻象来凸显她想睡却不能睡、欲罢而不能的心理挣扎。

故事的场景设定在夜间。老板和老板娘都睡下了，帮工阿法纳西也睡下了，只有小保姆瓦尔卡一个人还没有睡，她要哄老板的孩子睡觉。她坐在摇篮边，一边摇着摇篮，一边低声地哼着歌。她一心巴望那个孩子能早点入睡，她已经困得眼睛都睁不开了，可是那个小娃娃像是在跟她作对似的，一个劲儿地哭，尽管他早已哭得声嘶力竭，筋疲力尽。此时瓦尔卡的眼皮都粘在一起了，可是她心里的另一个瓦尔卡却时时提醒她，万万睡不得。在昏昏沉沉之中，一连串稀奇古怪的幻象和梦境开始在她眼前漂浮游动：

> 　　她看见一块块乌云在天空互相追逐，像小娃娃那样啼哭。可是后来起风了，乌云消散，瓦尔卡看见一条布满稀泥的宽阔大道。顺着大道，有一长串货车伸展出去，行人背着背囊慢慢走动，有些阴影在人前人后摇闪不定。大道两旁，隔着阴森的冷雾，可以瞧见树林。忽然，那些背着行囊的人和阴影一起倒在地下的淤泥里。"这是怎么了？"瓦尔卡问。"要睡觉，睡觉！"他们齐声回答她说。他们睡熟了，睡得可真香，乌鸦和喜鹊停在电线上，像小娃娃那样啼哭，极力要叫醒他们……①

接着她的眼前又浮现出父亲临死前的情境，还有母亲……这期间，不论是老板打她，还是老板娘呵斥她，都无法驱散她的睡意，她的脑袋一直沉甸甸的。"她又看见那条布满稀泥的大道。那些背着行囊的人和影子已经躺下，睡熟了。瓦尔卡看着他们，恨不能也睡一觉才好。她很想舒舒服服躺下去，可是她母亲彼拉

---

① 《契诃夫小说全集》（第七卷），汝龙译，上海译文出版社 2000 年版，第97—98 页。

盖雅却在她身旁，催她快走。她们两个人赶进城去找活儿做。"①在迷离恍惚之中，瓦尔卡度过了漫长的一夜。

第二天一大早，瓦尔卡就被老板娘指使得团团转：生炉子、烧茶炊、刷雨靴、洗台阶、削土豆、去铺子买酒……瓦尔卡虽然累，但心里却暗自高兴，因为这样一来就不会像坐着那样犯困了。可是到了晚上，瓦尔卡又要坐在那里摇小娃娃睡觉，她的脑袋便又昏昏沉沉起来。

瓦尔卡一直想睡，可是她一直没有机会睡。这种本能的需要在现实中始终没有得到满足，就只能在梦中实现。于是，在她的梦幻中，多次浮现出"布满稀泥的大道"和倒在淤泥里睡觉的"背着行囊的人和影子"。瓦尔卡想像他们一样好好睡一觉，可是一忽儿是乌鸦和喜鹊吵着不让她睡，一忽儿是母亲催她进城去。从这两种对立的情景中可以看出，即使在梦幻之中，瓦尔卡的意识和无意识也一直在互相斗争。潜藏在心灵深处的无意识和本能要求睡觉，可是一个若隐若现的意识，却时刻在提醒处于半睡半醒中的瓦尔卡不能睡，受到压抑的无意识始终得不到宣泄的机会，由此一来就更加深了瓦尔卡的痛苦。另外，"背着行囊的人和影子"也反映出潜藏在瓦尔卡深层心理中的另一个愿望：尽早离开可恶的老板和老板娘，回到父母身边，结束这种非人的生活。在这种愿望的驱使下，瓦尔卡自然会梦见自己的父母和父亲临死前的情景。

小说中冲突的焦点就在于：一个困乏到了极点，非常想睡，而另一个却在拼命地啼哭，偏不让她睡。梦境与现实之间的不断转化，构成主人公精神紧张的本原。恍惚中的瓦尔卡一直不明

---

① 《契诃夫小说全集》（第七卷），汝龙译，上海译文出版社 2000 年版，第99页。

白，"是什么力量捆住她的手脚，压得她透不出气，不容她活下去。"① 她陷入极度的焦虑和恐慌之中，一心想挣脱这种困境，于是便睁大眼睛四处寻找，最后，终于找到了那个不容她活下去的敌人——啼哭不止的小娃娃。于是，她笑了，弯下腰去，掐死了他。

由此可以看出，促使主人公杀人的动机是由于她内心承受痛苦的程度已达到最大限度。在混乱的梦幻之中，所有潜在的、隐秘的东西都显露出来，理性摇晃起疯狂的舞步，罂粟绽放出致命的花朵。隐伏在她内心深处的"另一个瓦尔卡"摆脱了理智的控制，此时意识完全消失，无意识占了上风。瓦尔卡成了有罪之人，而实际上，她却是一直在付出，在牺牲，在忍受痛苦的煎熬。契诃夫通过梦幻真实而自然地展示了隐伏在瓦尔卡内心深处的痛苦和渴望，不过，契诃夫的深刻之处还在于揭示了人与环境的冲突，在这个冲突与较量中，人永远是失败者和牺牲者。这样也就不难理解，为什么我们在读完这篇小说时会在感情上倾向于瓦尔卡。

《困》的字里行间弥漫着浓郁的印象主义气息，各种印象、梦境、神秘的画面、幻觉、叫喊、啼哭混合在一起，一切有形无形、虚虚实实的东西，在现实与梦境之间飘来荡去。小说的一开始就设置了一个半明半暗、催人入梦、诱发幻觉的场景：

> 神像前面点着一盏绿色的小长明灯；房间里，从这一头到那一头绷起一根绳子，绳子上晾着小孩的尿布和一条很大的黑色裤子。天花板上印着小长明灯照出来的一大块绿色斑

---

① 《契诃夫小说全集》（第七卷），汝龙译，上海译文出版社 2000 年版，第 101页。

点，尿布和裤子在火炉上、摇篮上、瓦尔卡身上投下长长的
阴影……小长明灯的灯火一摇闪，绿斑和阴影就活了，动起
来，好像被风吹动一样。①

　　这个场景不仅与瓦尔卡的梦幻形成一种内在的呼应，而且还
起到渲染小说主题的作用。在后面的叙述中，绿色的斑点、尿布
和裤子的阴影成为由现实向幻觉切换的标志。每当瓦尔卡开始犯
困的时候，绿色的斑点、尿布和裤子的阴影就活了起来，摇摇晃
晃地爬进她混沌的脑袋里，合成朦胧的幻影，于是瓦尔卡就进入
了似梦似真的幻觉意识之中。

　　《困》在契诃夫的创作中别树一帜，托尔斯泰把它列为契诃
夫的最佳小说之一②。这篇小说不仅标志着契诃夫革新传统创作
方法的一次重要飞跃，而且也为他进一步探索人物的精神世界和
心理活动奠定了基础。如果说读者此前看到的主要是契诃夫笔下
光怪陆离的社会生活和五颜六色的人生百态，那么，在《困》
中看到的则更多的是人物内在的、深层的意识活动。契诃夫似乎
对人物的梦幻意识饶有兴趣，在之后的《古塞夫》《黑修士》和
《主教》中，对此又有了进一步探索。

　　《古塞夫》是一篇很独特的小说，很难用某一个"主义"来
界定它的风格，因为它不仅展示了人物的意识活动，而且还具有
鲜明的印象主义色彩和象征意蕴。该小说的一个明显特征就是描
写梦境，描写幻觉，借助梦幻的丰富与荒诞，剥露人内心深处秘
而不宣的情感。与《困》不同的是，《古塞夫》描写的是一个患

---

　　① 《契诃夫小说全集》（第七卷），汝龙译，上海译文出版社2000年版，第97
页。

　　② 同上书，第324页。

病士兵在生命边缘挣扎的情景，因而，梦幻的内容更加杂乱，如被雪封没的池塘、红砖色的瓷器工厂、哥哥和他的孩子们、没有眼睛的牛头……在这篇小说中，契诃夫描写人物深层意识的技巧进一步完善和纯熟。此外，小说的结构和形式也更趋精致和完美。契诃夫并没有孤立地描述主人公的梦境和幻觉，而是在叙述过程中巧妙地穿插了一些人物间的谈话片段，并运用印象主义的笔法描述了周围的景物投射于人物心中的感官印象，在精神世界与客观现实的联系中，将笔触伸向主人公意识活动的深处。

与《古塞夫》一样，《黑修士》和《主教》也是描写患病中的人物的心理变化，所不同的是，在这两篇小说中，在人物幻觉中出现的形象单一、集中，且充满深刻的象征意义。出现在柯甫陵的幻觉中的是一个穿黑衣的修士，而主教大人在梦幻中看到的则是自己久别的母亲。如果说在《古塞夫》中，梦境和幻觉成为表现主人公无意识活动的主要手段，那么在《黑修士》和《主教》中，梦境和幻觉对于塑造人物形象和揭示作品主题则起到积极的辅助作用。

总的来说，在契诃夫的作品中，梦幻与现实是彼此对立、互不相容的两种状态。在人物的梦幻中出现的常常是父母、家乡和亲人，它产生于人的情感受到压抑的时候，表现了潜藏于人内心深处的孤独感以及丧失了的生存安全感，作者用梦幻与现实的差异来揭示处于危机四伏的世界中人的生存困境。

第二节　"直接内心独白"的运用

《没有意思的故事》在契诃夫的创作中占有重要地位，这不仅是因为它在创作手法上别具一格，而且还因为它淋漓尽致地表现了转折时期普遍的社会心理和情绪，反映了当时人们内心的矛盾与危机。在这篇小说中，契诃夫没有像传统现实主义小说家那样，注重人物生平和人物形象的描写，注重环境对人物性格形成的影响作用，而是把描述的重心转移到人物内心深刻的精神矛盾和在各种现实关系中情绪的复杂变化上。具体地说，这篇小说的独到之处就在于，契诃夫并没有为读者讲述老教授是如何为事业而奋斗的艰辛过程，他成功后是多么的幸福，没有像传统小说家那样赋予故事以教益意义。作者是在面临死亡的老教授的内心活动中，而不是在他的科学成就中，发现了极其重要的、具有代表性的东西。作者通过老教授的内心独白和自我剖析，让读者看到他的灵魂深处。由于作品的完整性在于塑造主人公意识到缺乏"中心思想或者活人的神的那种东西"①，并意识到它在生活中的不可或缺，因此，小说表现的主要对象是老教授的精神状态。对于契诃夫而言，现代人的特点不是表现在他们的秉性和气质上，而是表现在他们特殊的精神状态和对生活的共同感受上。

在《没有意思的故事》中，契诃夫已经开始突破传统小说中由作者出面介绍、描写和评论的框架和模式，直接由主人公"我"表现自我意识和主观感受。简言之，这篇小说采用"直接内心独白"的形式，即以第一人称进行叙述，既无作者的干预，也无假设的听众。同传统的第一人称叙述方式不同的是，小说中的"我"不是一个客观叙述者，负责描述周围的环境和事物，而是作为一个沉思者，披露周围环境和人留在"我"的感觉中的主观印象，这种种印象同"我"深刻的自我剖析交织在一起，使整篇小说具有近似"意识流"小说的特点。

从结构上看，小说的叙述不是靠事件和错综复杂的情节，而

---

① 《契诃夫小说全集》（第八卷），汝龙译，上海译文出版社 2000 年版，第 50 页。

是靠时间的进程来推动的，这一点在小说的前三章中表现得尤为突出。主人公"我"在一昼夜的时间的连续流动中，从一个叙述对象转向另一个叙述对象：自己的外貌，声音，失眠以及失眠时混杂的思绪；清晨，与妻子见面，妻子的容貌，与妻子的谈话；想起女儿，女儿童年时的情景；想起儿子；去学校上课，沿途的所见所闻；学校看门人，关于学校的各种新闻；同事，讲课时的感想；回家，吃午饭，接待客人，吃晚饭；去卡嘉的家，回家。在这一昼夜中，主人公的思绪是纷繁的，具有很强的随意性。表面上看，这几章的叙述是依照传统的时间顺序（一昼夜），但是，由于作者的目的在于展现人物心理活动的流程，而不是外部的社会生活，因而，人物的意识流动并没有受物理时间的制约。例如，主人公"我"在去学校的途中，完全沉浸在对往事的追忆与沉思之中：

　　到九点三刻，我得去给我那些可爱的孩子们讲课了。我穿好衣服，顺着街道走去。这条街道我走了三十年，对我来说它已经有它自己的历史了。那儿是一所灰色的大房子，开着一家药店，这儿从前是一所小房子，开着一家啤酒店，我就在那啤酒店里构思我的学位论文，给瓦丽雅写第一封情书。我是用铅笔在一张上端标着"Historia morbi"字样的纸上写的。那儿有一家食品杂货店，当初是一个犹太人开的，他赊给我纸烟，后来由一个胖太太经营了，她喜欢大学生，因为"他们人人都有娘"，现在呢，那里面坐着一个红头发商人，是个很冷淡的人，用铜茶壶喝茶。这儿是大学的破败的、多年没修过的大门，穿着羊皮袄、烦闷无聊的看门人，笤帚，一堆堆的雪……在一个新从内地来的、生机勃勃的、以为科学的官殿真是官殿的孩子的心上，这样的大门是不会

留下什么良好印象的……那儿是我们的校园。我觉得从我做
大学生的时候起到现在，它既没变得好一点，也没变得差一
点。我不喜欢它。要是拔掉那些病样的菩提树、枯黄的金合
欢、剪了枝的稀疏的紫丁香，在那儿栽上高高的松树和好看
的橡树，那就合理多了……①

　　小说第一章至第三章的独白发生在冬季，时间限制在一昼
夜的框架之内，时间具有连续性；第四章至第六章的独白一下
跳到了夏季，而且不是严格依照时间的顺序进行的。在整篇小
说中，主人公的意识流动是缓慢的，却是跳跃式的，游走于对
过去的回忆和对现实的感受之间。在小说中经常会出现这种情
形：一个话题说着说着戛然而止，让位于另一个话题，而后又
突然重新出现。这种叙述方式符合"札记"的特点（小说的副
标题是"摘自一个老人的札记"），缺少一定的逻辑关系，具有
很强的随意性。契诃夫也是借助这种叙述方式来凸显人物意识
流动的自然性和真实性，以及现代人的日常生活和精神世界的
琐碎和混乱。

　　疾病和死亡是促使老教授回忆和思考的直接原因。正像契
诃夫笔下的大多数主人公一样，老教授思考的不是人类的未来，
不是重大的社会问题和政治问题，而是自己一生的全部经历和
生活。他的思想取决于他的生活经历，取决于他对周围的人和
事的种种印象和感受。老教授对自己精神上的病症进行诊断，
他发现自己身上有着他以前从不知道的、有损于他的尊严和声
誉的感情。老教授全部的意识活动折射出的这种自我发现、自

　　① 《契诃夫小说全集》（第八卷），汝龙译，上海译文出版社2000年版，第7—
8页。

我剖析和自我评价，构成小说内容的核心。主人公在病前和病中表现出两种完全不同的自我意识。以前老教授觉得自己是"皇帝"，宽宏，豁达，慷慨，体恤别人，而现在他觉得自己是个奴隶：

> 可是现在我做不成皇帝了。在我身上产生了一种只有奴隶才配有的情况：我的脑子里一天到晚装满恶毒的思想，我早先没有领略过的种种感情在我的灵魂里筑下了窠。我憎恨、轻蔑、抱怨、愤慨，同时害怕。我变得过分严格，苛求，爱生气，不体恤，多疑。①

当一个人感觉到自己是一个"奴隶"时，他就不可能进行正常的思考，不可能理解周围的人和他自己。而他的那些思想只是他患病的征兆，不会是其他别的什么。这些思想像一堵厚厚的墙，把人与现实隔离开来。他不知如何回答卡佳以及其他成千上万寻求新生的人们提出的问题，不知道为了使生活变得更光明、更纯洁、更有人性，应该对人们说些什么。他憎恨自己的懦弱，也憎恨自己的冷漠。

在这篇小说中同样也有人物经历的叙述，性格的剖析，但这些不是由作者出面介绍的，而是通过主人公的意识活动展现出来的。由于小说是以人物的意识流动为核心，作者完全隐没在文本之中。他退居幕后，掩盖住自己的主观感情，不以评论者的身份介入，不对人物独白做任何的解释和加工，主人公对事业、科学、艺术、社会和家庭的全部感受和认识完全是通过他的心理活

---

① 《契诃夫小说全集》（第八卷），汝龙译，上海译文出版社 2000 年版，第 28 页。

动"不经意地"表露出来的。在这个活动中，人物对过去的追忆和对现实的迷茫在他对自己、对客观外物的观察中徐徐展开，忧郁、困惑、悲哀、痛苦、矛盾、无奈等种种情感纷至沓来，交织叠合。

契诃夫这篇小说的"内心独白"结构新颖，风格独特，它既不同于他自己其他小说中的"内心独白"，也不同于其他传统小说中的"内心独白"。"内心独白"作为展现人物内在情感活动的一种表现手段，早在18世纪的感伤主义小说中就已经出现，是从戏剧舞台借用而来的。在传统小说中，内心独白只是众多叙述技巧中的一种，常常作为一种补充手段为作品增添一个小插曲，而且是由作者用直接反映的手段来剖析一个人的内心生活。而在契诃夫的这篇小说中，"内心独白"不是作为一个插曲或一个有机的组成部分出现的，而是整篇小说采用的都是内心独白的形式。展现人物的内心情感和意识活动不是作为一个简单的创作手段，而是作为创作任务之一。小说从头到尾都是人物内心意识活动的展现，作者始终没有介入其中。小说中所有关于人物、环境、事件的叙述浸染着主人公的感情色彩，都是通过主人公的心理的棱镜折射出来的。也就是说，整篇小说不是通过故事情节，而是通过人物复杂的意识活动去发挥它的艺术感染力。读者也只能在人物意识活动中去感受人物的内心世界，去体验现实生活对人的心灵的影响。让读者直接进入人物的内心世界，最大限度地缩短了人物意识活动与审美者之间的距离，从而感受人物意识流程的自然与率真：主人公为没有一个使人生有意义的"中心思想"而苦恼万分，为生活中没有真正的和谐、没有美和人性而痛苦。这个故事虽被称为"乏味的"，而实际上却具有震撼灵魂的力量。

《没有意思的故事》的全部情节线索，似断似续地隐伏于主人公层层扩散的意识流动之中，人物的心理结构与作品的情节结构和谐交融，相映成趣。很显然，这篇小说的创作手法与传统的倒叙、插叙的手法有所不同，它不是直线式发展，而是呈放射状发展。作者让主人公在极短的时间界限内，对自己一生的经历进行心理反思，袒露自身灵魂的搏斗和心态的轨迹，表现精神上最细微的变化，多角度地揭示了人物灵魂之深，从而使人物形象产生丰富的层次，增强了人物性格的透明度和立体感，给人一种非同寻常的审美享受。

第三节 "间接内心独白"的运用

间接内心独白形式在契诃夫的许多小说中都有过不同程度的运用，《挂在脖子上的安娜》（1895）的开始部分就是一个很好的例证。这篇小说讲述的是出身寒微的十八岁少女安娜嫁给身居要职的五十二岁的莫杰斯特·阿历克塞伊奇，婚后她随丈夫参加各种社交活动，其物质生活和精神生活都发生了很大的变化。小说的开始部分描述的是安娜同新郎在婚礼后坐火车去参拜圣地的情景，这一部分的描述紧紧围绕安娜内心的情感变化而进行。与《没有意思的故事》不同的是，这段心理活动的描写采用的是"间接内心独白"的方式。直接内心独白与间接内心独白的最大区别就在于，直接内心独白采用第一人称，而间接内心独白采用第三人称。这里不妨列举其中一段，以示对比：

　　　　她想起举行婚礼的时候多么痛苦，那时候她觉得不管神甫也好，来宾也好，总之教堂里所有的人，都用忧郁的目光瞧着她，暗自思忖：这么一个可爱、漂亮的姑娘为什么，究竟为什么嫁给这么一个没有趣味、上了岁数的人呢？

就在今天早晨，她还因为一切布置得很好而高兴，可是后来在举行婚礼的时候，现在坐在火车车厢里的时候，她却觉得做错了事，上了当，荒唐可笑了。现在她跟一个阔人结了婚，可是她仍旧没有钱，她的结婚礼服是赊账缝制的。今天她父亲和弟弟来给她送行，她从他们的脸容看得出来，他们身边连一个小钱也没有。今天他们有晚饭吃吗？明天呢？不知什么缘故，她觉着眼下她不在家，她父亲和那两个男孩坐在家里正在挨饿，就跟母亲下葬后第一天傍晚那样感到凄凉。

"啊，我是多么不幸！"她想，　"为什么我那么不幸啊？"。①

这一段描写与《没有意思的故事》有着明显的差别。其一，在于叙述人称的不同：《没有意思的故事》使用的是第一人称，而这里使用的是第三人称。但这仅仅是表面上的差异。读者在体验安娜本人的内心感受的同时，也明显察觉到作者的指点和说明（"她想"）。罗伯特·汉弗莱认为，间接内心独白的特点就在于："一位无所不知的作者在其间展示着一些未及于言表的素材，好像它们是直接从人物的意识中流出来的一样；作者则通过评论和描述为读者阅读独白提供向导。"② 这就是说，在间接内心独白中总是掺杂着作者的引导。其二，在于安娜的意识流动是受契机的引导，而不像老教授那样依照时间顺序娓娓道来。引发安娜心理活动的契机来自于她对臃肿衰

① 《契诃夫小说全集》（第九卷），汝龙译，上海译文出版社2000年版，第290页。

② 罗伯特·汉弗莱：《现代小说中的意识流》，程爱民等译，湖南人民出版社1987年版，第37—38页。

老的丈夫的厌恶。坐在身旁的丈夫让她感到又可怕又心慌，但又无法拒绝，她对自己这场荒唐可笑的婚姻深感痛苦。这种痛苦引得一连串揪心的往事浮现在她的脑海：她想到了母亲的死，酗酒的父亲和忍饥挨饿的弟弟，她自己令人称赞的容貌和寒酸的衣着，担心父亲失业会忧郁而死，想到了周围的好心人试图给她物色一个有钱男人来改变她困窘的生活……这段描述以安娜的婚礼为背景，以她身旁的丈夫为契机，展现安娜在痛苦忧虑之际的心理动态，以此折射出她的生活背景和周围的客观世界，如她的身世、家庭、经历等。它遵循的是安娜的心理逻辑和心理时间，因此，思绪的起伏、转换、跳跃、交织显得真实而自然。

人的意识不是无源之水，它的流转要受契机的引导。契机存在于外部的物质世界中，一句话、一个人、一件事、一件物品、一个情景都可以成为引发人物意识流动的契机。人物的意识之所以会不断地流动和转向，就是由于受到了一个个新的契机的诱导。如何利用契机来引导人物的意识活动，是意识流小说家非常关注的一个问题，而在这一方面，契诃夫已先于意识流小说家迈出了勇敢的一步。如果说在《挂在脖子上的安娜》中契诃夫对这种技巧只是初步尝试，那么，《在大车上》（1897 年）则是契诃夫运用这种技巧的典范之作。

《在大车上》的全部内容都是描述女教师玛丽雅·瓦西列芙娜从城里取薪金回村时一路上的情景。文中没有连贯的情节，也没有明晰完整的场景，连人物形象（如外貌、年龄等）也是模糊不清的。小说从开始到结尾，都贯穿着女主人公的意识活动，中间穿插一些作者的叙述和人物的对话。女主人公的思绪时不时受到外界环境的干扰，呈现出断断续续的跳跃状态。在文中，作者设定了引起玛丽雅意识流动和转向的种种契机，而女主人公的意识转变和跳跃正是受这些契机的引导。小说开始以玛丽雅对常年频繁地奔波于这条路上的厌烦情绪为契机，引出了她一路上的意识活动。这种厌烦使她意识到自己这十三年来生活的枯燥乏味：

> 　　她有这样一种感觉，仿佛她在这一带地方已经生活过很久很久，将近一百年了。她觉得从城里到她的学校，一路上的每块石头，每棵树，她都认得。这儿有她的过去，有她的现在，至于她的未来，那么除了学校、进城往返的道路，然后又是学校，又是道路以外，她就想不出什么别的前景来了……①

　　赶车老人谢敏的插话打断了玛丽雅的思绪，沉默许久之后她又想到了学校，想到即将进行的考试。这时，地主哈诺夫坐着一辆四套马车从后面赶了上来，他跟玛丽雅打了招呼之后就走在她的前面。玛丽雅还一直想着学校，想到学校的看守人对她和她的学生的粗暴无礼，想到上级对她要解雇看守人的要求置之不理，想到学监和督学的无知。这时她看了哈诺夫一眼，"他确实漂亮"，她暗想。这一瞬间行为成了她意识活动转向的契机。她在心中暗自琢磨：为什么这个相貌漂亮、风度文雅的人要住在这种荒僻的村庄？他心地善良，为人温和，但是却不了解这里粗鄙的生活。这时，大车猛地一歪，差点翻了，车夫责备哈诺夫不该在这样的天气出门，车夫的责备又形成她意识活动转向的新契机。这时玛丽雅突然感到害怕，开始怜悯哈

---

①　《契诃夫小说全集》（第十卷），汝龙译，上海译文出版社 2000 年版，第129 页。

诺夫。

　　她蓦地产生一个念头：如果她是他的妻子或者他的妹妹，那么她似乎就会献出她的全部生命，一定要把他从灭亡里拯救出来。做他的妻子？生活却安排成这个样子，一方面让他独自一人住在大庄园里，另一方面让她独自一人住在偏僻的村子里，可是不知什么缘故，就连他和她的互相亲近、彼此平等的想法都显得不可能，显得荒唐。

　　"这真叫人不理解，"她想，"为什么上帝把漂亮的外貌、和蔼可亲的风度、忧郁而可爱的眼睛赐给软弱的、不幸的、无益的人呢？为什么它们那么招人喜欢呢？"①

　　玛丽雅想着，想着，她的思绪又被哈诺夫的告别打断。于是，她又想起了她的学生，想起了考试，想起了看守人，想起了校务会议……这些思想又同另外的一些思想掺和在一起，使她的思绪像放射线一样向四面八方发散开来……

　　做他的妻子？早晨天冷，却没有人给她生炉子，看守人不知到哪儿去了；学生们天一亮就来了，带来许多雪和泥，吵吵嚷嚷；一切都那么不方便，不舒适。她的住处只有一个小房间，厨房也在这儿。每天下课以后她总是头痛，吃过饭以后，感到心窝底下烧得慌。她得向学生们收齐木柴费和看守人的工钱，交给督学，然后恳求他，那个肥头大耳、蛮不讲理的乡下人，看在上帝的份上送木柴

---

① 《契诃夫小说全集》（第十卷），汝龙译，上海译文出版社 2000 年版，第131—132 页。

来。夜里她总是梦见考试、农民、雪堆。由于过着这样的
生活，她就变得苍老，粗俗了，变得不美丽，不灵活，笨
手笨脚，仿佛她身子里灌了铅似的。①

"'坐稳，瓦西列芙娜！'"② 赶车人的一声吆喝又打断了她
的沉思。在小说结尾处，玛丽雅在铁道口等待火车过去时的内
心意识活动具有鲜明的印象主义色彩。这一段意识活动是以玛
丽雅看见车厢台上站着一个女人从眼前闪过为契机展开的，她
的头脑中出现了"闪回镜头"，一下把她的思绪拉回到十几年
以前，她"想起了自己的母亲、父亲、哥哥、莫斯科的住宅、
养着小鱼的玻璃缸，总之连细微末节都想起来了"③。

　　由此可见，作者让人物所处的外在生活时空处于缓慢流动
的状态，而人物的内心活动则不受时空构架的束缚，只受契机
的引导，具有随机性和跳跃性。尽管时空的跳跃幅度很大，时
而倒错，时而接合，但由于受契机的引导，就有真实可信的心
理逻辑可循。从玛丽雅的内心活动中，我们了解到她的生活经
历，她对周围环境和生活的态度及感受。

　　从这篇小说中我们可以看到，这种艺术探索的新颖之处，
首先表现在艺术结构方面跳出了传统小说中自然的时空顺序，
打破了合乎逻辑的情节发展的次序，采用一种新的审美方式把
握现实，采用一种新的叙述方式，即用主人公的意识的流动来
代替情节的逻辑发展，通过分切"时空"的方法，将外部世界
的人物、场景、事件融于混乱的、跳跃的意识流动中，凭借人

---

①　《契诃夫小说全集》（第十卷），汝龙译，上海译文出版社 2000 年版，第
132 页。
②　同上。
③　同上书，第 135 页。

物主观直觉和思绪的流动来组接素材，反映周围的客观世界。作者试图把读者引入人物的意识中，好像是不经过叙述者的中介而能直接看见人物的内心。与此同时，意识的流动又把玛丽雅十三年来不同的生活时段联结成一体，构成作品内在的完整时空。人物的思绪潮水般起伏涨落，或奔泻而下，或逶迤回环，游走于现实与幻觉、过去和现时之间，自由跳跃，毫无羁绊。小说写的只是玛丽雅从城里回学校短短的一路，但通过自由联想、回忆、幻觉、象征暗示等方式，真实地表现了玛丽雅十三年来郁闷乏味的生活。在这篇小说中，时空的跳跃、意识的流动，既是一种新颖的形式，更是为了表现某种特定的内容。

契诃夫的这种开掘人物心理和意识的艺术方法，与"侧重于探索未形成语言层次"①的西方意识流文学已经很接近，但终究没有脱离现实主义的轨道。契诃夫虽然把笔触直接深入人物的意识领域，但并没有因此而忽视客观世界的真实存在，他把对人物心理活动的描写与其性格特征的刻画和精神状态的揭示有机地结合在一起。在契诃夫的笔下，人物的意识流动虽然跳跃起伏，但却依然有迹可循。人物意识的流动仍然以现实生活为基础，以人物的情感为纽带，情随境变，虚实结合。心理内容作为现实生活真实内容的一个重要的有机组成部分，而人物的自由联想、意识流动并没有完全脱离周围环境和情势对他的影响，仍然具有较为明显的理性色彩和逻辑性。就情节设置而言，契诃夫的小说虽然淡化情节，近乎诗化散文，但情节在文本中还是或多或少的出现一些，有时是随着意识的流动断断

---

① 罗伯特·汉弗莱：《现代小说中的意识流》，程爱民等译，湖南人民出版社1987年版，第5页。

续续地展开的。因此，契诃夫的小说尚未脱离传统小说的母体
而完全独立出来，但它已开始把人物的内心世界审美化了，已
经初具意识流的萌芽。

　　综上所述，我们有理由认为，契诃夫探索到了表现人物
内心世界的独特的艺术手法，为 20 世纪初期的意识流小说的
崛起和继续探索作了先期准备。契诃夫的心理描写对意识流
文学的先锋作家伍尔夫的影响是毫无疑义的。伍尔夫认为契
诃夫对"心理极感兴趣"，"灵魂得病了；灵魂被治愈了；灵
魂没有被治愈"，这是他小说的着重点。① 从《墙上的斑点》
和《到灯塔去》中，我们不难看出契诃夫创作对伍尔夫的启
发。据一些研究者考证，在普鲁斯特的意识流小说中甚至可
以感觉到契诃夫小说中内心独白的强烈形式；契诃夫的《卡
希坦卡》和《薇罗琪卡》（1887）以及晚期杰出的心理小说
《主教》，已经预示了普鲁斯特的扛鼎之作《追忆似水年华》
的主题，两者在叙事方式的一致性表现在将不同的时间层面
混合在一起。②

　　意识流小说家在吸纳 19 世纪优秀作家创造的心理描写成就
的基础上，进行了苦心孤诣的实验和改革，并把这种改革推向了
极端。在意识流文学中，描写人物的意识流动既是作品的内容，
又是目的本身。由于作家刻意表现意识层次与无意识层次之间复
杂微妙的变化过程，孤立地看待人的意识流动，因而，意识的流
动具有随意性和浓厚的非理性主义色彩，读者很难从中找到一条
完整的思路，让人不知所云，难以捉摸。此外，在行文风格上，

----

　　① 　弗吉尼亚·伍尔夫：《小说与小说家》，瞿世镜译，上海译文出版社 1986
年版，第 132 页。

　　② 　Роберт Л. Джексон *Чехов и Пруст: постановка проблемы* //Редкол. Бонамур
Ж. и др. *Чехов и Франция*，М.：Наука，1992，С.129—140.

意识流小说有意破坏传统的语言规范，善用短句，省略标点，没有停顿，以此显现原始意识的混沌和琐碎。意识流小说对丰富现代小说的艺术技巧所起的作用是毋庸置疑的，但它本身所存在的缺点也是显而易见且发人深省的。

结　语

永远的契诃夫

契诃夫曾经说过这样一句话："我写下的全部东西过上五年十年就将被人们遗忘，然而我开辟的道路却会完整无恙。这是我唯一的功劳。"① 这句话的前半句表明契诃夫的自谦，后半句表明契诃夫的自信，以及对未来文学发展趋势的天才性预测。随着时间的流逝，契诃夫不仅没有被人遗忘，反而受到了空前热烈的关注，成为当今世界文坛上最有争议、最有影响的经典作家之一，他所"开辟的道路"为他在俄国乃至世界文学史上赢得了光荣而特殊的一席。

契诃夫是幸运的，因为他已经站在新世纪的门槛上；契诃夫更是勇敢的，当其他许多作家还被束缚在传统创作的框架之内时，他却在另一条道路上开始独自地默默探索，执著追求艺术上新的突破。他的孤独、敏感和多思的个性气质赋予他异常丰富的内心世界，让他在生活表象的底层和精神世界的幽微之处发现常人看不到的东西。在他那无比冷静、内向、深邃的文字里，我们领略到一种与众不同的风景。

———————————

① 《契诃夫文学书简》，朱逸森译，安徽文艺出版社 1988 年版，第 70 页。

契诃夫笔下主人公的性格是纯粹俄罗斯式的，但他们所思考的问题、他们的不幸、他们的经历和境遇却是人类所共有的。契诃夫让每一个读者感到亲切，他的主人公们试图解决的那些问题以及生活情状与现代人的现实生活样态竟然惊人的一致。契诃夫的主人公被世纪末的情绪所裹挟，生活在一种巨大无形的困惑之中：孤独与无助；失望和冷漠；不理解自己也不理解别人；不断地迷失自己又试图寻找自己在生活中的位置；感到自己软弱无力又试图令自己振作起来；深陷无边的庸俗和痛苦之中又试图寻找幸福和战胜痛苦的途径；渴望认识世界，但又无法回答生活提出的种种问题；期待有所作为，但却缺少行动或者在行动的过程中被碰得头破血流……这些实实在在的生存问题抓住了读者的情感，引起内心的共鸣。契诃夫的小说像一面镜子，每个人在镜子中看到的都是自己。每个人在契诃夫那里认识自己，反思自己，"都会不由自主地感到自己希望变得更单纯、更实在、更是他自己"。① 可以说，如果没有像契诃夫这样具有忧患意识的作家的警醒，人的道德生活将变得不可思议。

对人的存在问题的关注体现了作者人本主义的关怀。然而，契诃夫的伟大不仅在于他能够发现人类生存的真相，更在于他能够激发读者在虚无的唏嘘和幻灭的无奈中寻找新的意义和新的价值。他虽然表现的是个人的喜怒哀乐、悲欢离合，但是他的目光却投放到整个宇宙，投放到整个人类所渴望的梦想和诗意。契诃夫所珍视的正是构成"尘世"生活魅力和意义的那些普通的东西：人的健康、智慧、才能、灵感、爱情和绝对的自由——"免于暴力和虚伪的自由"。他深刻的人道主义思想和所主张的

---

① 高尔基：《安·巴·契诃夫》，周启超主编《白银时代名人剪影》，中国文联出版公司 1998 年版，第 14 页。

朴素真理包含的最深层和最高的意义也正在于此。契诃夫作品所包容的思想、所揭示的性格和所孕育的激情在今天仍有深刻的现实意义。他启发人们认识生活，引导人们学会生活。因此，现今生活在同一时代，由于思想、感情、信仰、道德和风俗习惯不同而相互隔膜的人们都对他感到亲切。俄国宗教哲学家谢·尼·布尔加科夫认为，契诃夫表现的不仅是 19 世纪 80 年代俄罗斯的昏暗，而且也是现代文明中的全球性问题，就像《神经错乱》中的主人公那样，表现出"对一切痛苦有敏锐的感觉"，对人和人类的痛苦有敏锐的感觉①。这一点使得作为一个艺术家、思想家和公民的契诃夫，在其作品中"表现了不屈服于虚伪、超越平庸的理想主义、不与自己身上以及自己周围的虚伪与恶相妥协等所有本质"，② 契诃夫的文学遗产因之具有了全人类的意义。

契诃夫的作品是真实的，在真实的生活中表现真实的人，在真实的人的身上反映真实的人性。契诃夫的高瞻远瞩不仅表现在他预见到未来人类真实的生活状态，还表现在他让文学从以往那种理想、抽象的状态中下落，回归到具体的现实、具体的生活、具体的人性之上，他的作品也因之完成了从"崇高"到"平庸"的审美意识的超越。

契诃夫的心灵的力量成就了他的文学事业，强烈的社会责任感和不倦的创新精神，使他的艺术充盈着浓烈的时代气息和新颖的美感。

无论是在契诃夫的小说中，还是在他的戏剧中，都表现出一种鲜明统一的风格：不事雕琢，朴实无华，淡泊且具有诗意，情

---

① 《契诃夫小说全集》（第七卷）汝龙译，上海译文出版社 2000 年版，第 284 页。

② Булгаков С. Н. Чехов как мыслитель //Общ. ред. Сухих И. Н. А П Чехов: pro et contra , СПб. ：РХГИ，2002，С. 565.

蕴于内而不溢于外，这些都是纯粹的契诃夫式的风格。如果说从容不迫的叙述节奏，冷静客观的话语风格，构成了小说叙事的外在形式，那么，对庸常、琐碎的生活的细致摹写则构成了小说的内在肌理。作者用平白朴素的语言把两者组接在一起，令其水乳交融，相得益彰。契诃夫惯于用瞬息万变的印象表现人物的复杂情绪，用不动声色的语气描写惨不忍睹的事件，用象征、暗示、潜台词等代替情节的表述，用柔和抒情的笔调彰显生活的混乱和荒诞。如此的悖逆与反常所形成的张力，既体现了作者的叙事品格，又揭示出作者对现实所持有的姿态——在对现实的把握中抗拒现实。

契诃夫在自己的艺术美学范畴中表现出他的与众不同：摆脱幻想和浪漫主义情调，清醒地、严酷地看待现实。在契诃夫的语言中，没有说教和训诫，没有对未来的虚幻，没有回答"怎么办"的答案，没有为表现主人公的性格所设计的异常的情景，没有传统小说中常见的紧张有趣的情节。一句话，契诃夫的小说中缺少 19 世纪俄国"黄金时代"文学成就中的许多东西，这使得他成为另一个时代的作家。而契诃夫的这些艺术创新，恰恰正是 20 世纪作家所追求的普遍的创作主张和审美原则。

契诃夫的创作表现出对生活的尊重、对读者的尊重、对人的个性的尊重，扭转了我们的思维惯性和审美惰性。毫无疑问，契诃夫为丰富和拓展传统的创作方法开辟了一条崭新的道路。舒尔塔科夫认为：契诃夫不单单是一个作家，还是更多的什么人，"他是我们精神文化的不可分割的组成部分，他是我们赖以呼吸的、甚至是被忽视的这种文化的空气。他的创作风格是与这个现代作家彼此接近，还是与那个现代作家相去甚远，这并不重要。但不论是哪一个作家，如果他读过契诃夫的作品，就会吸纳、也一定会吸纳比表述自己的思想和感情的方法更多的东西"①。

契诃夫关于世界和人的认识，关于主人公现实行为和心理的表现，对许多现代小说家的创作有着极为重要的影响。他的创作理念和创作风格直接影响到高尔基、蒲宁、库普林以及"白银时代"的作家；肖洛霍夫、巴甫连科、帕乌斯托夫斯基、帕斯捷尔纳克、特立丰诺夫、邦达列夫、扎雷金等作家都不同程度受益于契诃夫；② 他常常被舒克申、纳吉宾、卡扎科夫、田德里亚科夫、索尔仁尼琴、格拉宁、克鲁平、叶辛等回忆和援引；③ 当代的俄罗斯作家及戏剧家也非常热爱契诃夫的作品，并经常使用他作品中的主题，如布尔加科夫、扎米亚京、纳博科夫、卡扎科夫、多夫拉托夫、沃罗金、瓦姆比洛夫、彼得鲁舍夫斯卡娅等。④

契诃夫不仅属于俄罗斯，而且属于全世界，他对世界文学的发展也同样产生了极其深远的影响。意识流作家伍尔夫对契诃夫的心理描写推崇备至，从伍尔夫对心理过程的精细表现，不难看出契诃夫的影响；高尔斯华绥和海明威对契诃夫的叙事文学的观点有自己的认识。高尔斯华绥追随契诃夫的观点，也把艺术家的劳动与化学家的劳动相提并论，并且更多地思考契诃夫小说的结构；海明威继契诃夫之后在小说中发展了苏醒意识的悲剧性和描写的简洁性，他的"冰山"理论与契诃夫的"潜台词"有异曲同工之妙；20 世纪著名的小说家福克纳承认契诃夫小说体裁对

---

① Огнев А. В. *Чехов и современная русская проза* ，Тверь：Твер. гос. ун-та. ，1994，С. 3.

② 同上书，第 10 页。

③ 同上书，第 11 页。

④ Венилов Т. *О Чехове как представитель "реального искусства"* // Ред. Горячева М. О. и др. *Чеховиана：Чехов и "Серебряный век"* ，М.：Наука，1996，С. 35—44.

自己的影响，并高度评价契诃夫的短篇小说艺术；① 卡夫卡继续演绎和深化由人变虫的悲剧；而在加缪、厄普代克和塞林格笔下常常出现契诃夫主人公的影子——在家庭中焦躁不安，无力突破周围世界的围墙，试图寻找走出荒诞的出路……英国著名文学评论家约翰·米多尔顿·莫里在 20 世纪初期就已经意识到契诃夫创新的巨大意义。他认为，作为一个伟大的人道主义者，契诃夫深化并丰富了现实主义，在他的叙事艺术中已经出现了欧洲现实主义的许多代表作家只是在后来才获得的东西。莫里认为："契诃夫、他的生活和创作需要研究和再研究，因为他是现代小说家中的唯一一个伟大作家……当西方文学还不能诊断自己疾病的性质，狂热地从一条绝路冲上另一条绝路的时候，在俄国有一个西方不知道的契诃夫却清楚地看到并懂得，该选择什么样的道路。今天我们开始感受到，契诃夫对于我们是多么亲近，可能我们明天将会明白，他已远远地走在了我们的前面。"②

契诃夫既承袭了现实主义的优秀传统，又对陈旧的艺术形式进行了大胆变革。这种传统与创新的兼收并蓄铸成一种异常鲜明的、既有容量又感人至深的艺术形式，使得他同时被两个彼此对立的世界认可：他不仅被视为新的现实主义的开创者，同时也被 20 世纪不同的文学流派奉为自己流派的先驱，世界文学史上因之出现一道奇异绚丽的景观。我们有根据认为，契诃夫的创作是俄国现实主义发展的顶峰。契诃夫用自己的创作不仅完成了行将结束的 19 世纪文学，为传统的现实主义文学的美学探索作了总

---

① Полоцкая　Э. А. *Антон　Чехов* //Ред. изд. Торопцева　А. Н. *Русская литература рубежа веков (1890 - е —начало 1920 - х)*，М.：Наследие，2000，С. 442—445.

② Кулиева Р. Г. *Реализм А П Чехова и проблема импрессионизма*，Баку：Элм，1988，С. 170.

结；他在不断重新理解传统题材，用新的内容丰富传统体裁的同时，也为 20 世纪初新文学的形成培育了土壤。

契诃夫是一个特殊的作家，他的作品也具有特殊的生命力，在不同的时期这些作品会表现出不同的意义和内涵，同样，不同时期的读者也会在这些作品中读出不同的东西做出不同的理解。正如俄罗斯诗人霍达谢维奇所说的那样："第一个将契诃夫看成优秀作家的那个读者，随同契诃夫的俄罗斯一道走向过去。以新的方式阅读契诃夫的时代即将到来。他仍将是一个优秀的作家，但未来的、明天的读者将要从契诃夫身上汲取的已经不是昨天的读者从他身上汲取过的东西了。新读者会漠视（或许更甚于此）其父辈所喜爱的契诃夫的东西，——但会爱上其父辈完全没有发现或发现得太少的东西。"①

契诃夫是常读常新的。

契诃夫是永远的。

---

① 弗·霍达谢维奇：《摇晃的三角架》，隋然、赵华译，东方出版社 2000 年版，第 130 页。

附　录

国外契诃夫评论(节选)[*]

本节所用资料均收录在 1960 年莫斯科出版的《文学遗产》第 68 卷，第 705—832 页。

国外一些作家、批评家和文学家，如凯特琳·曼斯菲尔德、弗吉尼亚·伍尔夫、托马斯·曼、高尔斯华绥等人的论述让我们了解到，契诃夫在新时代文学中，在如此古老、如此渴求所有非凡的、新鲜的和新的事物的欧洲文化中，处于怎样的地位。应该清楚的是，例如，英国是莎士比亚和狄更斯的祖国，是一个具有比较丰富的、珍藏着文学和戏剧传统的国家：在这里人们根本不愿意将任何一个人，也许，尤其是俄国小说家和剧作家，与他们的经典作家相提并论，更不用说把这些外国人与他们等量齐观甚至是置于他们之上。阅读国外关于契诃夫的评论也因此变得更加有趣。

---

* 该部分译自 М. П. 戈罗莫夫编著：《通往契诃夫的小径》，儿童文学出版社 2004 年版，第 409—432 页。

凯特琳·曼斯菲尔德（Кэтрин Мэнсфилд）①

总之，人们还非常不了解契诃夫。人们总是在某个狭窄的视角下研究他，而他却属于那种不能只从一个方面进行研究的人。需要全方位地理解他——完整地认识他和感受他……

我又重读了《草原》。对此能说些什么呢？这真是世界文学中最伟大的作品之一，堪称另一种《伊里亚特》或《奥德赛》。看来，我要把这篇游记背下来。有一些东西，你可以说它们是万古流芳的……

我愿意毫无保留地交出莫泊桑写的所有东西，只为换得契诃夫的一篇小说。（《文学遗产》，第816、817、818页。）

杜·博斯（Дю Бос）②

我认为，为了准确界定契诃夫的基本立场和个人特点，应该找出一个术语，它是介于智慧和神圣这两个概念之间的某个词：实际上，在契诃夫身上找不到一星半点的、常常是与智慧密不可分的宽厚之心；与此同时，他完全没有那种始终与神圣相伴相随的极度忍耐，不仅如此，他还严厉斥责这种忍耐。在契诃夫与马克·奥勒留③之间有许多共同之处，我甚至把他们两人的作品放在我的藏书室里的同一个书架上……

翻译契诃夫的作品所隐含的种种困难，几乎让我们无法作出

---

①　凯特琳·曼斯菲尔德（1888—1923），英国作家，在小说创作上深受契诃夫的启发，有"英国的契诃夫"之誉。短篇小说集有《在德国公寓里》《幸福》《园会》；去世后出版了《鸽巢》《幼稚》等4部短篇小说集。

②　夏尔·杜·博斯（1882—1939），法国著名作家、文学评论家，擅长宗教、哲学、文学问题研究，是《圣经》的翻译者和研究者，在自办的杂志《Vigile》上发表与俄国象征主义诗人维亚·伊里诺夫的书信《来自两个角落的通信》。

③　马克·奥勒留是古罗马帝国皇帝，著名的"帝王哲学家"，著有《沉思录》，是晚期斯多葛学派的代表人物之一。（——译者注）

这种界定。整个契诃夫（我指的是他的表现手法）都置身于作为生活典型特征的平稳流动和冷漠顺从之中。译者一次都不能与翻译起来很难但是内容又非常清楚的文章短兵相接，无法投入他可能要遭受失败的战斗中，不过他非常清楚，他在和什么打交道；在契诃夫的翻译者面前困难似乎不存在，而实际上，困难比比皆是，无处不在。好在几乎没有像他那样经得住翻译得不完善的天才作家（在这一点上契诃夫与托尔斯泰相似）：据我所知，这是唯一的与其形式关系极小的伟大艺术作品，它的语言是像各种语言专门化之前那样灵活的过程……

我曾对施列采尔（契诃夫的译者）说，论往自己的每一个人物的血管里注射某种自己的、"契诃夫的"药水这个方面的才能，没有一个作家可以和契诃夫相比；尽管如此，所有这些人物全然没有丧失自主性和不依附作者的独立性：恰恰相反，这种独立性只是因此才不断增强。《没有意思的故事》的主人公（关于这个主人公我们从契诃夫写的信中得知，作者在内心深处是谴责他的）塑造得如此不偏不倚，以至于读者在任何时候都能看出主人公正确的地方。的确，这个作品超出所有的评论，这是真正的杰作，而且，我作为一个短篇小说家或者是小说家，它让我陷于绝境，因为我知道，任何欲与契诃夫一比高下的企图都是徒劳的。不可能与其角逐。（《文学遗产》，第716、717页。）

亨利·伯纳·杜克洛（Анри Бернар Дюкло）[①]

契诃夫在他自己同胞的眼里是俄罗斯作家中最具俄罗斯风格

---

① 法国医生，著有博士论文《安东·契诃夫——医生与作家》。作者从医学的角度分析了契诃夫小说中的人物心理及生理欲望的种种表现以及病态的内心世界，指出契诃夫创作上的成功在很大程度上得益于他的医学知识。

的作家之一,但在我们法国人看来,却是他们之中让我们感到最亲近和最具西方风格的作家。自尊却无丝毫的傲慢,勇敢地接受生活却无丝毫的虚无主义,以及被契诃夫归功于医学的思维的条理性——所有这一切都令我们折服于这个俄罗斯作家,他的独创的才能表现在能够洞彻人心和诗意地理解世界。(《文学遗产》,第 719 页。)

亨利·丹尼尔·罗伯斯 (Анри Даниэль—Ропс)[①]

契诃夫属于古老俄罗斯最著名的、尚未被革命的剧烈震荡消除的作家之列……这个十足的俄国人,由于他为心灵的研究带入新的东西,由于那种使他与最伟大的作家相近的精神上的一致,他同时也是一个欧洲人;作为他那个时代的人,他敢于跨越时代的界限,并且迎着现在的时代走去……可以毫不夸张地说,契诃夫是革命的预言者:他预言的形式与其说是用他作品很少有的理论声明,不如说是他表现了自己很熟悉的俄罗斯人民深藏在内心的愿望。契诃夫知道,俄罗斯——这是一个正在诞生的世界,这是一个正在形成的世界……(《文学遗产》,第 720 页。)

索菲·拉斐特 (Софи Лаффит)[②]

与生俱来的智慧和稳重时常提示他 (契诃夫——戈罗莫夫注),有光就一定有影,世界处处有生活,只是会出现矛盾的交替。医生的经验、公正的观察者的刚直不阿的观点以及心理学家

---

① 亨利·丹尼尔·罗伯斯 (1901—1965),法国作家、历史学家,撰写大量的小说、散文和政论文章,著有研究宗教历史的专著《圣经的人民》《耶稣和他的时代》等。

② 法国学者,巴黎索邦大学教授,讲授俄罗斯文学,发表过多篇关于契诃夫的评论文章,1858 年出版专著《亚历山大·勃洛克》。

的直觉时常告诫他，人不只是一个受苦的生命体，软弱且屈辱，愚蠢且残酷，是牺牲品，是刽子手，在他体内还有一个是冷静的理性无法抵达的领域，它服从一个特殊的逻辑——心灵的逻辑。在契诃夫的经验、徘徊和怀疑的边缘尚存有最后一个令人快慰的信念：在人心深处隐藏着一个他称做"人道才能"的拯救保证，这指的是主动去爱的天赋——那种构成生活目的和理由的主动同情。从这个观点来看，对个人幸福所抱有的任何希望都只是幼稚的幻想……（《文学遗产》，第 728 页。）

弗朗索瓦·莫里亚克（Франсуа Мориак）[1]

我记得，我的童年和少年时代是在外省度过的，那时我们经常谈论"日常生活的悲剧"。这就是契诃夫的戏剧。我自己是否就是契诃夫笔下的一个主人公，那个及时从塔甘罗格搬到莫斯科的主人公？（《文学遗产》，第 734 页。）

维尔高尔（Веркор）[2]

当今未必有哪怕一个法国小说家，敢说他没有直接或间接地受过契诃夫的影响……而契诃夫的创作曾给予他那个时代的世界文学多么伟大的影响！比方说，像英国女作家凯特琳·曼斯菲尔德这样的短篇小说大师，她把自己的所有成就都归功于契诃夫。其他作家也不同程度地感激契诃夫，至少，契诃夫对当时的短篇

---

[1]　弗朗索瓦·莫里亚克（1885—1970），法国诗人、小说家、剧作家、文学评论家。出版诗集《握手》《告别青春》；著有小说《给麻风病人的吻》《苔蕾丝·德斯盖鲁》《蝮蛇结》《火之河》《爱的荒漠》等，1952 年获诺贝尔文学奖。

[2]　维尔高尔（1902—1991）（原名让·伯留列尔），法国作家、线条画家，是巴黎地下出版机构子夜出版社的负责人之一；著有小说《海的沉默》《沉默的战役》《温柔的破产》《愤怒》等，作品被译成多国语言。

小说体裁进行了根本变革。因为在现代作家中，没有与老一代作家中的一个或几个代表人物保持联系的人很少，或者更确切地说，根本没有。我相信，在当今每个小说家的血管里都有契诃夫的"作家血液"，哪怕只是一滴。

要是说到我自己，那我非常清楚，如果没有契诃夫，我就不能像现在这样写作。在我的短篇小说《海的沉默》中使用的艺术手法，源自本世纪初盎格鲁撒克逊的小说家们的手法，它们同样也源自安东·契诃夫的手法。当然，比起一个孩子像他众多前辈中的某个人，我的作品与契诃夫的作品不太像，但在这些作品中，文学研究者可以轻而易举地找到那些源自契诃夫的东西。我认为，这种情形在大多数现代作家那里都存在。这就是为什么我们每一个人对契诃夫不仅应该有深厚的钦佩之情，而且还应该有儿子的爱。(《文学遗产》，第734页。)

阿诺德·贝内特（Арнолд Беннет）①

我们所有的英国散文作家都应该研究小说集《吻》和《黑修士》。这两本小说集会给任何一个拥有精细的鉴赏力的人带来愉悦，而对于一个艺术家来说，这里面包含着深刻的教训。不论是在我们这里，还是在法国，没有也不曾有过比得上契诃夫的作家：他毫不曲解生活素材，同时赋予它美丽无比的复杂形式。读一读这些书吧，那么您就会真正了解俄罗斯的许多东西，您会沉入忧郁之海，无情的、沉寂的、俄罗斯生活的忧郁之海，您将了解到美好的东西……谁没有读过这两卷作品，谁就没有权利称自

---

① 阿诺德·贝内特（1807—1931），英国作家、剧作家和评论家，著有描写英国19世纪外省生活的风俗小说《五镇的安娜》《克莱汉格》三部曲等，《老人的故事》使他一跃成为英国最杰出的小说家之一。

已是有学问的人。我一点都没有夸大其词……（《文学遗产》，第 807 页。）

萧伯纳（Бернард Шоу）①

在易卜生同时代的伟大的欧洲剧作家中，契诃夫就像一颗最大的星，光彩夺目，甚至可以与托尔斯泰和屠格涅夫相比肩。

在创作成熟期，契诃夫对无事创造性劳动的、游手好闲的文明人主题的紧张探索已经深深吸引我。在契诃夫的影响下，我也写了一个同样主题的剧本，名为《伤心之家——一个俄国风格英国题材的幻想作品》。

这不是我的剧本中最差的一个，并且我希望，它会被我的俄国朋友们接受，而且把它视为是对他们伟大的具有诗人气质的剧作家中最伟大的人之一的绝对真诚的崇拜的表示。（《文学遗产》，第 809—810 页。）

约翰·高尔斯华绥（Джон Голсуорси）②

我想说，在许多国家的近二十年中，对于年轻作家而言，契诃夫是一块吸力最强的磁石。这是一个非常出色的作家，但他的影响基本上是致命的。因为他随意使用的方法看上去轻而易举，可实际上西方作家掌握起来却非常困难。况且，西欧了解他的创作的时候，正是作家们焦虑不安的时候，正是他们希望不需付出

---

① 萧伯纳（1856—1950），英国剧作家、评论家、政论家。创作了《鳏夫的房产》《华伦夫人的职业》《人与超人》《芭芭拉少校》《伤心之家》《圣女贞德》（1923）等剧本，1925 年获诺贝尔文学奖。

② 约翰·高尔斯华绥（1867—1933），英国小说家、剧作家，著有《福赛特家史》《现代喜剧》《尾声》三部三部曲，剧本《银盒》《斗争》《群众》《逃跑》等，革新了 20 世纪初的英国戏剧，1932 年获诺贝尔文学奖。

特别的努力就可以在社会上扬名的时候……

契诃夫表现出来的，正是他们所需要的"捷径"，但很大一部分的契诃夫追随者却一无所获，这样说未必是夸大其词。他的方法对于他们来说好像游移不定的火光。这些作家大概认为，准确地转述一天中所有的生活事件就足够了，他们就会像契诃夫那样写出精美绝伦的小说。唉！……

这并不是说，我对我们"新"文学的种种努力和成就完全无所谓，"新"文学比契诃夫更契诃夫，结果现在它都不认识自己的父亲了……虽说这些作家比较喜欢装腔作势，但他们勤恳的进取心令我钦佩莫名。与此同时，我不禁想到，嘿，他们在巧妙地、勇敢地摒弃形式和逻辑连贯性上的一切暗示之后，是否也会失去那些构成人类生活本质的东西？……

在老一代俄国作家中，没有谁可以像契诃夫那样深刻理解俄罗斯人的智慧和俄罗斯人的心灵，拥有那种洞察典型的俄罗斯人性格的直觉。……

契诃夫的风格就像他故乡的草原一样单调、平坦。他的胜利就在于，他把这种单调变成了一种令人不安的激动，就像第一次进入高草原或者沙漠的人所具有的那种激动……（《文学遗产》，第 811 页。）

约翰·米多尔顿·莫里（Джон Миддлтон Марри）[①]

契诃夫、他的生活和创作需要研究和再研究，因为他是现代小说家中的唯一一个伟大作家……当西方文学还不能诊断自己疾病的性质，狂热地从一条绝路冲上另一条绝路的时候，在

---

① 约翰·米多尔顿·莫里（1889—1857），英国社会学家和文学评论家，著名作家凯瑟琳·曼斯菲尔德的丈夫。

俄国有一个西方不知道的契诃夫却清楚地看到并懂得，该选择什么样的道路。今天我们开始感受到，契诃夫对于我们是多么亲近，可能我们明天将会明白，他已远远地走在了我们的前面……

正如我们所言，契诃夫属于我们这一代……他周身浸透着一种失望情绪，我们认为这是我们这一代独有的特征；而我们这个高度敏感的时代所特有的一切，都在他的身上反映了出来。然而，奇中之奇的是，他是一个伟大的艺术家。他并不搓红自己的双颊，以求脸上泛出真正的红晕；他并不宣扬自己没有的信仰；他并不追求天下无双哲人的名誉，并不沉溺于黄金时代的幻想，并不向往一切都服从他一个人的时代……他不是，而且也不想成为一个在某一方面与众不同的人；然而，随着我们不断地阅读他的作品，我们越来越坚信：他是一个英雄，而且是当代真正的英雄。

有一点具有非常重要的意义：我们在读契诃夫的作品时常常会忘记，我们是在和一个艺术家打交道。刚读头几行时，我们就会被契诃夫这个人所吸引……他被许多令人痛苦的问题层层包围，但他从不打算归附某个组织，以求摆脱这些问题，也不去寻求他不相信的某个制度的救助……因对政治冷漠他遭受过恶毒的攻讦，而与此同时，他却比所有仁慈的自由主义和社会改革的说教者们为他人行了更多的善，奉献了更多的健康和精力。为了研究苦役犯和流放犯的生活情况，他于 1890 年开始了常人难以忍受的、艰辛的萨哈林之行；在 1892 年他大部分时间是在家乡县城做地方医生，采取各种预防措施抵御霍乱的流行，尽管在这一时期他没有时间写作，但是为了保全自己的行动自由，他拒绝了官方的薪俸；他是下诺夫哥罗德地区赈济饥民的核心人物和组织者。从幼年直到去世之前，他都是家里唯一补给家用的人。如果用基督教的道德来衡量的话，契诃夫堪称圣徒。他的自我牺牲精神是无止境的……

他是一个彻底的人道主义者。他勇敢地直面现实，却不曾忘记自己的品性。对他而言，在科学和文学之间，或者在科学和人的本性之间，不存在对立。在他看来，所有这一切都是良性现象。人们，并且只有人们，才能与自己为敌。而一旦他们学会了互相表示稍多一点的爱和善，生活就会变得好得多。故此，艺术家首先应该是一个诚实的人……

心灵的纯洁——这就是契诃夫留给我们的基本印象。他自觉地追求并达到了心灵之美，他作为艺术家的伟大以及今天之于我们的意义的全部奥秘……即在于此。

我们面前的这位作家，比其他所有作家更让我们感到亲近、合意，他讲述的真实就是我们自己的真实；他不需要特别的诠释，不需要打任何折扣。然而，他的作品却让我们感觉到某种全新的东西，这并不是说一个方面是新的而另一个方面是旧的，比方说，在形式上是新的，而在内容上却是旧的。不，它们就是新的，是"新"这个词最充分的含义……

契诃夫用来表现生活的正是这种不可思议的朴素品质，它起初妨碍我们认识隐藏于这种朴素之下的对生活理解的深度。他好像不但了解生活的本来面目，而且意识到生活一定应该是这样……他视生活为一个不可分割的整体。那些在我们生活中包围我们的千百个无法解决的矛盾，他好像一个都没有放弃。恰恰相反，他把自己的视线首先集中在矛盾异常尖锐的地方，集中在生活混乱得似乎无论如何也弄不明白的地方，然而——多么奇怪！——那里竟充满和谐。

契诃夫的朴素——是非常明哲的和成熟的朴素。这是他以高深的知识和不可超越的内心诚实为代价才得到的。（《文学遗产》，第 813—814 页。）

威廉·格哈特（Уильям Джерхарди）①

契诃夫的现实主义是果戈理、屠格涅夫、陀思妥耶夫斯基和托尔斯泰的现实主义的自然发展，契诃夫的现实主义与老一代现实主义的区别就在于，契诃夫找到了在他看来是新的和更适合的形式。

现实主义——这个被无数次滥用的术语——指的是，如果现实主义这个词有什么意义的话，艺术家从生活中提取典型特征（因为生活本身是模糊的，无定形的，混乱的，像大海一样，像不在焦点的图像一样），然后对这些特征进行重新安排，把它们置于艺术理解的焦点上，为了让它们成为模糊的、无定形的、混乱的、像大海一样的生活。现实主义者能在艺术形式范围内（没有形式就没有艺术）表达不具形式的、无定形的现实。换言之，以安东·契诃夫为代表的现实主义者是一个例外，他的确捉住了"现实"这个热带丛林的野兽，不仅如此，他还向我们展示它，但不是在动物园里，不是在笼子里，而是在空地上，在故乡的丛林里：这是现实主义历史上空前未有的看不出来的笼子（形式）……（《文学遗产》，第 820 页。）

---

① 威廉·亚历山大·格哈特（1895—1977）生于俄国圣彼得堡，年轻时远赴英国，并于第一次世界大战爆发后参军，先被派到俄国，而后开始周游世界，最后投身于写作。在凯瑟琳·曼斯菲尔德的资助下，完成了第一部小说《徒劳无功》。格哈特创作的其他作品有《使用多语言的人》《不朽之爱》《坏结局》《美丽的生物》《化妆包》《劫数》《悬而未决的天堂》《复活》等。他的作品受到同时代作家的青睐，并影响了许多作家，包括安东尼·鲍威尔、H. G. 威尔斯、伊夫林·沃、格雷厄姆·格林、奥利维亚·曼宁。

弗吉尼亚·伍尔夫（Вирдижиния Вулф）①

第一次阅读契诃夫的时候，他给我们的感觉根本不是朴实，确切地说是惶恐。我们读了一篇又一篇短篇小说，不禁要自问：这是在讲什么？为什么他要把这个写成短篇小说？一个男人爱上了一个已婚女人，他们分手后又重逢，他们思考着眼前的处境，想着怎样才能从"这种不堪忍受的桎梏中解脱出来"，小说就此戛然而止。

"——'怎么办？怎么办？'他抱着头问，'怎么办？'

似乎再过一会儿，答案就可以找到，到那时，就会开始一种新的、美好的生活；不过他们两人都清楚，一切离彻底结束还很远很远，最复杂、最困难的情况才刚刚开始。"仅此而已。一个邮差赶着马车送一个大学生去火车站，一路上大学生想方设法引邮差说话，但他就是不开口。终于，他出人意料地说："外人不准搭邮车"，然后一脸愤恨地在月台上走来走去。"他在跟谁生气？跟人们？跟贫穷？跟秋天的夜晚？"小说到此结束了。我们会问，难道这就是结尾吗？我们会有一种感觉，仿佛我们没有注意信号而闯了红灯，或者换句话说，像是一首乐曲没有奏出我们所习惯的尾声就断然停止了。或许只有当我们读完许许多多短篇小说之后，才能体会到……契诃夫绝不是毫无联系地东写一笔，西写一笔，而是有目的地时而拨动这根琴弦，时而拨动那根琴弦，以便充分表达出自己的意图。（《文学遗产》，第 822 页。）

---

① 弗吉尼亚·伍尔夫（1882—1941），英国小说家、文学评论家，20 世纪英国现代主义文学和意识流小说的杰出代表。小说《墙上的斑点》《达罗卫夫人》《到灯塔去》《海浪》等具有实验性质，集意识流手法和抒情性于一体。

约翰·博因顿·普里斯特利（Джон Бойнтон Пристли）①

从浩瀚的契诃夫的通信中挑选出论述文学和戏剧的书信，并且出版单行本，这个想法无疑是很成功的。契诃夫的影响向来是巨大的，这种影响还全然没有终止。我们当代那些最优秀的短篇小说家都乐于承认，他们在许多方面得益于契诃夫：他们总是异常兴奋地一遍又一遍读他的作品，一方面从他的创作技巧中获取灵感，另一方面研究他对短篇小说艺术的批评性观点。他在戏剧方面的作用至今不太显著。然而我认为，随着时间的推移，他在这种体裁上的影响要比他在短篇小说上的影响更大，即便这是因为在《三姐妹》和《樱桃园》中所取得的成就要比在他的那些最好的短篇小说中所取得的成就更令人吃惊。正如我所认为的那样，他在所有艺术体裁中最难把握的体裁上创造的奇迹，要比在短小的短篇小说体裁上创造的奇迹更多。或许他在短篇小说方面表现的是一个更完美的艺术家，但作为一个创新者，作为一个作家和所给予的影响，剧作家契诃夫要胜过小说家契诃夫。如果说在一些剧作家的戏剧中，比如年长契诃夫许多的萧伯纳，他在戏剧创作方面比契诃夫有经验得多，也有名得多，尚能感觉到契诃夫的明显影响（《伤心之家》），那么可以有把握地说，这种影响完全没有结束。相反，它还只是刚刚开始……

"当我写作的时候，有一次他（契诃夫——戈罗莫夫注）说道，我充分信赖读者，认为小说中欠缺的主观成分，读者自己会添加进去的。"可见，他与那些从第一章到最后一章都在

---

① 约翰·博因顿·普里斯特利（1894—1984），英国散文作家、剧作家、文学评论家和论说文作家。著有长篇小说《好伙伴》《天使人行道》《创造奇迹的人》《迈克尔先生和乔治先生》《这是古老的国家》等；剧本《危险的转变》《时代和康韦一家》等具有象征意义和哲理意蕴。

开掘主人公内心的现代派作家有天壤之别。契诃夫的方法毫无疑问是用来创作真正的艺术性散文的方法，就短篇小说本身而言，正是这种方法，或者至少是与其相似的方法，在不远的将来将被用于最优秀的文学艺术创作中。正如许多人都认为的那样，我们文学中的乔伊斯们没有开辟一个新时代。他们结束了一个旧时代。他们是狂乱逻辑的终结和最后一个词"finish"。契诃夫的方法难以掌握，看似朴素的客观性原则服务于作者极为含蓄的主观性。契诃夫不可模仿。这需要独创的才能和真正的想象力。作家应该将自己全部融入创作主题中，为其呕心沥血，以求最终从中提炼出本质的东西，这样他的叙述看上去像是对事实的简单确定，就会获得激发思想和感情的强大力量……

这种方法正风行于当代文学中，这是当代文学之大幸。（《文学遗产》，第 826、827 页。）

萨默赛特·毛姆（Сомерсет Моэм）①

我在阅读契诃夫的作品时发现的东西，甚合我意。我面前是一个真正的作家，他不像陀思妥耶夫斯基，具有一种狂野的力量，让人感到震撼、惊奇、亢奋、恐惧和错愕，而是一个可以成为朋友的作家。我觉得，他给我解释俄罗斯的神秘会比谁理解得都好。他见识丰富，谙熟生活……

当你读契诃夫的作品时，你会觉得这根本不是短篇小说。它们完全不加修饰，并且可以认为，任何人都能写出这样的作

---

① 威廉·萨默赛特·毛姆（1874—1965），英国小说家、剧作家、小品文作家。著有小说《人性的枷锁》《月亮和六便士》《寻欢作乐》《卡塔丽娜》《刀锋》等；短篇小说集有《叶之震颤》《卡苏里纳树》《阿金》；剧本《圈子》等。

品，如果除了他本人谁也写不了这种短篇小说不是事实的话。在作家心里产生了某种感情，他能用语言表达出来，让它感染您。您好像变成他的共同创作者。契诃夫的短篇小说不可能使用陈腐的表现形式——生活的片段；生活的片段——这是某个截断面，而当你读契诃夫的作品时，产生的完全是另一种印象；我们眼前看到的如同透过纱幕的舞台，尽管我们看到的只是其中一部分，但我们知道，情节还会继续。（《文学遗产》，第 830 页。）

肖恩·奥凯西（Шон О´Кейси）①

当诗人和剧作家（指契诃夫——译者注）在这块土地上咽下最后一口气的时候，我还是一个二十四岁的年轻人，在都柏林做工。当时我对这个诗人一无所知，剧作家契诃夫的声音就像遥远的星光，用了整整十五年才抵达我的耳鼓。这是一颗最大的星。契诃夫来到了我生活过的爱尔兰，看见一个可怜人的斗室之门大开，他受到爱尔兰人的殷勤招待，并被安排在壁炉旁的上座。

可以有把握地谈论契诃夫的事情并不多——他是如此伟大，如此多面，以至于不能用通常的尺度去衡量他。他用自己的光照亮自己的路，而我们只能看见他的身影，听到他温和的声音，在这声音中回响着慈悲与正义的音乐。契诃夫来自人民，他了解他们的语言和他们的大事小情，知道他们渴望什么，害怕什么，他把这一切编写成一首首歌，让它们在世间流

---

① 肖恩·奥凯西（1880—1964），爱尔兰剧作家，著有剧本《枪手的影子》《朱诺和孔雀》《犁和星》《星儿变红了》等，此外，还写了4部戏剧评论和一系列自传。

传，因为他的小说就是歌，他的戏剧也是歌，是神奇的低缓的音乐。

他虽然温和、仁慈，却如俄罗斯的白桦树一样坚忍不拔。他有勇气，是那种忍受攻讦、坚不可摧的伟大勇气，在他整个生命中希望之光始终环绕着他，熠熠闪烁。他还是一个预言家："人类在进步，在不断提高自己的力量。它现在不可企及的一切，总有一天会变得亲近、明了，只是为此应该工作，应该竭尽全力帮助那些正在寻找真理的人们。"

尽管契诃夫属于我们所有人，但他仍是一个俄罗斯人，就像他故乡的伏尔加河——不是暴风巨浪的伏尔加河，那是伟大的托尔斯泰的象征；不是春天来临时呼啸着、轰鸣着冲破冰层束缚的伏尔加河，那是伟大的高尔基的象征；不是水势湍急、波涛汹涌、不可遏制、滚滚向前的伏尔加河，那是普希金的象征；他是幽深的、温顺的伏尔加河，被重重忧郁的阴影遮蔽着，间或泛起一层清澈、轻微的笑声的粼波，伴着深沉而温柔的淙淙水声流淌不息。

契诃夫的创作于我意义何在？他是我的朋友，他是一个伟大的作家，一个伟大的剧作家，一个伟大的人。他有时会走近我，坐在我身旁，于是我们便开始交谈。他与莎士比亚、萧伯纳、惠特曼等人为伍，我就在他们中间愉快地度过时光。和我们坐在一起的有学者、男人和女人，他们给予我们知识，让我们免受疾病的折磨。在我们当中这样伟大的人不多。但我们知道他们，欣赏他们，并为他们和我们融为一体而感到高兴。契诃夫一直是众人关注的中心人物。这样的人才是真正的生来有福。他是像惠特曼一样的诗人，像莎士比亚一样的剧作家，像他们所有人一样伟大，他好像把所有这些人集于一身。但契诃夫还不止这些。他还是朋友。（《文学遗产》，第804、832页。）

参考文献

1. Акимов В. М. *Сто лет русской литературы: От серебряного до нашего дней*, СПб. : Лики России, 1995.

2. Арбамович С. Д. *"Живая"' и "мертвая" душа в художественном мире Чехова—повествователя*, Киев: ЧГУ, 1991.

3. Афанасьев Э. С. *Герои и действительность（Палата № 6 А . П . Чехова）*//Русская словесность, 1995, № 1—6.

4. Афанасьев Э. С. *Творчество А . П . Чехова: иронический модус*, Ярославль: ЯГПУ им. Ушинского, 1997.

5. Афанасьев Э. *С...* , *Является по преимуществу художнику （о художественности произведении А . П . Чехова）*//Русская словесность, 2002, № 8.

6. Афанасьев Э. С. *Постклассический реализм А . П . Чехова* //Серия лит. и языка, 2004, том 63, № 4.

7. Белый А. *Критика · эстетика · теория символизма*, Том 1, М. : Искусство, 1994.

8. Белухатый С. Д. *Вопросы поэтики*, Л. : Изд-во Ленин. ун-та, 1990.

9. Бердников Г. П. *А . П . Чехов: идейные и творческие*

искания, М. : Гослитиздат, 1984.

10. Гл. ред. Богданов В. А. *Чеховские чтения в Ялте: Чехов и XX век*, М. : Наследие, 1997.

11. Редкол. Бонамур Ж. и др. *Чехов и Франция*, М. : *Наука*, 1992.

12. Под ред. Бочаров М. Д. и др. *Творчество А. П. Чехова*, Ростов н／д: РГПИ, 1984.

13. Бялый Г. А. *Чехов и русский реализм*, Л. : Сси. Писатель ленингр. отделение, 1981.

14. Бялый Г. А. *История русской литературы XIX века (вторая половина)*, М. : Просвещение, 1987.

15. Бялый Г. А. *Русский реализм От Тургенева к Чехову*, М. : Советский писатель, 1990.

16. Гайдук В. К. *Творчество А . П . Чехова 1887 — 1904 годов*, Иркутск: Изд-во Иркут. ун-та, 1986.

17. Гвоздей В. Н. *Секреты чеховского художественного текста*, Астрахан: Изд－во Астрахан. пед. ун－та, 1999.

18. Гвоздей В. Н. *Меж двух миров: Некоторые аспекты чеховского реализма*, Астрахан: Изд-во Астрахан. гос. ун-та, 2003.

19. Отв. ред. Головачева А. Г. *Чеховские чтения в Ялте: Чехов сегодня*, М. : РГБ, 1987.

20. Отв. ред. Головачева А. Г. *Чеховские чтения в Ялте: Чехов: взгляд из 1980 － х*, М. : РГБ, 1990.

21. Отв. ред. Головачева А. Г. *Чеховские чтения в Ялте: Чехов в меняющемся мире*, М. : РГБ, 1993.

22. Гордович К. Д. *Русская литература конца века*, СПб. :

Петербугс. институт печати, 2003.

23. Ред. Горячева М. О. и др. *Чеховиана: Чехов и "Серебряный век"*, М. : Наука, 1996.

24. Громов М. П. *Книга о Чехове*, М. : Современник, 1989.

25. Громов М. П. *Чехов*, М. : Мол. гвар. , 1993.

26. Громов М. П. *Тропа к Чехову*, М. : Детс. лит. , 2004.

27. Гудонене В. *Искусство психологического повествования (От Тургенева к Бунину)*, Вильнюс, 1998.

28. Гурвич И. *Опыт прочтения А . П . Чехова* //Серия литературы и языка, 2000, № 5—6.

29. Долгополов Л. К. *На рубеже веков О русской литературе конца XIX —начала XX вв .*, Л. : Сов. писатель, 1977.

30. Дональд Рейфилд. *Жизнь Антона Чехова*, М. : Независ. газета Москва, 2005.

31. Залыгин С. *Мой поэт: о творчестве А П Чехова* (Собрание сочинений, т. 5), М. : Худ. лит. , 1971.

32. Звонникова Л. А. *Заколдованный круг: Проза А. П. Чехова 1880 — 1904*, М. : ВГИК, 1998.

33. Под ред. Ионина Г. Н. *А . П . Чехов и национальная культура*, СПб. : Изд-во РГПУ им. А. И. Герцена, 2000.

34. Отв. ред. Кайгородова В. Е. *Этические принципы русской литературы и их художественное воплощение*, Пермь: ПГПИ, 1989.

35. Каминский В. И. *Пути развития реализма в русской литературе конца XIX в .*, Л. : Наука, 1979.

36. Камянов В. И. *Время против безвременья: Чехов и современность*, М. : Сов. писатель, 1989.

37. Камянов В. *В строке и за строкой* // Новый мир, 1985, № 2.

38. Капитанова Л. А. *А . П . Чехов в жизни и творчестве* , М. : Русское слово, 2001.

39. Катаев В. Б. *Проза Чехова: Проблемы интерпретации* , М. : Изд – во Моск. ун – та, 1979.

40. Катаев В. Б. *Спутники Чехова* , М. : Изд – во Моск. ун – та, 1982.

41. Катаев В. Б. *Литературные связи Чехова* , М. : Изд – во Моск. ун – та, 1989.

42. Катаев В. Б. *Чеховский вестник* , М. : Скорпион, 1997.

43. Катаев В. Б. *Сложность простоты: рассказы и пьесы Чехова* , М. : Изд – во Моск. ун – та, 1998.

44. Катаев В. Б. *Молодые исследователи Чехова* , М. : Изд – во Моск. ун – та, 2001.

45. Катаев В. Б. *Чехов плюс ... : Предшественники, современники, преемники* , М. : Языки славянс. культуры, 2004.

46. Под Катаев В. Б. *Чехов и Германия* , М. : МГУ, Тюбинг, 1996.

47. Келдыш В. А. *Русский реализм начала XX века* , М. : Наука, 1975.

48. Колобаева Л. А. *Концепция личности в русской литературе рубежа XIX – XX вв .* , М. : Изд-во Московс. ун-та, 1990.

49. Коровина В. И. , Якушина Н. И. *История русской литературы XI – XIX вв .* , М. : Русское слово, 2001.

50. Кубасов А. В. *Рассказы А . П . Чехова: поэтика жанра* ,

Свердровск：Свердров. гос. пед. ин-та，1990.

51. Кулешов В. И. *История русской литературы*，М.：Русский язык，1989.

52. Кулешов В. И. *История русской литературы XIX века*，М.：Изд-во Московс. ун – та，1997.

53. Кулиева Р. Г. *Реализм А. П. Чехова и проблема импрес – сионизма*，Баку：Элм，1988.

54. Куралех А. *Время Чехова* //Вопросы литературы，1994，№ 6.

55. Под Ред. Кутузова А. Г. *В мире литературы*（11 класса），М.：Дрофа，2003.

56. Отв. ред. Лакшин В. Я. *Чеховиана: Чехов в культуре XX века*，М.：Наука，1993.

57. Отв. ред. Лакшини др. *Чеховиана: Мельховские труды и дни*，М.：Наука，1995.

58. Лапушин Р. Е. *Не постигаемое бытие . . . : опыт прочтения А. П. Чехова*，Минск：Пропилеи，1998.

59. Линков В. Я. *Художественный мир прозы Чехова*，М.：Изд. МГУ，1982.

60. Линков В. Я. *История русской литературы XIX века в идеях*，М.：Изд. Московс. ун-та，2002.

61. Манн Ю. В. *Автор и повествование* // *Историческая поэтика: Литературные эпохи и типы художественного сознания*，М.：Наследие，1994.

62. Под ред. Марковича В. М. *От Пушкина до А. Белого: Проблемы поэтики русского реализма XIX – начала XX века*，СПб.：Изд. Санкт-Петербурск. ун-та，1992.

63. Мильдон В. И. *Чехов сегодня и вчера* , М. : ВГИК, 1996.

64. Мирский М. Б. *Доктор Чехов* , М. : Наука, 2003.

65. Огнев А. В. *Чехов и современная русская проза* , Тверь : Твер. гос. ун – та, 1994.

66. Редкол. Основин В. В. *Чеховские чтения в Ялте: взгляд из 1980 – х* , М. : РГБ, 1990.

67. Паперный З. С. *Стрелка искусства* , М. : Современник, 1986.

68. Полоцкая Э. А. : *Антон Чехов* // Ред. А. Н. Торопцева: *Русская литература рубежа веков (1890 – е– начало 1920 – х)* , М. : Наследие, 2000.

69. Полоцкая Э. А. *О поэтике Чехова* , М. : Наследие, 2001.

70. Пруцков Н. И. *Классическое наследие и современность* , М. : Наука, 1988.

71. Разумова Н. Е. *Творчество А . П . Чехова в аспекте пространства* , Томск : Том. гос. ун-та. 2001.

72. Роговер Е. С. *Русская литература второй половины XIX века* , СПб. -Моск. : САГА – ФОРУМ, 2004.

73. Отв. ред. Розенблюм Л. М. *Чехов и мировая литература* , М. : Наука, 1997.

74. Розовский М. Г. *К Чехову...* , М. : РГГУ, 2003.

75. Редкол. Седегов В. Д. *Творчество А . П . Чехова особенности художественного метода* , Ростов н∕д: ГПИ, 1981.

76. Сендерович С. Я. *Чехов с глазу на глаз: история одной одержимости А . П . Чехова* , СПб. : Дмитрий Буланин, 1994.

77. Скафтымов А. С. *Нравственные искания русских писателей* , М. : Худож. лит, 1972.

78. Смола О. П. *Если слова болят ...* , М. : Скорпион, 1998.

79. Сохряков Ю. И. *Художественные открытия русских писателей о мировом значении русской культуры* , М. : Просвещение, 1990.

80. Сухих И. Н. *Проблемы поэтики А . П . Чехова* , Л. : Изд-во Ленин. ун-та, 1987.

81. Общ. ред. Сухих И. Н. *А . П . Чехов: pro et contra* , СПб. : РХГИ, 2002.

82. Под Трущеннко Е. Ф. и др. *Новые зарубежные исследования творчества А . П . Чехова* , М. : ИНИОН АН СССР, 1985.

83. Отв. ред. Турков А. М. *Чеховиана: Чехов и его окружение* , М. : Наука, 1996.

84. Тюпа В. И. *Художественность чеховского рассказа* , М. : Высшая школа, 1989.

85. Ред. Удодов Б. Г. и др. *Русская классическая литература и современность* , Воронеж, 1985.

86. Фуско Антонио *Творчество А . П . Чехова в зеркале психологического анализа* , М. : Русс. мир, 2001.

87. Цилевич Л. М. *Сюжет чеховского рассказа* , Рига: ЗВАЙГЗНЕ, 1976.

88. Цилевич Л. М. *Стиль чеховского рассказа* , Даугавпилс: Изд-во ДПУ, 1994.

89. Чудаков А. П. *Поэтика Чехова* , М. : Наука, 1971.

90. Чудаков А. П. *Мир Чехова: Возникновение и утверждение* , М. : Сов. Писатель, 1986.

91. Эммануэль Вагеманс *Русская литература от Петра Великого до нашей дней* , М. : Изд-во РГГУ, 2002.

92. 爱伦堡：《读契诃夫随想》，《苏联文艺》1980 年第

1 期。

93. 陈慧：《西方现代派文学简论》，花山文艺出版社 1986 年版。

94. 崔苇：《非常荒诞》，山东友谊出版社 2002 年版。

95. 弗吉尼亚·伍尔夫：《小说与小说家》，瞿世镜译，上海译文出版社 1986 年版。

96. 弗·纳博科夫：《论契诃夫》，《世界文学》1982 年第 1 期。

97. 高尔基：《论文学》（续集），人民文学出版社 1983 年版。

98. 高尔基：《安·巴·契诃夫》，周启超主编《白银时代名人剪影》，中国文联出版公司 1998 年版。

99. 郭宏安等：《20 世纪西方文论研究》，中国社会科学出版社 1997 年版。

100. 亨利·詹姆斯：《小说的艺术》，朱雯等译，上海译文出版社 2001 年版。

101. 胡尹强：《小说艺术：品性和历史》，上海文艺出版社 1993 年版。

102. 蒋承勇主编：《世界文学史》，复旦大学出版社 2000 年版。

103. 李辰民：《契诃夫研究的深化与方法的更新》，《苏州大学学报》1987 年第 4 期。

104. 李维屏：《英美意识流小说》，上海外语教育出版社 1996 年版。

105. 李维屏：《英美现代主义文学概观》，上海外语教育出版社 1997 年版。

106. 刘象愚等主编：《从现代主义到后现代主义》，高等教育出版社 2002 年版。

107. 刘再复：《性格组合论》，上海文艺出版社 1987 年版。

108. 龙协涛：《文学阅读学》，北京大学出版社 2004 年版。

109. 卢那察尔斯基：《论文学》，人民文学出版社 1978 年版。

110. 罗伯—格里耶：《新小说·真实性·现实主义》，《外国文学动态》1984 年第 10 期。

111. 罗伯特·汉弗莱：《现代小说中的意识流》，程爱民等译，湖南人民出版社 1987 年版。

112. 马·布雷德伯里、詹·麦克法兰：《现代主义》，胡家峦等译，上海外语教育出版社 1992 年版。

113. 马小朝：《荒原上有诗人在高声喊叫》，中国社会科学出版社 2004 年版。

114. 南帆：《冲突的文学》，上海社会科学出版社 1992 年版。

115. 帕佩尔内：《契诃夫怎样创作》，朱逸森译，上海译文出版社 1991 年版。

116. 彭启华：《现实主义反思与探索》，武汉大学出版社 1992 年版。

117. 契诃夫：《契诃夫文学书简》，朱逸森译，安徽文学出版社 1988 年版。

118. 钱中文：《现实主义和现代主义》，人民文学出版社 1987 年版。

119. 屠尔科夫：《安·巴·契诃夫和他的时代》，朱逸森译，中国社会科学出版社 1984 年版。

120. 翁义钦：《欧美近代小说理论史稿》，黑龙江人民出版社 1994 年版。

121. 沃罗夫斯基：《论文学》，人民文学出版社 1981 年版。

122. 肖四新：《西方文学的精神突围》，中央编译出版社 2003 年版。

123. 徐葆耕：《西方文学：心灵的历史》，清华大学出版社 1990 年版。

124. 杨文虎：《从元素到观念》，学林出版社 2003 年版。

125. 叶尔米洛夫：《契诃夫传》，张守慎译，人民文学出版社 1960 年版。

126. 叶水夫：《谈谈契诃夫和他在中国的影响》，《世界文学》1986 年第 1 期。

127. 叶廷芳：《现代主义艺术的探险者》，花城出版社 1986 年版。

128. 袁可嘉：《欧美现代派文学概论》，上海文艺出版社 1993 年版。

129. 张德林：《现代小说美学》，湖南人民出版社 1987 年版。

130. 张承举主编：《东西方跨世纪作家比较研究》，北京图书馆出版社 1997 年版。

131. 张捷、刘逢祺译：《赫拉普钦科文学论文集》，人民文学出版社 1997 年版。

132. 张怀久、蒋慰慧：《追寻心灵的秘密——现代心理小说论稿》，学林出版社 2002 年版。

133. 郑体武：《危机与复兴——白银时代俄国文学论稿》，四川文艺出版社 1996 年版。

134. 郑体武：《俄国现代主义诗歌》，上海外语教育出版社 1999 年版。

135. 智量：《俄国文学与中国》，华东师范大学出版社 1986

年版。

136. 朱逸森：《短篇小说家契诃夫》，华东师范大学出版社1984 年版。

137. 朱逸森：《契诃夫——人品·创作·艺术》，华东师范大学出版社 1994 年版。

后　记

　　研究契诃夫是因为喜欢契诃夫，喜欢他忧郁而深邃的眼睛，喜欢他淡朴而深刻的文字。

　　最初接触契诃夫是在中学的语文课上，至今还记得语文老师讲解《变色龙》时那惟妙惟肖的表情。真正开始关注契诃夫的创作是在华东师范大学攻读硕士学位期间。在徐振亚教授的指导下，我顺利完成了硕士毕业论文《契诃夫晚期小说对俄国文学的贡献》。当时在确定这个选题的时候，心中还有些犹疑，生怕写不好，徐老师一再鼓励我，不但为我提供研究资料，而且还多次和我一起讨论论文，有时候一谈就是一两个小时。徐老师是我研究契诃夫的第一个领路人，老师当初的引领和教诲为我后来的研究打下了良好的基础。每每回想，感念至深。

　　对契诃夫的进一步认识和研究是在我读博士期间。2003年我考入上海外国语大学俄语系，师从郑体武教授攻读博士学位。本书就是在我的博士论文基础上修改完成的。契诃夫在小说创作上的革新与创新一直是我非常关注的问题，也是近些年来契诃夫研究的热点。此前学术界已有一些文章以新的审美视角研究契诃夫，在多维视野中阐述走出传统的契诃夫，但尚未有人对契诃夫及其创作与现代主义文学之间的关系进行专题论述。因此，选择在现代主义语境下研究契诃夫，于我来说是一个挑战，也让我感到了前所未有的压力。此前学者的研究成果给予我很多启示，但在搜集和整理资料的过程中，我深感有加强这一方面研究的必要性。2005 年我在赴俄罗斯访学期间搜集到大量第一手研究资料，为撰写论文提供了保证。在俄期间每天十几个小时的伏案阅读和写作，让我体会到了治学的辛苦。每有心得与想法，必与导师通过电子邮件讨论商榷，正是在导师的指导下，我才能如期完成论文。当我顺利通过答辩之时，心中油然而生对导师的感激之情。在上海外国语大学学习的三年中，深得郑老师的言传身教，受益匪浅：不仅从老师的博学与睿智中得到学术上的启迪和拓展，更从老师那质朴而豁达的人格中领悟到对待生命的从容与淡定。我的论文，从选题、开题到撰写、修改，郑老师都倾注了大量的时间和精力。郑老师敏锐的学术眼光、严谨的治学态度和执著的求索精神令我钦佩。即使是在修改书稿的过程中，我也常常会想起在上海外国语大学求学时那段紧张而快乐的日子，想起入学第一天郑老师就给我们布置了一堆必读书目，然后又顶着秋日的骄阳带我们去复旦大学周边买书的情景。正是那一天让我站在了一个新的起点上，我意识到自己所要做的唯有一路奋力前行，不敢停步。跋涉书山自有一番艰辛，但更有风光无限，此书权当是对几年求学经历的一种纪念吧！

拙作得以出版，要特别感谢中国社会科学出版社的郭沂纹主任，她在生病住院期间还操心书稿的出版进展；衷心感谢出版社编辑的辛勤劳动。同时，我还要感谢在我求学期间一直关心我的沈阳师范大学外国语学院的范革新院长和张伟书记；感谢所有给予我支持和帮助的同事和朋友。最后，我还要感谢我的家人。多年来他们一直默默地支持我，为我分担家务，教育孩子，解除我的后顾之忧，他们的理解和奉献让我内心感受着亲情的温暖。

　　因本人学识所限，书中难免会有不足和疏漏之处，敬请专家、同仁和读者给予批评指正。

马卫红

2009 年 5 月 12 日于沈阳

外国文学研究丛书